風過處水無垠

韋暈小說選集

韋暈 著

本書由「方北方出版基金」贊助

【導讀】

交疊的時空——論韋暈小說的回憶畫筆

蔡曉玲（馬來亞大學中文系博士研究生）

韋暈一九一三年出生於香港，祖籍山東，畢業於香港官立漢文中學，曾在廣州美專習畫。一九三七年日本侵華，為躲避戰火，是年七月他從香江南下馬來亞，那時他二十四歲。韋暈的人生經歷非常豐富，他服過兵役，任過教職、編輯和公司經理，賣過雜果和書刊雜誌，可以說看盡世態。他是個多產作家，所涉及的文類亦十分廣泛，有小說、散文、雜文、遊記與翻譯，尤以小說對馬華文壇的影響最甚。他在一九九六年與世長辭。

韋暈現存的作品主要以一九五四年以後為多，之前的作品已經散失殆盡，無徑可尋了。他是一位現實主義作家，作品反映現實社會與現實生活，他認為自己的寫作態度是「盡我的所能保持他們的『真』」❶，然而其小說也重視技巧，所反映的現實多經過時間的沉澱和不斷反思的結果，他在自選集《韋暈小說選》的〈後記〉說：

❶ 陳雪風：〈韋暈小說的特色〉，收錄於《流霞》，吉隆坡：馬來西亞華文作家協會，一九九八年，第一七八頁。

我在悠長的旅程中，攝取了所看到的，所接觸到的人或物，把它們收集到腦海中，經過思想的分析、過濾、集中和演繹之後，用可能表達的手法將感受記錄下來。❷

韋暈小說的特點是時間意識很強，他反復書寫活在回憶中的人物，這些人不論男女老少，都活在過去，都困在失去的時間當中，他們不斷地回憶，不斷地為過去而後悔和懊惱，讓人感傷生命的無奈。人在命運的掌控下，顯得格外無能為力，因而來不及展望未來。

韋暈讀過美專，受過繪畫的美學訓練，英文根基強，也受到西方文學和電影的影響。他把繪畫美學和電影敘述手法，大量應用在他的小說創作中。雖然他認為自己是寫實派作家，但在他同期的作家中，他的西化語言和小說敘事顯得獨樹一幟。他大量運用倒敘和環境描述，在時間的進行中，不斷帶出主角「過去」的片段，現在和過去不斷地交織，小說營造出一種朦朧的氛圍，讓讀者從中體驗人生面臨悲歡離合的無助。

本文嘗試從時間的角度分析韋暈小說的回憶敘述手法，探索韋暈小說的寫作技巧和人物的心理刻劃，還原回憶，從而剖析韋暈筆下的生命涵義。

❷ 韋暈：《韋暈小說選・後記》，吉隆坡：大馬福聯會暨雪福建會館，一九八六年。

一、時間意象：回憶的途徑

韋暈的小說多描述景觀，擅長處理人物的心理變化。有異於同期的作家，韋暈的小說題材來自社會現實，卻富有詩的意象，繪畫的美感。他在《日安・庫斯科》後記說：「靠了藝術的聯想，累積成為詩的真實，而不是歷史的真實。歷史的真實，有個自然的限制，而詩的真實，則永遠在作者的主觀機構中作出無限幻象的出現」❸。他的寫實是一種創造性的（主觀的）寫實，也是「詩的寫實」，而不是臨摹的寫實。在小說家詩意的筆調下，大量的意象出現，以描繪小說人物的心境和情境。在描述人物回憶的片段中，最常出現的是昏暗、虛無、不安的朦朧意象，把現在和過去分隔又結合的空間，巧妙地融合在一起。

韋暈熱愛生活，喜歡觀察。根據韋暈的同事說，韋暈一直是個寧可走路而不乘坐汽車的怪人，起初同事們以為韋暈是為了省錢，後來才知韋暈走路是為了鍛鍊身體，也可以多看多聞。❹在緩慢的步伐中，韋暈仔細、認真地觀察周邊環境，自得其樂。他喜歡旅遊，足跡走遍了許多國家。❺韋暈是一個兼有畫家特質的小說家，擅長捕捉畫面中的意象。他在其自選集的後記裡說，他在旅途中

❸ 韋暈：《日安・庫斯科》後記，吉隆坡：馬來西亞華文作家協會，一九九一年，第一七五至一七六頁。
❹ 傑倫：〈望潮時刻已不再——憶韋暈先生〉，收錄於《流霞》，吉隆坡：馬來西亞華文作家協會，一九九八年，第二二一頁。
❺ 雲裡風：〈我所認識的韋暈〉，收錄於《流霞》，吉隆坡：馬來西亞華文作家協會，一九九八年，第二〇六頁。

「沒有放過向車廂外瀏覽沿途的風景和設備的機會」❻，讓他貯備了大量不同背景的畫面，有助於他在小說描述蒼茫的氣氛。

「風」和「煙」是韋暈最常使用的主意象，帶有輕忽、飄渺、虛幻的朦朧特質，用於號召「往事」。直接表明回憶主題的小說就有〈風過處，水無垠〉和〈縷縷輕煙〉。「煙」常常作為一個開啟往事的按鈕，以述說一件舊事或一個舊人：「這亞熱的晨風從窗櫺飄進來，倒把他老那年輕的心吹得彷彷徜徜，把他老整個身子掉到回憶的洋海裡去，昏昏迷迷的」❼。往事籠罩在一層時光光暈裡，模糊又清晰，這是韋暈的畫筆。〈縷縷輕煙〉便是一個很典型的例子：「如果說過去的事，是一縷輕煙。那麼，這一段故事，正是一縷長煙。」❽這種「語言典式」（code），大量出現在韋暈小說中，幾乎成為小說人物「回憶往事」的自動反射。

在韋暈的小說裡，朦朧意象和陳年往事是共存而不可分割的。但並非每一次都由意象召喚往事登場，有時是送走往事，過去隨著「煙」和「風」散去，比如：「他有時跟我談起廈門的公園，有時談起普陀山……在我，這些都像一片煙，一陣霧了」❾，「幾十年前的事，就像一陣煙嵐，一絲風雨的過去了」❿，「這一段段往事，從那老頭兒口中說出來後，他老的心倒好過來，跟天上的黑雲，給海風吹走了一樣」⓫。

---

❻ 韋暈：《韋暈小說選》後記，吉隆坡：大馬福聯會，一九八六年，第一七五頁。
❼〈棲遲〉。
❽〈縷縷輕煙〉。
❾〈棲遲〉。
❿〈冷門〉。
⓫〈水牆〉。

「夜風」和「煙」在韋暈筆下，彷彿有實質的存在，「往事」如有顏色的煙幕，時間如吹散朦朧往事的煙。這些「煙霧」、「煙嵐」或許可以解釋成時光之隔，韋暈不僅用「風」和「煙」於烘托往事，隔開了現在和過去，他還喜歡透過風和煙隔開了虛幻與真實，跟往事對話：

> 沈清溪迷惘地抽著煙，煙圈一重一重的包圍著自己，也一圈一圈的把自己跟女的分開。到窗外吹來的夜風將煙縷吹散時，那個幽靈似的女人不知在什麼時候溜走了。⓬

他用「幽靈」一詞來形容那溜走了的女人，一再顯示他將「過去」視為「朦朧」的偏執：「風」和「煙」屬於過去的舊事，不存在於今天。同樣的，煙一般的「幽靈」則是過去的舊人，也無法捉摸。

韋暈的小說人物都有一片朦朧又敏感的心境，或惦記著某一個人，或曾經愧對某一個人，一些風吹草動都會掀開往事的幕簾，讓他們懷疑是否有幽靈的出現，進而想起藏在心裡的故人。比如〈流霞〉裡一個叫花妮的女人，離開了病重的丈夫和年幼的女兒，獨自來南洋謀生，成為別人的繼室。被男人甩了以後，回家發現女兒不要認她了，萌生尋死念頭的時候，她感覺背後有「無數的幽靈追趕她一樣」⓭，尋死以前，腦海中閃過一幅幅畫面：把她當成搖錢樹的劉經理、病死了的丈夫阿康、經常跟她聊閒話的下人阿笑、辜負自己的胖子、幫她撫養女兒長大的姨母、不認她為母親的女兒、花匠老王等等。「可是她四頭望望，只是一片黑寂寂……」⓮，這些過去已經不復存在，所

⓬〈縷縷輕煙〉。
⓭〈流霞〉。
⓮〈流霞〉。

有故人或往事都會隨著「風」、「煙」或「幽靈」般散去，容不得她追悔和補償，唯有帶著懊惱和悔恨了結一生。

朦朧的氛圍不只是一道隔開現實與回憶的「門」，讓人穿越現在和過去，有時候也是一個跨時空的空間，讓小說中的人物在恍惚中，掉入「不同」的時空裡頭，進而產生異象：

在恍恍惚惚中，驀地飄過一種奇異的氣息，令自己陷入半昏迷中。跟著，在自己眼前，是一具花蛇那樣的女體，在石子路面上滾動著。自己真的墜入了「時光隧道」中。不是麼？自己正在那印加舊王宮中出來，那花蛇似的女體，不就是舊王宮出來的女奴麼？那應該是中世紀時代了。⓯

似真似幻的畫面、如實如虛的感覺，到底這是幻象還是真實？

韋暈在小說中大量運用朦朧意象的技巧，方便敘述對象在時間和空間中來去自如。這些意象有時指向具體的「現在」，有時又回溯抽象的「過去」，有時候甚至模糊內和外、真和幻的界限，在人物回憶的一瞬間，就把時間的多重維度概括起來，展示了小說敘事的可能性。

⓯〈日安・庫斯科〉。

二、存在證明：回憶的動力

儘管韋暈善於心理刻劃、營造氣氛，但其最終目的還是回到「人」本身。韋暈稱在生命的旅途上，始終沒有忽略沿途的風景，他「不時把視線放到車廂後座那些狂歡的年輕旅客上面。而最終則回顧身旁那個靠椅背打瞌睡，面色黧黑的中年遊客一下」[16]，他的觀察離不開探索人性，也恰好與其寫實主義的理念相吻合。這樣的書寫是必要的，正如俄羅斯小說家托爾斯泰（Tolstoy, 1828-1910）說的那句話：「判定一個藝術作品之是否真有價值，端在看那作品是在離間人類抑或是讓人類結合」[17]。韋暈的書寫屬於後者，主題都圍繞在「人」，尤其帶著回憶的人物。

隨著時間的流逝，說故事和故事中的人依然流連過去，周邊的景物漸漸顯得陌生，時代不再屬於自己，這就是時間的殘酷。法國意識流作家馬塞爾・普魯斯特（MarcelProust, 1871-1922）的《追憶似水年華》表達那樣的記憶意念，人類製造的空間吞噬著時間，人類來不及正視今天，今天已經過去，人只有沉溺在過去才能確實自我的存在，而現實的空間則是人類產生憂鬱和無助感的直接原因。[18]

韋暈小說裡的人物都有個刻骨銘心的過去，而他們的思維一直滯留在那段時空裡，無法離開，他們不知不覺中把那些記憶的碎片，都塞進「現在」這個時空裡，揉成一團。比如〈白區來的消

[16] 韋暈：《韋暈小說選・後記》，吉隆坡：大馬福聯會，一九八六年，第一七五頁。
[17] 轉引自韋暈：《都門抄・序》，吉隆坡：文化供應社，一九五八年，第三頁。
[18] 吳曉東：《從卡夫卡到昆德拉：二〇世紀的小說和小說家》，北京：生活・讀書・新知三聯書店，二〇〇四年，第六十八頁。

息〉裡的梁牛，他在拘留營裡七年了終於回到自己的故鄉山城，「一切都變的那麼陌生」[19]，然而過去記憶依然猶新，他還可以道出這塊土地原本是什麼，雖然周遭的環境已經改變：「自己用血汗渲染過的樹薯芭頭的矮小的亞答，不曉得什麼時候被燒成平地了」[20]；又比如〈舊地〉中回到舊地找尋過去妻子阿珍（黛絲）的歐洲紳士杜邦，他來到十幾年前妻子住的房子，他「忘記了是不是從前的式樣」[21]，但那門前的神燈，是過去存在過的標記。或者說，記憶並非明確的，「現在」也未必與「過去」相同的，但活在過去的人，總會在「現在」看到「過去」的畫面，過去不斷迭印在現在之上，層層疊疊，難以區分。

那，為什麼需要記憶？

普魯斯特說過：「記憶可能是現代人的最後一束稻草。」[22]人類盡可能一無所有，但至少還擁有記憶，在記憶中找到自足和確定。或許這些在生命旅途上遭受苦難的人，都必須仰賴回憶才能令現在活著的自己開心一點。

這些人物始終眷戀著過去，就算時間和空間已經變遷，他們還是想找回當初的一些記憶。他們幾乎沉湎在感慨過去，老是以「以前的我……」、「過去……」、「我記得……」等作為開場白。就像〈水牆〉裡的老頭子，當他敘述自己的往事時都習慣性地把眼睛闔上，從他「咧開了那掉光了牙齒的嘴巴抽搐起來」[23]就知道他在輕笑。人們問起他闔眼的原因，他說：「我嗎？閉上了眼睛，

[19] 〈白區來的消息〉。
[20] 〈白區來的消息〉。
[21] 〈舊地〉。
[22] 轉引自吳曉東：《從卡夫卡到昆德拉：二〇世紀的小說和小說家》，第六十八頁。
[23] 〈水牆〉。

就看不到目前的光景，把我王老初拖回幾十年前，那段幸福的時間去……」❷❹說明只有在回憶裡頭，他才能獲得真正的快樂。一旦回到現實，「他老那雙深陷下去的眼閃出的光，很快地就收斂起來」❷❺，現實種種苦難，加劇人物對過去的懷念。

韋暈的短篇小說，經常通過「等待」來凸顯人物眷念過去的固執心理。〈風過處，水無垠〉的阿萍一直等著和失散了三十多年的阿中相遇；〈縷縷輕煙〉的阿娟和男朋友文生約好在學校見面然後一起逃難，因突發事件阿娟沒有和文生一起離去，阿娟在安全之後從山芭回到宿舍，她相信文生一定會赴約，一等就等了好幾天；〈棲遲〉裡的杜夫斯基老將軍，他每天站在海邊等待一個可以帶著妻子妮娜回去歐洲的機會，當他願望實現的時候，妮娜卻和別的男人走了，爾後他站在海邊是為了等待妮娜回來；〈白區來的消息〉裡的梁牛在拘留營裡，耐心等待被釋放回家與妻兒團圓，一等就等了七年。這些人對故人都非常執著，不管過了多少時日，始終無法忘懷過去。

以「等待」主題貫穿全篇的是〈春汛〉。女主角阿玉緊守著阿菩離開她出海捕魚前許過的諾言：「我只要積存到一筆購買一條漁船的錢，就馬上回來接你……」❷❻阿玉也承諾留在原地等待：「……阿菩，你快回來呀……我等你！」❷❼阿玉的哥哥出外工作想帶阿玉一起離開，無論哥哥如何軟硬兼施，她還是不願離開這個地方，寧願一個人孤獨地生活，也要等阿菩回來。她經常「想起當年」、「記起」、「那時候」，充滿對過去的感傷緬懷。直到小說結尾阿菩回來了，阿玉卻已經不

❷❹〈水牆〉。
❷❺〈水牆〉。
❷❻〈春汛〉。
❷❼〈春汛〉。

知所蹤。而她等待郎君的故事已經演變成各種傳說：「有人說阿玉的哥哥，從城裡回過一次，把他的妹妹接到城裡去住」[28]，又有人這麼傳說：「有一個黃昏，那個可憐的女孩子因為站在海邊悵望得太久，麻木了，連潮水漲了也覺不到。結果給一陣浪潮捲走」[29]，但兩個傳說都沒有人親眼看見。不過，慢慢地這個小島就傳說鬧起鬼來了：

有時，夜歸一些的漁夫們，會看到那小丘上的麻石建立的神廟有閃閃爍爍的火光。更有個漁夫在曉寒未退時，想趕早些出海捕魚時，經過那個紅茄藤樹林，就微微聽到有種嗚咽的喊聲，似乎有人喊著：阿菩，阿菩，阿菩！[30]

而傳說中的鬼就是阿玉，她陰魂不散留守當地等待阿菩回來，踱步徘徊，頻頻回顧。

回憶的方式未必是直線型的，有時逆轉，有時重複。換言之，回憶也表達了一種持久性、一再重現的「幻想」。就像〈風過處，水無垠〉的情節，杜秋從一個年輕女導遊朱蒂的身上，看到了二、三十年前和自己有過一段情的女人阿萍的影子，「面孔倒很熟，像在什麼地方見過」[31]。記憶把現在和過去的時間線拉近，重遇阿萍的那刻，杜秋先聽到阿萍尖銳的聲調，第一個念頭升起竟然──「是朱蒂？」爾後，杜秋看見阿萍走起路來一扭一捏左右擺動的屁股，他的第一個反應也是

[28]〈春汛〉。
[29]〈春汛〉。
[30]〈春汛〉。
[31]〈風過處，水無垠〉。

「噢，朱蒂！」過去與現在的時間線在這時候交叉，圖像交纏重疊在一起，再也分不出現在和過去。而故事的後來不只是時間交叉，連他們之間的關係也重疊起來。原來阿萍和朱蒂是兩母女，她們錯綜複雜地分別和杜秋扯上關係，甚至因為這個重疊，兩母女同時要見杜秋。接著年輕的朱蒂發生了一場意外，阿萍一口咬定是杜秋造成的，杜秋只好偷偷地遠走，不敢再與過去的阿萍或後來的朱蒂有任何交集。這篇小說的主角杜秋，在時間的進行中回憶過去，那場意外是一把刀，將交纏的時間線切開，讓過去回到過去，未來回到未來。

在韋暈的小說裡，有時候過去和現在是同時存在的，像電影那樣，過去迭印在現在之上，回憶成為眼前一幕幕清晰可見的影像。韋暈利用時間線在不同的時空裡來回交迭，讓角色在不同的時空中活動，也讓來自不同時空的角色在同一個時空中相遇，重新演繹未完成的故事，然後再把他們送回原來的地方，空留遺憾，讓讀者一再玩味。

三、不堪回首：回憶的悲哀

德國詩人歌德（Goethe, 1749-1832）在〈詩與真〉中就有過一段說明：「有一種形式上十分奇怪的感覺，完全控制了我，那就是過去與現在融為一體的感覺。這種感覺把某種虛幻的東西帶進來了現在」[32]。韋暈寫小說，非常享受這種感覺。他總是將小說人物的回憶（虛幻的東西）帶進現在

[32] 轉引自巴赫金：《小說理論》，白春仁、曉河譯，石家莊：河北教育出版社，一九九八年，第二四八頁。

這個時空，給他們製造一個重逢的機會，讓過去未完成的故事在重逢之後得到延續。

如果讓記憶留在過去，那麼過去的人與事也會凝固在腦海裡，永遠不會變老、變醜或變壞。但是人往往不滿足於現在，總是要挑戰自己的記憶。韋暈小說裡的人物正是不甘於緬懷過去，還渴望觸碰往事，尋找當初的答案。比如〈風過處，水無垠〉的杜秋，心裡一直沒放下舊情人阿萍，一旦聽到別人提起，總是周身都不自在。所有美好的記憶就在重逢的那一刻破滅，他竟然認不出對方，「從人叢中鑽進了那堆滿了胖肉屁股的中年女人向杜秋面前衝過來，喊出自己過去的名字」㉝，他立刻有個念頭：「會不會有人認錯了人？」㉞還懷疑眼前喊自己「阿中」的胖女人，其實只是「世界上又不知有千千萬萬個有這種形象」㉟中的其中之一，而「阿中」這兩個字的稱呼也是「不知千千萬萬人相同」㊱。當對方道出自己是故人阿萍時，他立刻想「找尋一個躲身的地方」㊲。

杜秋無法接受變老變醜「眼袋浮腫的一種病態」㊳和「輕微躬起的厚甸甸的背脊輪廓」㊴的阿萍，記憶裡的阿萍應該是臉如紅嫩蘋果、體態婀娜誘人、青春勃發的一個女人。當阿萍緊捏著杜秋的手不放，「把生電傳了過去一樣，令杜秋一身發抖」㊵，阿萍原以為對方會回應她的熱情，結果

㉝〈風過處，水無垠〉。
㉞〈風過處，水無垠〉。
㉟〈風過處，水無垠〉。
㊱〈風過處，水無垠〉。
㊲〈風過處，水無垠〉。
㊳〈風過處，水無垠〉。
㊴〈風過處，水無垠〉。
㊵〈風過處，水無垠〉。

恰恰相反。察覺到杜秋冷漠態度的阿萍，也整顆心「無可奈何地沉了下去」[41]。

兩位主人翁的美好記憶在相遇後同時幻滅，各自轉身離去，這還不算太難堪。〈流霞〉中的女主角花妮的期待破滅，卻讓她走上絕路。花妮的丈夫阿康患病無錢就醫，只好把年小的女兒交給姨母照顧，從香港到南洋當歌女，每月按時寄錢回家。十年後花妮回到香港，以為女兒會感激自己的犧牲，誰知女兒受到父親的影響，不原諒花妮不在身邊照顧他們，她對著花妮喊：「我沒有媽媽！我沒有媽媽。爸爸臨死前，告訴我，我的媽媽早死了，她是野女人，我不要叫她做媽媽，我沒有媽媽，我的媽媽早死了……」[42]

在人生的旅途上，回憶過去的美好是支撐一個人活下去的能量。花妮在外面歷盡風霜，嘗盡在異鄉的獨孤，益發想念家鄉的女兒，希望回去可以得到一絲溫暖。如果一直停留在緬懷的階段而沒有覺察回憶已經變質的話，生活還可以如常，花妮還有活下去的目標和理由。誰知「過去」一旦與「現在」相遇，一切的美好期盼都破滅了，忍耐已經失去意義，花妮最後也走上自殺的絕路。

物換星移，往往變成物是人非，往事也將變成現在式的悲哀。韋暈從香港移民到馬來亞，幾經生離死別。回顧，是他那一輩人難於放棄的姿態。〈舊地〉的杜邦先生回去尋找失散多年的妻子阿珍，希望讓一直在國外的兒子米奇可以和親生母親團聚。他通過各種人脈找尋，阿珍也千方百計躲藏起來。小說的大半部份都鎖定在杜邦先生回憶的片段，凸顯他的念舊情結。小說的尾聲特別描寫那個一直在回憶裡的阿珍：

---

[41] 〈風過處，水無垠〉。

[42] 〈流霞〉。

妹頭把手中那幀脫了色的小影遞給她，阿珍那變得正有幾根骨節的手有氣沒力地接過去，靠著窗外閃進來的黃昏前的微芒看到了那照片，自己的心頭就更加跳躍，嘴角微微溜出了：

「啊……米奇……」

妹頭正瞪大了烏溜溜的眼珠子泛上泛下，那病人很快地把照片放在自己的枕頭下了，只是那兩隻深陷的眼，還朝向窗外那一縷縷的青煙上去。[43]

其實阿珍也沒有忘記他們，她收藏著兒子米奇的照片，忘情地沉浸在回憶裡。她躲藏起來是因為她患上了肺癆病，她不想讓他們看到病殘的自己，也不想給他們負擔。這種避而不見，比尋而不見更為深刻動人。讓記憶停留在過去，像那「一縷縷的青煙」終究虛幻，那麼美麗就不會幻滅。

當「過去」在千迴百轉之後碰到了「現在」，「過去」的美好和遺憾，或許就會一次性地徹底毀滅，徹底終結，再也不會緬懷。經歷無數的人生歷練，作者對「過去」的領悟也許就藏在小說中，凡過去的就讓它過去，就算曾經轟轟烈烈、刻骨銘心，最後所有的情愛還是煙消雲散，追究已經沒有必要。

---

[43] 〈舊地〉。

結語

韋暈年輕時代處於動亂時局，從香港移民到馬來亞，經歷了三年零八個月日本統治、緊急狀態、國家獨立、五一三事件等變遷。他換過不少工作，經歷世態炎涼，相信人和事的「改變」是他最切身的感受。而「改變」的形態，必須由「過去」和「現在」的對立，才能突顯出來。韋暈選用了回憶的筆調來敘述這種「改變」，甚至可以說，他用回憶的筆調來敘述人生。

韋暈的朋友馬夫之曾經說過，韋暈與其他現實主義作家不同的是，他沒有在小說中設定什麼題旨，也沒有立意想去批判什麼，純粹敘述一種現象。㊹換句話說，韋暈小說自然呈現的題旨和批判意識，都比一般現實主義的作品更深刻、更內斂。韋暈小說的回憶筆調，基調是感傷與悲哀。感傷，因為不能再回到記憶中的過去，眼前現況更顯得不堪入目，於是不斷回憶過去的美好以掩蓋當前的醜陋。矛盾的是，一旦將回憶化為現實，現實卻又是如此不堪一擊。回憶本就是幻象，還原幻象的結果注定是想像的幻滅。所以回憶是感傷且悲哀的，也因為過去不能重來，回憶才更為珍貴。

㊹ 陳雪風：〈韋暈小說的特色〉，收錄於《流霞》，第一七八頁。

代序

韋暈是馬華文壇的常青樹，一九三七年從香港南來到馬來亞直至一九九六年與世長辭，歷經六十年而不間斷地筆耕，他的作品展現了與時間周旋的老練。所謂長青，也包括了他跟上時代步伐，在現實主義的大招牌下，他寫的是後現代的作品，值得我們玩味。

韋暈是一個多產作家，他創作小說、散文、雜文、遊記，也做翻譯。他所出版的小說，有長、中和短篇。此選集以短篇小說為主，這些小說的人物多樣化，很有時間意識，最能看出韋暈寫作的特色。這本選集，一部份選自他的自選集《韋暈小說選》，作為尊重作者的意願；另一部份則以後期較能表現其特色的作品作為考慮。

回顧韋暈的寫作年代，這位曾在馬華文壇活躍過的作家，雖然已經離世，但其作品還有研究價值，他的小說是後人考察時代變遷的重要線索。韋暈大量使用回憶的畫筆來記載生活，看在我們今日讀者的眼中，更是親切不過，畢竟那些很生活的細節，能夠喚起我們很遙遠又很新奇的回憶。

我們重新校訂了韋暈的小說，在輸入文字的過程中，也修改了一些前版本中的錯誤。此外，為方便馬來西亞以外讀者的閱讀，我們也為一些馬來西亞特有的名詞進行注釋。但願此本選集，能夠讓讀者看到不一樣的馬華寫實小說，充滿生活況味，卻又如此現代意象。

編者

目次

烏鴉港上黃昏

經過了一段綿綿不斷的爛椰芭。迷迷離離的沙灘上給那冰冷冷的新月，掩掩映映的露出半明半暗的慘白。兀，一堆黑壓壓的東西在沙灘上湯湧。夥金，這有著長遠經驗的老漁夫的心挺了一下。這港汊剛剛刮過一陣暴風雨，海浪還在滔湧著沙灘上的椰樹枯葉和破碎的從前三菱造船所遺留下來的，沒有完成的舢舡掉下來的朽板。

唔，夥金那長了長鼻毛的鼻腔哼了一下，那枯落了全副牙齒的下頰歪了歪，腳步急激地挪動，心坎兒老跳動著，他老就有那種毛病，老了還改不過來，無論在鎮裡多喝了口黃湯，或是賭贏了錢……心一爽，那沒有嘴齒的嘴腔就那麼嗡動了起來……

「奧，奧，奧……無尬生仔敗名聲……」閩南小調。

新月，吊到暗碧的海洋岸邊上，吊到那椰樹梢頭，照得搖搖擺擺的椰葉像一團團亂髮那樣蓬鬆。唔，這亞熱帶的深秋新月，照到夥金今晚的心那麼玲瓏透徹似的，腳步像隻鷺鷥那麼跳動。

幾十年了，這老漁夫這麼昏昏沉沉的沉湎在滲透了劣等酒精的黃湯裡，在吆喝著四、五，大六的賭博下……還在那印度洋的洶洶湧湧的巨浪裡，給風浪搖撼著的奎籠裡……

噯，閻王要你三更死，不許你留人到五更。

這老漁翁過番了三十把年頭，從癲痢頭上零零星星的東一個窟窿、西一個窟窿的灰白頭髮，自己就不知多少次從死亡的邊緣上打轉過來，就老把生和死看得那麼透徹。

大家都咒詛鬼子，他夥金的心就那麼沉下來，雖然鬼子鞭撻過他，把他那唯一的舢舨搶去，還把他趕上那艘「河田漁業組合」的電划上去趕甘夢汎。可是，不是鬼子來了，那阿珠那小妮子會跟自己一起麼？一想起了十年前的事，阿珠那黑妮子的爸爸為了偷賣「組合」幾斤鯧魚，給那個台灣仔活生生的推到海裡去，那小妮子的哥哥也給募集到暹羅去築暹緬鐵路了。哼！真想不到，我夥金不久就翻身了，還用不到五千軍票給這小妮子買回來了，晚上，初來時還得陪她起來解溲呢……

自己是四十多歲的中年人了，這小妮子卻那麼嬌滴滴，一想起這個，他那麼乾癟的嘴腔哆嗦一下，又哼出那教人聽不懂的小調子。

這一個月夜，他老雖然趕了那麼一段崎嶇的港汊和沙灘，又爬過了那舊船廠的爛舯舡，自己喘著氣……卻還跟十年前把那妮子初接到自己的亞答厝裡那樣，把那乾癟的手摸了摸自己的癩痢頭，和更加深陷下去的雙頰，雖然心沉了一沉，卻又疏落的眉梢向那碧青的月光一瞪。

自己又託生了一次，很感謝天公多隆❶，自己那條賤命，在唐山土匪穴中溜出來，在鬼子的刺刀下超生，又在什麼抗日軍，什麼洪門……的窄門下擠出來，他老只在那生著叢毛的厚厚的鼻管子下哼了一下，雖然那凹深下去的雙頰微顫動一下：

還怕麼？這條賤命，幾十年來，飄洋過番，幾千里路……

可是這一次，他，夥金感到自己的性命似乎比從前矜貴了。嘿，他老搔了那癩痢疤的蓬鬆腦袋一下，這烏鴉港的薄暮天，那麼一碧無垠，彎彎的新月輕輕地拂摸著那高聳的顫抖的椰樹梢頭，骨咯一聲，一隻烏鴉給月亮驚覺了似的把翼子拍了拍椰梢的花叢，沙拉沙拉的掉了一些發著暗香的椰花下來，灑在他老那癩痢疤頭上……

卡都，他老狠狠的瞪了椰梢一眼，吐了口唾涎，嘟噥著。

雖然老在這烏鴉港汊躲了半世，可是老對這烏溜溜的歸鳥沒好感，聽了那骨咯骨咯的叫，就教人心惡，可是一回心，想起自己從那黑油油的海裡，冒著一個山、一個山似的白浪，從舯舡裡伸出頭來，雖然喝了一肚子那印度洋的苦澀的鹹水，自己還拼命地抓了一支浮槳。雨，豪雨把海浪連他老，木槳捲到黑暗的天腳底下，又捲自己的身體沉下暗碧的海底去，自己的耳鼓只是那麼砰、砰砰的響。天上是一片漆黑，海也是一片漆黑，只有雨點在閃電中劃出了一段斷斷續續的閃光，他老的腦海中浮蕩著那舵夫馬哈也，那姓周的兩兄弟……

他們都被捲到海底去了？又漾起了阿珠那豐滿的胴體，那水淥淥的，永遠是那麼幽怨的一雙眼，噙著那厚厚的兩片瘀黑的嘴唇，臉，蒼白得教人可憐……這小妮子！

夥金的腦袋昏沉下來，可是那隻乾癟的手肘永遠的抓著那根浮槳，給海浪捲上捲下，從天涯，海角……

自己的命雖然賤得比不上一條狗，可是阿珠那麼年紀輕輕，又沒有一男半女，教她當了小寡婦，自己再托世還是罪過的。本來夥金的身體早就那麼先天不足的，枯萎得像一根枯藤，給暴風、豪雨、黑油油的海浪打擊了半個晚上……只是緊緊的啃著牙齦，發抖的胴體給浪花飄、飄……

嘿，什麼時候了，唔，這半昏沉的老漁夫的腦袋給什麼東西碰擊了一下，瞪了瞪眼，這亞熱帶的海洋在什麼時候，又那麼靜悄悄的躺下來了，雖然四周還是一樣的黑黝黝，可是迷迷朦朦的天邊閃爍爍的亮著一顆長庚星……他，夥金，下意識地靠著那碰著自己癩痢疤腦袋的一段椰樹幹，咳，自己什麼時候給浪花捲到這海灘來了？

天底下，海的邊緣飄飄忽忽的，一陣一陣輕煙似的，這在海裡生活了半世的老漁夫意識到天快亮了。在迷迷離離的晨霧下，簇擁著連連綿綿的小山丘，又是一兩聲長長的烏鴉的唳叫，劃破了這天空的死寂，可是夥金那枯瘠的胴體又給了這一陣一陣的冷冰冰的印度洋海風吹得昏迷了過去。那麼飄飄忽忽的，永遠都像在海浪裡抓著那根浮槳那樣，漂上漂下……從天涯，海角……

「奧，阿金……阿金，我害了你……」

他老還像在海浪裡給誰推醒了那樣，睜大那昏沉、浮腫的眼。嘿，見鬼麼？雖然馬來厝外閃進了一道熱帶的陽光，他老眼前還是一片迷糊……

「素沙❷啦！禿頭！」

這老漁夫給誰灌了一口熱咖啡，心，那麼靜貼下來，腦袋卻清醒了許多，嘿，那是一個馬來漁夫托高了自己的頭灌了一杯熱咖啡，這就是沙立夫，常常氣弄自己，把手去摸自己的癩痢，喊「禿頭」的那個捉狹鬼。

「哼！沙立夫，怎麼我會漂到你這兒來？」

自己正想挪起了屁股，瞪了瞪那捉狹鬼的一雙閃動的三角眼還噙著笑意，可是腰板兒一挺起，腦袋又昏沉過來，眼前又是一片黑。

「素沙，素沙，魯路士其邑❸啦！」

雖然自己把眼睛瞌下來，可是耳邊還清晰地聽到那馬來同夥吩咐自己休息一會兒的聲音。他老的心頭還是清醒的，怎麼自己會給海浪沖激到沙立夫的甘榜來呢？這跟自己的烏鴉港相隔四五里呀……他又想到那幾個一同遇難的同伴，又想到自己的小娘子……

什麼時候，沙立夫挪了那士路馬❹來餵了他幾口，精神倒慢慢回過來了。

他告訴了圍攏了沙立夫的屋子的甘榜裡的人，在昨夜乘著電划趕甘夢汎，在海岸遇到了暴風雨的經過。他老，心腸忒好，還問：

「馬哈也……他們呢？」

可是甘榜裡的孩子，都愣了愣，沉默下來，還是沙立夫那捉狹鬼，沒開嘴先把眼睛吊出了笑意：「禿頭，他們只有在沙灘上發現了你一個人呀！」

夥金，他老也只得苦笑一下，自己覺得問得傻氣，自己的電划在離開這兒的甘榜十多里外的海岸遇事呀！

還好，自己卻在番邦得到了別種民族給自己這賤命一些溫暖。雖然沙立夫那鬼平常老是捉弄自己，摸著自己的癩痢疤叫「禿頭」。

黃昏，這甘榜外的海灘染著灰暗一片的紫色夕陽，海水變得更碧綠了，經過了昨晚一場風雨的洗滌，夥金駕著沙立夫那艘舢舨繞著瓜拉尖不律的海峽近路回到自己的烏鴉港去了。自己的心，在路上，像十五個吊桶，七上八落的牽掛著阿珠，大約會對著那椰油燈，看那結成的燈花想念自己呢？他看過阿珠發怔的瞪著那盞油燈，一次，兩次……這樣經過了許多次，終於忍不住問她，她只是苦笑一下，搖搖頭：

「你們男人知道什麼呢？唉，靠海吃飯多危險呀，還得一年三百六十日靠大伯公多隆……看看燈花，就是大伯公報信平安呀！」

夥金，他老心頭冷冰冰的清爽過來，咧開了那乾癟的嘴，阿珠那苦笑的臉在燈光下消逝。

今夜，小妮子，一定向著燈花占卜呀！夥金，這抱著一肚子驚和喜的，忽的給一隻什麼東西從自己的背後跳過，心，就跳了起來。呸！一瞪眼，椰林裡閃起了第一道燈光，閃著這傢伙是馬哈也家裡飼養著的那隻大黑貓。

那搖曳著燈光的亞答厝，正給薄暮和炊煙裹著了，矇矇朧朧的，還好那搖擺的椰梢後，漾起了幾點星光。海，是黝暗的一片，只聽到那淡蕩的潮聲。在平時，他老早就鑽到馬哈也的厝去聊天了。這一次，自己從死海裡溜了出來……心頭一輕鬆……哦，腳碰到了什麼鬼，翻了個筋斗……

雖然這烏鴉港的暮色一息一息的深了，他老心頭還是那麼明亮的，拐過了馬哈也那甘榜的盡頭，不就是自己的家了麼？那正是蘆莽芭。

「咳咳！我望著那燈芯結了花，我就想到你回來了。」

哦，他老的腳還沒有踏進門檻呀！那娘兒就那麼嗲聲嗲氣的，心就挺了挺，自己的腳在靠近窗櫺停下來，雖然那窗櫺子下半段吊著窗簾，也給海風吹拂得搖搖擺擺。在前時，那娘兒全沒有對自己這麼嫵媚的笑過。

「珠，我告訴你一個好消息呀，廊裡那艘三號電划遇了事呀……」

一個男的，沙嚇沙嚇的聲音。他，夥金是認得的，是海安漁廊的小伙計。嘿，油燈給海風吹動得晃晃搖搖的……夥金這癩痢疤頭殼似乎要冒著煙的想衝進去，可又聽到那妮子一陣低泣，嗚嗚的配合著港外的潮聲。

「你常常的恨那老兒呀，這麼去了，我們不是可行明路兒了麼？這麼偷偷摸摸……」

媽的，臭婊！夥金，他老似乎又記起了年前一段舊恨，兀，左手把自己的癩痢頭摸了一下，差不多衝口罵了出來：幹汝臭婊，俺就是那戴著藍色英雄戒淫花，不愛女色的楊雄，要殺了你這不賢的淫婦。

是年前，那班底海後廟前那次街戲，台灣班搬演著《翠屏山殺潘巧雲》的故事，那小妖精兒在台上那麼扭扭捏捏的，真叫他楊大爺心，不，他夥金大爺心滾。

嘿，那海安漁郎的小伙計，大家喊他做老鼠的早就爬到台前，咧開了那一口一列黃溜溜的牙在怪笑。

「咳咳，癩痢夥龜呀！癩痢夥龜呀！（在那兒都喊他夥龜的）你老是楊雄大爺麼？我看你是三寸釘武大郎哪！嘿嘿！」

台前都噓起了一陣嬉笑，那老鼠也咧開黃牙齒朝向自己……媽的，他老那給太陽蝕焦了的臉更變得瘀赤了。好，大爺有一天要你的狗命，雖然那天是天陰，他老夥金還像一群螞蟻那樣啃著自己的心一陣一陣寒熱，趕緊擠到海後廟去看妮子燒香，腦袋後還浮漾著一簇簇笑聲。

好，這一個黃昏，又燒起了他夥金心坎中的舊恨。媽的，臭婊、姦夫，有你沒有我……幹汝老母，最多是溜到下州府——印尼去。一命拼兩命。

天，黑下來，他老的心頭也黑下來，雖然碧落上浮漾著幾顆淡星，一彎新月……他卻覺得前面全是一片灰暗，他記得沙立夫那舢舨還留著一把巴冷刀，好，明年今日是你們姦夫淫婦的周年。

這麼心一橫，自己的腳步給憤怒的火燃燒得更年輕了，像一陣旋風那樣朝向渡頭去。

星星，新月……飄動的椰梢，搖曳的燈光……

一陣嗚嗚的，又是嗚嗚的，他，夥金像一個幽靈那樣，什麼時候又趕了回來，呆在窗櫺下發愣，他老就有這種老毛病，頂怕的是娘兒們哭哭啼啼的，一把火蓋頂，就這麼軟下來。

「唔，唔，那夥龜雖然老醜，他還救了我們一家，爸死了，虧他收拾過來，媽又長年的生病……唔，唔，這老鬼還是那麼一副好心腸，這麼結果……又沒有一個全屍……」

泣啜，椰梢的蟲聲……海浪聲……啪的，他老手中挪著那把巴冷刀什麼時候扔下了，拍著掉下來的枯落的椰葉……呱啦，呱啦的躲在椰樹梢頭的幾隻烏鴉驚嚇了起來，在薄薄的月光下飛翔，呱啦，呱啦的……嗅叫。

「咳咳，什麼人來啦？烏鴉都吵了起來？」女的一陣急激。

忽的，把油燈吹滅了。

喲！就算了吧！阿珠還年輕……雖然，自己的心像滾油那樣煎熬著，可是一想到了阿珠那充滿了熱力的胴體……回顧了自己那枯藤似的半條老命，唉！還要害人麼？還要害人麼？我已經害了她一輩子了！

他，夥金，那光禿的癲痢疤腦袋給月亮更光閃的照著了，這麼噯著氣的向泊舢舨的地方走去，兩行熱淚還向那乾癟的雙頰滴下來。

烏鴉在什麼時候，在月亮下刷了刷羽毛，又躲回椰梢去了。

這永遠是一個謎，到第二天的早晨，阿珠在門前發現了沙立夫的一把巴冷刀，而沙立夫這個善心的漁夫就永遠找不著自己的舢舨和那個常常給甘榜的人玩笑的老番客了。

烏鴉港外，永遠迤著那無垠的灰白的沙灘——綿綿無盡。

❶ 多隆：馬來語tolong，即是「幫忙」的意思。
❷ 素沙：馬來語susah，即是「艱難」的意思。
❸ 魯路士其邑：馬來語duduk sekejap，即是「坐一會兒」的意思。
❹ 那士路馬：馬來語nasi lemak，即是「馬來人的椰漿飯」。

棲遲

自從那艘豪華的意大利郵船開走了後，這第七號碼頭也從紛亂中回復原來的冷靜了。我把碼頭遺留下來的五彩繽紛的紙條、香煙和糖果紙包，清掃了一下，回過頭望了望，那檢查室當值的移民廳和關卡的稽查員們都走光了，只有那海港局的馬打❶在碼頭外沉悶地踱著方步。灰暗的夕陽遠遠地從避風堤上壓下來，襯托著港外一條條海船的陰沉暗影。

古魯三美把碼頭的鐵門關上了。

「班讓，巴力馬根❷啦！」

我沉悶地搖了搖頭，望了望那沉鬱的天邊，連一絲輕淡的紫色也看不見了。港灣裡停泊著船艘，偶爾在朦朧的灰暗昏黃中，淒厲地響了一聲半聲汽笛，叫人連毛管也豎了起來。心裡正想著，這個熱帶快到封港期了，又是連綿的雨，下個不停。遠遠的天腳下，漾起了一陣黃昏的海風，吹得那停泊在紅燈碼頭舢舨的桅燈搖搖晃晃。我的心也搖晃了起來，懷念著在碼頭旁的印度人咖啡攤頭，像一團破棉絮那樣愣在角落裡用那昏沉的灰色的眼瞪著自己的那個漂泊的將軍杜夫斯基。

認識這麼一個善良的年老將軍，還是去年底的事。自己也好似個長年漂泊的老年人，從唐山飄洋過海那樣過番了三十多個年頭，在日本人的鐵山裡用自己的勞力掙脫了那「豬仔約」，又當過壓迫「新客」的樹膠園丘的工頭，到頭來還不是一條鹹水草換回一條破沙籠，在這兒的碼頭當清掃工，跟他們印度人在一起，在同一所苦力❸間……

又是一個灰暗的黃昏……

我就是那麼一個孤零零的老番客，在船艘沒有停泊碼頭或剛開走了後，我就愛在那印度人的咖啡攤頭，喝口黑咖啡，有時也跟他買個羊油煎的麵包吃吃，省得回去煮飯。

我愛那寧靜的海，更愛那灰暗的夕陽；那海潮衝擊著灰暗的青石堤壩，發出一陣幽怨的低訴。

「先生，你也愛喝口烏蜜酒嗎？」

我真思疑自己的眼睛昏花了，用手背這麼揩擦了揩擦。天邊透下那薄薄的殘陽，照著我隔座那一副喝得通紅的臃腫的臉，頭髮也花白了，可是眼睛還那麼鋒稜地溜動著，雖然連眼白也染成赤色了，卻咧開了嘴，用純正的閩南話對我招呼的年老洋人，但他又不像個純種的紅毛。

之後，他就老是在黃昏裡跟我一起呆在這咖啡攤裡望著遙遠的海和那灰色的夕陽。有時我們連一句話也不說，就這麼一個黃昏、一個黃昏地過去，終於我們認識半年多了，我懂得叫他做「將軍杜夫斯基」。他對我一邊喝著酒，一邊嘆著氣，有時興奮起來，把腰板兒挺了挺，從褲袋裡抓出了幾個走了樣的青銅銀元，向我眼睛前一扔，把還盛著烏蜜酒的水杯向桌上一扔，濺了我一臉酒臭。

「這就是沙皇最後頒給我的近衛勳章……」

我這老兒懂得什麼呢，不答他，又覺得他老那臉兒尷尬；我輕輕地說了句：

「將軍，你就喝完了這杯吧，夜了，雨，又快來了。」

這樣，我們又繼續沉默了一段時間。他有時跟我談起廈門的公園，有時談起普陀山……在我，這些都像一片煙、一陣霧了，這洋老兒倒那麼起勁地說得唾沫星子向四面噴飛。還好，一到了黃昏，這印度咖啡攤除了我們幾個看顧碼頭的苦力，誰還這麼遙遠地到這冷靜地帶去喝他苦水似的咖啡呢？這沒有國籍的將軍卻是例外。

仍舊是一個黃昏……

「將軍，你為什麼老是瞪著那海的盡頭呢？」

這麼一發問，卻看不到他那鋒稜的灰色的眼向我臉上掃射。他把頭彎下來，在微暗的黃昏陰影中，海風把他老得灰白的頭髮吹動得像山崗上的枯草那樣零亂地擺動……

是堤壩外的海潮撞擊得堤石嗚嗚咽咽，還是這老兒抽噎了起來？夜幕沉下來，這宇宙變得更黝黯了。

× × ×

在人生灰暗的旅途上，這年老的，充滿了幻想的，卻又給生活鞭子抽得皮膚斑駁的杜夫斯基將軍，靠了聯合國難民救濟機構的幫助，以「沒有國籍」的難民身分，帶了那充滿斯拉夫民族熱情的年輕妻子抵達了這無風地帶。靠了他那副雖說是年紀大了卻還風雅和雍容華貴的儀容，好不容易被一所舞場僱請為停車場管理員的職位來混口飯吃。他老將軍穿起紅鑲邊的制服還挺神氣嘍！自然，他那年輕的、一團烈火似的妻子妮娜卻不需要這年老的丈夫操心，這兒有她自己的天下：三角坡、紅燈碼頭和勿洛海濱……

「嗐，這新加坡是多麼優美啊！常綠的碧草，青天和那一望無垠的海氈子……」

這就是那些從香港南來淘金的歌女、舞姬和賣藝的娘兒們在「南來第一課」熟誦了的名句。她們一上了岸，就看到了那一連串白鋅蓋著的低矮的碼頭、倉庫，和牛車水烏溜溜的貧民區，發出一陣陣熱帶特有的腥臭氣息，自然起了一陣噁心，連心房神經也抽搐起來，她們不期然地懷念起黃浦灘頭高聳的海關大廈、香港的皇后大道和北角……然而那經過了北溫帶風霜的林檎色素鮮豔的臉依舊那麼迷人地笑瞇著：

「我愛這陸地的盡頭，我愛浩淼的南方的海……」

對妮娜而言，那更沒有兩樣！這年輕流浪的吉普賽型的斯拉夫女人，她的弱小的心靈從小就給西北利亞的冰霜淹得麻木和變態了，從哈爾濱流浪到長春，青島……上海和廈門，連什麼時候開始她會把這個從將軍「義父」改喊作「丈夫」，自己也忘得一乾二淨了。在她，那只是一個不長不短的夢，只是一縷青煙。生活鞭子把她鞭策成了後天的白痴，然而，她那女性特有的豐滿胴體的斯拉夫血統的熱力，卻一點也不少，還不時從胳肢窩排發一種北國民族性的體臭……她能夠站在這南方的天盡頭下喘息。

真的，除了麻醉的酒和那刺激性神經的嗎啡皮下注射外，這妞兒什麼時候就愛上了海，那或許只是激動的白浪和天風，海濤會更刺激她那疲乏的神經。常常獨自個兒在黃昏時分跑到加東海濱，或者到榜鵝海濱去，呆呆地站上一兩個鐘頭，或者沿著退潮後的沙灘上拾些貝殼。

為了愛這女的，這年老的、充滿了一腦袋子幻想的將軍，也跟著愛上了海，愛上了海的黃昏。暗綠色的波濤，白雪似的浪花，輕飄飄的零落的海燕，只會刺激一下那白痴女人的疲乏的神經，但這多彩的海的黃昏，卻在這充滿了幻想的老將軍腦海裡晃動了黃浦灘外的瀲灩波光，青島海岸的那一望無垠的沙渚和汊港……甚至海參威的驚濤……那巨型旗艦。

他老將軍會幻想到自己有一天穿著欽差大臣的制服站在甲板上靜聽著禮炮的嚎叫。

「波……」

在這麼一個綠油油的晚上，也許這老將軍給星星和月亮照得發昏，也許他又把自己掉進了回憶的深淵，一架從外面溜進來的暗綠色篷車使勁地在自己的身邊劃過，一陣旋風似的，幾乎把這沉思中的老將軍碰下來，嚇了他老一跳，把屁股向一株馬櫻花叢一歪。車，砉地停了下來，一陣汽油氣息漾過後，跟著是一陣酒臭，於是杜夫斯基老將軍怪有禮貌地把車門輕輕一拉，用自己的笑臉兜裝著車廂噴出的酒臭。這老將軍怕把頭一歪去躲開那陣酒臭時，會喪失了自己的溫文，可是自己給對方的強烈酒臭一沖，哈嗤地打了個噴嚏。酒臭之後，是一陣「勿忘我」香水的幽香。

「謝謝你，杜夫斯基將軍。」

昏沉中，他一聽到有誰喊自己一聲「杜夫斯基將軍」，他就一身的皮膚洞子都漲開了，皺瞇了那一絲細眼，咧開了嘴唇：

「晚安，茱莉安小姐！」

在舞廳門外的霓虹燈掩映下，這高個子混種娘兒，臂膀下夾著一個瘦削的、穿著香港氣派的薄呢雙鈕西服的中國紳士，走起路來一個胳膊高、一個胳膊低，有點怪相。這紳士雖然是瘀紅了臉，那雙稜稜的眼在黑壓壓的眉毛下，卻向四面愣了，怕有誰跟蹤了自己似的。聽見夾著自己的舞伴喊了聲「杜夫斯基將軍」，他這就把半浮動的腿肘在舞廳的門前那叢馬櫻花下停住了，兩隻凌厲的眼瞪著這個穿著停車場管理員的紅鑲邊號衣的將軍發愣，許久才喊了出來：

「你是杜夫斯基將軍麼？什麼時候到這兒來？妮娜也一同來嗎？」

這個走起路來一個胳膊高、一個胳膊低的中年人想起了自己從前的白俄保鏢。

「報告，廖將軍！」

這個赤臉的老將軍下意識地把兩個腳跟併攏了起來，向著這紳士行了個軍禮，連站在旁的那個混種籍娘兒都發愣了，眼睛睜大了起來。

「來，這兒是外國殖民地，使不得這個。」

還算是這個喝了有八分醉意的香港氣派紳士清醒，一把抓了對方的胳膊，輕輕一拍，令對方神經有點輕飄飄。

「來，咱們到裡面去喝杯酒！」

那紳士這麼一開口，女的已經把他拖上了幾步，這洋老兒苦笑地搖搖頭，又是一個立正，他憶起從前在上海那時候的態度：

「不，官長！我還有半小時才下班，我在門口等您出來好了。」

「好的，等會兒到我住的旅館來談談吧！」

舞廳樂隊奏完了最後那支《藍色多瑙河》舞曲後，停車場已經疏落得可憐了，甚至連天穹下那彎新月也顯得淒清。

真的，廖將軍，咱們杜夫斯基將軍的舊長官，在海外完全沒有那種官長氣派，雖然他那兩板八字刀板的濃眉還跟從前一樣挺威勢的，可是這一次把這沙皇時代的近衛將軍送自己到旅邸時卻微微地彎了彎腰，多少學了點西洋紳士的風度，即使對自己的部下也是怪和氣的：

「咱們先到了南歐再打算……關照妮娜，我一辦妥了船期的手續，就會通知你們。」

老將軍的腳步是沉重的，腦袋也是昏沉沉的。星星、月亮，都給亞熱帶特有的夜霧蒙上了一縷輕紗似的白朦朦，咱們老將軍的腳步雖然顛顛簸簸，可是心頭卻又恢復了在沙皇身邊時代的輕飄飄。

「好，咱總有一天會回去。」

可是，這一夜，經過廖將軍那一番話，他覺得自己衰老了半個世紀。他噓了一口氣，抬起自己那喝得昏沉的眼，望了望椰樹梢頭的亞熱帶發暈的月亮，又想：

「咱們官長的主意是，與其在這兵荒馬亂的東方奔馳，還不如先到南歐棲息一段時期，覷覷國際的變化再打算。廖將軍真想得周到，早就入了外國的國籍，還置了些產業……」

他也真的感到自己衰老了，回到沙皇身邊的夢也漸漸變得淡薄了，也許破碎了。

一陣颶風吹過，巨型的「士刁碧架」型汽車在他身邊擦過，嚇得他連酒意也醒了三分，不是嗎？自己已經爬過了「士淡福」路那遍地種植了檳榔樹的地段，國泰大廈雖然浸在茫茫夜霧中，第十三層的窗櫺還閃著燈光，夜闌時就更讓他心寒，忘記了是在哪一天，他親眼看到這兒柏油路上灘著一大灘鮮血……

拐過了那座高聳的天主教堂，那僻靜的冷巷還蕩漾著低級和庸俗的脂粉氣息，冷清得連街燈也昏黃了下來。

「哈羅，甘，阿郎！」

在陰沉的迷茫月色下，掩映著幾具幽靈那樣的娘兒。

這一舉，有點像巴黎的拉丁區，從前都居留著一些喪失了國籍的上帝的子孫；老將軍噓出了最後的一口酒臭，心臟急激地跳動一下，他打算讓自己的女人歡喜地驚嚇一下。一拐進了自己居住的那條冷巷就輕輕地把腳步吊高起來，用兩隻手指的關節輕輕敲了那黑壓壓的窗櫺一下，心裡盤算著，一等妮娜開了窗就把她緊緊地擁抱一下。唉，十年來，自己早就缺了這勁兒。

可是窗櫺仍舊是黑壓壓的，看不見裡面一絲光亮。睡了嗎？還是沒有回來？他那顆焦熱的心又冷了一半。

「妮娜！」

他把嘴唇湊到窗櫺上，壓低了嗓子喊，剛剛吐了「妮娜」兩個字，又趕緊地閉上了嘴。這善心的老兒又四面張望了一下，似乎怕驚嚇了哪個鄰居似的。許久，也看不見一些動靜，他才死塌了心眼，用自己的鎖匙開了門。

房子充滿了濕熱的、發霉的氣息。放亮了燈，照得房間更顯得一樣的空虛，斑駁的牆壁上還懸掛他二十五年前在張督軍那兒當白俄軍隊團長時的照片。他照例地瞅了照片一眼，把眼睛皺瞇了起來，長長地噓了一口氣。這一夜，卻有點異樣，自己把那臃腫得像堆破棉絮似的身體攤放在板床上，腦袋昏沉得像童話裡的灰姑娘那樣。

自己穿著那紅鑲邊的近衛將軍制服，胸前佩戴著尼古拉大帝親自替自己扣上的彩章，一手挪著滿滿的盛著伏爾加酒的高腳水杯，在那些拖著長長的、露背的夜禮服的……宮主、夫人……們中插穿。

「杜夫斯基將軍，為咱們的皇帝乾杯……」

這老將軍忘記了哪一位宮主或夫人曾在自己的臉頰上留下了半片殘存的脂印。

「妮娜，我告訴你一個好消息。」

在半昏沉中，他跳了起來，把夢境掉破了一半，但那只是鄰家的一隻花貓在他的腳下鑽過罷了。

「咳咳，妮娜，回來了嗎？今晚這麼遲？」

門，響了一下，他趕緊跳了起來，把門一拉，一陣冷風溜進來。嘿，一個寒噤，冷巷裡只是冷清清一片，冷巷外那株孤單的椰樹正在月亮和晨曦的混合下發抖，一隻黃狗汪地一跳，拐過牆角消失了。

老將軍雖然在失眠中熬過了這個下半夜，可是，這亞熱的晨風從窗櫺飄進來，倒把他那年輕的心吹得彷彷徜徜，把他整個身子掉到回憶的洋海裡去，昏昏迷迷的，連妮娜在什麼時候回來，自己也不察覺。他不時挺起了胸腔，讓自己恢復了沙皇時代的那種氣派，在房子裡踱方步。偶爾，那多皺紋的嘴角吊起了微笑，一種紳士風度。

「見鬼了嗎？還沒有睡？」

不是給女的這麼一吆喝，他還憧憬著自己是在克林姆宮踱著方步呢！一抬頭，黃澄澄的發暈燈光照得女的那一雙大眼睛全絡著血絲，一陣一陣的酒臭迎面噴過來。

「好消息！告訴你一個好消息……」

老將軍心坎跳動得連牙齦也啃著了。這雍容華貴的老將軍很久沒有這麼激動了，可是女的疲乏得連眼睛也瞪不起了，鼻孔冷冷地噴出了酒臭，勉強把長長的睫毛一瞪，嘴犄兒一歪，把兩條皺紋更明顯地表露出來，使人察覺到她的衰老；把吊在嘴角的香煙蒂子向窗外一扔，順著眼地向窗外的椰樹梢頭一溜，又長長地噓了一口氣，似乎在說：

「快天亮了吧？」

女的嬌豔的身型在老將軍面前一扭一捏，把手提包往床上一拋，就拉開了桌子的抽屜，匆匆地，沉默地，挪出了那副皮下注射器。

老將軍的口腔正堵著千言萬語，想向女的申訴，可是瞅了女的那匆忙的舉動，自己的心就先創痛了一下，嘆了口氣，搖頭：

「這妮子也可憐，跟著自己流浪、受苦和受摧殘……」

經過了老將軍一段急激的獨白，對方似乎整個胴體麻痺了。她只覺得男的那兩片笨厚的嘴唇不停地在噏動，可是她的腦袋永遠是那麼昏沉，直至那一管嗎啡溶液全部注射到自己的大腿上後，才伸了個懶腰，又抽出了第二支駱駝牌，把長長的眉毛一攏：

「熬了一夜，真苦！」

似乎，窗外吹進來了一陣早晨的海風，給女的白痴的腦袋洗滌了一下，瞪大了那圓圓的青碧的眼。殘紅沒有褪盡的嘴唇圓攏了起來，給人一點性誘惑的感覺。又，清脆地咧開了血紅的嘴，又把臉沉下來，似乎想在自己那白痴的記憶中找出一點線索去配合那男的所說的。

經過了這一段不長不短的沉默，女的銀鈴似的嗤地一聲笑起來，愣了那老的一眼，鼻孔裡噴出瑪麗蓮夢露那荷里活式的性感：

「叫我想起那些男人麼？這千千萬萬……」

顯然，老將軍的酒意早就消失了，這給妮娜一說，雙頰又熱辣辣起來，訕訕地：

「我是說那個瘦削個子的將軍，我們在上海時的上司。」

也許是赤道的晨風，也許是嗎啡給她帶來了生命力，這白痴的娘兒顯然把自己掉到回憶的深淵裡去，經過了一番深思，就這麼地：

「就是那個走起路來一個胳膊高、一個胳膊低的中年將軍麼？他幾時來了南洋？」

女的把兩條眉毛一攏，又瞪開了，一臉正經地朝著那老將軍：

「幹嘛他的胳膊一邊高一邊低？」

「……唔……唔……」老將軍苦笑了一下：「也說不定是在戰場上戴了花，咱們吃糧的都在戰場上出生入死……」

還沒說完，這娘兒就噗嗤地笑了起來，她又浸淫到回憶的潮水裡去。她這一點不會白痴，也許像一顆烙印那樣永遠印在她的腦海裡。她清晰地記得在六年前一個聖誕節的霞飛路的黃昏，這將軍當時還算年輕，在酒和爵士音樂中把這妮子夾了出來。她還記得，在上海的聖誕節顯然沒有哈爾濱那白朦朦的雪花飄下，雖然路旁的白楊已是枯禿了。

遙遠處，漾起了幾聲教堂的鐘聲，悠悠地散播在天空中。也許她當時喝多了白蘭地酒，頭腦有點昏沉，而且霞飛路黃昏那種情調也夠自己沉醉了。在清越的鐘聲蕩漾中，驀地辟辟地響了幾聲槍聲，跟著一陣騷動。她，妮娜清醒過來時，已經寧靜地躺在一所高貴的私人醫院裡了。望著暗碧的天空，星星是永遠地多情。

此後，這個還算年輕的將軍走起路來就變得一個胳膊高、一個胳膊低了，這點在她腦海是永遠晶亮的。

在妮娜方面，經過了這個聖誕節黃昏後，她就永遠看不見自己當時的戀人，那個匈牙利籍的鋼琴手了。

懂得了女的白痴的性格，老將軍不停地在房子裡，背著手踱著方步，有時咂咂嘴，把半個腦袋伸出窗外去吸一口新鮮空氣：

「咱們的舊上司真夠義氣！」

雖然，女的頻頻打著哈欠，可是那青碧的眼還不停地在閃閃爍爍。他老將軍懂得這是嗎啡的力量，嗎啡的刺激仍舊把她吹得膨脹得成一個人。

「唶，我們也苦夠了！我們的上司帶我倆到歐洲去替他管理在里斯本的產業……」他老嘟噥著這一個新奇的夢，他早把那回到宮廷的幻夢給敲碎了。

越說下去，他的嗓音越是高亢。女的仍舊沒有答腔，不時把水涤涤的青碧眼珠向窗外望過去，似乎外面有什麼東西勾起了她一腔心事。

× × ×

是另一個黃昏，在海船開走後，這碼頭和倉庫區有點像墳地那般冷寂。雖然堤壩外還疏落地泊著舯舡，桅燈也上過了，我就怕這死一般的冷清，躲到咖啡攤坐坐也夠心爽。遙遠的堤岸上閃動著一條陰影。夜還沒有全暗下來，白浪還洶洶湧湧地向著堤壩的基石沖擊。我心眼兒就挺了挺，十多年來，我親眼看過多多少少的幽靈向深碧的海跳下去……

我真的不敢再想下去，一想就憶起了什麼年代，一個大家喊他什麼詩人的瘦小個子，活生生地把自己那花兒似的女人從這兒送上了一條開往唐山的海船。那情景，就夠叫人傷心的，臨開船前，他還瘋瘋癲癲地吟哦著詩句呢！

我又記起了老人家一句話：「救人一命，勝造七級浮屠」。什麼「浮屠」不「浮屠」我明白個屁！不過我想有時在碼頭上獨自個兒踱來踱去，就讓人生疑，橫豎自己閒下來，陪陪這些孤獨的人兒也好，省得他或她一時感觸而又跳下海去。

這一個黃昏，我就匆匆地追上了兩步，在迷濛的桅燈照映下，我認得了這個熟悉的滿佈了皺紋的臉。他那絡滿了血絲的眼閃動著晶瑩的淚光，雖然他還在那黑暗中裝著苦笑，我卻在心坎中微微聽到他的嗚咽：

「班讓……」他也叫起我的綽號了，「我不走了，我永遠都不走了。」

唉，可憐，這善心的老將軍。其實不用他訴說，我也看到了那充滿北國性感的妮娜跟著那一個胳膊高、一個胳膊低，走起路來拐呀拐的中年漢子走上了那艘開到歐洲去的豪華郵船了。這情形我倒不敢告訴他，怕他傷心。

這一個黃昏，他老人家顯得比往常更龍鍾了，走起路來顛顛簸簸的，我就怕他一不小心掉到海裡去，於是輕輕地把手托著這老將軍的手肘子：

「我們去喝口熱咖啡！」

可是這一夜，他似乎沒有往日那種閒情，他的一雙腿沿著堤壩走。

夜，愈深了。海風陣陣吹過來，我的手背上似乎著了雨點，抬頭望了望，天空佈滿了星星……啊！他的嗚咽似乎蓋過了濤聲，海風和他的淚水吹到我的手背上。

我說些什麼話安慰他好呢？只唯有這樣：

「我想妮娜總有一天會回到你身邊的。」

爾後，他抽噎停止了。雖是在黑暗中，可是靠了星光和淡淡的桅燈光線，他老將軍卻像一具殭屍般瞪著我，許久，才抽了一口氣，搖了搖頭，出乎我意料之外地：

「嗐，妮娜也可憐，這樣跟了我十多年東飄西泊，一個夢跟一個夢都破碎了……也好，她有這麼一個好歸宿！」

他，老將軍裝得那麼輕鬆和達觀，把我的手甩脫了，還輕輕拍了我的肩膊一下：

「班讓，你有著一顆善良的心。」

接著他笑了，笑得有點像殘夜深谷中的梟唳，接著幾滴淚水滴了下來，熱辣辣地燙著我的手背。

似乎這樣混下去沒有了局，我把他掖扶著上了電車，總算把他送回了他住的貧民區，那五馬路的一條冷弄裡。

天啊，我總算放下了一個包袱。

此後，我就一直沒有再見到這個棲遲海外的頹喪老將軍了。

一天，我偶爾經過了五馬路，心眼兒覺得沉重下來，總得拐到那條冷弄去看看那老將軍，可是他那兩扇斑駁的板門和牆壁都添漆過了，我站在外面愣了愣，一個以色列女人買了東西回來，瞟了我一眼：

「找誰啊？」她用馬來語問我。

我吐出了杜夫斯基將軍的名字，她那圓溜溜的黑眼睛向上一泛，眼肚全是一片灰白色，把那肥大屁股一扭，閃了進去，還陸續地留下了一句話，鼻孔還哼著冷意：

「那老鬼早就走了。」

我總算問到了在街頭擺報紙攤的大孩子，這孩子也有一片善心的，把亂草似的頭髮抓了抓，瞪大了眼睛：

「你是說那個白俄將軍麼？唉，可憐，他正在拘留所等人擔保他出來哦。」

從這孩子的口中，我知道了這善心的老將軍在街頭流浪被拘捕了，也好，這總算把他流浪的生涯暫時歇下來。

以後，我又恢復了那單調的、孤零零的生活，在堤壩上再也看不到那龍鍾的老將軍在嘆息了。印度洋和太平洋的暗流永遠在囓著石堤壩的生命，白的浪花下面流著無窮無盡的呻吟。

我永遠懷念著那賣報孩子向我提出的要求：

「先生，那老將軍是可憐的，你有辦法把他擔保出來？」

唉，這棲遲在海外的老將軍雖然怪惹人憐，但總算有個歸宿了，回顧我自己在番邦漂泊了二十多把三十年，還是漂泊……

先生，我會比那老將軍更幸福嗎？

南方的海是無窮無盡的……

一九五四年，復活節。

❶馬打：馬來語mata，即是「警衛」的俗稱。
❷巴力馬根：馬來語balik makan，即是「回家吃飯」的意思。
❸苦力：勞工。

沉香宮

一個漁村的未歸檔史實

才把舢舨拖上了灘頭，那東方的天腳下似乎壓下了一堆烏雲，叫人心頭喘不過氣，雖說是黃昏，但也不至於半邊天的沉下來，這亞熱帶的深秋，離封港天還有一段遙長的路嘍。狗種這麼盤算著，也許天暗，也許天腳下掉下幾顆雨點，天邊隆……隆的從黑黝黝中……呼嘯的一道兩道閃電，教狗種這年輕小伙子心頭挺呀挺的，腳步一急幾乎踐踏到那盧蟒板搭成的渡頭的破隙中去。兀……這傢伙咒詛了一下自己瞎了眼，加快了腳步。這盧蟒板渡頭搖搖擺擺的，還有一段路才到家呢。這渡頭的鹹芭柴已經歪歪斜斜了，又碰上了前幾天，這漁村裡的人挑水救火，踩踩踐踐的，更加東一斜、西一斜，現在連遙遠的天腳下響了一聲雷，使這渡頭都搖動起來，何況，海灘又蕩漾了一個一個的浪花。

雖然，狗種這沉香渚的孩子，在這漁村生長，喝著大風，飄著白浪，可也多少怕這印度洋吹來的颶風和閃電，有時奎籠給它吹走了，躺在灘上的舢舨也給這鬼風浪捲了去。

管他媽的，他小伙子心頭不知咒詛了誰，自己又沒有家小，何必冒著這黑壓壓的陣風陣雨趕回去呢？說不定，自己那破厝仔經過上幾天那些救火的人多手腳亂，連自己那破厝的亞答頂都給那些開火路的，亂七八糟弄得更破了。管他呢，自己又沒有金銀珠寶，還怕風刮去了，雨淹著了麼？

哼，這年輕小伙子把沾滿了雨水的破汗衫脫下來，揩了揩那冒著雨的闊板臉，似乎眼前又黑壓壓的堵著了什麼。嗨，這小伙子的心兀地跳了一下，唔，那正是沉香宮。平常一到了黃昏，那大廳裡就高高的掛著紗燈，噓噓嘶嘶的在半空中扯著氣。

這兒的出海的人回來，才放下碗筷，就都擠到這兒來。這兒的廟祝臭頭三，唔，我們都尊稱他一句，三叔，就那麼掛著一臉奸笑，老用手肘子揩著自己的額頭，似乎想揩去那一腦袋的煙油那樣，嘻嘻，嘿嘿，咧起了那兩列烏溜溜的黑牙，還沒開口，先噓出了一陣煙臭，兩條苦淚吊得深深深，更顯得不尷不尬。

「德叔，今天的流水好麼？唉嘿，這深秋，一連幾天的沒下雨，黃尾魚都浮了頭嘍——這正是黃尾汛。」

這就是臭頭三的本事，他正一腔煙氣的向你噴過來，那兩隻水綠綠的鼠眼，早就向另一輩子打著招呼。

「來，來，快開始，老六，不要翻本麼？嘿，年輕人，一次失敗，哼，兩次，再來。」什麼時候，汽紗燈的燈光下，就閃動著一簇簇人頭了，吆喝著：四！五！六！

神龕後噴出一縷縷白煙摻進那燒焦了鴉片的香味，有時連那正在吆喝著……雙寶……來基馬厘的傢伙也頻頻的打著呵欠，把鼻子皺縮了起來瞇了眼睛，深深的在拿污濁的土油燈下吸了一口那種香氣，又兩隻手把烏梅牌向桌子上一拍，長長的噓了口氣，這就似乎教人清爽了許多。

在這沉香宮裡是沒有季節的，越是封港沒船出海，這兒更熱鬧，從早到晚都給一縷縷煙裹著似的。

「三叔，你就多借我一兩塊錢，出海了，我就加五分息還你。」

「三叔，就多隆❶一次，給我幾錢三沙❷，我這兩天瀉得連走路都沒力了。」

真的，這就是臭頭三的小天下，只要他老那臭頭一亮，鼻邊那兩條苦淚一歪，這班幽靈似的手下就那麼失神奪魄。

嘿，他狗種心頭一挺，雨點像一簇箭那樣飄到自己面上來，倒使他心頭清醒過來，變鬼麼？今兒沉香宮變得這麼死氣沉沉的，連神廳裡那汽紗燈也沒有上。說不定臭三頭又躲到他那臭婊桂花的窩裡去溫存。

管他呢！「自家打掃門前雪，不管他人瓦上霜」，他狗種打心坎裡笑了出來，又覺得海風飄過來，一陣冷。唔，還是躲到這沉香宮的柴棚避避雨吧，省得趕著雨回去。

雨，絲絲沙沙的下得更大。

「嚇，真是成事在天，謀事在人。」

在沉沉的暮雨中，狗種正蹲伏在柴棚下，頭埋在自己的膝蓋下，在哪兒喘息，驀地從那沉香宮那半明不暗的窗櫺傳出了臭頭三那沙嘎的嘆息，跟著是一連幾聲乾咳。

這熱帶的風，熱帶的雨，就那麼鬼樣，急急的颼起了，又匆匆的趕了去。遙遠的海邊，迷迷濛濛的漾起了粉似的月色，雨，慢慢的停下來，只有那沉香宮的簷頭還在點點滴滴。狗種一個燕子翻身，正想站起來溜了去，卻又給窗櫺飄出來那陣鴉片香迷惑了，雖然這年輕小伙子還沒有上癮，有時出海了回來抽他媽的一兩口也怪有味兒的。

隔著窗兒，聽著沉香宮裡那燒著鴉片的吱吱的氣息，也怪令狗種的心癢癢。雨，什麼時候全停止了。彎彎的新月吊在這漁村灘頭，遠遠的魯馬巴桑——馬打❸厝的銅鑼敲了八下，唔，該是八時了。狗種懶洋洋的伸了個懶腰，呵欠了一下，把胳肢窩夾著的濕淋淋汗衣抖了抖，噓了口氣。

「阿漢，這幾天報紙都沒有什麼消息，打鐵趁熱呀……」

又是臭頭三那沙嘎聲，帶點氣似的：

「食君之祿擔君之憂，這幾天你就那麼死蛇似的不起勁。」

跟著是一陣踱方步的腳聲，那個喊師爺漢的瘦長個子，彎著身子，苦笑一下，又急促的乾咳了幾聲。狗種蹬高了腳跟，向窗內瞟過去，臭頭三正躺在煙坑上澆著那個煙泡，把煙泡在斗眼上溜來溜去，老不插進去，教狗種的心眼兒癢呀癢的。那師爺漢也不時把老鼠似的眼睛朝向煙坑瞟過來。那綳著一臉皺紋的猴子臉在暗暗淡淡的煙燈照晃下，顯得死過去那麼蒼白，不時的在乾咳，又似乎連唾沫也淌下來了，但趕緊又咽回去，苦笑了一下：

「三叔，我還敢不盡力麼？你三叔不當老侄是外人……唔……」

這傢伙的一臉死氣，他臭頭三是看慣了，沒理會這個，把自己澆好了那名堂「佛肚臍」的煙泡輕輕地、又敏捷地在自己的鼻頭上嗅了嗅，咧起了那嘴烏牙，連窗外的那年輕小伙子也把唾沫倒吞下肚子去。

臭頭三起勁的抽了這最後一口，把三角眼向那半昏沉的死鬼横了横，啪的一聲把竹煙槍扔在煙坑上，把放在煙燈旁的那壺濃茶喝了一口，伸了個腰，屁股溜下了煙坑。

師爺漢失神喪魄像一具腐屍那樣倒躺在煙坑上，一把抓住那隻煙槍……

臭頭三把淤黑的嘴唇，輕輕吊起了一半，冷笑似的哼了一聲，把手摸了摸自己的癩痢頭，站在那掛著一副石印的，「龍虎山中真宰相，麒麟閣上活神仙」的對聯下，給飄飄忽忽的燈焰映得一腦袋是油漉漉。嘿，這真是他老的小天下……他老什麼時候又抓了一塊洋糖噙在口腔裡那麼吱吱嗒嗒。

「三叔，那報館裡辦事的朋友都說，報災的文章雖然登了出來，」師爺漢拼命的抽下第一口，蒼白臉色才慢慢的回過來，乞憐地瞟了臭頭三一眼，右手又趕緊的把煙盅放側了，把煙簽向盅裡胡亂地轉動，怕那裡面還留存了一滴，「他們都說，世情淡呀，你看第一次甘榜武疑士火燒捐款籌了幾十萬，去年芽籠的就不同往日了，呀，也難說，大埠的生意也難做，天天鬧倒閉……」

還沒有等這師爺慢條斯理的說完，就給他臭頭三噴了一面灰：

「哼，都是鬼話，大埠行情淡麼？你翻開報紙，天天大段的刊登什麼歌舞團、明星……來這兒淘金。」

他老似乎罵得興奮了，一把抓住茶壺放在嘴巴裡就喝，「寫文章對這種善舉的報導就那麼馬馬虎虎地應酬了一些了事，卻把唐山過來的××捧成天仙。電影明星，我呸！」

他臭頭氣憤起來，連唾沫星子也灑到他師爺漢面上來。好在那深陷的皺紋把唾沫星子隱著了，他老只是咧開了嘴苦笑，連揩也不敢揩。

腳跟蹬得久了，一陣痲痺。遙遠處傳來了一陣狗吠的聲音，狗種不自然地把身靠在沉香宮的後牆，喘息一下，瞇著眼養神，卻沒有多久，又給一陣吵鬧，清醒過來。

「嘿！你這老不死的還有臉回來見我。」

那臭頭似乎把什麼拍桌子，像荒山裡一隻野狼那樣狂嗥。狗種瞟進去，兀，那正是臭頭三的武膽喊左先鋒陳奇的，一具幽靈那樣把狹長的馬臉，半埋在蓬鬆的亂髮下，肩膀高聳到耳根，在燈光飄忽下老是抖擻：

「三哥，三哥……」

臭頭三正冒著煙，正想一隻腿拐過去，師爺漢卻橫殺了出來，一把捺住了臭頭三坐到煙坑上去：

「三叔，這種人還值得你光火麼？」

這麼詎笑了一下又把那滿綳著皺紋的猴子臉回過去左先鋒陳奇這邊來，一隻赤紅的鼠眼吊得高高：

「三叔這麼對待你，辦一點屁事也不成，累得人家都說三叔的閒話。」

陳奇把那狹長臉一揚，獅子鼻掀動一下，輕蔑地瞪了這鬼師爺一眼，照陳奇的火性，會把這文縐縐的師爺放在眼內麼？可正看到那臭頭光火，那究竟是自己的把兄嘍，在祖師爺面前發過誓。好，又把氣吞下來，那兩道鋒稜的眉毛跟著垂下來：

「師爺，連你也不明白麼？我看三哥一生的心血都放在這沉香宮裡，我敢毀了他的產業麼？……」

臭頭三正躺在煙坑上光火，喘著氣，師爺漢卻噗嗤的笑了起來，拍了拍這左先鋒的肩膀：

「說你們武牛就是武牛，一條直腸通到肛門。羊毛出在羊身上，沉香宮毀了，還有更新的樹起嘍，傻鬼。何況三叔早就保了燕梳，不然，三叔柴棚放了這麼多咸芭柴幹嘛呢……嗐，你這魯莽的魏延……」

師爺漢這麼文縐縐，一出口就引古人，不管對方明白不明白。一會兒，卻又回過來：

「不是老弟說你，那廢鹽棚離開街場這麼一段路，要一把火燒清這座漁村還得求東風哪！」

師爺漢翻動了那笨厚嘴唇，似笑非笑的，兩隻溜動的鼠眼向左愣了愣，臭頭三還躺著噓氣，左先鋒卻綳得那長臉更長，兩隻眼兇猛地向上一泛：

「幹汝老母，老四他們報告，說你連土油球還沒有引好火就溜了。」

臭頭三一屁股翻起來了，黑牙齦裡噴出了一陣煙臭，他左先鋒雖是天不怕、地不怕，卻三分怕著這老把兄，把身體輕輕挪向門檻去：

「三哥，你都知道啦，那幾天我正在鬧肚子……」

這左先鋒勉強把一腔鬱火壓下，把眉毛拈在一道，臭頭三一跳過去，就想一個巴掌：

「幹汝祖宗十八代，你還誆我，火頭還沒有引好，就想到長發雜貨店去搶火？」

還是師爺漢做好做歹的把他老的手肘拖著，他臭頭三究竟上了年紀，又掏虛了身子早就喘著氣了，歪在坑上，那站在門檻邊的卻挺了挺腰巴——冷笑了一下，鼻孔哼出了氣！

「臭頭三，我今天就見到了你的義氣，好，你想賴我這筆走路費，你的良心，嘿！祖師爺是眼睛明亮的，水遠山長，咱們總有日相見！」

這真是大逆不道，一個把弟這麼撕破把兄的臉，他老的瘌痢頭真冒出了一絲絲煙叻。

「噲，阿奇兄，阿奇兄！」

師爺漢追出了沉香宮，那幽靈似的傢伙早就消失在黑暗中了。

「不是嘛，咱們臭頭三——唔……」師爺漢就是有這種毛病，明明心眼兒挺明亮的要把王三爺的功績表揚一下，無論在公會裡，或許在咖啡店裡一遇著機會。可是那溜慣了口的臭頭三，「臭頭」兩個字就衝口溜出來，害得嘻哈了一陣，他那老繃得緊緊的猴子臉變得淤黑了，掀動著厚嘴唇，像一具殭屍那樣，也跟著大家嘻哈了一陣。

真的，其實就不必他師爺漢替三爺表揚這段功德，這永遠是那麼顢顢頇頇的漁村裡誰不把他老當做是土皇帝呢，大家口頭都掛著這兩句「山高皇帝遠，海闊蛋家強」。他老也著實替這沉香渚幹過功，諸如在日本佔領時代，這臭頭三就憑了木村中尉一支藍旗插在舺舡上，千千萬萬包的暹羅白米和黑土都停留在這離大陸遙遠的沉香渚上等候交易。

「不是嘛，不是咱們王三爺腰把子硬，日本時期三年八個月，咱們沉香渚一帶，沒有損過一根草，大小平安，還帶來了這共榮圈的繁榮……」

他老一喝下一口濃咖啡，興奮了起來，衝口就留出了「東亞共榮圈」的字眼。呸，現時是不合適的嘍，可是這老實的漁村的小伙子誰管了這麼多，倒是師爺漢機警，他把握住了這漁村中心思想，把二十年前的疫症，又加鹽加醋的渲染著，那老一輩的一談起那回事，連面色都變色了：

「都多得了三爺給我們喝下沉香娘娘的神方，救了全村的性命！」

師爺漢掀動了厚嘴唇，對大家冷笑了一下，咂咂嘴把一塊茶果一骨碌吞下肚裡去：

「那種疫症麼？嘿，喊做虎列，虎列什麼？咱們唐人喊做霍亂，染上了不出三個時辰，上吐下瀉，嘿，要你兩個對拉著稀屎歸陰……」

真的，中年一輩的還記得很清楚：這漁村都是頻近港邊的鹹水芭，家家戶戶都在門前裝了個白鋅打成的貯水箱，貯藏天水作飲料，有時這兒遇著天旱，還要從遙遠的五條港把井水用舢舨運來，比金汁還貴。臭頭三初從唐山新客過來，還沒有樹立威信，就靠了他的小聰明，把巴豆煎了汁倒到門前的貯水箱去，弄得這家那家喝了水鬧肚子連海都沒辦法出了，害得皇家老君——醫生，趕緊派人到來這裡替村人打血清預防針。

「呸！洋鬼子打針，有屁用。」

臭頭三就靠師爺漢他們一班馬仔，向漁民這麼散播著：

「沉香宮的王道爺向沉香娘娘許下了心願，要加建沉香宮，靠了他老的虔心，沉香娘娘在這沉香渚灑下了楊枝甘露，誰虔心到沉香宮求神力，回來喝一點點就好了。」

這真見效，也許他老交了鴻運，他把一些鴉片灰拌和了香灰。來求神方的，給他一小包拿回去泡水喝，真應驗，比打針還靈哩。

就靠這威信，他臭頭三把一座沉香宮建起來。

他，師爺漢有這種說故事的本領，說了一堆這沉香渚的史實後，開始入到了正題了：

「不必我何阿漢吹牛，這座沉香娘娘宮就真是咱們的護村靈神，咱們吃山靠山，吃海靠海，不是這沉香娘娘，咱們能夠這麼風調雨順麼？嗐！」

「噢，漢叔，你老的話是千真萬確呀，上個月，牛仔的爸又鬧了肚子，幾天出不得海，不就是沉香宮的王道爺給他神方醫好了的麼？」

一個中年女人繃著孩子這麼從隔壁溜過來，師爺漢正咧著了那兩片厚嘴唇，眼看正要入港，驀地坐在另一張桌子，老彎著頭地戴著眼鏡的青年人把報紙放下，站了起來：

「這都不是，咱們喝的天水，藏久了，底下都養了沙蟲，對衛生是極不妥當的。咱們一定要煮開了才好喝！」

兀，這真是一個旱天雷，師爺漢也忽地跳了起來，誰這麼撕破了你王三爺的臉面？一抬頭，把一臉怒氣又沉下來，卻裝成輕鬆似的，奸詐地把嘴唇掀一下：

「呵，李先生，失敬，失敬，再喝過杯！」

那正是新來的學堂的先生，也跟他老笑了笑，找了數便溜出咖啡店。他老瞪他背影走遠了，就這麼冷冷的橫了橫那些把自己當著了救星的人們一下：

「這年輕的一代，真大逆不道，天變了，天變了，你說這世界怎麼會不亂哪？」

阿牛娘，甚至那咖啡店的胖子老闆輕蔑的瞟了瞟那姓李的年輕小伙子的背影。看情形，他師爺漢的心眼兒挺輕鬆的，似乎臭頭三用那笨厚的手掌拍著自己的肩膀那麼輕鬆，自己就趕快入港。

「上幾天呀，咱們忘了麼，鹽棚起了火，唉不是娘娘顯聖……」

自己還沒說完，那背著孩子的女人趕快的插嘴：「是呀，幾天前，我就夢著娘娘顯聖，託夢給我，說咱們沉香渚來了不尷不尬的人，心不虔誠，火的什麼，什麼火……星君要降災難給咱們嘍！」

「不是麼？」師爺漢把最後一口咖啡咽了下去，把那一條條筋骨現出來的胸膀兒挺了挺，一臉威風的：

「這就是啦，像那姓李的雜種，都是假洋鬼子！」

「師爺說得好！」

那胖頭家把櫃檯拍了拍。

「狗種，狗種，天邊都沉下來了，還不回來收網？」

誰這麼在沉香宮對開一吆喝，一個蹲在角落裡老垂低了頭喝咖啡，卻不時冷冷的瞅了瞅這談得起勁的小人物心中的英雄，向天空望了望，嘟噥了嘟噥，向胖頭家點點頭：

「一盅咖啡烏的數。」

× × ×

這沉沉的沉香渚，整個街場都用盧蟒片架支在咸芭柴上支成，泥濘裡偶爾長了幾簇灌樹，也那麼枝葉零亂的，潮漲時染了一身黃淤色。天，久不下雨，灼熱的太陽就灼得人頭痛，沒有樹，更沒有風，尤其是這幾天，師爺漢冒著豆大的汗，指揮著下手把那塊變成暗淤色的用紅緞金線繡成「答謝神恩」的橫採張掛在沉香宮的門額上。笨厚的嘴唇，不時咧開了，噓著氣，像瘋狗那樣把舌頭伸進伸出，不時把手牽了牽那似乎快要掉下來的烏緞褲，這是他老唯一一條體面的，喝酒和酬神時才捨得穿穿的。

「時維九月，序屬三秋，我沉香渚闔邑信徒，為酬答沉香娘娘聖恩，以楊枝甘露，救我……」

他老聳了聳那一字一肩膀，拐到沉香宮前那貼著自己寫的「告天皇榜」，正那麼得意的伊伊啞啞的哼哈，正想噓口冷氣，跟平常那樣，把眼角向上一吊：

「嘿，這大文章，他們新學家，曉個屁麼？」

可是回過頭來，自己身邊是那樣冷清清的，大人們都三個一團、四個一堆的那樣疏疏落落蹲在各家的簷口下賭寶，賭三張。孩子們上學的上學，沒上學的爬到戲台上翻筋斗，鬧得呼噓呼噓的……

呵……他老張開了口，打了個呵欠，一點疲倦那樣，口涎從嘴角掉了下來，耳朵聽到臭頭三正在邊廂裡招呼幾個爐主抽煙的奸笑聲，咭咭呱呱的，害得他師爺漢心癢癢的，那雙腳想踏進去也不是，不進去也不是，只是心頭上像壓下來一塊麻石那樣。他臭頭三的脾氣，自己跟了他那麼十把廿年還不懂得麼？頂怕就是部下撕了他的臉光。他老正伸出了那烏溜溜的長手指向衫袋裡亂摸，摸出了那包用油紙包著沙搓成的煙泡，正想向自己嘴腔裡掉，就看到那擺舢舨的阿貴，一邊揩著腦袋，一邊噓著氣的向自己走過去，想向廟裡鑽。

「呸，碰鬼了麼？這麼失神奪魄的，三叔正招呼著張爐主他們啦！看他不剝了你的皮！」

「呵，漢哥漢哥……」

這傢伙神秘地在師爺漢耳邊嘟噥，他師爺漢那淤焦的臉泛起了一陣青、一陣白，顛顛簸簸的，跟著阿貴走向這漁村的盡頭去，遠遠就瞧到了海利咖啡室黑壓壓的圍攏了一簇人……他老心一急，幾乎一隻腳插到了那破了的盧蟒板隙去了，阿貴一手託了他老胳肢窩一下，在人堆後，就漾出了陳奇那粗暴的聲浪。

「嘿，你們怕他臭頭三，我陳奇怕麼……殺人放火金腰帶……」

師爺漢推推擠擠那麼推開了人堆，臉色泛青泛白的，還裝著一臉奸笑，把厚笨的淤黑嘴唇張得大大，正想開口，卻看到那鬼傢伙一腦袋脹紅把最後一口狗頭烏蜜酒向嘴裡倒進去。手一浮，哇啦一聲，壓克力杯碰跌了桌子的酒瓶，嘴裡不紅不白的噪著：

「大伯公多隆你們麼？哈哈……沉香娘娘多隆你們麼？嘿……嘿……」他老脹紅了臉，兩隻手抱了肚子笑，半個頭埋在桌子上：

「嘿……還不是我姓陳的多隆了你們……」

孩子們嘰里呱啦的笑，那些上了年紀的老實人連臉色都變了，那咖啡店頭家一瞅到了師爺漢，就搖著手！

「他老喝得醉啦……醉啦！……」

媽的，真不愧他師爺漢是臭頭三的文膽，雖然張惶了一陣，很快就堆滿了一團笑臉，輕輕的拍著那傢伙的肩膀：

「奇哥，到港口區玩又不告訴咱一聲，三叔等得你苦哇！」

剛好狗種收了網回來，瞅了瞅師爺漢一眼，那傢伙早就連同阿貴把陳奇那傢伙叉著胳肢窩朝向沉香宮走了，這傢伙還把宿醉吐了他師爺漢一臉，連那發光的烏絨褲也濕漉淋淋了。嗨，X你老母。他心裡又氣又恨，那殭屍似的猴子臉，泛紅泛青，呸了這鬼幾口。

呵……狗種長長的噓了口氣：

「頭家，咖啡烏一盅。」

一連搬了幾台神功戲，在這淺淺的沉香渚再看不見那陳奇的影子，阿狗種心裡頂明亮。

× × ×

「天下太平，闔境平安」

❶ 多隆：馬來語tolong，即是「幫忙」的意思。

❷ 三沙：極下等的鴉片渣滓。

❸ 馬打：馬來語mata，即是「警衛」的俗稱。

都門抄

一

經過熱浪的襲擊，黃昏時分，這小村的起伏崗巒便簇擁著像給燒灼的半邊天的紫暗晚霞，那小吉拉❶的長著一副哭喪臉的，行行一搖一晃，像株枯樹似的頭家的臉上皺紋更像把老榕樹鬚那樣拉得更長了，獃在櫃檯邊，一隻手支著下頦，失神奪魂似的瞪著慢慢變得昏暗了的天邊，似乎哭了起來那麼嘶啞著在嘘氣：

「這場風雨，遲早得來。」

雖然那崗巒後就是一片海洋，一入黃昏，便陣陣海風吹來，尤其在季候風的季節吹得你皮膚都起了疙瘩。可是這當口，那吉拉的頭家卻像一腔火炭打心坎裡燒著，雖然腦袋沒有汗，卻昏昏沉沉，天邊還沒有全暗下來，崗頭還殘留著黃昏的陽光陰影，可是他老眼卻起了陣陣昏黑了，覺得自己飄飄蕩盪，想轉到店後的睡房去休息一下。自己的堂客又在灶下弄飯，分不得身。兒子大貴，這麼晚了還不回來，看又在學校裡搞什麼鬼了。是，這小頭家又一陣心痛，只有這麼輕淡的罵了幾句，就算安慰了自己：

「我這個年齡早到了鄰鄉去顧牛了，哼，還沒你這好福氣，上洋學堂……」

平素是算這麼牢騷發過就拉倒了。這當口，那心口的一條氣就老順不下來。倒是那公會裡的主席，經常，那小頭家老遠一看到他，那哭喪臉就趕快拉下來，咧開了口，就喊：「拿督❷，拿督公，坐呀，什麼風啦……」一類客套話，今兒卻先由這拿督公破例先開了口，拍著他老聳高了的兩片肩膊骨，透過了那兩片厚墩墩的老花眼鏡的含笑眼光像灼著那小頭家的心了。

「八哥，還沒升店麼？是你老行的好運道，看你老哥不上一年半載就會胖起來了，嘿嘿，不是麼？坡底快升……升！唔，是『升格』了吧，這兒也繁榮起來啦，看不到年底，你八哥的『大昌隆』就得開夜市嘍！」

這個被喊作「八哥」的小頭家雖然自己的靈魂兒還在黑水上飄飄蕩蕩，可是覺得半昏半醒的，不得不向著拿督公這一般頭人的面前堆著笑，一笑，那些臉上的皺紋就更深的現著了。趕快拖椅子，喊著灶下弄飯的堂客捧茶。

「啊啊，拿督和列位頭家，真賞光，請坐，坐……什麼……什麼……」

那噙在喉嚨那個「風」字還沒吐出，驀地看到這班頭領就才著那一個亮光光的黑油臉，像黑煞神似的，挺了眉毛向自己一瞪，嘿，自己的心就沉了下來，再想說句客套話，聲線就沉啞下去了，倒是那個信任公會的總務的小僑領把自己的那兩片抖顫的面頰一抖，兩條狹小的眼擠成了一道線似的，還沒說出，笑聲就噴了過來：

「哈嘿，八哥的『大昌隆』就勝在地位好，左邊是海，直過去通到大埠，包你就發財，嘿嘿，大埠就升格了，八哥的店雖然是板……」

這小僑領生就一張滑溜溜的油嘴，可一說到這兒，似乎被一道鋒稜的眼光瞟過來，那正是擠在一邊的黑油臉的傢伙咧開了半個嘴腔，露出了幾顆黃溜溜的崩牙瞪著自己，這個小僑頭也忒覺，自知道出了岔子，趕快把笑臉沉下來，換了個作風：

「呀，八哥，不用客氣啦，又不是外人……」

倒是那個帶頭的拿督撇脫，一把捆著的小簿向頭家眼前一晃，只打著鼻腔說：

「大家快就發財了，蘸大筆一些吧，八哥，咱們中國人得掙點面子，人家吉靈人都打算在大日子唱兩天戲呢……」

大家在七嘴八舌的說著，那個新任總務的更把自己的水筆脫了筆套遞到八哥的面前去：

「就廿塊錢吧，難得拿督公這樣賞光，這次捐款親自出馬……」

「他們吉靈唱吉靈戲，咱們唐人就不曉得舞兩天獅麼？會館裡前幾天正購入了個佛山獅頭……」

這個小頭家正一腦袋子冷汗，心頭悸跳著，咽喉像哽住了，想說句什麼，舌頭就像發了脹，面對面那個黑亮亮的油光臉，那兩顆眼睛就像兩把刀那樣刺著自己的心，冰涼的沒有一絲笑容……

這小頭家眼前一陣暗黑……

二

「爸，吃飯了吧！」

在昏沉中，那個小頭家給兒子喊醒了，什麼時候，堂客已經把店門升上了，電燈有氣沒力的亮著。

「媽的，跟你拼命！」

這個小頭家，一肚子火炭似的從藤床裡一挺，睜開了那綳著血絲的眼，嘿，又是那黑油油的光亮腦袋……心一橫，一條腿一挺，兒子哇的哭了起來，蹲在地上，那個娘的忽地從灶下趕過來，一把抓了兒子倒向自己懷抱著，還沒開嘴，自己就滴出了眼淚，掉到兒子臉上。一陣冰涼，兒子倒停止了氣啜，瞪著媽那一臉淚水：

「爸用腳踢我！」

娘的只是哭，那當家的就心眼一涼，噓了口氣，自己那兩顆也趕著掉出來了。那是自己的兒子嘛，又不是那死鬼房東，可是自己依舊一肚子火一時洩不下，只得含含糊糊在嗓著：

「夭壽仔，三更半夜回，學堂裡教你當夜摸麼？放學了連店也不回來顧，只在外面挺屍！」

嗚，嗚，那孩子又倒在娘的懷裡抽咽著：

「學堂裡趕著製大日子提燈用的紙燈嘛，又不是我去玩……」

當家長長的噓著氣，像條死魚那樣，挺在藤床上抬不起頭來，遠遠地還聽到自己的堂客，在灶下輕輕地對兒子咒詛著自己：

「乖狗，別哭呀，那死鬼受了外面的氣，回來折磨自己的孩子。」

夜的海風，透過了崗巒的樹林，透過了板門，這吉拉的大頭客什麼時候又給冷風吹醒了，看看瘀黃的電燈都給關上了，自己的堂客和孩子，都賭氣鑽到房子去睡了，剩下了自己冷清清倒在走廊的藤床上，耳邊吹來了一陣陣海潮聲。

唉，自己只不停的噓著冷氣，從門隙閃進來了一絲冷冰冰的月亮，這更刺激了這小頭家的起起伏伏的思潮，那永沒有止息的海潮不是三十多年前把自己從唐山送來過番的麼？月亮還不是故鄉那個月亮？

他老又獨自個兒在那一條條死灰色的冷月亮下獨自抽煙了，跟自己同船過番的那些人，入住老三，狗種……他們都撈得家肥屋潤，那個耗子臭頭，不早就到唐山歸隱了麼？自己卻流落在番邦，三十多歲才成了個家。唔，又十隻手指頭磨光了，才七災八難的挨了個孩子，還死守了這間舢舨頭的吉拉店。唉，若不是為了阿狗……現在那烏皮又想把自己趕走了……

想到了先前那麼無緣無故的折磨了自己的骨肉，自己也感心疼，可一想到了那死鬼烏皮的油光臉，自己的心頭，就像噴湧起一陣陣鮮血，連喉嚨也臭了血腥。媽的，我就跟你拼了吧！

「爸，爸……」

可是自己的耳邊又不停地繞著兒子的細微的聲音。

唉，他老八又嘆了口氣，雖然自己的老命不要緊，可是那傳宗接代的阿狗這麼年紀輕輕要靠誰呢？自己又沒有兄弟在坡底；雖然在州府裡有個遠房的族叔在耕芭，可是泥菩薩過海，他自身也難保。

「啊，我老八真是命苦！」

真的，他老就不想，一想到了那老死鬼老烏的黑油光臉，那兩道殺氣騰騰的濃眉毛，撐起了腰：「嘿，這都會升格，連這舢舨頭也變大了，還容你開吉拉店麼？嘿，兩個月通知，還是看拿督的面上。哼！在這兒誰敢哼我烏皮一句？你有三個頭？六隻臂？」

可是若自己沒有了這吉拉店，自己即使不用吃飯，連孩子、堂客也不用吃飯麼？這麼一想，腦袋又昏沉下去了，老記起這烏皮的臉，這吉拉店會改建成七層樓……

三

天空雖然有星星，有月亮，海面上雖然也鋪上銀光……可及得大地上的火樹銀花麼？海面上的船閃起了一把一把的煙火，閃耀得月亮也變得暗淡無光了。星、星星似乎一顆顆掉到海底去了。

都都，都……紅毛鼓吹，唐山鼓吹，馬來和印度鼓吹都在大坡和舢舨頭間的大草坪團團地轉，那會館的嶄新的獅頭也配合著電火在草坪上掀天動地，連山芭學校的學生都穿好了洗漿好了的制服和新買的白帆布鞋，一隻手吊高了各式各樣的紙燈籠，口裡哼著歌調，吱呀咿的……

從更遙遠的山芭，膠園和黃梨園裡成千上萬的印度人、中國人、馬來人、混種人……無論男的、女的和孩子們匯合成了人流向著大草坪走過去。

「冰棒！」

「羊肉沙爹……雞肉沙爹……來啦！」

「老兄來吧！老兄來吧！」

在萬頭鑽動中，只看到一陣陣、一縷縷吹不散的人煙，在黃澄澄的燈光下吹得繚繚繞繞……在高空中的月亮，卻冷冷的瞪著這瘋狂的人間。

「啊，花車來啦！」

「啊，是巫協的一隻大象！」

花啦、花啦的印度人的花車，那扮仙女的女孩子坐在蓮盆上搖搖擺擺，吸引了一大堆的看客，跟著是會館裡的舞獅，由著一個戴上大佛頭的頑童在前面搧動著破葵扇在接引，那群野孩子在旁邊噓噓的嘶嘯著。

「喂！八哥，來看熱鬧啦！幹嘛躲在店裡挨靜！」

那隔鄰洗衣店的大塊頭店伴，吃過了晚飯，老瞪著「大昌隆」的門虛掩著。心裡想，這大日子「大昌隆」的八哥到坡底去了嗎？幹嘛呢？烏燈黑火，只聽到頭家嫂在灶下洗碗盤，他把虛掩的門拍了拍，吊著高嗓。沒多久，那一頭亂髮的老八，兩隻眼睛越發深陷了下去，像具骷髏那樣的衝了出來，一絲笑意也沒有，靠了街道上的燈光照得他滿是皺紋的臉更陰沉了，一瞪了那大塊頭，就「撲禿」的跪了下來，不停地磕著頭：

「烏皮叔，你千萬要救救我的命，別趕我出店，別趕我下海呀！我還有堂客，還有孩子，還有……」

他的額頭又「撲禿」地在門檻前的紅毛灰地上響著，嘴腔裡嘟噥嘟噥地念著：「救救我吧！烏皮叔，我一百世……」

「喂！八哥，八哥你瘋了麼？」

這個洗衣店伙計一身熾熱了，想不到惹火上身，只得吊高了嗓子在喊：

「八嫂呀！八哥幹嘛呢？」

附近的年輕小伙子老早就到草坪上看熱鬧去了，好不容易，這吉拉的頭家娘從灶下噙了一包熱淚出來，那隔鄰咖啡店頭家早就把這半瘋的老人扶到自己的咖啡店去了，搖晃著頭嘆氣：

「這也難怪八哥被刺激成這個樣子，那烏皮真不是……」

可話說了一半，就趕緊把下半段的話吞回肚子裡去，漲紅了臉，趕緊把頭向門外四面瞪了一瞪，幸好大家都到草坪上看熱鬧去，沒有誰聽到，這善良的咖啡店頭家才把緊張的臉鬆弛下來，又望了望趕到那像昏迷了的吉拉店小頭家身邊去的堂客，噓氣：

「八嫂，你回去，就勸勸八哥，心胸放開一點，天無絕人之路呀！」

那八哥的深陷的眼向著這咖啡店頭家和洗衣店的伙計，和自己的堂客四面愣了愣，又把眼睛瞇起來，長長噓了口氣。

「八哥把半生的血汗都放在這吉拉店上了，一下子被趕了出來，就算我大蓉的大塊頭也心眼兒看不開呀！」

這大塊頭究竟是個年輕小伙子，脹了一腦袋青紫的筋，那個堂客也一句話不說，只不停地在泣啜，許久才這麼說：

「這麼瘋瘋癲癲，咱和阿狗靠誰嘍？」

那老八老皺瞇著眼睛，沉默了許久，那善良的咖啡店頭家把杯熱咖啡捧了來，輕輕遞到老八的面前去：

「八哥，喝口熱咖啡，順下這條氣吧！」

「嘿，烏皮，你把我趕上了絕路，我死也不放過你……」

砰的，這傢伙兩條腿跳了起來，一個拳頭啪的把桌子上的熱咖啡潑倒了淌了一桌子。

四

經過了一連兩天的慶祝「升格」熱鬧後，這脈搏刺激的大地又開始寧靜下來了。大草坪裡那幾個杜更加夭❸還有點勁力的把戲台的板木拆卸下來，只是那班印裔清道夫，就疲乏得連眼睛也差不多瞪不起來，有氣沒力地把長長的竹掃帚掃起了一堆一堆垃圾和紙堆。

有幾個掃溝渠的這麼掩著鼻子在掃那些昨晚露天過夜的看熱鬧的人隨處放的野屎。天也似乎鬧了幾天熱鬧，疲倦得太陽也不露面，顯得死氣沉沉。那油屎的巴士車都像吃飽了的臭甲蟲那樣，黑壓壓的堆滿了搭客，慢吞吞地在大地上爬行，尾巴還不停歇地噴出一陣陣黑煙，弄得這沉悶的舢舨頭更腦袋昏脹了。

這衛星市似的鄉村又回復了往常那種沉悶的生活了，只是那個洗衣店的小伙計大塊頭不時用那失神的眼瞪著隔壁「大昌隆」那半掩著的板門，心裡十五十六的瞎想著，在櫃圍邊呆著失了神。那咖啡店的頭家也忙得一腦袋是汗，泡著咖啡，連那個當助手的孩子也恨不得多長兩條臂膀在走動。

幾個茶客都是附近舢舨頭的老主顧，似乎都皺了眉頭，聲線低沉的談著同一的事件。

「啊，那死鬼看他不得好死呀……」

「嘿，人無百日好，花無百日紅，看你走紅到幾時？」

一個年紀還輕的三十多歲的漢子，像條瘋狗那樣一個拳頭捶在桌子上，弄得空了的咖啡杯，乒乒乓乓的跳著，兩隻眼睛就像噴出了兩把火：

「幹他老母，咱就懊恨在日本時候救錯了他，這狗騙了憲兵隊，又騙了組織……」

可是遙遠崗巒的轉彎處簇擁了黑壓壓的一隊人，躲在咖啡店裡的幾個茶客也急得跳了起來，趕到崗巒那邊去，倒是那個洗衣店的大塊頭聲音高亢，這麼壓過了嘈吵的人聲問：

「哪兒找到？還活吧？唉！八哥，何苦自己作賤？」

可是這熱心的小伙子，一瞪到那些人扛回來了卻是披頭散髮的阿八嫂，濕淋淋的一身，心就明白過來了，趕緊分開了看熱鬧的人，鑽過去……起先那女的還老挺著，一聽到了那大塊頭這麼一說，就哇的哭了起來，要爭著跳下地來，瘋狂地在嘶叫：

「幹嘛呢？要我活著受罪，讓我也跟著他死鬼去吧！」

「媽，媽……」

可以聽到孩子急來叫著，自己的心就像日本刀尖刺著那麼疼，又昏沉過去了。一班看熱鬧的人逐漸的散去了，可是誰在陰陰沉沉的氣氛中這麼冷冷的說了一句：

「大埠升了格，這兒舢舨頭和阿八哥的肚子澎大起來了。」

「哈！哈哈！」

崗巒後，那片茫茫的海也依舊是一片碧綠。

❶吉拉：雜貨店。
❷拿督：馬來西亞的一種封銜。
❸杜更加夭：馬來語tukang kayu，即是「木匠」的意思。

賣平米的地方

一

在這漁場一角的「興利」雜貨店老闆陳桂，往常在這紅魚汎的季節，一瞟到了碧海遠處飄動著帆影，自己的心就活躍起來了，估量著這一次紅魚汎，自己的「興利」雜貨店可賺到幾千幾百塊錢了，因為漁廊主早就定了多少鹽、多少米、紅煙、雜料多少……

可是今年……

外海依舊是一片碧綠，在黃昏時也一樣飄動著歸來的帆影。漁廊主再也沒有如往常那樣有興頭來「興利」取鹽、取米了。

其實，皺起眉頭，望著碧綠的海發怔的，就不只他陳桂一個。那個「大有」漁廊的東家丁財貴就時時在「興利」老闆要開口討賬時，先就苦起了臉來，噓聲又嘆氣的搖著頭。

往年這時節，新加坡、吉隆坡羅里，就像長龍那樣到這兒來買貨。今年雖然也有幾組的羅里車來過，可一問了問價錢，他們就搖頭說：「今年大埠的行情壞透啦，紅魚八十塊一擔也賣不出，去年嘛，更大手的，石叻坡的拆家❶也出到一百、百二呢！」

丁財貴正在櫃檯上捲著一口紅煙，那坐在「興利」隔鄰的咖啡店的張老猴，把那顆瘦削的三角臉湊過來，眉心緊緊地拈著：

「行情這麼淡下去，咱們要吊頸都沒有繩子呀！」

六道失神的眼光碰在一起，一下子沉默下來。一會兒，倒是丁財貴想起了什麼似的，首先打破了沉默，噴出了一個長長的煙圈後，瞪著老猴問：

「老猴，你在鐵山裡工作的弟弟有回來麼？聽人家說，鐵山下個月起，每星期只工作四天了，是麼？」

老猴那三角臉更蹙皺了來，用手背老是揩著自己的砂眼，唔了一下：

「還好說麼？聽我的弟弟說，礦山裡不止要減工，更打算裁人呢！」

「興利」老闆也咕嘟的吐了口痰，清了清喉嚨，冷冷的瞟了那咖啡店頭家一眼：

「上個月十五那天，礦山裡不是有人包了輛大巴士，說是載一班人到巴生港口下船回唐山去的麼？」

那個咖啡店頭家還沒開口，聽到了煮開水的銅爐乒乒乓乓的響，他意識到銅爐裡的滾水早就滾透了，又沒有顧客上門，他趕快把一勺冷水滲進去嘘了口氣，又拐過來：

「上個月要回唐山的是那些年老的礦工，礦山貼些旅費讓他們回去；下個月呀，連年輕的也要裁減了，唉……這行情真鬼。」

這三角臉傢伙正想埋怨下去，卻又有人吊著尖嗓喊他了：

「頭手，一盅咖啡烏！」

二

照往常，陳桂這雜貨店主照例在吃過了晚飯後，倒在煙炕上，抽幾口鴉片，又闔著眼養養神，聽到隔壁老猴的咖啡店的夜市熱鬧起來，混合著那些來等鱘魚、鹽魚的羅里車主和漁夫們搓麻雀牌❷的吵聲，自己才趿著拖鞋走過來，叫杯濃濃的咖啡烏，一邊啜著，一邊跟茶客們談天，有時也順便談談生意經。

可是近來，老猴的咖啡店夜市一落千丈了，有時到了入夜八九時了，麻雀牌的吵聲還聽不見，連茶客也不多幾個。倒是在這些冷場中，那個在鄉村議會中當雜役的矮子秋，成了老猴的唯一長期主顧。矮子秋這傢伙真是通天曉，上天下地，中外古今，他都會說得上口。也許是他經常派送議會裡的來往公文，到大城市裡來來去去，消息特別多。在好時節，大家忙著這個，忙著那個，甚至連老猴也忙著泡咖啡，忙著算數，對這些小人物很少理會。可是行情一壞，這咖啡店的夜市冷淡下來，矮子秋倒變得重要起來了。可不是嘛，雖然他老只喝杯咖啡烏，坐上半夜，若不是他，那老猴就得坐在店裡唱獨腳戲呢。

今夜，黃昏時灑下了一陣雨，老猴的咖啡店更冷靜了，只有黃澄澄的焗沙燈照耀著幾張烏溜溜的方桌子，那麻雀牌連動也不動躺在白紙上喘氣。

「老猴，咱們別埋怨這兒行情壞。其實大城裡也是一樣淡。這次公會要捐款慶祝獨立週年也沒有成績吶！」

矮子秋歇了會兒，一咕嘟喝了剩下來那半杯冷了的咖啡烏，咂咂嘴，又冷冷瞟了那老猴的三角臉一眼，倒自己先苦笑起來：

「老猴，咱們都過番了三頭幾十年了，什麼新聞都聽過了。電火戲落價了，倒算第一次，這是千真萬確。大城裡那間新開的東華戲院呀，為了行情淡，倒自動減價了，從前樓上收一塊四角的，現在減收六角半，樓下一塊錢的座位，現在一律收回四角……唉，老猴，這年頭，電火戲這行生意還不賺錢，就不用再做生意了，不是麼？」

老猴只有皺瞇了眼睛，不停地搖頭。在昏黃的燈光下閃進了條幽靈似的瘦小伙子。還是矮子秋眼利，一下就看出了：

「啊啊！烏士曼，幾天都看不到你了，發了財到外坡去吃風麼？」

那馬來漁夫烏士曼只是閃進來，借個火在點著含在口中的羅咯草❸罷了。聽矮子秋一招呼自己，腳步就停頓下來。在燈光下，他那狹長臉更比以前瘦黑了，苦笑了一下，搖晃著一頭亂髮的腦袋：

「還好說嗎？仄拉那條船的摩多為了欠了幾期款沒有供，給土庫❹派人將摩多拆回去。幾天……唔，橫豎行情淡，安都勞活❺多，有時幾天捉不到魚，捉到了魚又沒有價錢，日日夜夜的出海捉魚，到頭來，有一頓沒一頓。」

雖然沒有喝茶，可是說多了話，自己也疲乏了，歪坐在椅子上喘著氣，臉色更難看了，教人猜想著他害了病，只是那咖啡店頭手知道得清楚，大約他的肚子餓了。橫豎銅壺裡有著咖啡渣，就倒杯給這傢伙喝吧，算是賣個人情。

一點不假，滾燒的咖啡一到了烏士曼肚子裡，就長出氣力來，連眉毛也蹬高了：

「眼看這海養不活人了，加林他們上個月就回甘榜❻去了，隨便插把木薯梗，也有頓肚飽啦。」

老猴的瘦臉更深深皺了起來，長長的噓了口氣，瞟了瞟一條腿放在椅子上搖來搖去的矮子秋：

「秋哥，這情景下去，我們又得回復到日本鬼子時代那樣挨木薯了……」

矮子秋苦笑了苦笑，沒開口。半晌兒，才又瞪大了那絡著血筋的砂眼，一瞅老猴：

「不是我矮子秋說風涼話，日本鬼子時候就比現在好過些。單說我們這漁港，日本鬼子的船艘就出出入入，連新加坡、吉隆坡的羅里都排著長龍那樣來這兒買米、買黑貨❼呢！多少人不靠這發了財？」

只有隔著一堵牆壁的「興利」雜貨店後座，陳桂倒在煙炕上，失神奪魂的想著自己店裡的米都發霉了，還賣不出。一聽到矮子秋說到日本時代，這漁村是走私中心點的事，自己的心就挺了挺，忽地爬起半截身子，自己就咒詛著自己：

「呸！靠了這小吉拉❽挨一世會發達麼？這年頭，人無橫財不富，馬無夜草不肥。」

陳桂這小頭家一記起了日本時代，在這漁村靠走私起家的張文，自己就從心裡笑出來。巴東的印尼叛軍的船到了，有人跟他接頭。

三

大家都奇怪起來，這兒的行情那麼壞，往日那「興利」雜貨店的小頭家陳桂一碰到一個顧客進門就拈起眉頭訴苦，說連米牌米也賣不完了，連唐山來的梅菜乾都發了霉了。

這漁村再有幾條漁船停止出海了，幾個常常來往大城的人，如矮子秋等回來，都帶來了不好的消息。台灣的漁船開到星洲水域來了，新加坡幾個有錢人跟日本漁業主合作了，運到馬來西亞一大幫新式漁網、捕魚雷達器，還從北海道運來了千千百百個技術人員。

新加坡的魚價普遍降落二十巴仙。

可是陳桂這小頭家卻跟那些垂頭苦惱的漁夫們相反，他老那煙漬臉倒鋪上一片紅光，逢人開口笑：「嘿嘿，行情壞麼？咱陳老桂就從新加坡運來一大幫白米，官價定每斤三角二占，咱們就賣三角錢。咱們沒有錢做大善事，修橋築路，可是還有些兒力量，賣些平米，算件好事。照頭盤來價，咱們還得貼上羅里運費。」

真的，這破落的漁村誰不歌頌著陳桂這個善人？他的羅里天天從大城裡運些白米、鹽料、蔬菜到來，又一車一車的鹽魚運到外埠去。

真是平步青雲，幾個月的光景，他陳桂就搖搖篩篩的變成了小僑領，甚至地方議會也把他選作主席，將他那永遠漬著煙油的照片刊登到報章上去了。又給地方教會委員會封他當了唐人學校的官方董事。

話雖如此說，可是陳桂發跡得那麼快，也實在教人疑心。有些好事的年輕人也跟蹤他到大城去過幾次，可是他除了到幾個相好的婊子家裡玩玩外，就沒有露過什麼馬腳。

不過，有一個晚上，矮子秋正吃過了晚飯，打算照例到外面去聊天的時候，那個許久沒有上門來的小舅子卻挽了一把鮮魚進門來，跟他矮子秋打個招呼，翻了翻那陰陽眼，半晌兒，似乎想起了什麼，放低了嗓音去問一問矮子秋：

「秋哥，聽說『興利』雜貨店的羅里今天早上在巴都地方出了事啦，消息是真的麼？」

在昏暗的土油燈照拂下，矮子秋那瘦削臉更皺了起來，愣了他小舅子一眼：

「羅里車翻了嗎？」

他那小舅子苦笑了起來，搖了搖頭，更把嘴唇湊到矮子秋的耳邊去。

「那車鹽魚肚子裡都塞滿了黑貨呀！給海關暗牌❾吊了幾水了。唔，這一次，他陳桂還親自出馬壓車。」

矮子秋心裡打了個冷顫，發抖的嘴唇胡亂地問著：「真的嗎？」

這當舵手的小伙子把鮮魚順手放在地上，一屁股坐到椅子上去，先噓了口氣。看情形，還有下文，矮子秋連到外面去談天的心情都冷淡下來了，摸出了包打槍牌❿去招待這位小舅子。

「上個禮拜六，我親眼看到陳桂從後門把一包一包東西落到一艘舢舨去，鬼鬼祟祟的。那時天色還沒有全亮，我們剛要出海，又認不清那划舢舨的是什麼人。」

抽過了那根打槍牌後，這小傢伙的臉色也就沉下來：

「後來，我聽馬末說起，這港口就常常有蘇島叛軍的船艘進來，運些黑貨和樹膠，又從這兒換回些爛鐵⓫……陳桂那煙鬼怕不是走了這門路。不是，真的這麼容易發跡？」

矮子秋那陰陽眼老是泛青泛白，這傢伙一肚子詭計，似乎永遠不相信人家的，老是沒出聲。

那小伙子怕他不相信，更加引個證據：

「你可問馬末呀！印尼的叛軍就派了跟縱隊到這兒來，動他們甘榜的人，組織援助印尼叛軍，替他們推銷私貨。」

矮子秋似乎永遠是怕事的，低聲跟他小舅子說：

「東西可以亂吃，話不可亂說呀！」

那牛性的小伙子連脖子也漲紅了：

「怕我個卵，這兒又不是巴東，怕他們斬了我的頭麼？嘿！」

驀地，從門檻閃進了一個十二、三歲的孩子，給土油燈光焰照晃得像個幽靈，吊高了嗓子向著後座喊著：

「媽，舅舅拿了鮮魚來啦！」

這小鬼一抓起了地上那掛鮮魚就攛到灶下去，連舅舅也不喊一聲。

之後，這漁村又回復了從前那種冷落。「興利」雜貨店雖然沒有了陳桂那油漬臉，可是那個兩條眉毛粗大，額頭剃得高高，一臉殺氣的克夫相的頭家嫂代替了丈夫，整天的坐在櫃檯上吆三喝四了。

米牌米又回復了官定價格了，而且那惡母雞還吩咐了小伙計把糙米滲進了去。

連金馬侖來的包菜都變霉了，給小伙計丟到門外去，發出一陣陣臭氣。

完成於一九五八年聖誕節前

❶ 折家：頭盤批發商。
❷ 麻雀牌：即麻將。
❸ 羅咯草：馬來人用來卷紅煙的水草。
❹ 土庫：洋行的意思。
❺ 安都勞活：馬來語hantu laut，即是「水鬼」的意思。
❻ 甘榜：馬來語kampung，即是「鄉村」的意思。
❼ 黑貨：鴉片。
❽ 吉拉：雜貨店。
❾ 暗牌：緝私人員。
❿ 打槍牌：香煙
⓫ 爛鐵：軍火的暗號。

白區來的消息

這是他梁牛在營裡休養了七年後回到這山城來的第三天了。

雖然，他老是這山城裡的紅土上茁長出來的，可七年後一切是變得那麼陌生。自己用血汗渲染過的樹薯芭頭的矮小的亞答厝，不曉得什麼時候被燒成為平地了，只是長長的絲茅還沒法完全掩蔽了那雖然是破碎了卻還露出灰暗臉面的士敏❶土結成的基地。

在他梁牛那遲鈍的腦海裡卻老淡淡地印著崗巒上的兩株查李樹，往常那些吱吱喳喳的小鳥兒早就飛散了，為了那兩株查李樹枝也給野火燒成了半身不遂，查李子結得少了。

這零亂的崗巒，經自己血汗渲染過的土地，一切一切都跟著燒焦了大地的殘陽消逝在昏沉的夜色裡，從淡淡的紫色變到了灰暗。然而，繞過斜崗吹來的海岸的夜風，一陣陣地把他老的心頭吹得搖搖晃晃。

在昏沉中，他老的遲鈍的腦海裡晃得了阿霞，自己的番婆那豐滿的胴體，一陣陣女性特有的氣息，配合著這山巒的土地氣息，強烈地刺激了這個離家了很久的歸客底心。

黑暗中，他想著崗頭那兩株半枯了的查李樹，似乎又開始了搖曳，又活過來了。

唔，細牛，就長得會爬到那查李樹枝去了。唉！七年，七年，七個年頭，一切就變得那麼快了。

雖然他梁牛是那麼蠢笨，可是這兩天來，在自己的那個堂哥的吉拉❷裡碰到的，都是那麼陌生的臉孔，有幾個自己從前跟他們稱兄道弟那樣的在大城市裡混過的朋友，諸如生鬼秋、牛王昇他們，一碰到了自己，臉色就變得尷尬起來，訕訕的說幾句不著邊際的話，就趕快跑開去，似乎怕他梁牛染上了三代痲瘋似的。其實他梁牛自己明白是沒有「沙拉」❸，他梁牛記得自己被釋放的時候，那個好心腸的唐人財副向自己恭喜過：「現在天下太平了，你自己就沒有沙拉，回去老家團聚吧！」

真的那一夜，他梁牛就連眼也闔攏不來，老瞪著黑暗的夜空，聽著那嗡嗡的蚊子和寢室外的草蟲的叫囂，他老面前泛了一片一片的幻想景象，也模模糊糊地記起過去的破碎的惡夢。

可是到自己回到了那並不陌生的崗巒和附近的，現在成了移殖區的從前的甘榜❹，一切都那麼變動了，可是他梁牛就不是個多感慨的人，似乎一切冷漠對他是不在乎的，因為七年長久的幽居，已經把他的遲鈍的頭腦變得更麻木了，只是忘不了阿霞。兩天來，他老一吃過了飯，就是失神奪魂那樣要下坡去找自己的阿霞，起初他那堂兄阿桂虎著臉把他捺住：

「阿牛，大城裡人海茫茫，你又哪兒找她嘍？」

梁牛沉下那滿繃著皺紋的臉，那對血紅的眼睛瞪著那老實堂兄的臉，怕不一下子掉下熱淚來，雖然老噙著不給它溜出來，可是喉嚨早就哽咽著了，吱吱嘟嘟的：

「桂哥，你就明白我阿牛啦，快四十咯！還有什麼巴望？番婆人是衣裳，掉了雖然不打緊，可是我細牛就是咱姓梁的一點血脈……」

連這個好心腸的堂兄也沉下了臉，搖了搖頭，不好意思說下去，長長的噓了口氣。一橫，那失神奪魂的梁牛已經溜到門檻外去了，在店外那條長木凳上搖著腿子聊天的兩個馬來人冷冷的瞟了那個可憐人的長長背影一眼，鼻孔哼出了聲冷笑，大家都這麼想，這個可憐人永遠在夢中。

這一夜也是合當有事，中元普渡，那堂兄阿桂的吉拉照例得請估哩苦力喝杯酒，他梁牛三杯下肚後就連常性也變了，本來是綳著紅絲的眼睛，更給酒精燒紅了，眼珠子像飄出來的火焰那樣，一腦袋綳起了紅紅青青的粗筋，差不多連桌子也推倒了，虎起了臉跳起身來，把臂膀一掠。

「我梁牛既然查到了那賤貨的諜腳，我死也不放過她……」

那堂哥阿桂橫了這情形，連酒意也給嚇走了，變成了一臉青黃，一把捺住了這不好酒品，更加上一肚惆悵的老弟，嘴巴吱吱嘟嘟地喝著：

「周煌，把阿牛扶到炕上去吧，他就那麼喝不得酒的，灌上了三兩黃湯，就叱雞罵狗，七年前不是為了喝了酒，青口白舌的得罪了人，會給人家坑了嗎？唉，真可憐，家散人亡……」

這個好心腸的堂兄自己惆悵起來，把放在自己跟前的酒杯也撥倒了，吩咐那打雜去扶他。

「哼！我醉嗎？再喝一支五加皮我還不會醉，你們都不是好人，趁我不在家把我的番婆也偷上了，嘿嘿……遲早我要去，就跟你們拼了命，省得看著你們眼冤……」

他梁牛青紅不白的詛咒著，到那打雜的從灶下轉出來，夾著那吉拉老闆阿桂生拖死拉地把他阿牛拖到櫃檯後的床上去，可是門外一陣風掠過來，那傢伙，就咕嚕咕嚕的吐了一地，那打雜的大孩子捏著鼻子，一邊埋怨一邊用水去湔洗。

「也難怪他老心裡不爽，本來就吃不得悶酒。」

那堂兄只得這麼訕訕地替那可憐的兄弟向自己的估哩說句好話：

「阿煌，你就今晚早點升了店去大華看看戲吧！大日子一年一度，我也喝得多了一點，頭有點昏沉……」

自然，周煌那小鬼，巴不得頭家一開口，自己就像閻王放了監似的，早就七手八腳把碗碟湔洗好了，一溜煙溜到外面去了。本來這移殖民區一入夜就變得烏燈黑火了，尤其這一夜是普渡節，連咖啡店也早就滅了燈，都下坡去看戲的看戲，蹓躂的蹓躂，變得比往日更靜寂，只留著幾個老堂客在門檻邊等著燒街衣。

這一夜，悶熱的昏沉的熱帶月亮沉沉的照著這移殖民區的黃土路，也照著了阿桂那小吉拉，變成了一片死灰色，物資外邊的籬笆邊和吉拉裡都發出了一陣陣嗚咽聲和草蟲的嘶叫。

這麼經過了一陣陣從後崗飄過來的海風，那可憐的梁牛，經過一次嘔吐，倒清醒了許多，他清晰地聽到了隔壁房的堂兄的鼾聲，自己的心就像有什麼扭絞著起來那樣不好過。死灰色的月亮從破窗櫺溜進來，他梁牛雖然一陣酒意過去了，卻還是一身骨節酸痛，老爬起來，只屁股擦著地板床咿啦地響，現在倒是自己的心十五、十六❺了。阿兄那番勸自己的好意話，他梁牛是明白的，番婆如衣服，掉了舊的，有新的，怕我個卵，可他梁牛自己真的會把自己開導得開麼？

他清晰記得幾年前，在大芭阿中那一班人出水時，總管就問過自己一番話了，幸而那個唐人大財副心腸好，看到自己有番婆細子，總向總管嘰嘰咕咕說些好話，又得堂兄阿桂到生死註冊局抄出了自己的出世紙喃吧❻來交給大人。那時阿霞還一條心向著自己，哭哭啼啼的帶著細牛來看望過自己幾次，可是日子過得久了，大家的情緒就變得麻木了，他梁牛又從這個拘留營轉到那個拘留營，團團轉的，不只阿霞很久沒有看到，就連阿桂兄也難得來一趟了，這些長遠的歲月……

雖然忘記了歲月，可是一天營裡新來了個自己甘榜的熟人，那個割樹的阿生，一碰頭，他梁牛就像在暗夜裡拾到了金那樣歡喜，抓著了阿生那冰冷的手胡亂地問七問八，可是往常是怪熱情的小伙子，現在只有眼睛泛上泛下，微微噓了口氣：

「唔……阿霞麼……」

瞧到了那新來的小伙子的灰暗的臉色，沉吟下來，他梁牛怕他心裡不好過，比不得自己在這兒住得慣了，一切都變成了熟絡，自己不敢再問下去，這麼就把下半段的話吞回肚子裡去。可是總有一天，那阿生搖著頭拍了梁牛的肩膊一下，放沉了聲線說：

「阿牛，我本早就想告訴你了，又怕你心裡不好過，可是你盤問了這麼多次，不告訴你，良心上是過不去，唔……阿霞麼？我們也很久沒見到她了，自從你們的樹薯芭給一把火燒了後，有人說，看到她阿霞在丁加奴去賣茶花了……唔唔……」

激動的不是他梁牛，倒是那說故事的阿生，連眼睛也紅了，再說不下去。他梁牛也許是年紀大了點，也許一連串的失敗，把自己的心情繞得麻木了，只輕輕說著：

「這也難怪，咱梁牛除了那間芭厝，連一根草也沒有，家中無哥難留嫂，唔……」

雖然他老外表裝得那麼鎮定，卻哽咽著喉嚨，差點沒滴出淚珠來。

其實阿生還有一段話藏在肚子裡，怕一下子對方不好過，不敢全說出來。可是日子混得久了，阿生這年輕小伙子就包藏不得說話，他梁牛終於知道自己的番婆帶了孩子跟著野男人混了，雖然自己的心痛了幾個晚上，可一想到自己的無窮無盡的拘留，自己也不敢恨誰，只恨自己的命硬，一生碰到了這牢頭星，還有什麼可說。

這中元普渡是鬼節，尤其在這新移殖民區裡，這一夜更冷寂了，連各家門前燒過了的衣紙灰燼都熄滅了，給夜風吹得四散，月亮冷得像一片死灰色。他梁牛雖然酒意退了，卻心情多少還有些晃蕩蕩，躡手躡腳的出了甘榜的木柵。雖是白區了，木柵還像著一段影印在大家的心頭上。

好不容易，這可憐人搭到了一輛巴士，開到他要探尋的地點了，可是這傢伙酒意過了更一身軟弱。

×

×

×

巴士裡烏溜溜的幾十隻眼睛似乎都集中在他老臉上似的一陣一陣的焦熱起來。到這可憐人敢抬起了頭來望了望別的搭客時，大家的眼光似乎又瞧到車廂外面去，根本沒有感到有他梁牛同擠在一輛巴士上似的。他老又冷冷的抽了口氣，老記得阿桂兄的一番話：「兄弟如手足，番婆如衣服」，雖這麼地安慰著自己，可是想起了細牛，胃裡那股子沒有消逝盡的酒精又衝上了腦筋，嘴腔裡青紅不白地低沉地咒詛著：「你潑婦要走，你就走你的路吧，咱姓梁的血脈……」

這傢伙正在昏沉地想著，驀地車停止在盡頭的岔路上了，梁牛發覺到車上的搭客早就散盡了，他老就一拐一拐的拖著沉重的腳步過了一段芭窯路，沒有多遠是一段紅毛園丘……

兀，那遠遠的河岸上的浮腳厝，不就是那淫婦的屋子麼？他老清晰地記起了咖啡店那小鬼陳龍的話：「那淫婦就躲在河岸上的浮腳厝勾野漢子。」

一陣殘餘的酒精沖激了他老的腦袋，連腳步也浮動了，顛顛簸簸的拐過去，腦袋一昏沉了來，連阿桂堂兄勸自己的話，都忘得一乾二淨了。

冷冷的月亮晃照著那不停地嗚咽著的河流，夾雜著河岸上的蘆草叢給夜風吹得沙沙作響，更顯得這仲夏夜的蕭條景況。月亮，什麼時分給一陣子浮雲掩蓋住了？夜風卻越發吹得急激，河流也越發嗚咽得響亮了。他梁牛什麼時分隱沒到草叢裡去，或河床裡去，或者那浮腳厝去？窗外的風颸進去，那孤獨的浮腳厝的燈焰急喘地飄搖起來，更顯得這河岸的憂鬱氣氛。可沒多久，那孤零零的浮腳厝飄出了一陣陣斷斷續續的聲音，又滲著沙嘎的嘶叫。

「我不怪你，可是……可是孩子……」

又是一連串含糊的，卻又是沙嘎的爭吵……配合著河床上的蛙鳴，吱吱咕咕……

幾個踏腳車的馬來人在浮腳厝門前繞了幾個圈子，又輕狂地嘟噥了嘟噥，掉過頭來走了。

在蕭蕭的夜風飄動了河水的聲息中，又是一陣沙嘎和嗚咽的嘶叫，一陣砰砰的響聲……

「爸爸……媽！」

一聲孩子似的尖銳的叫囂劃破了這悲哀情緒的畫面，連那飄著綠焰的油燈也翻落了，屋子裡面變成了一片漆黑。在經過了幾次浮雲掩蓋的夜空，月亮又是有氣沒力的露出來了，這浮腳厝的綠焰的燈一經熄滅了後就不再上亮了。過了兩天，這淺淤的宋溪❼下流，靠近出海的地方，浮起了一具臃腫的屍首。起先沒有人認識這屍首是誰，後來有幾個跟阿桂的吉拉店通常有來往的馬來人曾經見過他梁牛的，知道這浮屍就是那個剛剛從拘留營放回來的可憐傢伙。

「七年了，老不死在拘留營裡，回來倒在這淺淤的宋溪送了命。」有不少人這麼慨嘆著。可是那河邊的那座浮腳厝又不知在什麼時候給掉空了上鎖，有些常常上這浮腳厝玩慣了「查某」的馬來人、吉靈人❽……都惆悵地瞟了瞟門前的生鏽的鎖頭走開去了。只是那吉拉的頭家阿桂和那咖啡店的小鬼陳龍心頭挺明白，可也只是搖搖頭噓了口氣就算過了，似乎大家都不想說些什麼。

河水，雖然是淤淺，卻永遠嗚咽著，發暈的熱帶月亮經過了無數次烏黑雲團的包掩，仍舊是有氣沒力的吊著一隻眼睛瞪著大地、河流、崗巒、浮腳厝……

可那個沉醉了七年幻夢的可憐人再沒有幻夢了，是夢醒了，抑是一個夢的破碎？

❶士敏：英語cement，即是「洋灰」的意思。
❷吉拉：雜貨店。
❸「沙拉」：馬來語salah，即是「錯」的意思。
❹甘榜：馬來語kampung，即是「鄉村」的意思。
❺十五、十六：七上八下。
❻喃吧：英語number，即是「號碼」的意思。
❼宋溪：馬來語sungai，即是「河流」的意思。
❽吉靈人：印裔的俗稱。

舊地

一

海，曾經過一連串暴風雨的襲擊，曾經過一連串的狂嘯；之後，又是一片寧靜的碧綠，那麼詩意地鑲著白雲，飄飄蕩蕩，這跟一瞬間的香煙縷縷那樣，誰記得它，曾經吹過東、南、西、北……

杜邦先生又第二次到了這熱帶邊緣來了，自然地他的感覺跟過去的不同，他一肚子沉鬱的思潮浸在那些鑲著千萬顆星星的九層樓大廈，又俯瞰著下面那低聲嗚咽、淤濁和不時發出陣陣沼氣的新加坡的黑流，更不時掉過頭來望了望閃閃爍爍，屋頂排列著國際電影機構的巨幅廣告的霓虹燈管，這入了中年的北歐紳士只不停地搖晃著頭，輕輕地嘆息，又抬起了頭向遙遠的海瞟過去，一簇的燈光，像星星海那樣東一撮、西一撮的，遙遠的盡頭，只是一片黑沉沉罷了。

這一夜，他杜邦先生的腦袋像一團亂絲，不停地用手撥著自己那摻雜著幾根灰髮的鬢邊，心潮就像面對著黑沉沉海浪一樣翻上翻下，自己面前堆著那高腳杯裝上了半杯威士忌只獨自個兒在冷空中抖擻抖擻，這中年紳士連嘴唇也沒有碰它一下。幾個裝扮得比瑪利蓮夢露還性感的下女們穿梭在這中年的異國紳士身旁擦來擦去，不時把眼風向這紳士瞟過去，可又抱有無限惆悵似的把性感的眼波很快地收了回來，覺得這麼一個英俊的歐洲紳士像一團冰雪那樣冷，連自己那經過了美容專家指導的屁股和胸膛的扭動也不注意一下。

有一個混種籍的下女水渄渄的眼珠子向這單身的紳士一瞅，輕輕哼著「玫瑰玫瑰我愛你」的曲調，把自己的胖大屁股挪向著那單身紳士跟前，自己也裝著把眼睛向著窗櫥外面望出去，還不過是一片黑壓壓？還帶點悶熱的海風，從窗櫥外吹進來，令這妮子微微的打了個寒噤，再扭過頭來，那孤寂的中年紳士又不知在什麼時候把徬徨的眼光收回來老瞪著桌子上的澄碧的酒了。

這不過是隔黃昏不久，這高貴的餐廳還很疏落，連那些下女們還懶洋洋地扭動著屁股對著逐漸變得昏暗的海面，所以這個孤寂的顧客是什麼時候閃進來她們也有些惝恍了。

只是天外的海，跟這籠子裡的憔悴的心也實在一忽一忽的變得沉鬱下去了。

「噢，杜邦先生，這麼早哇？」

在沉鬱中，那中年紳士給這麼一陣尖銳的聲喊醒了，眼睛一瞪，在沿著銀灰色似的熒光燈下，照得自己對面那東方人的尖臉更蒼白了，只啊地把腰巴一挺，裝了些微笑。

「黃昏好，張先生，喝杯酒麼？」

自然，這個本土的中年掮客竭力的想把自己的身弄得軟綿綿，想倒在這公司剛從歐洲派過來的年輕經理的身上。

「素絲，素絲，你就忘了麼？上個週末我才把咱們杜邦經理介紹給你們……」

在這孤寂的心情落寞的紳士腦海裡似只升起了一陣陣煙霧，幾十片血紅的唇瓣……幾十隻烏溜溜的東方特有的水渄渄眼珠子……還有那千萬顆鈴似的笑聲。

這中年的歐洲紳士在迷霧中只覺到這無數笑臉似乎缺少了一些什麼似的，總之，這些臉譜都缺少了自己心目中想找尋那黛絲和阿貴他們臉面上所具有的誠樸，而那幾個人就跟自己生命過程中斷了十多年了……

不是在忽明忽滅的色情氛圍下，聽著樂隊奏出那支快孤步舞的典譜，他杜邦先生就不知道什麼時候給那掮客夾到了這所舞場來了。

啊……他杜邦正噓了一口長氣，心坎裡正刺激了一下，這是舞廳麼？是一九五一年這赤道帶的豪華和冷氣設備的銷金窩？然而，他是那麼清晰地印在腦海裡，那個舞廳卻成了個臨時停屍場，一隊隊白色戰俘都用了污穢的手帕綳著嘴巴，皺著眉毛搬動著一具一具浮腫或者破碎了的屍體，一簇一簇，戰神帶給了這都市的產物，蒼蠅嗡嗡地繞著這些淌出了黃水的犧牲者的肢體……

遙遠處只閃動著刺刀的光亮，和浮動著「馬鹿馬鹿」底沙沙的日本語，還夾雜著笨重的腳步聲……而一切，在十年後，卻變成了淑女們胳肢窩下放射出的性感氣息，而樂隊還時不時奏出那支《支那之夜》的曲子，是那麼一齣悲慘的幽默劇。

他杜邦正想抓著身邊的本土人掮客的肩膊去問他一些問題，卻發覺那位子空著，那傢伙早就浴在舞池中，跟一個穿著黑晚服的舞伴偎著鬢邊在跳孤步舞了，還不時漂著輕笑聲，趁著爵士樂音在浮動，唔……這中年紳士又垂低了頭，胡亂地把桌子上的蜜酒咕嚕地吞了下去。

二

雖然這豬馬一帶顯得比以前更加憔悴了，可他杜邦還認得黛絲住過那間黧黑的、永遠洗不脫油漬的舊式水泥房子，尤其是靠近牆邊那株夾竹桃，十多年了，雖仍舊挺勁地挺著腰，卻多少顯得枝頭的花，有點顫巍巍了，還有門前那吊著的神燈，雖然這歐洲紳士忘記了是不是從前的式樣，而一道閃光劃過了他的心頭，他牢記得這神燈差不多就是這地區的拉丁區的標記。他胸口湧出了一股勇氣，想把前座的士車夫的肩膊推一下，喊他停下來，可又覺得一陣腦袋冒漲，卻一陣踟躕，那隻半伸出了的手肘又停下來，透過了那面反射鏡，雖是在不十分明亮的車廂裡，這馬來車夫也看出了那中年紳士的尷尬舉動來，那傢伙就浮著一片輕笑，半回過頭來，打著馬來話：

「端❶，要姑娘麼？唉，唉，這地區的不好，加東和三角坡……我就……」

這中年紳士的臉漲紫了起來，可只苦笑了一下，搖晃了搖晃腦袋，也用久就生疏了的馬來語跟那車夫答腔：「我只想看看罷了。」

終於在那大路靠近遊藝場門口吩咐車夫停了車，溜了下來，那大路還跟十年前那樣，沒有什麼變動，懶洋洋地躺在大地上喘息，連那遊藝場的燈光也跟從前那樣小家子氣派地閃動著，只是幾條橫街都插上了「軍人止步」的圓牌，這個舊地重遊的客人似乎對這地區並不陌生，只繞了兩個拐彎又回到那門前種著一株顯得老態的夾竹桃的舊式水泥房子來了。屋子裡雖然漂出了電台的播送廣東音樂咿呀咿的，他杜邦雖聽得不十分懂卻也會沉默地回想到黛絲就時不時獨自個兒哼著這種咿呀咿的曲子。

顯然這房子雖是播送著音樂，卻並不熱鬧，這歐洲紳士拖動著沉重的腳步走進一兩步，還沒開口就從不十分明亮的房子溜出了個一臉是廉價脂粉的妮子來，把嘴唇兒抿了抿，向他打著招呼，輕輕把身子揩擦過來：

「哈羅，約翰……」

只說了這兩個字破碎紅毛語，就把畫上顯明痕跡的眉毛挺一挺，一陣笑聲似乎包含了無數和說不盡的詞意了，還沒有等這陌生的客人開嘴，就吊高了尖嗓向著灶間喊：

「蓉姐，拿支蜜酒來。」

到那陌生的客人用手勢打限❷時，那寮口嫂蓉姐已經把蜜酒開好了拿出來，卻出乎那姐兒意外的，這個歐洲紳士用著雖不十分純正，卻還令人懂得的廣府話（粵語）問她：

「不必啦，我正打攪你小姐，想問問前時住過這兒的一位喊黛絲小姐的，現在搬到哪兒去了？」

這妞兒一臉興頭，卻就像潑了盆冷水那樣，臉沉了下來，兩片嘴犄兒像隻菱角那樣歪下來，鼻孔冷冷的哼出了氣：

「我們這兒就沒有喊黛絲不黛絲的……」

倒是那站在旁邊的寮口嫂懂得世故，怕這個貴客落不得台，趕忙插著口去打圓場，先就堆了滿滿的一個笑臉：

「先生，咱們這寮口一年進進出出的阿姑就不知多少啦，阿姑們的花名也就記不起許多，這阿銀姑又是新來搭燈❸的，你先生就隨便些吧！」

啊，這中年紳士就苦笑了一下，怪有禮貌地說了一聲打攪皺著眉喝下了那杯蜜酒，放下了二十塊，連那婦兒的嘴臉也沒有多望一眼就躬著腰走出去了。

這杜邦像煙霧那樣溜出了一條橫街，昏沉沉的、陰暗的燈光下給誰喊住了。

「噢，杜邦先生，晚安！」

這聲音是那麼熟悉的，他杜邦心坎兒就一挺，腳步緩慢下來，靠了街燈的晃照，認得那是丁陵自己每個晚上消遣的俱樂部裡的管事阿海的。那中年紳士臉一漲紅，胡亂應了一聲，就鑽到前頭駛過來的一輛的士裡去了，還背時微微聽到那阿海在低低地咕嚕著：「他們士勿夫先生，就到處找你……」

他沒有吩咐車夫回到俱樂部去，他看到那管事的回家，就想到時間也差不多了，大概俱樂部裡的紳士們都散盡了。

這一個只有迷濛月色的赤道仲夏夜，他杜邦像個大地上的爬蟲那樣，完全任由那的士車夫的主張，在昏昏瞀瞀中把他載到了湯申律（THOMSON ROAD）水塘，又把他載回了九曲十三彎……

是星河欲曙的時候了，這中年紳士才拖著疲乏的和發脹的軀體倒在那單身漢的公寓，瞪著眼望著窗外那沉鬱的灰暗的天空……什麼時候才是天明，他那發炎的眼睛和沉重的心都似乎掉進了深淵裡去了。

三

黃昏，這高貴的歐籍人俱樂部顯得特別鬆弛，管事阿海只把土庫裡搬來的酒水點存一下，就靠著沙發上打盹。這管事就那麼清晰地知道這時分，那些「端」們正在玩過山坡，躲在家裡吃下午茶，他老也樂得清閒一會兒，把收音機開著了，糊里糊塗地收聽李大傻播放的武俠小說。其實這管事已經半睏著了，什麼時分給這中年紳士吵醒過來，一瞪開了那昏沉的眼，最後的赤道殘陽已從窗簾外拖走了。

「噢噢，杜邦先生，沒到外面去散步麼？」

在這半昏暗的客廳，這紳士顯得比往常更加憂鬱，可總是怪有禮貌地，露出薄薄的一抹苦笑。

「阿海，我就想打攪你，你不怪麼？」

他倒遞給了這管事一根捲菸，這更教這實心眼的管事更茫然了，他阿海在這俱樂部裡從戰後工作了，老沒見過這麼有禮貌的紳士向自己打過交道，自己就先踟躕起來，一時就答不出腔。

「我想問問你，你在豬馬一帶住上很久了麼？」

啊，那管事張開了烏溜溜的口，兩隻細小的眼瞇出了一種笑意，他老記起了上個週末在里士加街碰到了這中年紳士的事，說不定這拋離家庭的獨身漢想找些刺激，可自己又不敢開口，只吃力地把笑意吞回肚子裡去，可這中年紳士似乎就從這管事那細瞇的眼縫中看出了他的意思，自己就一本正經地問他：

「不是這個，不是這個，我想打聽戰前曾經在那兒住過一個喊黛絲的女人……」那管事唔了一聲，把噙著笑意的眼睛向地上瞟下去，臉色也跟著窗外的暮色沉下來，臉面上也起了一陣抽搐似地搖著頭。

「我雖然在戰後才搬到夜蘭勿刹（大街）去，這些雞竇❹一年間就像跑馬燈那樣進進出出不知道多少人，我認不得誰跟誰，可就從他們說過多多少少這些從來給人看不起的婊子和野漢子們的義氣故事，尤其在戰爭期間，有些婊子拼了性命去庇護盟軍，有些給鬼子發覺打得她們口血鼻血都淌出來啊！」

阿海這傢伙熱情得神氣，還驀地抬了頭，似乎忘記了對方是個外國紳士似的。

「我就在石揮演的《夜店》裡看到了那陰暗方面的人物比那些所謂斯文人熱情得多。」

這麼阿海又把一半的話吞回肚子裡去，呆呆地向對面的外國紳士愣了愣，微微的噓了口氣。

「唉，對你們『端』談起中國戲來，或許你們是一頭霧水，不過聽說唐山這齣《夜店》是從外國劇本改編過來的，杜邦先生，你有看過這本原著麼？」

這中年紳士只是似懂非懂的老是苦笑著點點頭，似乎對他阿海所說的感不到興趣；而那個談得起勁的，橫了橫這紳士的沉默嘴臉，心也就沉下來，把話頭也帶住了，胡亂地抽吸著手中的捲菸，噓口氣，驀地門口衝進了黑壓壓的幾個人。

「哈羅，來得正好，杜邦先生，咱們就到國泰看場《大江東去》吧！」

還沒有等待這沉鬱的紳士答覆，他兩隻臂膀就給那士勿夫和大偉挾著走出了這俱樂部了。

他想到杜邦先生雖然是跟自己認識不久，可老覺得這個人是那麼有禮貌和誠樸，雖然他囑託自己找尋的那個黛絲小姐，在茫茫人海中沒有頭緒去找，而且又是十多年前的人了，哼，說不定人也到了別的世界了。可阿海這傢伙雖然沒有讀過幾年書，卻又覺得人家好意拜託自己，自己就得竭力去幹，驀地想起了自己初搬到這兒來時，那個住在隔壁的的士車夫阿貴，大家喊他牛屎貴的，他就在這夜蘭匆剎呆上了大半世，什麼東西他不懂得？他自己本人就像《夜店》裡的小七那麼一個悲劇人物，他阿海肚子裡不少故事就由那牛屎貴告訴他的。

嘿，說不定他阿貴就知道黛絲是什麼人。

阿海的老實心眼正打算笑了出來。可一回心，自從兩年前，他阿貴為了走的士賺不到吃，轉行到牛車水去賣燉草龜、燉牛鞭一類東西，就搬到坡底裡去了。而且那牛屎貴的脾氣，他阿海是挺懂得的，他歡喜就好了，若有些兒不歡心，他連睬也不睬你一眼。他在戰時在這殖民地快要陷落的前夜，他冒險把幾個盟軍在敵軍的砲火網下送到安全的地帶撤退，後來光復了，大家都知道了他牛屎貴在戰時救走過的一個盟軍現在是軍政官署的高級人員，正在當地報章上登著廣告要找尋那個幫助他撤退的的士車夫。一些好事的人知道了，唆使他去應召，說不定會行個晚運，撈個徽章金牌回來。

「哼，我當日冒著死命去把他們救走，為了他們是盟軍。現在嘛，他們是官長了，我們仍舊是老百姓，見見他有什麼用？你們看圭伯三個兒子都為了當義勇軍給鬼子送走了，他老圭伯雖然在戰後靠了幾個輿論機關鼓吹，總算賞賜到個徽章了。唉！上幾天不仍舊是餓死在他的四腳亭的老亞答厝裡麼？還不是靠了幾個鄉親把這鹹魚❺收殮了麼？」

牛屎貴的怪脾氣，他阿海是一清二楚的，可是除了他知道哪個是黛絲外，還得問誰？

四

這個黃昏，他杜邦先生接到了兒子從歐洲寄來的信，知道學校快要放假了，這孩子要快樂地跟這一對不同種族的父母渡過假期。這寂寞的杜邦先生心情更憂鬱了，自己更度到了這赤道邊緣，快又半個年頭了，一直在茫茫塵海中探不到一絲兒黛絲的消息。自己的心情十多年來落寞慣了，倒不感覺到什麼，可那可憐的孩子抱著滿腔的熱念到這兒來，得教他澆一頭冷水麼？

跟平素那樣，在黃昏前的一閃光間，這中年紳士就老愛從公寓走出向那新建的女皇道一帶散散步，望望遙遠的海，可這幾天來，這一帶的原住民的烏溜溜的眼睛都帶點異樣的瞟了自己一眼。這在他杜邦方面，似乎是種侮辱，他一向把自己看成個打破了東方西方限制的人，尤其在戰爭期間，更跟原住民像兄弟姐妹那樣和洽地躲在山芭裡生活，可是他這次再回到這兒來就有點異樣了，更在這幾天……

在薄薄的暮色中，吹起了海岸外的海船煙囪的升火待發，惹起他老心點一陣陣的惆悵，這暗碧的海活生生的把自己從黛絲的懷抱中沖走，又把自己沖到婆羅洲的俘虜營上，以至紅十字會的俘虜交換船，十年後又把自己沖回這赤道邊緣的孤島來，恨潮汐永遠在自己的耳邊縈繞，可是這地區現在一切都變了，連這本土人從前對自己那種親切的眼光現在也變成了冷漠了。

「第一，第一……」

他杜邦先生的俘虜行列經過大街時，跟站在兩旁和露台上的原住民彼此用大拇指交換著英雄的呼喚的心聲時那種悲壯的場面，那種滴出熱淚的狂嘯……誰想得到十年後，彼此變成了冷漠的瞪視。

雖然在表面上，這歐洲紳士的身分似乎比從前高大了許多，那些浮滑的掮客們不時向自己堆著笑臉，辦公室裡的幾個侍應生一看到自己的影子叫喊著「端」，在大廈外面站班的錫克司閽連在打盹中也會向自己「達必」❻。

這些，會比得上從前在山芭裡，那阿貴們一班人像兄弟一般看待自己的熱情麼？

為了懷念自己過去和那份把東方和西方的感情融洽的憧憬，這紳士不只一次雇了出稅汽車（出租車），到旁鵝海濱的山芭去，他竭力的想拾回十年前那片碎夢……

雖然這山芭外圍裡一層層零落的椰樹，和高低不平的山崗，可作為一個被皇軍和他們的走狗搜尋的白種人，當時是年輕的商行僱員的杜邦，永遠像白天的耗子那樣躲在亞答屋子後的防空壕裡，只有那個大著肚子，不停地喘息的黛絲跟自己作伴。那個冒著性命，透過了日本憲兵和警備隊和他們的鷹犬們的防衛線用的士把這一對患難的伴侶送到這較為荒僻的山芭裡，還不時把糧食和消息送過來，是以當日的杜邦先生的光明是在夜晚的。

是月盡夜，山芭是黑寂寂，海也是黑沉沉，可是海浪從千沉的海底裡掀湧著，在寂寂的港境，時不時的發出怒吼，也靠了黑天空上的殘星微芒微微的照晃著這海噬的幾條幽靈似的陰影，只有聽到一聲較響亮的轟擊，這幾個幽靈就倒下了到沙灘上。也許是一點點流螢，就會把這幾個幽靈嚇得發抖，散開了，有些躲到海裡去，到看清楚了是一星星螢光的時候，已經是濕淋淋的一身了。

在這黑牢似的山芭防空壕躲上這段不長不短的時候，這歐籍青年已經嘗盡了人間的驚嚇，也有時像一個虔誠的教徒看到了天主的靈召那樣歡喜得連眼淚也淌了下來。

「都說佔領這殘存堡壘的牟田口部隊又匆匆撤走了，奧……圭伯就親自說過他幾個當義勇軍的兒子上幾天潛回過一次，告訴他，義勇軍就快深入到柔佛去了……唔」，靠了亞答屋子裡的暗綠的燈滔，照出了那青年漢子的兩顆晶瑩的淚光，也照出了那販賣廉價消息的出稅車夫的多皺紋的臉淌出油光。

「貴叔，這消息真的麼？」

那女的只是躲在黑暗中發抖地插話，還不時聽到她低低地喘息。

然而，這些廉價消息只是一種泡影，一下子就消滅了，有時這傢伙也帶來一些令這青年人神經衰弱的悲慘故事。

「真的麼？那聖堂裡的執事，這善心一世的老好人就這麼的給刺刀刺透了心臟麼？」

這的士車夫把頭垂下來噓氣，一下子又瘋狂的把一顆蓬鬆鬆頭髮的腦袋搖晃了搖晃，長長的噓了口氣。

「這還成世界麼？我昨兒就親眼看到牛車水飛機樓後的空地上有兩顆年輕人的頭顱在打滾。這故事，我只孩子時聽人家說過，想不到現在竟親自看到。唉！真是……」

五

黎明前是那麼天和海都一片漆黑，只覺敲人心弦的低潮在面前那麼漂蕩，下意識地覺得那是一片沉沉的海，悄悄的靜寂的天空，因為連天角的疏星早已殘盡，那鬼子的輕臼炮和機關槍把滿海的漁燈不知道在什麼時候掃到海底去，只會發出壓不完的狂嘯。

×　×　×

「杜邦，幹嘛你的腳步沉重下來？你感到海的夜風的寒冷麼？」

這粗個子雖是用了十二分的力量把聲帶壓得低沉，卻在靜寂的晨曦中那麼沙沙的嚇得那個帶路的年輕漁人冷了半截，趕緊把阿貴的衣角一拉，嘟噥了嘟噥：

「前面轉彎處是水上憲兵出張所嘍……」

雖然依舊這海是死寂寂，可他杜邦的腳跟就像踐踏著千萬個頭顱那樣，一忽兒高，一忽兒低，異樣地爬行。不時帶著鹹味的海風，挾著一股子血腥似的，令他打胸膈裡要吐出來，又不敢呵出口氣，只不停地發著抖，絲沙絲沙的。

其實只是海風向岸邊砂礫的吹拂，在這神經衰弱的青年人心靈中，卻把它當成了成千上萬垂死囚徒的呼喊了。雖然這幾個幽靈似的夜行的步伐高低不一致，可都心臟給海風吹得冰冷，所以都像跑了長路那麼疲乏。

這是他杜邦第一次在一個異國伴侶的懷抱裡，在長堤對岸的砲火網統治下度過了這中國農曆的除夕，在開了年後，這東方的直布羅陀堡壘的警報機幽怨地長長嘶叫了一聲。

「啊！警報解除了，這長長的訊號……」

「上兩天報館裡的聯合號外就報導了中國軍隊在武吉知馬把鬼子趕到柔佛海峽去了……」

「哼！商將軍的一支大軍連關東軍先把它掃得落花流水，還怕這些南方派遣軍麼，嘿！」

這些廉價的樂觀和興奮的謠言從千千萬萬的不同種族的人口中宣露出來。

「中國人第一，來得！」

「現在咱們是A.B.C集團❼的盟友，咱們還分彼此麼？只是反法西斯同盟的一環……」

然而這種只是泡泡糖，甜了一陣就完了，康寧砲台那支米字旗在煙霧還沒消盡中降落了，一支橫剖面的鹹蛋旗代替了。

那些販賣廉價消息的販子沉默下來了，卻又傳出了另一種宿命論調。

「唔，這天下，他們鬼子會住得牢麼？那升旗山第一支鹹鴨蛋旗就扯了兩次都斷了，第三次再換上了鋼纜才升得起呀！」

「這是劫數呀！」

雖然這年輕的歐洲人懂不了這東方的神秘，卻多多少少受到了自己的異國伴侶的影響，有時也沉汨在這些謠言的的幻影中。可是自從那悠長的警報解除信號響了後，他老的心情的沉鬱，還是跟軍港上空瀰漫著硝煙一樣，一時是吹不掉的。尤其是每天才黃昏時分，這山芭，這海角就更像鬼墟一樣，靜悄悄的，連青蛙的喘息也聽得見。

「黛，那是什麼聲音？不是停戰了麼？」

在陽光溜走了後，這漢子才敢爬出來，抱著沉重的心歪著了一隻耳朵朝向門外去。

「都說天下太平了，你放心躲一個時期了，那是唐人新年大家放炮竹放到天公誕呀！」

雖說是這麼安慰了一下那青年人，其實連她黛絲自己的心也浮蕩起來了，啪、啪啪……一連串掃下去，是真的炮竹聲麼？這聲音是那麼平板的，炮竹聲就有著急激或是低沉的。

「嘿，是炮竹麼？大家聽炸彈和大砲都連耳鼓也震聾了，還有閒情放炮竹？那不是每個傍晚鬼子們將上幾天檢證檢去的千千萬萬的無辜者用機關槍掃到海裡去麼？唔，天公有眼，看你橫行到幾時呀！」

這一個黃昏，那個粗個子的士車夫把一連串殘酷的故事從城底帶過來，似乎是藏了一肚子悶火，等待黑夜到這冷僻的海角村落發洩似的。雖是他老把聲線壓得那麼低沉，卻在這冷靜的氛圍裡，他老就像個火球那樣滾來滾去。

「貴叔，別嚷啦！雖說這兒是冷僻的山芭，也怕他們的野狗的長鼻子嗅到呢！」

那牛屎貴又頹喪地搖搖頭，把聲線更加放得低沉，成了沙嘎沙嘎的鴨公腔了：

「那些長鼻子帶了鬼子什麼地方不找你呀？鬧得翻天覆地。唔，那個混種人喊史提芬的呀！從前，還拿著你的照片……」

還沒等他說完，那年輕人就趕緊的插著嘴：

「是那個替教堂推銷聖經的年輕人麼？」

「啊！」那牛屎貴，冷冷的笑了一聲：「不是他還有誰？你的好朋友麼？這年頭不賴著出賣朋友，賣身投靠了新的主子，你還想發達的麼？」

一段長長的沉默，連幾重椰林罩著的海潮也清晰的聽到了，還疏落地響著黑槍聲。

六

黎明前，連海都黑得發亮了，海浪那麼嗚咽地衝擊著岸邊的沙磧，這十幾天來沒見太陽光的生活把年輕人的氣力銷蝕盡了，也許是染上了風濕症，跑多了路，便抽搐著喘氣，把沙粒踐踏得更沉鬱地沙沙的響。

「年輕人，你還沒放下這條心麼？黛絲這兒有我牛屎貴……」似乎說錯了什麼，在黑暗中那粗豪的傢伙感到一身脹熱，可身邊那個年輕舵手用手碰了他一下，帶點威脅的教訓：

「黑暗中就藏著敵人，還……」

這牛屎貴是一號牛皋頸，更捺不住心頭一把火了：「挑，我牛屎貴，死過一百次，就不怕這……」

可一回頭，在灰暗中悵望了背後那蹣跚著的瘦長陰影，自己的心就沉了下來。唔了一聲，喉嚨又咕嚕咕嚕了起來，自己的手老摸著腰巴那包捲菸，又不敢拿出來，鬼子看到了一星火光，不什麼都完了麼？自己不怕，可是那年輕人……

現在連他牛屎貴的心情也跟著沉重下來了，腳步就像駝上了幾十斤鐵錐那樣，倒是那個走慣了門路的年輕舵手的心坎跳動得厲害，低低的向著他牛屎貴的耳邊一咬。

「東方那灰暗點是水上憲兵的出張所啦，咱們得爬下去，爬過那幾株枯椰樹。」

這門徑那年輕舵手比誰都熟悉，上幾天的事他老還很新鮮的印在腦海裡，不是自己的水性那麼熟落，怕不早就跟那個要潛逃的洋鬼子一同掉到海裡去無聲無息了麼？這鮮血未乾的故事，一直躲在舵手的肚子裡不敢吐出來，雖然那牛屎貴的忠肝義膽他是曉得的，他不會出賣自己，可是那年輕的洋鬼子本來就嚇得連腳步都提不起了，一講了這活生生的故事，不連他膽子都嚇破了麼？

雖是經過了這一道鬼門關，那舵手提心吊膽，可這幾天是月盡夜，總比較容易閃躲。想到這，心頭總涼了涼。

「躺下來！」

從丹絨禺閃起一道白光，這舵手就把身邊的牛屎貴一拖，倒在沙灘上，跟著的杜邦也躺了下去，一陣浪花的衝擊過後，才曉得是海面巡邏電艇，可是大家已經捏了一把冷汗了。

拐過了遙遠的一堆亂石，天空更加是一潑墨油了，可是大家的心頭是那麼明晰，黑黝黝的背後便是黎明了。

晨曦的微風從海的東面吹來，那有著夜貓子一樣明亮的舵手已經把腳步放慢下來了，微微噓了口氣：

「到了，阿福在那條舯舡上等著。只要躲在艙裡三幾個鐘頭，一出了海，靠了季候風，沒半天便會到達廖內，就好說了……」

海的盡頭已經微微顯露出魚肚灰色了，那艘舯舡已經顯出那灰暗色的輪廓了，海潮卻還跟先前那樣嗚咽著不停。

「牛屎貴，你就回去吧！天亮了，多碰到人倒不方便。我們是會把這位藏好的，只要到了廖內島，什麼都易辦了。」

他牛屎貴第一次滴下了熱淚，這老粗就這麼在悄悄中送走這個跟自己混熟得像兄弟那樣的外國友人。

「再會吧！」

那青年人連咽喉也哽住了，勉強的吐出了這幾個字，手也捏出了冷汗，老發著抖，似乎用這種抖顫表達了心胸中萬千說不盡的語言。他牛屎貴雖是老粗，卻是了解的：

「杜，你放心好了，有我阿貴一天在，黛絲是不會吃誰的虧的……」還是那舵手膽大心細，推了這老粗一下！

「回去吧！到天亮了，這大港碰到了你就不方便了，唔！」

海潮似乎沉寂下來，可微茫地看到白浪了。

在歸途中，這粗豪的的士車夫的步伐鬆了許多似的，自己把一個英雄送到前線去，這個英雄有一天會帶著十字軍回來把自己和黛絲這一群可憐的羔羊從黑獄中解放出來。連遠海處的陽光也第一聲笑了。

七

這像一條欄頭棍子掃下了她的腦袋一樣，本來養下了孩子後，黛絲就比從前更加衰弱了，聽到了杜邦又依舊落在水上憲兵的手裡，她急了一下，眼前是一片星斗，昏沉下來，可那個賣肉粽的四婆的話卻像鐵鑄成一樣印在腦海裡：

「阿珍，你那個紅毛人客我四婆還認不真麼？那狹長臉，現在雖然又瘦又黑像個吉靈鬼了，可是變了灰還有個樣。昨兒在加冷橋畔這班番鬼連衣服都給鬼子剝光了背脊曬成了燒豬皮，由幾個扛著槍的鴨母似的鬼子押著，排成了條長龍，沿途推著老虎車去倒垃圾……」

這番鬼名字她四婆是記不得的，就是那阿珍的心房搖撼了一下，裝著一臉苦笑，一隻手還緊緊抱著孩子：

「四婆，說不定你年老眼花，認不清楚，咱們唐人看美國電火戲，差不多每人的臉都相同，紅紅白白的，配上對碧眼睛……」

「阿珍，我四婆雖然年老眼花，可你的老相好我會認不得麼？我還給了他兩隻粽子，他的藍眼睛愣了愣，正想說什麼，可給幾個剃光豬的洋鬼子擁上來向我討粽子時，就給那拿著皮鞭子的日本鬼驅散了，差不多連我的額角都鞭到呢！珍，你看到麼？現在我的額頭還紅……」

當那女的醒過了來時，什麼時候，窗外的殘陽射得自己身旁的牛屎貴的多皺紋的臉更暗淡了，微微噓著氣眼睛只瞪著窗櫺，怕跟那女的低著的眼光碰頭似的。

「唔，我早就知道了，他杜邦又落到日本鬼的手裡去了，一重一重的關過得完麼？那時你正在生孩子，怕告訴了你，有什麼三長兩短就更……」

那女的只顧著抽噎，倒是那老粗就像辟拍筒那樣爆了出來。

「嘿嘿，這場大劫數，影響到全世界嘍！只是你們兩口子麼？」

她阿珍肚子裡明白，夫妻本如林中鳥，大難來時各自飛，可是那新養下來的嬰孩，要扔掉了麼？還是拖著去流浪？

這一顆未死的心驅使了她冒著灼熱的陽光，只有把孩子托著隔壁的阿貴嫂照顧，自己就像個瘋婆子那樣天天到芽籠一帶去碰，看會不會碰到他。

加冷橋雖然還是懶洋洋的靠著河岸在喘息，橋下的水比以前更污濁了，從上流不停息地漂下了垃圾、污糞、還沖積到河岸的兩旁去，給焦熱的陽光蒸發得沖得這遊魂似的阿珍腦袋一陣地發脹。好不容易才望到橋畔那南天宮前擺香煙攤的三嬸，她在姐妹家還記得起這老婦，自己裝得淡淡漠漠地過去。

「三嬸，生意好吧？你還認得我麼？」

那老婦正垂低了頭算著鐳（錢），聽了人聲，趕緊抬起了頭，把斷了一條腿的眼鏡扶正了，咧開了一列烏黑牙齒，裝上一臉怪笑。

「噢！阿珍姑，是你！」

她老把散鐳胡亂地放進煙枝罐裡去，把自己坐著的那張小凳子讓出來，回頭朝著橋畔的一攤咖啡檔，一邊問著阿珍：

「阿珍姑，喝杯什麼茶？這大熱天，還是喝支荷蘭水（汽水）？」

那女的苦笑地一把捺著這香煙販子，擺著頭：

「咱們是老朋友了，還客氣這個？我站一會兒好了。」

她阿珍的薄薄的、失血的灰暗嘴唇動了動，想說什麼，又把話吞回肚子裡去，兩隻發炎的眼睛向橋上橋下睃了睃，似乎要找尋什麼似的，那三嬸覷這情形，就低低聲說：

「上兩天橋上還站著鬼子，這兩天就看不見了。」

那女的只胡亂地點了點頭，心裡還是茫然的，把腰彎近了三嬸身邊去，低低地問：

「聽說這一帶就有紅毛俘虜在白天工作咯，是麼？三嬸。」

啊了一聲，她三嬸記起了從前聽說過，她阿珍跟了一個在土庫❽裡當推銷員的歐洲人埋街吃井水❾了，說不定她的相好給鬼子掠了，可自己又不好意思打爛沙盆問到底，只搖了搖頭，露出了黑牙齒：

「這就說不定嘍。上幾天，就有一班鬼子押了成百俘虜到這加冷來掃地，可近幾天連影子也看不見了。唉！這班人也可憐，曬成了吉靈鬼那樣，還伸手向我討香煙哪！」

再說下去，她阿珍只像白痴那樣呆呆地站著，失神的眼老瞪著橋下的流水。

八

是一個悶熱殘陽遍照大地的下午，她阿珍拖著疲乏的身體回來了，一進了門就像個洩了氣的橡皮球那樣倒在床上。那個善心腸的貴嫂正哄著囝囝瞓（睡），横了横那女的，照例冷冷地問：

「看到杜邦先生麼？」

沒答腔，只長長的噓出了口氣，連兩隻失神的眼睛也闔攏起來。那個阿貴嫂卻不管她阿珍愛聽不愛聽，老是在她身邊喋喋，她阿珍卻像浮在煙霧裡那樣飄飄搖搖，可一聽到個「史提芬」的名字，她就把失神的眼睛睜得大大：

「貴嫂，你說的是哪個史提芬呀？」

貴嫂卻冷冷的哼了一聲鼻腔把嘴犄兒歪抿了一下：

「不是那個混種人還有誰？」

「那史提芬不是當了憲兵部的狗麼？幹嘛來找我？狗上瓦坑，有啥好死？」

「正因為他當了狗才來找你嘍……」

她阿珍苦笑了一下，既然杜邦已經落在憲兵部手裡，又送到俘虜營去，她，阿珍還怕什麼鬼？你別說她是個歡場中打滾的女人，她就那麼一個不重視自己生命的女性，她常常向姐妹們這麼自負：一個人只有死一次，還會死上兩次麼？

這麼沉默的想了一個時期，她又幻想，這鬼史提芬對杜邦有什麼消息向自己報告。好，這麼心一想到，她又決定第二天呆在自己家裡等那傢伙，總不怕他吞下了自己。

第二天黃昏，她阿珍在那鬼的冷笑中受盡了恥辱。就是那混種的狗對她阿珍、黛絲的冷漠的報復，把她推進了一家旅館，又像橡皮球那樣把她推了出來。這在黛絲方面，似乎並不是怎麼不光榮的事，可是對那臉頰上有條疤痕的狗的瘋狂舉動，心就起了一陣反感。

話雖如此，其實在她黛絲方面並不是沒有一些兒補償，最低限度，她家裡多了那傢伙送來的兩包暹米和一些有關杜邦的消息。

這漳宜是那麼遼闊的鄉村區，她黛絲給太陽照射得昏昏沉沉，這兒、那兒都看到那些鬼子兵上了刺刀在站崗。自己雖然懂得幾句蹩腳的紅毛話和番仔話，可是一靠近了那些惡神凶煞的哨兵，都是長滿了絡腮鬍和睜大了眼睛，久辱久辱的嘶喝著，她就冷了半截。

終於在一家印度人的咖啡店打了尖，她黛絲跟那咖啡店頭手的印度人搭訕起來，問起那俘虜營的事，那戴著白帽子的頭手瞪圓了眼向她黛絲身上打量了一下，又苦笑地搖了搖頭，似乎怕惹起一身麻煩似的。可又瞟到了那女的一雙憂鬱的眼睛差不多要滴下淚珠來，這好心腸的頭家看看在這下午沒有多幾個顧客，也就把腳步停在這妞兒的桌子邊：

「你要找朋友麼？」

她黛絲苦笑地點了點頭，竭力把淌到眼眶邊的淚珠忍著，可是眼眶兒都漲紅了，喉嚨也變得那麼哽咽了，那印度人頭手也憂鬱性感染地微微噓了口氣搖了搖頭：

「上幾天還好，他們俘虜像隊長龍那樣由皇軍押著出來工作，可這幾天連影子也看不見了。」

他們正在迷惘地說著，門外煙似的殘陽送進了一條瘦小的影子來，那咖啡店頭手趕快堆滿了笑臉，離開了她黛絲的桌子，向那瘦小個子迎上去，還歪過半邊腦袋來向著黛絲。

「你要打聽俘虜們的消息，就問這個先生好了，這先生正在裡面做事。」

黛絲帶著疑惑的眼光瞟了那瘦小個子一眼。一個猴子臉，配著兩隻老鼠似的閃動的眼光，那尖尖的腦袋戴上一頂皇軍的便帽，袖子上套著一個白手圈，寫著她黛絲還認得的幾個漢字——「使用人」，神氣活現地把那印度頭手一瞅，那傢伙似隻乖狗的早把一瓶烏蜜酒開了。

這神氣活現的猴子臉那烏黑的嘴唇碰到了那杯烏蜜酒，似乎心頭就涼爽了許多，沒有先前那一股子焦灼了，眼睛也帶點笑意的橫了橫那女的一眼，嘴角掛了些冷笑卻仍舊不開腔，又輕輕地把那頭手喊近身邊去，在他耳邊嘟噥了嘟噥。那印度頭手不停地點著頭，嘴裡溜出一連串的：「是，是，是……」

殘陽照射著那張桌子上的空了的玻璃杯，晶瑩地拖了一條長長的影子倒在桌子上，才意識到那猴子臉一喝下了蜜酒就走了。

那好心腸的印度人又擠滿了笑意回到黛絲身邊來，摸著自己的鬍子：

「娘惹，你的那涉⑩真好，一來就碰到這先生。」

經過了那印度頭手的一陣嘟噥，她黛絲就長長噓了口氣，望著門外的殘陽。

九

雖說是九月殘秋，在這赤道邊緣還是爍石流金的時候，他牛屎貴雖然走的士的行情冷淡了，卻又靠著走走單幫，做一些零零碎碎的不碌架⑪也著實有點空頭。雖然她阿珍搬回坡底的姐妹家去不是十萬八千哩，可就不容易見面了，而他牛屎貴自己也變得忙忙碌碌有時三更半夜也不回來。當然，那堂客自己知道牛屎貴脾性，不會勾三搭四，就是從年輕時候一天都在夜蘭勿殺、三角埔一帶幹行業，就沒有撈過多少油水，何況現在年歲大了，連孩子都送到機器廠去學師了，她貴嫂還怕個呆鳥？管他三更半夜不三更半夜，還不是為了家中幾斤米。

然而有一次，她貴嫂在他牛屎貴入了幾天州府回來，她就怪了他幾句。這幾天不曉得他牛屎貴在州府裡碰了什麼鬼，一肚子鬱火還沒有聽完堂客說些什麼，自己就一脖子漲滿了青筋紅筋，兩隻圓溜溜的眼睛像爆出了火那樣，扯高了粗嗓：

「嘿！還說不是為了你們，咱阿貴還要這麼大年紀吃他們踢屁股麼？嘿嘿，我阿貴雖是中年了，還不怕他們游擊隊不收留我……」

瞪了這當家的不紅不白的在嚼舌根，她阿貴嫂就只冷笑的哼了哼：

「我還怕你怎麼？不過這幾天她阿珍到處都找過你，說有什麼要跟你商量……」

啊！這老粗張大了烏洞似的嘴腔，一時闔攏不過來。他想到很多天沒有到坡底去看她了，說不定她孩子又會有啥事。可是他牛屎貴雖然知道自己怪錯了堂客，卻也不服她那種冷言冷語，只有嘟長了嘴腔在吃悶茶；而那個堂客也賭著氣的仍舊彎著腰在縫補那破衣服連瞟也不瞟他一眼。這老粗喝了悶茶，一肚子悶熱的連汗衫都剝了，抓了幾張破紙皮去搧風。

可是阿珍這時卻蹩了進來，劈頭就說：

「阿貴哥，這幾天到處都找過你，教我慌悶得連主張也沒有了。」

啊！他牛屎貴趕快把搧風的紙皮放下來，而貴嫂就連功夫盤也放下了，堆著笑臉站起來：

「阿珍姑說來氣人，他連話也不說一句就入了埠，幾天回來還怨大怨小……」

他牛屎貴雖是老粗，但就怕自己的堂客會說下去就撕破了臉似的，趕著插進話頭來，打斷自己堂客的長舌根：

「就為了組合要找一幫牛骨，我入了麻坡幾天，晦，這是時來運到糞土變金錢，運去金成鐵，從前嘛，這些臭牛骨，人家連地方也不肯教你放，現在他們組合一需要，就平地一聲雷，那牛肉順就無端發了達。瞎，他們鬼子雖然兇，也有時會幫了你……」

可是那女的來客似乎對這種閒話不感興趣似的，只靠攏了貴嫂身邊，嘟長了那條長長的失血的嘴唇，配著那瘦削的蒼白臉，眼眶也深深的陷了下來，教牛屎貴想起她阿珍在幾個月前，還是朵花兒似的，現在就似乎蒼老了十年。瞧那妞兒一臉倉皇，自己的勉強的笑也就收斂下來了。

「你問貴嫂，我到處都找過你，唔，你入埠也得告訴阿嫂一聲嘍……」

她阿珍連貴嫂拖出的木凳也趕不及坐下來，先就長長的噓了一口氣，含著一把熱淚的瞟了瞟貴嫂，又瞟了瞟牛屎貴，哽咽著喉嚨說：

「貴嫂，過幾天我就打算走了。」

這輕輕的一句話，連那對本來慪著氣的老粗夫婦的心就怔住了，都像戲劇上演的啞場。

「真的，我從一個長劍監⓬的口中探出了俘虜營的俘虜全部被運走了。那死鬼史提芬和那猴子臉這幾個月騙得我好苦，當的當，賣的賣，家中連塊破桌布也沒有了……」

還不等她說完，阿貴那脖子一氣就漲紅了來，先鼻孔就哼出了冷笑：

「我還會騙你麼？在碼頭當估俚的阿忠就告訴過我無數的俘虜都在一個黃昏時候落船走了，你還死心的相信那些鬼？」

貴嫂似乎完全忘記了剛才的事，也幫著丈夫埋怨起這女的來。

「阿珍，不是我說你，那混種狗我不認識，不過那猴子臉只是個『使用人』，只曉得望到日本鬼的影子就喊『端』，有個權力，你就那麼死心塌地的相信他。雖說是他零零碎碎的騙你一些汗衫、香煙這些小東西，可就不值得嘛！」

唔……她阿珍只長長地嘆著氣。

十

深秋的赤道黃昏，尤其是經過了一場豪雨後，這海岸多少帶點寒意。在佈滿了防空設備的碼頭上，顯得蕭蕭索索，那些哨兵永遠都像敵對似的瞪著那些進進出出的原住民，那些原住民也像永遠充滿了恐怖和仇恨的眼光瞟轉來。

碼頭外那片碧綠的海，慢慢的暗下來了，只是衝激著石壩的浪聲是一息比一息地響了，快要跟著黑暗吞噬這孤島似的。

那牛屎貴雖然在這些地區還算有點面光，跟那些碼頭的管倉的幾個吉靈人還混得來，可是那些凶神惡煞的哨兵，自己就吃過幾次虧，不敢靠近他們，只遠遠地等著。

「這麼夜了，還沒來？」

貴嫂不停地嘟長了嘴巴，似乎埋怨著當家的。可這一天他牛屎貴就頂捺著氣，只鎖起了眉心瞟了自己的堂客，就算事。

這大地一層一層黑下去，那石壩上的浪花就響得更厲害。

「啊！阿珍她們來了，那部軍車載來的不是麼？」

經堂客一喝，牛屎貴把那多少有點花的眼皺瞇著望過去，雖然天外的暮色很深的飄了過來，他還認得帶頭下車的是夕影慰安所的藤田，那一把牙刷鬍子似乎就對他牛屎貴沒什麼惡感，也許是他牛屎貴初期幫過這浪人不少忙，帶他去找姑娘。

牛屎貴跟他的老婆走過碼頭邊去找阿珍，倒是那藤田先跟他牛屎貴打招呼，瞟了他牛屎貴夫婦趕到阿珍的身邊去，他自己陰鬱地一笑，走去指揮腳夫搬行李。那凶煞神似的閘口哨兵正想去趕他牛屎貴夫婦，看到藤田跟他打招呼了，自己就裝著看不見，望到碼頭裡去。

「你們倆又來幹嘛呢？」

靠了黃昏前的微芒，看到阿珍那失血的嘴唇嘟起來，兩隻沉鬱的眼慌張地向海瞟了瞟。

「阿珍，就帶幾個果子到船上吃吧！咱們老相好一場，就只有這條心了。」

貴嫂把一包果子遞過去，倒給那阿珍推了回來，再忍不住深陷的眼眶滴出淚珠來了，還裝著苦笑：

「拿回去吃吧！我們多著呢。」

這段離情沉默一會兒，大家都沒有什麼好說了，倒是阿珍哽咽著：

「你們回去吧！夜了，米奇會醒呢！」

「我託了隔壁那三婆顧他，阿珍，你放心吧！撈他一年半載回來，孩子就大了……」

阿珍只擦著淚，碼頭裡的起重機很吃力地碰擊著，配合著陣陣的浪潮。那藤田，有著牙刷鬍鬚的傢伙，什麼時候把行李搬好了，鑽到碼頭去了，倒是另一個年輕些的姐妹走過來，推了她阿珍一把，連自己的眼眶也紅了起來：

「千里送君終須一別呀！走吧！」

只覺得一些兒茫然，他牛屎貴夫婦倆，就不知阿珍什麼時候溜進了碼頭去，連那輛軍車也掉頭開走了，只聽著堤壩外一陣陣愈來愈洶湧的濤聲，而那哨兵的兩隻烏溜溜的眼睛愈發在深沉的夜色中，就愈發像火種那樣亮起來。

在歸途中，這海堤一帶是那麼死寂的，一陣陣冷意戮著這對中年夫婦的心。

「唔，天曉得她阿珍什麼時候才回來，你就那麼胡亂的應承了人家照顧孩子……」女的還在黑暗中嘟噥著似乎埋怨著當家的答應了這苦差，可那老粗不等她說完，就打斷了她的話頭，沙嘎沙嘎地：

「嘿！難道要人家拖著孩子去當軍妓麼？」

沉默了，連天上的星星也沉默下來，堤壩隔得那麼遙遠，連海濤也聽不到了。

十一

是萬家燈火鑲著了這孤島的中心區，海風一陣陣地從高空外飄過來。

「杜邦，除了這一幢幢的大廈和閃閃爍爍的燈光外，有什麼跟從前不同哪？」

然而，這一夜，他杜邦的心情就更加寂寞了。雖然還不過是中年，臉上就綳滿了一片沉鬱，兩眼只不停地溜到窗外的海面去，似乎比過去沉默了許多，那的士車夫雖是一樣比從前臉上、額頭上更添了許多皺紋，卻還是從前那麼元氣旺盛地笑著。這些笑或許更囓著了那中年紳士的笑，多少也覺得這從前把自己看作兄弟似的熱情朋友變了。

「杜邦，你變得那麼沉默，還是你分別了十年連廣府話也忘記了？」

這紳士只苦笑著搖了搖頭，雖然這九層大廈隔得那沉鬱地奔流的淡水河那麼遠，可他杜邦的心靈上意識到那河流聲是跟黛絲的低泣一樣嗚咽，他又痛苦地回過頭來盯著牛屎貴，決絕地：

「只要黛絲還在人間，我就想見她一面。」

阿貴連那個勉強的笑臉也沉下來了，許久才晃著頭，憂鬱地說：

「黛絲跟你同居了這麼久，你還不知道她的個性麼？她從前連自己的性命都不顧去掩護了你，後來還不是為了你們的孩子，這可憐的女人又再拋頭露面賣身到下州府去當軍妓。起先時不時有鐳寄回來，後來戰局一緊張，我們連她的消息都不知道了。直到光復後，又由那混種暗牌找到了我，說是你們駐星的領事代你找尋孩子……」

似乎談到這些，這老粗就心頭起了把火，脖子也漲紅了：

「杜邦，你們在歐洲舒服，還不知道我們怎樣挨苦的拖大了米奇，那時黛絲又沒蹤沒跡……」

一提起了孩子，那紳士就瞪大了那沉鬱的眼望著這老粗。

「領事館向我報告，花了很多錢才把孩子找到，看情形，又是那鬼作了怪。」

雖然孩子不是自己的，可是這幾年來，那孩子也著實逗引了他老粗歡心，一旦給帶走，也由不得他老不怒氣，可又：

「現在孩子長得蠻高大了吧！」

杜邦沉默地點點頭，一會兒：

「這次放假，他還要回來找他的媽媽呢。」

提到黛絲，他牛屎貴就冷了半截，自從她自下州府回來了後，已經是一具殭屍似的三期肺癆病鬼了。自己堂客到山芭裡去找她幾次，她還是不想見面，何況他杜邦？

「唔，她黛絲那堅強的個性你是懂得，她從前拒絕了多多少少有錢人，跟你同居了，又冒著性命的危險去掩護你……可是一切都過去了。」

阿貴用勁地抓了那桌子上的一杯烏蜜酒倒向喉嚨去，連眼白也渲紅了：

「她說過什麼都過去了，何必又提起？」

沉默著，窗外的海風又急激的吹來，音樂台上那個唱歌的歌女吊著女高音，破碎的爵士音色混和那些紳士淑女們的破碎腳步。

這餐室是跟著濃厚的夜色熱鬧起來，可是這中年紳士的心情卻隨著濃厚的夜色而變得冰冷。

「阿貴，只要我能見到她一面，我還有力量把她送到歐洲去休養，現在肺病並不是什麼可怕的病症，只要手頭有錢……」

還沒有容許他杜邦說下去，那老粗那雙圓溜的黑眼珠在閃亮的螢光燈下就更亮了，鼻孔只有哼著氣：

「這位好先生，你們還像從前那種外國人，以為有了錢什麼都可以，嘿嘿，一二八事件還不夠你們教訓？」

雖然在掩掩影影的燈光下，那中年紳士不停地背面瞪著外面的黑海，遮掩了自己的尷尬，可顯然他那擎著玻璃杯的手是在抖動了。

那阿貴也覺得自己的說話過重會令對方難過，又把話頭帶到自己身上來，還裝著苦笑。

「就說到我自己，他筱崎還在領事館吃頭路時，就想利用我去探聽軍港的運輸消息，一疊疊紅紅綠綠的銀紙也何嘗打動我的眼睛！」

又胡亂地喝了口酒，橫了橫隔鄰那些紳士們的桌子，可大家都把心情沉醉在跟女侍調情和爵士音樂中了，誰還關心這個老粗在賭氣嘍！

「你還沒看到麼？這幾天爪哇街一帶鬧得風風雨雨，還不是為了一個小毛頭。唔，大難來時，兩夫婦就怕命送，趕緊撤走，把孩子胡亂送人，到人家把她養大了，又這麼吵著要回去……」

雖然，這老粗是閒話著瑪利亞事件，可就似乎向著自己發出，教那中年紳士一陣冷一陣熱，千千萬萬隻螞蟻在心窩上爬行。

十二

是一樣應該寂寞的黃昏，可是這一天，那高貴的外國人俱樂部裡卻聚著幾個紳士在喝著蜜酒，興奮地談得連耳根也漲紅了。

「吉卜林說得對：東方是東方，西方是西方……」

「唔……」

當杜邦閃身進去時，這班把玻璃杯子憤激碰著的紳士們冷冷的瞅了他一眼，沉默下來，連那個從前每天跟他喝酒玩橋牌的史勿夫也只冷淡地向他打了一下招呼。可是這一個黃昏，杜邦就充滿了一腔惆悵，只匆匆忙忙地走近了酒吧後那管事的身邊，輕輕說了幾句，那管事沒有往常那麼輕鬆地浮出笑臉，緊緊鎖了眉梢，低下聲說：

「沒經過爪哇廟還好，不過誰曉得事情弄到啥地步囉！唔！」

雖然遠遠坐著喝蜜酒那班紳士冷冷的瞪了這在他們心目中是白痴似的杜邦背影，只有那個史勿夫一咕嘟的喝下了口酒，咂咂嘴，壓沉了嗓音：

「他只是個北歐人！」

而那個匆匆走了的杜邦沒多久又回過來，問著那沒些勁兒的管事一聲：

「就是那個靠近高高舞廳的巴剎⓭麼？」

這個黃昏那管事只像個木頭人，胡亂地點著頭，只顧著彎了腰在搬出鎖在櫃檯下那些酒水，可又下意識地嘴頭念著：

「聽他牛屎貴的口風，那女的是那麼孤僻的，她甘心拖著病也不想受人可憐，你找到他牛屎貴又有個啥用？」

然而這東方人的管事，多少都對這外國紳士一點關心，這次風風雨雨誰敢決定不會碰到自己身上來，作為一個外國紳士的話。

正當這好心腸的管事沉溺在幻想中的時候，驀地給一個高貴的紳士吆喝著：

「僕歐，威士忌蘇打！」

那當口播音播放著瑪利亞事件的新聞時，這班紳士們只垂低了頭在喝冷酒。

這高貴的俱樂部又回復了寂靜了。

那管事又記起了上兩天牛屎貴見過杜邦後，回去跟自己談起。

「雖然他杜邦還是從前那麼厚道，可是別的高貴紳士淑女們看到他跟這麼一個有色的，尤其是害了嚴重肺癆病女人在一起會過得去麼？唉！」

這好心腸的管事只在靜謐中搖晃著頭，自己雖然念過不多書，可在這兒幹活了那麼久，什麼沒見過？自從那北歐紳士跟自己探聽了從前幾個朋友下落，廝混熟了些，就連那些從前跟他很合得來的像史匆夫們都把他冷落下來了。

自己活了幾十年，在這兒也看過了幾個朝代，他又記起了阿貴的話：

「這也難怪他們，他們都在老家享受慣了的。那些吃過苦頭的，死的死，退休的退休……唔，像他杜邦這麼念舊的人還很難得……」

「現在麼？沒有吃過他們苦頭的外國人，一談起了東京就想起了『菊子姑娘』，幻想著那迷人的脫衣舞……那淺草區……」

「有時你跟他們談起東條英磯，談起了山下奉文，他們倒連嘴腔也張大了想不起是誰。」

「不是麼？談起就教人心痛，這時代大家都那麼善忘。譬如鬼子統治了這兒的時候，大家表面上對他們鬼子打躬作揖，背了面就咒詛了他們祖宗十八代，連鬼子自己也不要他們的祖家貨。可是在鬼子投降了這麼久，大家就把東洋式的膠屐捧上天上去，似乎沒有一對穿上，用腳趾彎入，像母鴨走路似的不夠時髦，真教人惹氣。連我那個正入一號位的小兒子也回來吵著要，給我一聲臭罵……」

現在連這個只會堆笑臉的阿海也談得氣憤起來了：

「想不到鬼子投降後十年，仍然統治了這兒的人心。」

「現在連那些從前給鬼子灌過胡椒水的人也申請去東京觀光了……」

在這苦悶的赤道黃昏中，很快地暮色便沉下來了，到他阿海一下子醒覺了，那應該是天亮時候了。一瞪眼，沙發上都空下來了，只有桌子上殘留著幾個空了的杯子，橫七豎八的。

那個還在播送的播送機已經換變了音樂節目在演奏了。

十三

在這洋雜和熟食巴剎裡，近來也常常有些帶街⓮帶引著洋旅客到這東方情調的鬧市來觀光也不算是一回事的。可在這黃昏裡，那杜邦卻脹起了一腦袋青筋，額頭上吊著汗，匆匆忙忙的正在那些把檔口撐開的攤販身邊擠來擠去，眼光也慌慌張張的。還好擠在這鬧市的都是生活上的忙人，開市的開市，鋪桌子的鋪桌子……誰也沒有空去打量這焦灼心情的紳士。

「喂！阿貴！我想跟你談談！」

好不容易才在一個靠近山邊的較冷靜的攤檔找到了那個正在打算開檔的阿貴。一拖，這牛屎貴一回頭看到是他杜邦，眉心就皺了起來，沒答腔，就朝隔鄰那咖啡攤正在生火的孩子吩咐一下：

「阿壽，給我看看東西，回頭我就來。」

在巴剎外找到了那間白天專門供給土庫和辦公室的財副們午飯的咖啡室，入夜了倒顯得比白天冷寂。

他們找到了那青葵花後面的座位，更清靜了。一坐下，他阿貴就一臉倉皇的瞪著他杜邦：

「小坡一帶就很亂嘍！你幹嘛又出來？他們都躲在旅館和住宅裡，連頭也不伸出窗外來。」

那中年紳士似乎明白阿貴說什麼事了，只裝著輕鬆地一笑：

「我又不是荷蘭人，怕什麼？」

那牛屎貴忍不住噗嗤的笑了出來，把擱在嘴唇邊的咖啡杯也拖回到桌子上去：

「你這老實漢子，他們狂熱的群眾會分別你是什麼人？唉！真是廢話……」

連他一腔惆悵也一時鬆弛下來了，陪著輕輕笑了笑。

「那個的士車夫也跟你從前那樣好心腸，把車子繞著遠路，不走那擾亂區域。」

阿貴正低垂著頭去接那杯咖啡烏，他低聲怨著：

「這也怪不得人家氣憤，孩子在離亂時送給了人，太平了又要回來……」

這似乎又戳著那北歐人的痛心，可是這一晚他卻心坎裡一股焦熱捺不下來，阿貴說什麼他全聽不進去，甚至連外面那吵嘈的電車聲他也聽不見，只把椅靠近了阿貴身邊，氣息短促地問：

「今天米奇打了個電報來，說要在放假時回來度聖誕節呢！」

「米奇會回來麼？只要他還記得這兒是他的故鄉也好！」

阿貴冷冷地這麼一說，杜邦看出這老粗心坎裡多少有點憾事了，只有答訕地把話頭抓開了。

「他想會見他媽咪一面……」

那老粗眼睛瞪得大大的，許久才搖了搖頭，噓口長長的氣：

「她黛絲又從四腳亭的山芭搬走了，現在連我也不知道她搬到哪兒去，有人說她回了唐山，又有人說她入了州府……」

那北歐人正在袋子裡拿出那封電報來，可一聽到了阿貴那麼說，就像觸電了似的把手停頓在半空間，只是顫抖著。

倒是那阿貴肚子裡半杯咖啡烏有力量，慢慢恢復了鎮靜。

「這也難怪黛絲孤僻，這麼一個癆病鬼，你找著她幹嘛呢？她想害了自己的孩子麼？」

看到杜邦那麼失魂奪魄，這老粗心裡也忒難過，微微的搖了搖頭：

「你還是從前一樣的好心腸，可是我聽阿海說過，他們俱樂部裡的人聽說你要尋找那個分手了很久的異族愛人時，大家就對你一天比一天冷淡了，是嗎？」

沒開腔，只胡亂地點著頭。

咖啡座外不歇地閃著電車經過的電光透進這咖啡店來，那老粗意識到是上市的時候了，趕緊抽起了屁股，回過頭望了望那似乎還在半沉昏的杜邦一眼：

「過去的事就任它過去吧。」

十四

聖誕節，在這沒有冰冷季節的地帶是一點情趣都沒有的，尤其是在聖誕節的前夕。那中年紳士帶著兒子離開了那座古老的教堂。因為還沒有十分入夜，聖堂外面的海還約略地露出了片暗碧，倒微微鑲著白浪。

雖然自己已回到了這舊地，很快地前後又度過了兩次聖誕節了。可是去年的聖誕，幾個有家室的朋友死拖著自己到家裡去吃聖誕晚餐，今年的聖誕卻那麼冷漠。

杜邦心坎裡也笑起來，可他在意麼？今年米奇又來了，在自己居留的旅館裡不有著特設的晚會麼？可時間還早，自己總得把孩子的舊地回憶再提示一下，把他帶到海角一帶去散散步。

在安德申橋畔，歇了歇腳。這一帶黃昏時是那麼靜悄悄的，只有紫色的晚霞向著這赤道地帶上空奔騰。

橋下的流水嗚咽地奔流沖到堤外面去，還帶著一股沼氣，在寧靜的黃昏冷空中顯得更強烈了。那米奇這孩子把鼻子捏了起來，那當爸爸的覷了這情形，卻又沉鬱地垂下頭去，帶點責怪的口氣向著孩子：

「你別小覷了這污濁的河流把遠遠的聖堂的尖角渲染得暗淡下來了，它比歐洲萊茵河更富於詩意，不是嘛？這河流曾經用亞洲人的鮮血衝激過這大地的污穢。」

可是米奇只是個大孩子，他杜邦的意思他懂得啥呢？只瞪著紅燈碼頭外在聖誕節點綴得燈火輝煌的一條條海船，閃照著變得陰暗的海面。

「米奇，你愛那黑暗中的碧海，愛那些燈光閃爍的海船麼？」

孩子正沉醉在海的懷抱中，給爸這麼一問，倒怔了一下，噙著沉默的微笑，點了點頭。

「這碧海會通到歐洲去麼？」

杜邦對著孩子的幼稚的發問，也在沉悶的心情中輕輕笑了一下，摸著孩子的幼嫩的烏髮。

「傻孩子，這海都溝通了亞洲、歐洲和美洲呀……你愛這海麼？我們就在哪一天坐船從這港口回去吧。」

「……」

孩子把沉沉的眼光緊緊的瞪著那給紫色晚霞掩映得暗淡的杜邦先生的臉：

「我們不是等媽咪回來了，在這兒永遠的住下去了麼？」

那北歐紳士只嘆了口氣，搖了搖頭：

「誰懂得事情變成了什麼呢？」

夜色越發濃重了，遠遠酒吧間裝飾著的聖誕樹更閃亮了起來。驀地一陣海風，捲到了幾部出差汽車發動很急喘的馬力，一陣陣斷續的「讚美上帝」的歌聲散播到天空上，又追逐了那暗下去的晚霞吹散過去。

乒乒乓乓的跟著汽車溜走後，空的酒瓶子掉到橋底下的暗流去了，而遠遠的酒吧流出了狂歡的爵士音樂，越發反映得這一對寂寞的父與子的心情更加惆悵，只有橋下的黑色的濁流永遠對這父子倆的寂寞奏著同情的心靈合奏，嗚嗚咽咽地奔流不停。

只有鐘樓不停地散播出那悠長的鐘聲，而海面上卻沒有感覺地拖著一抹稀薄的長煙，打算把人間的興奮和悲哀都掩蓋盡了，只是那個曾經過杜邦他們這輩子親手拆卸下的開拓者銅像又仍舊地矗立在這海角上，沉鬱地老瞪著這對心情矛盾的父與子。

十五

再瞪開眼時，她阿珍雖然喘息過一陣，腦袋還是那麼昏沉沉，可還沒有完全失去作用的視覺，還覺到黃澄澄的殘陽憂鬱地射在這亞答厝的門檻邊，也射在這半死的女人心靈上。她的腦海卻在昏沉，泛起了一幕幕的往事，配合著檻邊的殘陽飄飄忽忽。驀地這個女的，似乎想起了什麼，想掙扎起來，可是自己的腰巴就像折斷了似的，才移動一下，又昏暈過去。

同時在這亞答厝背後的菜園裡，那個堆了一頭亂髮的妹頭正盤燒著火堆做肥，一把一把的雜草和枯葉丟進火堆裡去，又拉了一堆破布也丟了進去，燒出了一陣陣的臭味。

附近的幾個孩子在山芭學堂裡放了學後，又加進了入來，熱鬧地、嘻嘻哈哈地混在一團。

「喂！阿牛，別連石頭也丟進去啦！等下子打滅了火種呀！」

妹頭雖然也只是八九歲的大囡，可是在山芭裡長大，常識就較他們多的。那個要把石子丟進火堆去的阿牛的手被喝住了，只有睜大了眼睛朝著妹頭傻笑。

那個頂小的阿蓮從半著火的破布裡撿出了一張照片，幾個孩子就圍攏了來去爭。

「是電火戲的牛仔麼？」

「噢，是個紅毛仔！」

「噢噢，是紅毛仔！」

「……」

這些小鬼正鬧了一團，可給妹頭努起了小嘴巴，一把搶了過去：

「也不問人家要不要就搶了過去，這是阿珍姑的啦！你們不怕她一頓臭罵？」

起先那班野孩子還沉默了一個時期，可一下子，那個阿牛就怪不服氣的，撇了撇嘴，走了開去，一把拖了那個小阿蓮也冷冷的瞟了妹頭一眼：

「噢噢！我們走！這小妖精早晚會跟了那癆病鬼出坡去當婊子呀！一下子就幫著她了……」

「噢噢！」

一窩兒野孩子嘬著口音走開去，那妹頭正一肚子火滾想虎過去抓他們揍一頓，可孩子一陣晚風那樣四散過去了。

只有火堆上吹起了一陣陣青青白白的煙縷升到椰樹梢頭去。

「妹頭妹頭……妹……」

從亞答厝的後窗飄出了一陣陣嘶嘎的喊叫，跟著是一連串的咳喘。她妹頭心頭挺了挺，知道阿珍姑又艱苦了，趕緊拿了那舊照片回頭就走。

那躺在病床上的，像具枯骨似的阿珍一陣咳喘過後，把眼睛向上泛了泛，瞟到了妹頭苦著臉站在自己床前，她心頭是挺清醒的，可喉嚨有什麼哽住似的噓不出聲，只把脖子胡亂地扭著。她妹頭看得明白，自己趕快把杯熱茶湊到她變成了死灰色的嘴唇邊去，可輕輕灌了一些水下去，又從口角淌出了來。許久，那阿珍才噓出了口微微的氣。

「四姐呢？」

妹頭看到阿珍會出聲了，心就放下了來，替她輕輕扶了扶：

「姨媽到大伯公廟去問神哪！晚上說不定趕得趕不得回來，不過阿媽……」

她阿珍五臟六腑都腐朽了，可神智還那麼清醒，她知道阿四這老工人跟了自己十多個年頭，跟自己吃那麼多苦，最後這幾年自己害了這鬼病，還不是靠她阿四四處向姐妹處張羅。

「唉！你媽也……」

這麼用勁地噓出了這幾個字，想說下去，又連氣都沒有了。可她心頭還怪清醒的，想到這次自己的舊相好又回到星洲來向自己癡纏。雖然那傢伙一副好心腸，可自己是半條命的人了，還看他幹嘛呢？還不是靠了自己的老工人在州府裡有一塊青芭地，才得個竇口終老……

殘陽在門外顯得更暗淡了，妹頭驀地想到了自己手中那張照片，看看阿珍那失神的眼睛在咳喘了過後又闔攏了來，只有那烏溜溜的鼻孔不停地在噓出氣來。

自己想了幾次要喊她，又怕吵醒了她，這孩子倒又踟躕了來。沒多久，那女的又微微的睜開了一隻眼，瞪著慢慢變黑的窗外，湧起了一縷縷青煙！直飄上到天腳去，沉默地沒聲息，可她卻用勁地睜大了雙眼瞪著窗外的青煙和晚霞，又微微的噓了口氣，似乎想到了什麼似的，低沉地：

「是什麼時候了？唔……那外面的青煙……」

她似乎想掙扎一下，可又有氣沒力地仍舊歪在一邊，那妹頭趕快走過來，把那歪了的枕頭扶正了。

「是黃昏時候，外面是個火堆……噢！珍姑，他們從破布裡撿出了這幀小影，你還要么？」

妹頭把手中那幀脫了色的小影遞給她，阿珍那變得正有幾根骨節的手有氣沒力地接過去，靠著窗外閃進來的黃昏前的微芒看到了那照片，自己的心頭就更加跳躍，嘴角微微溜出了：

「啊……米奇……」

妹頭正瞪大了烏溜溜的眼珠子泛上泛下，那病人很快地把照片放在自己的枕頭下了，只是那兩隻深陷的眼，還朝向窗外那一縷縷的青煙上去。

---

❶ 端：馬來語tuan的音譯詞，指「官人」的意思。
❷ 打限：馬來語的tahan，這裡指「阻止」的意思。
❸ 搭燈：客串性質的妓女。
❹ 雞竇：妓女居住的屋子。
❺ 鹹魚：屍體。
❻ 「達必」：馬來語tabik，即是「敬禮」的意思。
❼ A.B.C集團：指美國、英國和中國聯盟。
❽ 土庫：洋行。
❾ 埋街吃井水：妓女跟人同居。
❿ 那涉：馬來語nasib，即是「運氣」的意思。
⓫ 不碌架：掮客。
⓬ 長劍監：帶長劍的日本軍人，佐官之類。
⓭ 巴刹：馬來語pasar，即是「菜市場」的意思。
⓮ 帶街：嚮導。

冷門

小年夜，山芭裡都出現了一片飄飄忽忽的匆忙，割樇的，匆匆地收了膠，到外地去吃頭路的自然早趕回來了。過年，孩子們雖然還待在學堂裡聽學生們咿咿呀唔唔地念著課文，可都眼睛露出了一片沉悶，心早就想著回去看媽媽們炊年糕。

這熱帶山城，雖是趁年趁景飄過幾場雨，可太陽一露臉了就那麼悶熱。往常那些年老的一輩的唐山來的就愛苦起了臉，大模大樣的斜乜了眼珠子瞟了瞟那些依然是赤了肩膊的小伙子，鼻孔哼著氣，神氣活現地：

「這小年夜麼？咱們唐山就下了雪雨，迷迷濛蒙的，連穿上了棉襖也不打緊啦……」

似乎在他們心中，什麼都是他們唐山強似的；起初還有些小伙子們張大了口腔，出神地瞪著他們那些像變戲法的人那麼會變動的臉。

「聽說唐山過年時連太陽光也鋪上了雪呢！是嘛！」

「哈，哈哈……」

可是戰後，也許是那些自高自大的唐山阿叔，死的死，散的散……這些愚笨的談話很久也聽不到了，也有些還沒有倒下的，卻連自己也不相信自己了。他們飄江浪海了幾十年，過了番後就連夢也沒有夢過唐山了。幾十年前的事，就像一陣煙嵐，一絲風雨的過去了，自然也不敢再去騙孩子了。可一過了農曆十二月，即使這熱帶土地仍舊給陽光曬得起了龜裂，大家的心頭就像放下了一塊青石似的，辦年貨的辦年貨，修厝的修厝，孩子們都吵著要新衣服、新鞋子……堂客們趕著掃厝、炊年糕，將年紅貼在門角上……

這都是新景象，今年更特別的，連那一向是蹲在山城盡頭的瘀黑下來，一向沒有逗引過誰的注視的冷門，那四婆的亞答厝也熱鬧起來了。

「啊！她四婆也夠福氣，挨年近晚，早去一點早好，真的留到壓年，慢講沒有三親兩戚，就有人家也不想大年頭來弔喪……」

那個好心腸的隔芭的阿珠的娘來看過了她四婆像具殭屍那樣躺在板床上，自己就迸出了幾顆眼淚，連喉嚨也嘶啞了。走到灶下去，望了望那個還蹲在灶頭生火的，她四婆的幾十年來跟她在一起的工人阿肖低低地朝著灶君老爺的送灶茶掉著淚：

「阿肖，你們幾十年一場主僕……」

想再說下去，連她阿珠的娘的咽喉也哽著了。

那雖是下午時分，這亞答厝的灶下還是一片昏沉，只有這兩個善心的女人悄悄地垂淚，直到門外像熱流一樣衝進了幾個人，她倆才醒覺了來。

「阿肖，四婆過去了麼？」

聽到了那個喊表妗的嘶叫聲，阿肖這老工人就趕緊的揩了揩靨頰上的淚痕，招呼了這喊表妗的幾個人到攤在大廳裡四婆的病床上去看。窗外飄進來的斜陽黃晃晃地照得四婆那瘦削臉成了一片薄薄的死灰，一隻眼緊緊地閉著，一隻卻張開了一半。

幾個女人中，阿肖認得那個高高瘦瘦的，肩背微微躬著的中年女人，表妗。三幾年前，四婆還跑得路時來過幾次，一染上了這癆病後，連影子也看不見她的了。眾人不知道誰告訴了她，說四婆過去了，她打坡底坐了巴士車來。瞪到四婆那塊成了死灰色的臉，她也禁不住眼眶邊紅了紅，只兩條腿還站在門檻邊，只是那上半躬著的身子微微彎到四婆躺著的板床去，裝得微微的噓著氣：

「唉！四婆好心腸了一世，落得這個下場，無兒無女真可憐！」

兀，驀地，她似乎一陣什麼感觸似的一把回過頭，瞪著灶下門口站著啜泣那個老工人一眼：

「阿肖，四婆的床尾燈你還沒有上麼？害得四婆要在陰間走黑路。」

阿肖也心眼兒挺了挺，連啜泣也忘記了，昏瞀地走過了來，一陣手忙腳亂的，把頭四面搖晃了搖晃，似乎掉了什麼要找尋似的。倒是那個還站在阿肖背後的阿珠的娘輕輕腳步到四婆床前埋下頭去，趁著殘陽，望了望四婆的死灰色臉孔，又把手摸了摸那病人的鼻孔，回過頭來，望了望這班坡底來的貴客一下，說：

「還有一些氣，看挨不挨得過今晚……」

那個喊表妗的中年女人，臉色沉下來，回過頭去瞪了瞪跟自己一同來的幾個女人一眼，有點迷惑的沉默下來。

跟著門外的殘陽閃著了一片反光，一輛汽車的笛聲一響，那站在門檻邊的幾個堂客屁股挪移了挪移還看不見誰進來，就先飄進了一聲尖銳的嘶叫：

「契娘呀！你幹嘛死得這麼快呀，沒等我阿龍來送你一程？契娘，契娘……」

真的，阿龍這傢伙打哪兒學上了這副哭喪臉和急淚，雖然那麼年紀輕輕，卻是神態畢肖的哭哭啼啼，從表妗那班女人屁股後面鑽出來。一看到四婆那張板床，自己就倒頭爬到泥土地上去磕頭，嘴裡不紅不白喊著：

「契娘，契娘，你老白白錯惜做兒子的一場了，還沒等我阿龍出身就……」

那個跟著這傢伙屁股後進來的阿龍的娘也一把鼻涕，一把眼淚地醒著，掉著：

「契娘，你就不等阿龍出身，服侍你老人家……唔……唔……你又無兒……唔唔……」

這兩個傢伙似乎在演戲那樣地哭哭啼啼，這倒把那個看得陌生的表妗們嚇得噤住了聲，連阿肖和阿珠的娘們都看得出神。嘿，阿肖心裡想，阿龍這壞傢伙，他的媽為了看上四婆手頭還有幾依吉樹膠芭，又沒兒沒女，從幾年前就天天走到四婆家裡來哄著她，又給兒子阿龍契上了她四婆。可是後來，這小兒不學好，掛名到坡底去讀紅毛冊，紅毛冊讀成讀不成，鬼也不曉得，倒學上了吹、嫖和賭博，回到山芭裡來跟契娘討了幾次錢。後來不知道給誰在四婆面前戳破了他的空頭。到今天，不知打哪裡探到了消息，他的娘好不容易從煙格裡把他硬拖了出來，包了輛出租車一溜煙從坡底連氣也沒有噓清楚，趕到這山城來排演了這齣好戲。

「四婆還沒有嚥氣，你吵什麼呀？」

阿肖忍著熱淚的這麼瞅了這兩個傢伙一眼，真的阿龍他們母子倆馬上將那副急淚勒馬懸崖地收起來了。

「四婆雖然身體弱，鼻孔還噓出氣來說不定還挨得過今晚……」

現在不止表妗她們怔住，連阿龍他們母子倆也怔住了。心一沉，這新上癮的阿龍就喉嚨裡骨骨碌碌的作悶起來，不停嘴角吐出了白沫，打了幾個冷噤，腦門子吊著白豆大的汗珠。他記起了這天沒有過足了癮，就給那死鬼的娘從煙格裡拖了出來表演了這齣有聲有色的戲，過度的吃力，倒更顯露體力的疲乏了，恨不得一溜煙鑽回煙格裡去……

看見這情形，他的娘在他背後用勁地擰了他一把，狠狠地瞪了他一眼，低低地：

「忍著呀，死鬼！」

驀地，門外勃勃的響了幾聲汽笛，就給了他阿龍一種靈感似的，趕著向他娘一瞟，故意吊高嗓子說：

「啊！忘記了吩咐汽車先回去！」

他一溜煙閃身出門外去，拐到屋子後，把那放在皮包裡的幾個預備急時用的煙泡掉到嘴腔裡去，一骨碌吞下了再轉身入來。什麼時候又多擠進了幾個人來了，一個女人拖著個七八歲大的孩子，還嘴腔裡噙著支冰淇淋，舔得唼唼喋喋，還有那女人背後站著個挺著濃眉毛的大漢，一臉黑氣。他阿龍心眼兒一挺，想這傢伙在什麼地方見過，怪面熟的，可又想不起來。倒是那個牽著七八歲大的孩子的女人歪著嘴犄兒，把一條滲著香水的手帕捏著鼻子，怕死人的病傳染過來似的，卻又不停地一下子，跑進那病人的睡房，又一下子跑出來，穿著高跟鞋兒在泥地上扭扭捏捏。幾個女人看了她那大屁股扭進扭出就怪不順眼，卻又不知道她是啥人，連那惡雞母似的阿龍的娘也只得噤住了嘴。

「阿肖，四婆的地契放在哪兒呀？」

覷這口氣，大家的心似乎就明白過來，尤其阿龍的娘那一肚子氣更捺不下來，可一瞟那娘兒身後的那個凶神惡煞的傢伙，雖然他沒開口，可那像兩把刀的眼卻一樣跟著那娘兒大屁股進進出出，似乎搜索什麼似的。倒是那個老工人卻冷冷的，愛理不理的：

「四婆只吩咐過每個月到大昌樹膠店去取兩百元作家用，我一直沒有看過什麼地契不地契……」

那娘兒受得著老工人的冷落麼？可正想發火，那背後的漢子，就踼了她的腳跟一下，她又得把沉下的臉放鬆下來；心想著那癆病鬼的地契說不定不在家裡，可這一定還有些浮銀，跟著老工人鬧翻也不會有好處，自己只得把話頭又回頭來：

「四婆的長壽衣早縫好了麼？」

還沒有等阿肖回答，門外殘陽中閃動著一條陰陽怪氣的漢子，鬼頭鬼腦的瞧著。一瞟到了那黑漢子，他就鑽了入來，手還拿著一個紙袋，趕緊著：

「三哥，三哥，這次又得……」

這個油腔滑舌的壽板掮客正在賣弄自己的油腔，那黑大漢驀地把濃眉毛一挺，像一把板刀那樣向自己臉上一刮。兀，這傢伙心就從半天掉了下來，一陣熱血泛上了自己的臉，覺得自己那個「又」字著實犯了語病，趕快把舌頭截斷了，只陪著尷尬的笑，不停地磕頭。偶爾一瞅著那板床躺著的傢伙，這掮客就趕快把紙袋套著的香燭拿出來，可四面瞧了瞧，連一根香火也沒有，那顆興奮的心又沉下來了。倒是那個把香水滲著手帕捏住鼻子的婆娘解救了他的尷尬，回過頭去跟那黑漢答腔：

「是壽板店的伙計麼？」

那個牙尖齒利的壽板掮客趕緊堆滿了一臉媚笑，把頭歪到這貴婦的跟前去打著呵呵：

「是的，是的，小的就是『萬壽』的招徠員，咱們家跟三哥是老年朋友……」

正想像一段流水那樣念下去，卻被那虎起了臉的黑漢一瞪，又把未完的話吞回肚子裡去。倒是那個還半個身子歪在灶下間，一條腿踏進客廳的老工人阿肖冷冷的瞟了這些傢伙，鼻孔裡只哼出了兩條冷笑。那個善心的阿珠的娘卻不管這班傢伙心裡高興不高興也插著嘴：

「人還沒有倒下頭去，你們壽板店的就搶著做生意，嗯？」

那掮客臉色更紫僵了下來，把頭像烏龜那樣四面轉了轉，卻又由那貴婦似的婆娘來打圓場：

「這不是這麼說，百年歸老，誰也有這麼的一天，四婆雖然還沒有完全嚥了氣，可是那個……那個『毒頭』黃……」

這婆娘的粉臉似乎也熱辣了起來，似乎那「毒頭」兩個字念得沒怎麼順口似的，怕出了岔子，趕忙瞪了瞪背後那個黑漢，那傢伙就又開嘴了：

「就是坡底那個姓黃的老君，紅毛字喊『doctor』的，他看過了四婆連診金也不收了。還挨得過今晚麼？這壽木遲早就得預備……」

「是啦！是啦！三哥，買副『文浪』木，還是『杪』柴，其實人一世物一世，就多出一二十塊錢買副『文浪』好，百年歸老……」

那個婆娘正把滲著香水的手帕輕輕放下來，預備跟那個壽板掮客商量木價，那個胖大屁股一挺的挪到門檻邊去吐了口唾沫，橫到了那正捺著一肚子火的阿龍的娘氣得面青面綠，連躲在自己屁股後的板凳上發煙迷的兒子也不顧，虎起了臉，朝那婆娘跟前衝上去！

「四婆的後事，我阿龍已經安排好了，用不著外人幫忙……我阿龍……四婆早就答應他去捧香爐了。」

雖然阿龍的娘平素活像隻發瘋的孵卵母雞，卻一急了來，腦袋就衝了血，吱吱吧吧的再說不下去，倒是那婆娘卻冷冷的笑了一下，把自己身邊的孩子拖到四婆的板床邊去：

「去，去向叔婆磕頭！」

孩子挺了那四婆的泥土似的臉一眼，哇的哭了起來，死也不肯走過去，一把抓著那婆娘的褲管吱吱哇哇地哭。那婆娘捋高了袖子就捶他。倒是那背後的黑漢把孩子拖過來：

「喊叔婆呀！咱們是梁家的骨肉，誰敢爭著去捧四婆的香爐，我老三就不在這地頭尋食……」

那正在昏昏沉沉中發煙迷的阿龍給那黑漢像狼嗥似的嘶叫喝醒了，一瞪著那傢伙的門牙鑲著刺眼的金光，自己的心就沉下來了。自己連煙癮也忘記了，那正是館口裡的左先鋒啊，他趕緊的把娘的屁股拖到門外去：

「有事慢慢說呀，何必……」

這煙鬼平常是連風也吹得起的，可是這天就像吃了大樹頭那老和尚的大力補丸似的，一把就把娘拖出門外去。那惡雞母掙扎著去罵他，卻看到阿龍連嘴唇也嚇得蒼白了。

「……他……館裡的左先鋒呀……嗨！你惹了他，還想在這地頭生活麼？……」

雖然這惡雞母一肚子鬱氣，可兒子就認得他老三的厲害。雖然眼白白的巴望到手的幾依吉樹膠園白白送給人覺得心疼，可又奈不得他何……

阿龍那鬼的煙癮又起了，不停地打著呵欠，這次真的連口唾、眼水也淌出來了。

「媽，還是回去慢慢商量吧。」

才拐過了屋子後，就聽到了那婆娘的勝利冷笑聲：「哼！契仔，契仔，這麼沙膽，敢來捧咱姓梁的香爐？嘿嘿……」

再愣了愣那孩子還在噓噓地哭，心頭一把火又想去摑那孩子一巴掌，心裡咒詛著：你這夭壽仔有著現成的家當不敢享！

可在阿龍他母子倆正打敗了第一陣，這婆娘一陣冰涼，正想又朝阿肖那老工人再施第二個下馬威，把那塗得血紅的嘴犄兒向上一翹：

「阿肖，還有誰欠下四婆的浮銀麼？」

現在連那本來站在自己跟前，正商討著壽板價錢的掮客也忘記了，她老盤算著四婆還有多少浮錢，放在哪兒……

那老工人和阿珠的娘沉沉地對著那殘陽照著的四婆的死灰色的臉，一陣陣地心酸，掉下了熱淚來，連那婆娘問的什麼話也聽不清楚。倒是那個遠遠的站在檻邊表妗一輩人零零落落地掉出了幾片冷笑：

「四婆你善心總算有善報，不枉你吃了半世齋，有這麼多人爭著替你捧香爐！」

「有錢使得鬼推磨！」

「……」

「真是貧在路中無人問，富在深山有遠親啦！哈哈……」

那婆娘覷著那老工人沒有理自己，本來就心頭一陣火光，又遇到了這另一簇冷言冷語的說三話四，自己就正想發作。可一碰了身邊那黑漢的手肘子一下，這傢伙一世英雄，似乎對這些娘兒們就懶洋洋的光不出火，只不停地低低聲跟那個壽板掮客在商談木價：

「五百塊，連件工麼……？」

驀地在靠近灶下邊的那個阿珠的媽，不知道是不是眼花，喊出了聲：

「四婆，四婆……」

「……」

「四婆，你回來了麼？」

連那個只顧著垂低了頭抽煙的阿肖也喊了出來，板床上咿呀的微微響了響。

「噢，是屍變了啦！」

倒是那個壽板店的掮客有經驗似的，連頭也不敢回，臉色沉下，比四婆那塊死灰色的臉還難看，一拖了腳步，連手上那紙袋的香燭都甩了，拼命向門外衝出去。

「呀！四婆，四婆，你別追我呀！」

那婆娘的高跟鞋嚇得連木跟也掉了，沒腳蟹似的，一把抓了孩子，一把抓住了那黑漢就跟著壽板店掮客的屁股走了出來，似乎後面是絲沙絲沙的，跟著了四婆的屍變似的，連手帕也掉了。殘陽的迷恍中，前面是照著那幾個先前是冷言冷語的傢伙，現在也一同地奔逃出去了。

「噢，阿肖，……」

在那又回復了冷落的亞答厝裡，四婆噓出了口氣，阿肖幫著阿珠的娘輕輕的扶起了四婆的頭，四婆那半閉的眼睛很吃力地微微的開著，那變得瘀黑的嘴唇咧開了一些來：

「阿肖，還有參湯麼？」

她阿珠的娘，比阿肖更有經驗的灌下了半盞參湯後，又把四婆的頭輕輕放回枕頭上去。

現在，又過了年，又過了穀雨和清明了，她四婆雖然沒有好起來，卻也沒有跟那個紅毛老君說，連脈搏也沒有了那樣，可是這本來是冷落的山芭，就不再看到那些活著的群鬼吵鬧下去了。

這依舊是個冷門，只永遠殘留著那婆娘的一條滲過了香水的手帕。

黑岩石上

一個帶著流浪氣息的漢子，在這條長河河口和太平洋接口的涯岸上停頓下來；歇歇腳。

這半島的涯岸，雖然對著那一片茫茫的海洋，在這不是東北季候風的時候，黃昏時，只顯得一片白濛濛的暮色。

那個浪人心裡想：這半島的另一個西海岸，這時分應該是從一陣陣金光，變成紫色晚霞的時分了。那海灘上的紅茄藤樹林，聚攏了夜歸的烏鴉，咕哇咕哇的配著海汐聲。那是一幅幅有聲的畫，在這個海岸，卻一點也看不到。它只有逐漸暗淡下來的白濛濛。

他再彎下頭去，看到自己坐著的沙灘上的一塊黑石的下半部，也漸漸給夜汐淹沒。他的心動盪一下，記起過去這一堆堆的黑石岩，曾經發生過一次悲劇：那是兩個孩子在放學後，爬上這石岩來釣魚。這兩個孩子看見潮水漲得快，心坎兒一急，從岩石上跳下來，想趕回家去，想不到腳下的浮沙一流動，兩個孩子就給海浪捲走了。

流浪漢子的沉濁眼珠向自己的身上一張望，心裡漾起了陣苦笑。自己在這半島流浪了半生，存下來的只是這一身補綴的衣服，包裹著這一個枯藤似的肢體。這有什麼值得可戀呢？

雖是一個旱季的黃昏，但太平洋上吹過來的海風，還是把他的昏沉了的腦筋吹得清醒了些。

我還要留下來，看看未來的世界。流浪人這樣一想起，他那雙鞋底穿了一個大洞的破靴，已經從黑石上溜下來，踏著淺灘。海潮通過他的腳底，使他的心頭震動一下，一陣冰涼。

一艘、一艘漁船，逐著太平洋的浪濤，飄向他的視線之前，又向黑暗的地方淡化下去。

海面從灰暗，漸漸沉到濃重的程度。那流浪漢子心中暗暗的嘆著氣：一個流浪的人連海岸的黃昏景色也把自己欺凌了。那般輕煙似的紫色晚霞就至始至終不在這東海涯岸露面。

不過，黑石背後，是長著一叢叢高聳的椰叢。椰叢的大葉子被海風刮動，發出了一陣陣嗚咽似的樂聲；反而使這流浪漢起了一陣醉意。醉意驅走了他心中的空虛。

椰葉的大葉子互相拍動，把幾隻在天空飛過的歸鳥驚嚇得辟辟啪啪的，大力拍打著自己的翅膀。那流浪人心中的一股子寂寞，也給歸鳥的翅膀拍走了，只留下一團像喜悅，又像悵惘的情緒。在這剎那間，這個流浪人的嘴角抽動一下，似乎是把心中的一份喜悅告訴給別人。

腳下的夜汐越來越漲滿了。他覺得自己那雙浸透了海水的破靴變得異常沉重，跟自己的心一樣。

雖然，黑夜的幕一刻一刻的罩著這個海岸，但是在海洋上總有點兒海明，沒有森林裡那股沉沉黑暗來得那樣嚇人。

在迷迷濛濛的沙灘上，他看到一個影子，那是一個人的影子。因為隔離得很遠，他只看到那個影子，一下子似乎是倒在沙灘上，一下子又把脖子伸高起來。

那是一個老人的背影。他的雙腳一閃一瘸的，在沙灘上挪動著。

是個夜歸的漁人吧，還是跟自己一樣，在這海灘上行走的老者。

這麼，那個流浪漢子的紛亂腦海中翻湧著。一下子，前頭岸邊的影子拐過了一叢灌樹林後，消失了。

不知是那個老人的影子消失，或是離開了那個海岸。

其實，也是遠方的天角暗了下來。海面上漂過了幾點漁火。有火光，就證明了有黑暗。

當那漢子再到那河口和海灘合口的地帶時，熱帶的殘陽雖然還躲在椰樹梢頭，向著那退潮的岸渚眨眼；但也已近於有氣無力。

海面上蒸發出一縷縷水氣，但因為是下午了，海的另一端微微吹來輕風，很快地把蒸氣帶走。流浪者抬起那永遠失神的眼睛，透過上空椰葉罅隙，看到青空的白雲飄過。心想，白云有它的家可歸，自己卻比白雲更飄零。他的心一抽動，在憔悴的面頰擠出了一種苦笑，使得他那凹陷下去的面頰更繃多了皺紋。

不必想到明天，也不必記起過去。他用手撫摸著自己坐著的那塊黑岩石，又光亮、又平滑，像是打磨過似的。也許是給旅遊的人坐的次數多了，所以表面平滑起來。

這是退潮時候，從椰林飛出來的海鳥，都在給殘陽蒸曬得吱吱發響的沙渚上跳動，找尋停留在淺水中的小魚，當做它們的食料。

那些海鳥大約在渚水中發現了什麼，把翼子拍動，把脖子拉長，咕咕的叫了起來。散佈在沙渚上的海鳥都飛集到那有渚水的地方去，用嘴喙向水面挑動，很高興；但一下子又散走了。

那流浪漢雖然從早到下午都沒有吃過東西，但是那群活躍的海鳥，卻激起了他求生的意志。他怕海潮突然湧漲，把自己淹沒。

他又從那塊光滑的黑岩石爬下來。這次，經過斜陽照射的沙岸時，沙礫卻灼燙著他的腳板，這個流浪漢才察覺到自己穿的那雙破皮鞋的鞋底破了兩個大洞。

為了不使海邊的沙礫灼熱自己的腳板，這個流浪漢繞到了那一堆堆黑岩石的背後。那兒有一叢叢灌樹林，多少也遮掩了部分陽光。

他正在這麼盤算，可是偶爾抬起沉鬱的眼向遠處望望，卻又見到了昨天黃昏時，在朦朦朧朧中出現的，那個老人的傴僂的影子。

現在，西斜的陽光照在那老人的身上。流浪漢很清楚的看到他那綳滿了皺紋的瘦臉，和一具僅僅能動作的枯瘦的、彎曲的軀體。那老人家永遠是彎著腰在沙渚上移動，緩慢得像一條垂死的爬蟲；但這爬蟲卻不停地在蠕動。

從灌樹林邊，那流浪人望過去。那個老人似乎從海岸上撿起了什麼，又扔到海裡去。

那個老人像是一輩子彎著腰在撿拾什麼，到他把撿拾到的東西扔回海裡去時，也仍舊彎著腰。

那老人的背影緩緩地在蠕動，在撿拾東西，又把拾到的東西扔回海裡去。

這老人的動作，把流浪漢子的沉鬱的視線吸住了，也吸住了他的腳。流浪漢忘記了，沙礫的熾熱還在燙著自己的腳板。

流浪漢心裡想，那個老人在拾貝吧！他知道這岸生產不少貝類，有些是扇貝，有些是企鵝貝，有些是星魚，有些是珊瑚蟲……不少人把這些東西收集起來，當做小擺設之用。

可是，他注意一下，那拾貝老人身旁沒有一個籃子或是別的容器去藏貝類的。那老人卻永遠彎著腰，把拾到的東西，扔到海裡去。

這情形，使這個流浪人迷惑了，也使他忘記了自己肚子的空虛和腳板被熱的沙礫灼燙。

他呆在灌樹叢的旁邊，直到那西斜的熱帶太陽躲到椰林的背後，他才發覺又是一個黃昏的來臨。

自己迎接過無數個無聊的黃昏，也送走過無數個無聊的黃昏。

那些感情濃厚的詩人，擁抱著黃昏。那些熱戀的男女，把黃昏看作是愛情的帳幕。

「老哥，你愛這海岸麼？從昨天起，我就看見你坐在這個黑岩石上了。」

在微暗的白茫茫黃昏中，流浪漢發現那個拾貝老人站在自己身旁來了。那當口，那老人雖然不再從海灘上撿拾什麼，但他照舊彎著腰。流浪漢覺得這個老人的年歲把他的腰壓了下來，永遠不再抬得高，像沙漠上的一隻駱駝。

「老伯，你每天都到海邊來拾貝麼？」

「不，我只是把擱在岸上的貝類扔回海裡去。」

聽那拾貝老人的解釋，流浪漢子心裡想笑出來，卻也把笑聲噤回肚子裡去。

「潮水一漲，就會把擱在沙灘上的生物帶回海裡去，何必費事一個一個撿起，扔回海裡去呢？」

雖然在白濛濛的暮色中，那漢子還可以看到那綳滿了皺紋的臉上的兩顆深陷，但仍舊發出光芒的眼睛。那老人的眼瞪著流浪漢的臉：

「這個，我早就知道，但是哪一個人不是一生都做著無聊的事呢？我年紀老了，再也不能跟著少年家出海了。呆在這個我活了幾十年的河口，一時也死不過去。我太空閒，所以我每天都到這裡來做無聊的事。唔，我只是等著，等到有一天……」

說到這裡，那老人忽然顫抖了一下，抬起眼睛望著暗雲飄忽的海面，也吹來一陣冷風。

「雨，快要來了，你就到我那河口的破屋子躲躲吧！哈哈！那破屋子，我自己，終會有一天倒塌下來，給海浪沖走，哈哈！」

還沒有等到那流浪漢挪動腳步，雨點就急激的掉了下來，但那個老人的笑聲卻永遠存在那迷濛的海岸上，縈繞著那一堆黑岩石邊緣。

這綿綿無盡的黃昏，一個一個的跟上來。海面上的波浪也一個接著一個的衝過來。

黃昏，黃昏，黃昏……

水牆

一

這是一所「巨宅」。

在還沒有說入正題之前，我得將這間所謂「巨宅」先行介紹：那間巨宅，其實是那市鎮上被廢棄不用的破舊巴剎❶。自從市議會在市區東方建立了那間新巴剎後，巴剎裡的原有攤販都搬到新巴剎裡去，把這上了年紀的舊巴剎拋荒下來，一時也沒有拆掉。因為舊巴剎是用紅磚築成的，上蓋用瓦片搭成，所以一時還沒有坍塌，不過，瓦片破了，下大雨時會滴漏下來。

這所廢棄了的巴剎，蹲在市鎮的西頭，有點像黃昏時分的一個老人，雖然是有氣沒力，但一時還沒有完完全全斷了氣。初時，還有三兩個值勤的警察，偷偷溜進了打打盹、養養神，後來也少見了。

較後，有些喝醉了椰花酒的流浪印度人睏（睡）在破巴剎裡。有時是幾個過路的乞丐會在這兒歇一天半天，反正沒有人管。不過，日子一久，那破巴剎的牆角，東邊堆一堆乾糞，西邊淌了一灘尿水，弄成臭氣熏天。這樣一來，連那些流浪的印度人都溜走了。過路的乞丐也趕到別的地方去打尖。不過，這破爛巴剎，有時還有一些東西堆積著，那就是一些快要斷氣的病患者，給家人弄到這地方，等患病者能夠在瓦簷下斷氣，免得露天露地，惹人發厭。

所以說，這間破巴剎完全派不上用場，那是違背良心的話。但究竟在這市鎮上，垂死等著斷氣的病人不是天天有的，所以這舊巴剎的空下來的日子居多。

可是，最近，這間破巴剎似乎又走運了。雖然說這個角落的瓦片掉下來，那個角落的橫梁斷了，但是在這熱帶地方，下雨的時候究竟不多，只要它那外表的幾根紅毛灰[2]結成的直柱沒有全塌下來，就有火煙從這舊巴剎的後門溜到外面去。似乎告訴市鎮上的人，說這所「巨宅」並沒有給人們完全拋棄。

不過，因為這間「巨宅」的周圍實在骯髒，所以即使有時有火煙飄出來，人們知道那破巴剎裡有生人居住，也不想入去看一看，其實也沒有什麼好看。

一天，也應該說是一天的完結時分。

這間被廢棄的巴剎對著是一叢竹樹，在竹樹林邊，有個海南人擺個咖啡攤。因為那是個三岔路口，市鎮和大城來往的人很多，所以那個咖啡攤的生意還不壞。有時，到了黃昏時，那個賣咖啡的海南人還沒有收攤回家。

這個黃昏，太陽早就從對面的山崗沉下了。

咖啡攤前的長板凳上，坐了一個老顧客。他把攤前的那杯濃濃的咖啡喝完了，但仍舊沒有打算回去。

這是個不常見的客人。那個胖胖的，長著雙重腮幫肉的咖啡攤頭手不停地打著呵欠，顯得疲乏的樣子，似乎想催這個顧客離開，好讓自己把攤子收拾，趕回家吃晚飯。

那個老客人卻仍舊慢條斯理的，連屁股也沒有挪動，只是有時候咳嗽起來時，把兩隻手按著自己的胸脯。這樣一來，他的咳嗽聲會低沉一點。

一群烏鴉在竹藪中掠過。那闊大的黑色翅膀，把黑暗從遠處帶回來，將這市鎮的黃昏，鍍上了深度的色素。

那個不停打著呵欠的咖啡攤頭手，咧開了那笨厚、瘀黑的嘴唇，似笑不笑的說：

「這些烏鴉群每天這個時候飛過，大約是想告訴人們：這是回家吃晚飯的時候了。」

停止了咳嗽後，那個老人家苦笑了一聲，把那滿佈皺紋的臉更縮得乾癟，像個烘乾了的柚子一樣。他低沉地，似乎只是向自己說話：

「它們也不一定會有個家！」

暮色，更濃重的，從崗巒上飄來，把整個咖啡攤蒙住。

二

雖然這個老頭子常常咳嗽，咳起嗽腦袋冒出一顆顆汗珠，一臉瘀紅，有時就靠在那破舊的巴剎牆邊喘氣，不過，他咳嗽過了，又依舊走到咖啡攤來喝杯熱咖啡。

這些，從那咖啡攤頭手看來是特別的。這老傢伙跟過去的那些過路的乞丐不同。他喝了茶，吃過東西，一定付錢，他從來沒有積欠過咖啡攤一角兩角錢。

還有一點，這個老頭子的人緣很好。在下午或是下雨天，咖啡攤的顧客稀疏時，他老就老愛從那破舊的廢巴剎走出來，到咖啡攤來喝杯咖啡。有時，他老的咳嗽毛病沒有發作，他就跟頭手談談笑笑，興致很高。

這老人家似乎對這個市鎮的過去很熟悉，他對那咖啡攤頭手指著竹藪背後的山崗說：「那山崗邊過去嘛，有幾間瓦屋！不過，在你到這裡來擺咖啡攤時，就看不到了。」這老人家老是愛說這市鎮的故事。有時，他又指著崗巒對面那條小河流。很久以前那崗巒對著的渡頭很熱鬧，每天早晨到日落，都有小販把果子或蔬菜運到鎮上去充賣，就是在這渡頭來起落的。

可是，這些對那個咖啡攤頭手，一點興味都沒有。他到這市鎮來擺了幾年攤子，從來都沒有看到過一條舢舨在河岸停泊。因為，這條河流早就乾涸了。除了在下雨時有些兒渚水，表示它過去是曾經有過光輝的歷史外，平時只是一片爛泥巴罷了。

「唉，人有過去的歷史，一條河流也有過去的歷史……」說到那條河流的過去，那老人家的深邃的眼眶，更深陷下去，像把他過去的時間埋葬在那淺淺的河床裡一樣。

咖啡攤頭手勉強抬起頭，順著那老頭子枯瘦的手指間，把本來是疲乏的眼，瞪大了點去看。那有什麼看頭哪？那半凋謝的，早就結不上椰子的椰樹，有氣沒力的靠著山坳喘氣，怕大風一起，就要倒下來。

老頭子心裡想：這咖啡攤頭手從別地方來這市鎮不久，怪不得他的眼光只會瞪著山坳，有點茫茫然。

不過，這老頭子有點兒特性，當他指著那山坳的幾株衰老椰樹，向別人說故事時，他那兩顆深陷下去的眼，就緊緊闔上。

事後，有人問起他為什麼要在說故事時，把眼睛闔上的原因，這老人咧開了那掉光了牙齒的嘴巴抽搐起來。看慣了他老人家的舉動時，知道他的心頭快樂起來，是一種輕笑的表露。

「我嗎？閉上了眼睛，就看不到目前的光景，把我王老初拖回幾十年前，那段幸福的時間去……」

可是，他老那雙深陷下去的眼閃出的光，很快地就收斂過來。他長長的嘆了口氣，離開了那個咖啡攤。

那咖啡攤頭手日子久了，知道這個老頭子的肚子憋著悶氣，有時想向別人泄一泄。可是，他又怕談到自己過去的事，常常在談了一半，就把話頭拉緊，弄得聽他說故事的人一頭霧水，摸不著頭腦。

他那弓下去的背影，漸漸給灰色的夕陽掩蔽了。

天邊的烏鴉又聒聒叫了起來。

一色長空，翻動了無數雲朵。

三

咕咕……咕咕咕……

這海岸在雨季時，下了一連幾天的雨，這小市鎮也變得癱瘓下來。

在竹藪中擺咖啡攤的頭手，沒有好天氣時那股勁力，到了時鐘敲過了六下，才拖著懶洋洋的腳步，披上那件黑膠雨衣，繞過那間破舊的、荒廢了的巴剎，打算到它對面的咖啡攤去生火煮開水。

他心裡想：這趕狗不出門的雨季，一下起雨來就沒個了期。漁夫們影子都見不到一個，割膠的也躲在家裡歇水限❸。不過，早上還有些人到巴剎去買肉、買菜，這個咖啡攤頭手不想放棄那些去巴剎的人，回頭折過來，跟他交關❹一、兩杯咖啡喝喝。

嘓，嘓，嘓……嘓！

聽過山坳邊的草蟲咕咕的叫聲，靠近那老是跟早晨的雨水氣迷成為一片的荒廢巴剎的舊牆垣，聽到一陣子長長短短的蛙鼓聲。

那肥胖的咖啡攤頭手心中差不多笑出聲來，他知道那廢巴剎大約是積滿了水，所以青蛙躲在牆角，嘓嘓地唱出歌來，表示出它們的快樂。

自從舊巴剎被拋荒了後，一到了雨季，他就常常聽到那些蛙聲。這蛙聲，這個胖子在年小時，躲在「唐山」的田下常常聽得到。

雖然天亮了很久，可是這個靠海邊的小市鎮，尤其在竹葉婆娑的竹藪下的咖啡攤上的幾片舊白鋅上蓋，四周綳著油布的攤檔老是給水氣一重一重的包圍著。胖子頭手那對永遠像睜不開的渴睡眼，只覺得面前是一片黑糊糊。他伸出那隻肥胖的手，想到櫃檯上去摸出那盒火柴，預備去生火……

喔！

他那隻肥胖的手似乎觸到了一些什麼，教他的心冷了半截，跳起一隻腳來，喊道：

「什麼啦？蛇麼？」

但是他那兩隻笨厚的耳卻聽到一陣清楚的老人咳嗽聲，他認得是那個居住在荒廢巴剎的老頭子聲音。

「老王，是你麼？」

經咖啡頭手一問，先沉寂了一會兒。其實，那老頭子的胸膈只是湧起了一口痰，塞住他的喉嚨。半晌，他一連咳喘了幾聲，把頭彎到攤子後面的樹叢，吐出了痰後，長長的吸回了一口氣。回過頭來，向著胖子頭手苦笑：

「頭手，這麼風大雨大，我想你不出檔了，我看你這攤檔上蓋的白鋅紮實，遮得風雨，我正躲了一會兒，你就來了。真打擾你……唔，我住在對面，你老就知道啦。好天好時，可以知道什麼時候是月亮上升、月亮下降……可一下起這麼沉風大雨來，就東邊漏下雨水，西邊吹走瓦片，連我躲著的帆布床也差不多給水淹了……唉！」

這老人家雖然在這破巴剎裡，像隻濕水老鼠那樣給風雨趕來趕去，但他老說起話來仍舊咧開了口，望著這個咖啡頭手，還說：

「我來幫你老生火吧！」

望了望這個老人家弓起來的背脊，這個賣咖啡的胖子卻同情他起來。心裡想：這一定是個過番幾十年的孤老，沒兒沒女，到老過不得世，只有躲在這間荒巴剎裡……

「不煩你，你坐坐吧！我生火慣了，一下子就會把開水煮滾。雨下得這麼大，看到巴剎裡來趁早市的人就不會多，唔！」

雨，雖然仍舊下著，但淡淡的陽光，還透過對面的山坳露出一點點光線來。這兒的雨季，常有這種景象出現。

這廢巴剎裡的青蛙，也漸漸把嘓聲停止。

四

「王老伯，王老伯回來了！」

「王老伯……」

「……」

在這小鎮裡，對這個孤老有著濃厚感情的，似乎還是那些孩子們。

每逢他老王上大城一次，回到這小市鎮後，他背後就跟著一群年齡大小不同的孩子。

這些孩子愛聽這老人家說的故事。

他告訴孩子們這裡過去是怎樣的，在唐人大日子時，山坳背後那座海邊矗立著的山神廟前建築戲場演街戲的事。

孩子們都瞪著迷惑的眼睛瞪著這掉了牙齒的老人家。有些老是把手指抓著腦袋，向他老問：

「那山神廟在什麼地方呀？我們沒有見過嘍？」

「給海龍王發一次大水，沖走了呀！蠢才！」

一個刁蠻的大孩子瞟了那發問的小孩子一眼，把眼眉一挑，回過那說故事的老人的多皺紋的臉來。

那老頭多皺紋的臉一咧開嘴笑，就抽搐起連嘴腔也歪了，笑著：

「那海邊的山神廟，不是海水沖走，是在日本鬼子把艦隊駛下來那一年，紅毛的軍隊把這石建的山神廟拆下來，怕鬼子利用這間廟宇作掩護用。」

有時，這些孩子聽故事聽得入迷，坐近了他老人家的身邊，他老人家苦笑著，教孩子們坐得遠一些：

「你們坐得遠離我，我才說下去！」

真的，這老人家怕自己的咳嗽病會傳染這些孩子們，所以不給他們擠近他的身邊。

唔，唔！

當那些孩子回家吃晚飯時，這老頭兒望到他們那些蹦蹦跳跳的影子，他的瘦削臉就綳起了皺紋，把眼睛瞇住。

「這些孩子……這些孩子真是天真！」

他嘟噥著，心胸一堵住了氣，就咳出聲來。那皺縮起的臉，就漲紅了，連淚水也擠出來。他用手背去揩抹，嘆氣……。

過後，這一個黃昏的暮色裡，到處會看到他老人家那弓起來的背後，從竹藪移挪到山坳去，又從山坳溜回對著的那乾涸的河床。

不過，他老人家從不敢拐過山坳的背，走近那海洋邊岸去。他對人說：他怕海，他怕海浪會把他帶走。

其實嘛，他老人家不是怕海浪捲走他這把老骨，他是恨那海。那海浪漂著一些漆成黑灰色的艦船，把一個青年人，雜著一隊年輕小伙子，從海岸的渡頭，被當做是南方派遣軍的軍補帶走。那些艦船，那些軍補，給海浪沖到天之涯……永遠不再回來。

那個有著一把濃黑眉毛的青年人，就是這個老人家的大兒子。他的大兒子是從「唐山」跟著他老人家一同過番的，但是那南方的海水把他，也把那些運載當地住民充當的軍補的艦船沖走。

誰知道，那些艦船到了什麼港口停泊下來？

從那次後，這老頭兒就恨起那條海峽來了。

但是，海浪還在深夜，繞過那個山坳，也繞過那座椰林，吹到這老頭兒的耳朵來，令他睡也睡不著，吃也吃不下。他終於搬走了，遠離了這個海岸。這是很久以前的事。

五

經過一段時日後，這老頭兒又在這海岸的市鎮出現。

「老初，你怎會又回到這市鎮來囉！我在新加坡聽陳老四說起，在日本鬼子佔領這地方時期，你就搬到山城去做雜貨生意了，他們都說你撈得風生水起呀……」

一天，這個老頭兒在巴士站碰到了過去一個老鄉。那個老鄉發福了。這老頭兒一時認不起那個肩膊闊、眼睛大的黧黑臉的中年人是什麼人，他蹲在巴剎裡的大潮州攤裡吃飯。

「喂，老初，老初，你認得我麼？」

那老頭子把筷子放下來，瞇著眼睛向對著自己瞪著的中年漢子望著。望了許久，才呵了一聲：

「唉呀！你是阿財，你發福了，我的眼睛又花了，怎會一下子認得出嘍？你近來發財嘍？你還跟船出海麼？」

那個黧黑臉的漢子把一列闊板黃牙齒露出來，笑了笑：

「我阿財生就一條牛命，還不永遠是從這條船過到那條船？幾十年來都過著這種漂流的生活。這種餓不死、吃不飽的行船生涯，怎會比得你初哥那樣在山城裡，做做生意就會發財這種生活？我這次是坐一個朋友的車到他的礦場去玩，到這市鎮，他停下來去找幾個朋友。想不到見到你！」

老頭兒把那蒙著的眼睒了睒，似乎想說些什麼。一下子，又忍著了氣，苦笑一聲：

「阿財，咱們很久沒見面啦，到咖啡攤去喝杯茶！」

阿財這在海上過活的人，一時沒有喝酒是不慣的。可是那個咖啡攤連一瓶虎標啤酒都沒有。那咖啡攤頭手看到這個行海客一出手就扔出一張紅底❺，他老就瞇起眼，擠成兩條縫那樣，咧開口笑：

「好，我替你到對面的雜貨店去買吧！要什麼標頭的？皇帽還是匙標？」

這胖子頭手知道那老頭兒雖然是孤零零的住在那間廢棄的巴剎裡，但是他不會賴賬，又不是毛手毛腳的人，他放心的到對面的雜貨店替他們買啤酒。

……

老頭子瞪開了那兩隻生著倒毛，永遠是濕漉漉的眼，望著坐在自己跟前，那個黧黑臉的中年漢子。他心裡想：倘使自己的大兒子不給鬼子當做軍補拉去得無影無蹤，他的胸膛還會比阿財這傢伙寬大。

阿財那低壓著濃眉的眼睛，在這瘦小的老頭子的臉睒來睒去，覺得王老初這老頭兒跟過去差不了多少，只是眼尾的皺紋比過去更多。他記起那老王是個愛鬧愛笑，一個調皮的傢伙，常常說起話來，引得人們一陣哄笑。

「老初，你還是跟過去那樣精神！」

一談到自己，那個老頭兒的臉就沉下來。那個阿財嘛卻剛好相反，他記起王老初這個老番客過去的一些趣事。他在年輕時站在街上，看到野狗撲鬥，也會大笑一陣的人。

「老初，你這個人過去跟什麼人都合得來，做什麼事都隨隨便便，一點都不緊張，所以活了這麼大年紀，還像過去那樣有精神，怕不吃到一百歲麼？」

聽那黧黑漢子這麼說，那老頭子就苦笑起來：

「我不是凡事看得開，你今天還能看到我麼？」

「老初，你說什麼？」

那黧黑的漢子把那兩條濃眉向額角一挺，睜大那迷惑的兩隻眼，瞪著那老頭的瘀赤的乾癟臉。

六

這個姓王的老頭，在鬼子於這港口登岸後，有一年，把他的大兒子拉去當軍補，沒有再回來過。

「媽的，這個鬼地方！」

本來，他王老初第一次當番客，就在這海岸市鎮，一邊又有一條內陸河流經這市鎮，流向一條海峽去。他老年輕時，靠有幾斤蠻力，在那河口有一條舢舨替內陸的村民將土產運到市鎮來發賣，也著實賺了幾個錢。他老就在這裡成了個家，安安穩穩的吃著一口安樂茶飯。可是鬼子一來，尤其是當鬼子把他的大兒子拉去當軍補後，他老的樂觀精神就有點變動了，他過去愛跟朋友們在渡頭聊天，愛看野狗相撲，愛看海岸的日出日落……

現在，他倒恨起這海岸來了。

當他老將那條舢舨賣掉，離開了這海岸市鎮，他王老初一家人就沒有人再見得到。

雖然，這小市鎮的街道上還不時有野狗在撲鬥或是交尾，但缺少了王老初這個風趣的漢子站在路旁嘛嘴、嘶叫或是拍掌了。

「老王，現在發財了啦！」

過了不久，在這市鎮有一個在山城的農場工作的人，回到市鎮時，跟人偶然談起王老初那個舢舨夫的事。

「你說哪一個姓王的呀！」

「你忘記了麼？那個常常蹲在舢舨頭跟別人大聲談笑的舢舨夫王初呀！」

……

經那個到山城農場去工作，歸來的人談起，這市鎮上的人都知道過去在河灘搖舢舨的王老初，現在是在山城裡開店做買賣了。

「人有三衰六旺，他王老初也算有個發跡日子。在山城裡做做生意，比在這河頭搖舢舨強得多。」

大家三嘴六舌的胡謅了一陣。沒有多久，這市鎮裡的居民就把王老初那張瘦臉忘記得一乾二淨。

河岸，經過歲月的漬染，開始變得渺小和遊淺。

山坳邊的舊屋基，不知道是被掉下來的紅土掩蔽了，還是被印度人放牧的牛的蹄踐踏得深陷入紅色的山泥裡去，總之，山坳的地區，還有些是凸出來，有些是深陷下去。

椰幹雖然還靠在崗邊，但已經衰老得兩鬢垂絲。椰樹的影子，對那些傴僂老人，在自己的大葉子蔭影下經過時，發出一聲半聲冷嘆。

倒是，在荒廢巴剎前那叢竹藪卻越來越婆娑茂盛。風一吹來，竹枝跟著葉子倒在一邊，到風過後，它又伸直回那條腰子，向遊人的頭上輕輕摩挲一下，笑一聲。

……

王老初不停地用手背去揩擦自己的砂眼。擠出了一滴一滴清淚。

「媽的××，人也像這竹藪一樣，老竹竿給人砍下來，當炊飯的竹筒[6]外，還給編竹匠，變成各種竹器。可是那些竹樹頭就沒有人多看一眼了。」

那個黧黑的中年漢子，聽王老初這老頭子說起近來他自己的身世，這個老海員就連脖子也綳起了青筋。他把噴火似的眼睛，向咖啡攤旁邊的竹樹叢瞪著，像是要將那些竹樹頭放一把火燒光。

那個暴躁的老海員，知道了王老初雖然在山城做生意，發了點財，除了那個大兒子失蹤了不算外，還把兩個兒子養大。老二的成了家，養了孫子。那個小兒子也上洋學堂，畢業了以後，當了學堂的教師，不久也結了婚。誰見到他王老初，不讚他好福氣？

可是，自從他那個老伴兒故世後，他老王不久就染上了這個咳症。吃過幾貼中藥，都不見好。後來，他那個幫他看店的兒子老二把他送到政府醫院去照什麼鏡，經過大醫生三番五次的檢查，證明了他老染的是肺癆病，要他長期休養才能夠醫得好。

起初，他王老初聽了醫生這麼說，還大心大意的笑著，對人說：

「我老王今年六十多歲了，就算兩腳蹬直，也不算是短命，更何況這種肺癆症，是種富貴病，我怕什麼嘍？」

後來，他為了照醫生吩咐，在醫院裡休養，他把雜貨店過名給兒子去管，好使自己清閒自在。

到他老人家在醫院住了幾個月，養得肥白了些，歡歡喜喜割牌❼回到家裡去，首先看到的，是他那二媳婦灰黑的臉，把兩隻眼睛瞪大望著他：

「你怎麼又出院了呀！阿青的爸求過大醫生，要他們准你住下去……」

不等他的媳婦說完，他老人家的臉色也沉下來說道：

「就是醫院的大財副吩咐我出院呀！他說我這種是慢性病，說不定拖上十年八年，醫院的病床又少……」

七

天還沒有大亮，睡在廚房走道帆布床的王老初，一吸到了山城早晨的潮濕空氣，氣管就咳喘起來。他那瘦削的臉，經過胸部劇烈的抽動，泛青泛瘀。他只好曲著背脊，把頭埋在枕頭上喘氣。

東方的微明，透過那山邊的一列列膠樹林，帶來了甘榜回教堂那祭司的早晨誦經聲。

「你睡了一夜還沒夠？睏死了麼？你像你老子那樣害了鬼病的話，我好把你送到老君厝❽去，省得弄髒了我的地方！」

那老頭兒喘咳過一陣後，長長的嘆了口氣。他知道媳婦對自己出院回到家裡，心裡覺得不快，時時藉故罵她的丈夫。

這老頭兒有時睡不著時，想起自己在老伴過世時，跟她一道兒跑，省得現在要看兒媳的面吃這口冷茶飯。

這是命呀！有什麼好說？他王老初究竟是個樂天知命的老人，自己嗟怨過後，日子一久，也漸漸不把這種不好過放在心頭。

一天，黃昏。

那老頭兒的媳婦有事回到外家去。他的兒子在店面招呼客人買東西，他的小孫子阿青放學回家，這個孩子忽然想起了什麼似的。

「爺爺，爺爺。你在哪裡呀？」

王老初這個小孫子過去是常常跟著爺爺上茶館，空閒時又吵著要爺爺講故事給他聽的。自從爺爺生病入了「老君厝」出來後，孩子的媽媽就禁止他再跟爺爺在一起。

「為什麼你不給我跟爺爺？爺爺很愛我呀！」

起初，那女的還小聲細氣的向孩子解釋：那老傢伙害的什麼是醫不好的，又會將這病傳過別人，所以不給他再跟那老頭子在一起。

可是，這孩子跟他爺爺相處久了，那份感情分不開。

這孩子常常覷個機會，當媽媽不在時，他就跑到爺爺旁邊跟他玩，要爺爺講故事給他聽。

這事情，後來給孩子的媽知道了，把他揍了一頓。

這天，這孩子在後院找到了王老初在養小雞，阿青拉著他那對枯瘦的手，跺著腳說：

「媽媽到外婆家去，爺爺，今天，你不要騙我，把那個《呆女婿》的故事說完呀！」

「那個呆女婿在丈人家吃過晚飯，就陪著妻子回家睡覺了。入夜了，還有什麼故事好說哪？哈哈……」

那孩子跺著腳說：

「爺爺騙人，這個故事是自己編出來的！」

爺爺和小孫子正在後院裡鬧著玩的時候，忽然店門外，似乎響了一陣銅鑼聲：

「阿青！阿青！」

孩兒認得那是媽媽的沙嘎聲。他的臉色泛青，孩子哆嗦起來，趕快把身子從後門掩出去。

那老頭兒的臉色也陪著屋外的暮色那樣，沉鬱下來。他撮起了那瘀黑的嘴唇，可是因為門齒崩斷了，叫不出聲音，但還是作著叫小雞的狀子：

「咯！咯！咯咯……」

八

這是一個星期六的黃昏。

「德發」雜貨店的頭家嫂吃過了夜飯，就打扮起來。她從後窗伸出那條長長的脖，跟一個隔鄰少女答話：

「小鳳，要去看戲嗎？聽說星河戲院今晚放映的畫片不壞呀。」

「這套《三笑》上兩個月過年時，就在大城裡看到了。不過，我總相信，舊的那一齣比較好！」

這個眼睛的眼白部分永遠比黑的多的德發雜貨店的頭家嫂把嘴唇用牙齒去一咬，裝成一個不久以前在這山城一間戲院登台的台灣明星，咧開了嘴笑。

那個叫小鳳的女裁縫把雙肩高聳一下，把嘴犄兒彎在一邊說：

「大家都這麼說，我又沒有時間去看！陳蘇的女兒月底要出嫁了，我們趕工替她縫新娘衫。」

這個雜貨店的頭家嫂啪的一聲，把木窗門上，回頭望了望那個照身鏡，蒙上了一些暮色。她正穿著鞋子，打算到大都戲院趕早場。可是，忽然間，那個心跳一跳，她才發覺自己的孩子不接近自己身邊。

「阿青，要去看戲，快點兒換衣服呀！遲了，一開映，我就不等你了。今天觀眾一定擁擠，星期六呀！」

過去，她看戲或是到什麼地方去，是不帶阿青這孩子上街的，一定限他關在家裡做功課。現在就不同了，她怕孩子覷自己不在家，就跟那老傢伙在一起。

這一夜，王老的兒子看到自己的女人到戲院去看戲，他的繃得緊緊的臉色寬了些。

晚上八點鐘，那個雜貨店頭家吩咐打雜的早點兒上了店門。王老初看了這情形，心裡有點兒奇怪，又不好開口問自己的兒子。

王老初的兒子結好了外櫃，把現款放到鐵甲萬[9]裡，回頭到沖涼房去沖涼。

「爸，趁阿玲去看戲，有些話，我想跟你去談談！到胡仙的咖啡店去，比較清靜，好說話。」

王老頭知道阿德這個孩子一向懦怯，看到自己的老婆對這老人家的臉色不好，心裡不好過，又不敢向自己的老婆多說一句半句，怕她一兇起來，連自己的頭髮都抓脫。

這個老頭兒究竟是疼自己的骨肉，不想令自己的兒子難做人，常常吃過了飯後，不敢多呆在店裡，老是到街頭去遊遊蕩蕩，到關了店才回去，倒頭便睡。

他老人家又越來越小心眼兒，跟年輕時那種爽爽朗朗的性格完全兩樣了。有時，遇到自己的喉嚨痰塞著，咳嗽起來，他就趕快躲到後院去咳一陣，免得給他的媳婦聽到咳聲，咒天咒地。

這一晚，他看到兒子想跟自己說些私己話，趁那個女人不在。

王老初心眼兒一樂，面容給電燈的光照著，一片黃光，他老自己覺得年輕了許多。

九

胡仙這家印度回教徒開的咖啡店，白天的顧客不多，一到晚上，就有很多印度人到來吃晚飯。王老初兩父子，貪這地方華人客不多，在咖啡店的一個角落，背著燈光坐了下來，低聲地談著。

「你到弟弟的家裡去過了，今天？」

老二，這個老頭的第二個兒子的臉相，跟老初是一模一樣，只是沒有生砂眼病，卻多了一層陰鬱的眼色。他把額頭皺起來。雖然他倆是父子輩，但驟然間，別人會把他倆當做是一對兄弟。這個兒子，故意找著這咖啡店的角落座位，自己把背脊向著馬路，免得跟朋友打招呼。

他那雙憂鬱的眼，這一晚給燈光照得特別明亮，像發出兩道光芒，燒灼著他老子的滿是皺紋的臉和心。

本來，那老頭兒初意以為趁媳婦去了戲院看戲，他兩父子可以談些私己話，想不到，老二一提出的，就是他的小兒子的問題。

他老的心忽然跳動起來，把眉心緊緊的皺蹙起來。

他們坐的角落座位，靠近印度人的廚房，一陣陣油煙噴逐出來，把老初的喉嚨刺激得癢兮兮，他老再也堵不住了，漾起一陣強烈的嗆咳。

他老一嗆咳起來，就得把額頭靠著桌子邊緣，喘了半天氣。

一會兒，他老吸過了口長氣後，抬起頭來。老二看到老初的臉色青得怕人，眼眶也咳出了清淚。這個當兒子的知道老子有這種砂眼的毛病，常常在睫毛下擠出水份的。不過，他沒有看到他老子那顆創痛的心。這一晚，他的淚水是由那創痛的心擠出來的。

老二等他老人家喘過了大氣後，吩咐那個印度孩子多拿一杯開水，滲到老頭兒的咖啡杯裡，可使他喝下去，把那喉嚨的痰衝回肚子裡去。

那老頭兒的臉色青得怕人。他那對水漉漉的眼，老是望著牆邊的那管霓虹燈，不敢把頭垂下去，怕淚珠會掉到咖啡杯裡。

他記得這天中午，他到小兒子家裡去的事。

因為他的小兒子阿弟是擔任這裡不遠處的一間學校的校長職位，每天到下午兩三點才能夠回到家去。

他的小媳婦嘛，看到老初那副泛青的皺紋臉，不等他老開口，就先用話堵住了老初的說話：

「你又趕到這裡來做什麼呢？天氣那麼熱，你擠在巴士裡半個鐘頭，連好人也受不住呀！」

那老頭兒苦笑一下，咧開了那掉完了牙齒的嘴巴，含含糊糊的說出聲：

「我出了老君厝這麼久，一直沒有看到你們，想趁今天好天好時來看看你們。」

那個小媳婦沒有答話，只有用嘴角微微歪一下。老頭兒看在眼裡，心頭就跳動得厲害。他知道，他們年輕人就怕自己害的這種肺癆病，是會過給別人的。

「蘇妹，中午多煮一個人的飯，校長的爸爸在這裡吃過午飯才回去。等淘米後，到街上買點燒肉吧！」

王老初這老頭兒聽到小媳婦關照在廚房裡的女傭人，心裡就開解了許多，面色也紅潤了些。他心裡想，這個小兒媳年紀輕，雖然怕自己害的病會傳染，但總比老二的媳婦厚道些，沒有老二的媳婦那樣整天指桑罵槐，想把自己趕走。想到這裡，他老開心了些，連咳嗽也忘記了。

十

待在印度人的咖啡店裡很久，那些到來吃晚飯的印度人逐漸疏落下來。老二緊緊皺起眉心，頻頻地望著牆上的掛鐘，那隻長針一頓一頓地走著。

他心裡想，戲院快完場了。自己的女人一回到家裡，看到自己不在店，就會光起火來，倒不是好玩。可是自己的爸爸一說到白天到過弟弟家裡去過後，就不繼續說下去，害得他心癢癢。他只好加緊口氣問：

「你有向弟弟說過麼？醫生說你的身體，要長期休養方行。我店裡出入人多，空氣污濁，不及得他們住的皇家屋，空氣好……」

不等他老二那一連串的話說完，王老初就嘆了口氣，有氣沒力的說：

「這個，我也跟弟弟談起過。」

說到這裡，他老人家心裡就很難過。下午，他見到小兒子，一開口說到想搬到他家去休養一個時期，他那當校長的小兒子只把臉沉下來，沒有出聲。那個小媳婦就再也忍耐不住，開口像一串花炮那樣辟辟啪啪地燒著，冷笑一聲，說：

「老二他們，家產就會要，老人病了，他們就不去照顧。天下有這樣便宜的事麼？」

那女的氣呼呼的罵著。倒是老頭兒的小兒子擺出一副苦相，對老頭兒說：

「我不是跟老二爭家產，不過，我們現在住的是皇家屋，怎麼可以給傳染病人住呢？」

聽小兒子這麼解釋，老初的心就涼了許多，倒同情起自己的小兒子來。所以，這一晚，老二問起他白天到小兒子家的結果，他老人家含含糊糊，不敢直說出來。但老二的心很急，他只好替小兒子遮遮掩掩的說：

「我也想過了，弟弟他們住的是皇家屋，我是個病人，到那裡去住也實在不方便……」

老頭子這麼說了，做兒子的心像掉了下來，臉色更不好看了。他還怕自己的女人回來，自己怎麼去應付她好。

「爸，不是我老二狠心，不想服侍你老人家過世。可是，阿玲的脾氣，你是知道的……唔，枉你老人家那樣去疼他，弟弟也實在太沒良心，到他家去住住也不行！」

廚房裡那個印度廚子不知道在油鍋裡放下什麼東西，一陣陣強烈的油煙從裡面衝出來，弄得老二不停地打著噴嚏。那個老頭兒自然就加緊嗆咳了。

他老人家伏在桌子上喘氣，他偷偷用手帕去揩那快掉下來的淚水。

過了不久，這個老頭兒就被當做廢物一樣。有一個晚上，他老人家，連同一張破布床、幾件衣服，被一輛車載到這廢巴剎來。

十一

這一段段往事，從那老頭兒口中說出後，他老的心倒好過起來，跟天上的黑雲，給海風吹走了一樣。

他老人家的臉色沒有先前那股泛青泛瘀。他老的牙齒雖然全掉了，但咧開嘴來輕笑一下，多少留著年輕時，他王老初那種凡事看得開的，愛鬧愛笑的天性。

反過來，對他面坐著的那個老海員，他一生起氣來，臉色就更加黧黑了些。他那本來張開的闊大鼻翅，一開一闔，噴出鼻腔內的茸毛來。

「媽的，這還成什麼世界？養兒防老，積穀防飢……」

這個闊胸膛的黑臉漢，把拳頭用勁的搥著桌子。那個受慣了苦難的老頭兒似乎是局外人一樣，只微微嘆息一聲，說道：

「阿財，你也走過這地球的幾個海洋了，他們年輕小伙子還會把養兒防老、積穀防飢的想頭記在心上麼？」

這個老海員有個習慣，遇到要想什麼事情，就要把眼睛闔上一會兒。

到他再把那兩條濃眉毛向上一瞪，那兩片嘴唇咧開，但沒有噓出笑聲。

那時分，雖然咖啡攤上沒有別的客人，但那個老海員還把自己的粗大胴體湊近那老頭的身邊去，放低了聲音在他的耳邊嘟噥了一會兒。

那老頭沒有開聲，只瞪大了那一對肉砂眼，迷惑地瞪著那個老海員的黧黑的闊板臉。仍舊沒有開聲，只是把乾癟的嘴唇微微抽動一下。

那個矮胖的咖啡攤頭手，已經一手拿著一包燒鴨，一手捧著一瓶黑狗啤回來了。這胖子又替他們倆挪了兩個玻璃杯出來。

「頭手，你也來一杯吧！酒不夠，再去買嘛！」

那個老海員就有一副豪放性格，看到什麼生面人，一把抓住吃酒。

咖啡攤頭手連忙搖晃著那兩隻肥胖的手，瞇著眼，笑起來說：

「不行呀！我阿生喝了咖啡烏就會醉的，怎麼敢碰酒杯嘍？」

大家都笑了。笑聲把竹外的殘陽都掩住。

「阿財，阿財，你在哪兒呀？」

當兩個老朋友吃著蜜酒時，那竹林背後的巴士站傳來了幾聲。

「我的朋友回來找我了，這一晚，我們得趕到他的礦場去過夜！」

那個老海員走了。

老頭兒瞪著他那笨厚的背影，心裡泛起了一種黯然。

這是那個老海員跟王老初在這竹叢下的咖啡攤談過話不久發生的事。

一天，那間廢巴剎又空了下來。

那個老頭兒沒有在市上露面，有人想他是害了重病，起不得床。又有人思疑他是在那間廢巴剎裡過了世，沒有人知道。因為過去幾年間，就有幾個病重的人給弄到這間巴剎來，等他斷了氣後，由馬打厝⑩的黑車把死者的屍體載走了事。

可是，幾天來，都沒有人嗅到有什麼臭味從那破厝流露出來，那些愛吸死屍液體的大蒼蠅也沒有在那破巴剎的周圍繞著嗡嗡地飛。

終於有一天，有一大心眼的愣小子，鑽進去看了一回，回來告訴市鎮上的人，說：

「裡面什麼都沒有留下，只有一張破帆布床。空蕩蕩的，灶頭還有個銻煲，裡面那些不知道什麼東西發出了紅紅綠綠的黴，呸！……」

那愣小子不停在地上吐著唾沫，引起了大家發笑。

可是，過了幾天。

有人發現了王老頭，在那條早就乾涸了的河床的上流，有一間過去是屬於一個小園主的高腳屋。上兩年，河流的上頭發生了一次山洪，把這河口地區的低窪地方淹沒了幾天，還沖走了幾個人。事後，那屋子的主人把屋子空下來，搬到別的地方去。

現在，王老初這老頭兒佔有了這間空屋子了。是不是王老初向那空房子的主人租的？沒有誰知道。

不過，有一點，附近河岸的幾個捉魚的馬來人看到。真的，他們親眼看到，有一個黧黑的中年漢子用一輛汽車把這老頭兒送來。

有幾個好事的漁人的妻子還偷偷的躲在門角去窺看。據馬勿的妻子對鄰家說：她看到那個老頭子捧著一個沉重的鐵箱子，走起路來，把肩膊歪在一邊，顯出那鐵箱子裡面有很重的東西。

此後，隔了一段時日，那老頭兒又在竹樹叢的咖啡攤出現了。

那胖子頭手偷瞟了這老傢伙一眼，覺得他比初時的氣色紅潤得多，連那對砂眼也少滴下眼水。

自然嘍，他老穿的衣服仍舊是皺起來，沒有人跟他去熨。不過，比以前清潔得多了。

咖啡攤頭手聽人家傳說他老人家很多話。有人說過去在巴士站碰到王老初的那個黑漢子，是王老初過番時的結義兄弟，後來跟海船出海當了個海員。幾十年沒有見到這個把兄的面了，這一次回來，看到把兄淪落到這地步，所以給了他一箱子洋錢，又替他租了人家搬走的空房子，給他老好享享下半世的清福。

一點不錯，有個叫阿玉的女膠工，一天清晨到園丘去割膠，經過河岸上他老住的屋子時，透過那窗戶，看到他老人家點起土油燈，開了那個鐵箱子，搬出那些鈔票和白銀來算。阿玉還形容起他老人家算白銀時那種叮叮噹噹的響聲。他老人家有時出門，也把板門用一大把鎖搭著，教人想起這屋子裡還有值錢的東西。

這樣，一傳開來，在山城裡開雜貨店的那老頭的第二房媳婦的心就動了動，她記起自己的家翁過去談到有這麼一個當了海員幾十年，還沒有回來過的把弟。

她有時也叫那個打雜的孩子，在年節時，用一個飯格⓫裝些雞肉等東西給他老人家吃。王老初把東西吃下肚子裡去，有時就從心中笑了起來。

現在，那咖啡攤頭手看到他老的一臉笑容，就再也忍不住了，向他問起那個老海員的事來了。老王，卻也十分狡猾，他只有笑了笑說：

「人有三衰六旺呀！」

此後，他老就再也不說什麼了。

十二

這海岸遇著雨季時，一連下個把月雨，是平常的事。不過，像今年那樣，上流的河水沖下來得很急，而且帶來了一股黃濁，卻很罕見。

過去，這條長河，經過奔流了兩三百哩長途的小浪，到了出海處，水勢已經變得緩慢了。況且，往日那河流和大海的接口處，水位還很深，所以到了雨季，即使上流發出了山洪，下流水還很快順利的流入海洋。

可是，近年來就不同了，這條長河的上流兩岸的森林，給人砍下了大樹，兩岸的山泥就常常跟著豪雨，沖積到河流裡去。這條長河，一天比一天的淤淺了。

那些上了年紀的人記得這麼一段故事：

兩年前的雨季，本來不十分長久，雨勢也沒有一九二六年時那麼大，但這長河的下流就發過了一次大水。這接近出海處的河岸甘榜，被大水淹沒了五、六尺高，居民就得拋棄了家園，向較高的山區逃命。

現在，王老初住的那間棄屋就是一個小園主的，他老在那次水中吃了一次虧，把一個小女孩沖走了。所以，他把家搬走，連這建在河邊的高腳屋也拋棄了。

今年的雨季來了。

每天，就算沒有下雨，北方的天角下，都壓了下來，一片黑沉沉，教人喘不過氣。

那淺淤的河床，一天比一天沖積滿了上流沖下來的黃濁河水，雖然不十分急，但雜著上頭衝下來的枯樹枝或木板片，在低流處打著漩轉。

那些上了年紀的居民，抬頭望了望東北方的黑雲和冷氣，都打心頭寒栗起來。

「這一次雨季，會比去年的大啦！」

不知誰這麼嘆一口氣，但給無數怨恨的眼瞟過來，這個人趕快把話頭吞回肚子裡去。

誰不怕發大水？

但是，這市鎮的天氣，一直沒有開朗過。陰沉，氣壓低得使人喘不過氣。

這河口一帶，每天下一陣子雨，但都不十分大，可是河床上的水卻一天比一天漲，也一天比一天急。

有時，黃濁的河流不止衝下了枯枝、木板……更衝下了一些浮腫的動物的屍體……給漩渦捲下去。

王老初嘛，有時還打著破雨傘到那竹叢下的咖啡攤喝杯咖啡烏。

一天，還沒有到黃昏，那個肥胖的咖啡攤頭手就七手八腳的，把攤子收拾好，預備回家。看到那老頭子打著雨傘到來，他老先噓了口氣，好心腸地瞟了王老初一眼：

「看來勢，上頭的雨勢很大，河面的水一天比一天漲了。我看，你老人家住的屋子是靠近河邊……唔……」

老頭兒不說什麼，只是苦笑了一下。

四隻眼睛，都向著東北方的天角望一望。

拐過了山坳的椰樹的樹梢都給雨雲蓋住了。那個胖子的心沉了下來，像壓下一塊大石。

老頭兒那綳滿皺紋的瘦削臉，雖然依舊浮上苦笑，但那隻握著破雨傘的枯瘦手腕，顯然發起抖來。

雨，迷濛地掉了下來。

他老人家那痲木了的兩條腿在泥濘上緩緩地移動。

他不知道自己應該朝向哪一方面跑。四周是一片的濛濛的水氣。

只是上流沖下的河流的聲音更咆哮了。

十三

現在，不止高聳的椰樹梢頭或是山巒高處幕著沉重的黑霾，全個市鎮、山坳、竹藪、椰梢……都給雨點或雨條包圍著；因為天黑了，那雨水的光亮晶瑩地閃動。

「塌屋啦！胡仙的亞答厝給水沖走啦！」

在雨點的迷濛中，有人這麼喊著。

河床給上流沖下來的山洪，呼呼轟轟地滾動著。在雨的閃光和夜的黑點扭在一起，只成了一片灰色，連對面是什麼東西也認不清晰。

不過，在山洪的滾動聲中，也偶然有著划子的槳拍著水流的聲音。

這一帶河岸附近的漁人，大都有著自己的舢舨。在前年發大水的那一次，漁父哈山就用自己的舢舨船划到低窪的地方去救人。

大約，這一次，漁村裡的有舢舨的人都在這黑夜中出動了自己的舢舨，到各處去救人了。

雨水，不停的落下，上流沖下來的山洪更咆哮得怕人了。在混亂的聲音中，有人操著馬來話喊著：

「這河岸的屋子裡有燈光呀！一定有人住在裡面呀！」

雨勢更急了，山洪衝下來，連那熟練水性的馬來漁人也不能好好的划著槳。

舢舨像幾片浮葉那樣，在有水漩的地方打著圈子。

「屋子裡的人把門打開呀！遲一會兒，你就沒辦法把門打開了。四方來的水勢那麼急，像一堵堵的牆……」

可是，透過了板縫，那間在河岸上的高腳屋子透出微弱的燈光，飄飄搖搖，但那木門老是沒有打開。

四方湧過來的水勢更強烈的拍打著那間木屋子。這間高腳木屋除了本身的四堵板壁外，又多了一股強力的水牆，一重一重的包圍著。

終於，那些在這木屋旁繞著的舢舨夫，喊了幾聲，老是沒有人應。

河的上流水勢又急激的衝下。這些漁夫雖然熟水性，也怕自己的舢舨太小，抵擋不住水漩的吸力，終於順著水勢，漂到更遠的地方去了。

木屋裡，還飄著土油燈的火焰。

雨，還是不停地降下來，不過，雨勢逐漸變得微弱。可是河流沖過來的山洪卻配著黑夜的風聲，發出更大的嚷叫。

呵嘍，呵嘍……

十四

這熱帶地區的雨季，就是來時挾著一股強力，急激的到來，走的時候又急激的走。

當山洪消退到海洋去時，這河岸上的村民看到了第一道陽光。

因為這一次上流的山洪衝下來得急，退走得也快，而且，市鎮和附近的漁村居民，過去幾年來有著棄山洪的經驗，事先都向高地撤退，所以沒有什麼人命損失。

可是，河岸上那間高腳木屋子雖然還是顫巍巍的呆在泥濘上，但那扇木門再也沒有打開過。

黑夜時，也沒有人再看見那間房子露出一絲燈光。

終於由皇家派來的救護人員將那屋子的板門打開。

屋子裡沒有什麼大的混亂，因為那間被拋棄的木屋子的家私早就給小園主帶走了。

屋子裡只有一張板床。

板床上躺著一個穿著洗過水，白布衣服的老頭兒，早就斷了氣了。

那屍體旁邊有張破桌子，桌子上有盞土油燈，那油燈的油乾了，並不是給水浸熄的，只是油盡燈枯。

老頭兒是死了，但不是給大水浸死。因為這次大水只是淹沒了那高腳樓兩尺多，照水漬看起來，河水只淹到那老頭子的背部，就漸漸下降了。

「大約是這老頭兒給水一沖過來，昏了過去，經過幾天沒有東西吃，這樣餓死了，倒是成份多。不過，也許是病死……」

這個老頭子，就是那個王老初。他的屍體被黑箱載到縣政府的「老君厝」去解剖了。

王老初被淹死的傳說，很快便傳到山城去。那個開雜貨店的老二忽然記起什麼似的，他老趕著包了一輛車到那河岸的高腳屋子來。

高腳屋子外面雖然還有疏疏落落的幾個看熱鬧的人，鑽動著腦袋。不過，顯然，好戲已經過去了。

倒是，那個很難見上一次面的弟弟，那個當校長的王老初的小兒子的金絲眼鏡在閃動著，似乎正在跟一個穿著制服的警長說著什麼機密的事。他用的是紅毛話，大家聽不懂。老二心裡一急，三步作成兩步，跳到那搖搖晃晃的高腳屋子去，先就喊出聲來：

「那個，那個鐵箱子，萬不能獨自個兒開動呀！」

那個警官，那個當校長的弟弟，和其他幾個人給背後的聲音一喝，大家回過頭來，看出是老二。自然，那個放在板床下的鐵箱子沒有被水沖走，仍舊蹲在那兒，抬起冷眼望著這幾個心焦的人。鐵箱子經過幾天的水淹，水退走後，箱子的四周漬滿了泥漬。

倒是，那個警察見過世面，有點法律常識。他吩咐一個警員把鐵箱拿起，帶回警察署去。那個警員豎高了一隻肩膊，拿起那個箱子。

老二和弟弟的四隻眼睛都發出了光芒，跟著這個鐵箱子移動，他們都怕那個警員會把箱子私自拿走似的。

到了警察署。

那個警長還很慎重的，請了警察署長和那個唐人大財副出來監督，由一個警員用斧頭破開了那個異常沉重的鐵箱子。因為鐵箱子外面加上三把意大利造的洋鎖，一時找不到鎖匙去開，說不定是那個死者把鎖匙帶到太平間去。

「……」

「……兀！」

箱子給破開了，老二和弟弟的眼睛都大大的瞪著，沒有誰噓出一聲。

箱子裡只是一堆石頭和幾張早就過了期的福利彩票。

一陣笑聲，弟弟呸了一聲，回過頭來。老二早就從人們背後溜走了。

❶巴剎：馬來語pasar，即是「菜市場」的意思。
❷紅毛灰：洋灰。
❸歇水限：下雨不能幹割膠工作。
❹交關：應酬。
❺紅底：十元鈔票的俗語。
❻竹筒：馬來人習俗，將糯米放進竹筒內燒熟。
❼割牌：辦理出院手續。
❽老君厝：醫院。
❾鐵甲萬：保險箱。
❿馬打厝：警局。
⓫飯格：便當盒。

春汛

雨，下得那麼大。

海面，全是一片白濛濛，倘若不是有陣陣像雷吼那樣的浪濤聲，阿玉怕不以為自己永遠在迷霧中走著。

這時候，她蹲在一間用砵石結成的小小的天后廟內。這天后廟的神像，給阿玉的身體擠得不停地在喘氣。

因為是這海島的雨季，這附近漁村的漁戶都把漁船拖上沙灘來，用一條條粗大棕索，把船綁在椰叢上。

這樣一來，自然連那小小的天后廟的香火也冷落下來了。在有漁船出海的季節，有個老頭子在離開這座小廟不遠的一間亞答屋前，攤了個地方擺賣香燭。在這雨季來臨時候，這個老頭子也不見了。

阿玉，眼眶也蒙上一陣子水氣，跟海面上的，由雨點下降後，就蒸發成了水氣，交流上升後一樣，只是一片白茫茫。

阿玉從衣袋裡拿出那方小手帕，擦著眼睛，想連海面的白濛濛水氣揩去一樣。

只要遙遠處有一支斷板浮動，她就想到，那是阿菩歸來的漁船。斷枝漂得近些，就戳破她的幻想，令她更痛苦。

轟……轟……隆！沙……沙沙……

也好，阿玉倒反而歡喜起這種浪濤聲來了。她聽到這種轟轟隆的浪濤聲，自己的心情就不會寂寞得難過。

雨季，這樣過去了。一次，又一次的雨季過去。那白濛濛的海面，又回復了過去那樣的蔚藍。海鳥，連著翼子那樣沿著海面低飛，一下子把那長喙，連頭也沒入海面去。

啊！想起當年：

那個時候，阿玉還是一個十五歲的大孩子。她以為海鳥飛得疲倦了，掉下海裡去。她一把抓了身邊的阿菩的闊大的肩膊，指著那掉下海去的海鳥，似乎在可憐這小生物。

還沒有把圓圓的嘴巴闔攏起來，那隻海鳥又拍打了一下它那有勁力的翅膀，向上空一沖，連影子都不見了。

阿菩回過頭來，瞅了瞅阿玉的驚訝的眼，笑了起來。

這幸福的日子，過去了，有如天邊的白雲。

問白雲，白雲向何處飄去？今晚它又停在何方宿夜？

這個十五歲的小女孩，自從她那當舵手的爸爸在一次出海，永遠不回到這小島來後，就得跟著比她大幾歲的哥哥到這裡一家魚寮來當小工過活。她的哥哥跟著漁船出海，她就在魚寮裡等著甘蔘船回來時，把一條條的甘蔘魚破開魚肚，扔掉內臟，排入竹筐裡去，放入火灶去炊熟，這是她的工作。

在一次祭海的儀式裡，她認識了阿菩。

那時候，阿玉跟同在魚寮裡工作的一個女伴，躲在一叢紅茄藤樹後，遠遠地望著岸的盡頭。有一簇漁人正在為一艘新下海的漁船，舉行祭海的儀式。

「法狄瑪，我們跑到那兒去看呀！」

阿玉是個孩子脾氣，凡事都跳蹦著去參加的。可是她那個同伴法狄瑪就不同了。她在這附近的甘榜裡長大，她的爸爸也是靠海吃飯的漁夫，她很懂得這一帶漁村的祭海習慣。在進行祭海時，巫師把一隻雄雞的脖子在一邊唸經時，一邊砍下去，讓雄雞血滴到漁網上。在那當兒，只有男性才能夠走近祭壇去的。

法狄瑪看阿玉這妮子吵著要擠過去看熱鬧。她瞪起那雙大得駭人的眼，把歪厚的嘴唇嘟長去禁止阿玉：

「咱們女孩子不可以走近去呀！他們正在舉行嘍……」

阿玉雖然不再吵著要趕過去看他們祭海。她心裡老是鼓起不快，只用迷惑的眼光，斜睨著茄藤樹下那些海潮，泛起了一堆堆黃色泡沫，看看是潮來的時候了。

阿玉心裡想：他們男孩子是人，咱們女孩子也是人，他們可以參加這種祭海的儀式，幹嘛女孩子就不可以參加？

這樣昏沉沉地想著，驀地，有一群水鳥在茄藤樹叢的另一頭，呼的，拍著翅膀驚飛起來。

「噢，阿菩，阿菩！」

法狄瑪那顆大眼珠，跟著那群飛起的水鳥方向，望過去。只見一個敞露闊板胸膛，把上衣搭在肩上的青年人走過來。

這個小伙子是跟法狄瑪住在一個甘榜裡的。平素法狄瑪跟他在一起玩，有說有笑。可是今天，那小伙子卻眼神有點迷惑，沉重的腳步，把沙磧上的小沙踢起，打著伏在草叢裡的海鳥。害得這些小生物，嗡嗡的飛起來。

「啊！是法狄瑪？」

經法狄瑪喊了他一聲，他的眼睛才停擱在法狄瑪和阿玉躲藏的紅茄藤樹芭頭。

阿玉似乎在什麼地方看過這小伙子的，一時記不起。可是他那濃濃的雙眉，把眼眶壓著，顯得眼眶深陷下去，像噴出火花一樣，燃燒起她的心。阿玉看到阿菩那雙眼瞪著自己，她的臉像火燒一樣，紅漲起來。

「法狄瑪，這是你的朋友？」

當那小伙子看到阿玉的臉發紅時，自己覺得有點不好意思，只得胡亂的說些話。

法狄瑪似乎看到阿菩的心跳盪似的，輕輕的笑著，抿著嘴唇說：

「這是我常常跟你談起的那個支那姑娘。她的名字叫阿玉，很好聽，跟我一同在魚寮裡做工的。」

阿玉只是含著羞意的垂低著頭，瞪著阿菩那片寬敞、發亮的胸膛。

她的心，跳盪得很厲害。那天本來是個晴朗的日子，雖然是下午了，但西斜的熱帶陽光，把海水蒸發起來，非常燠熱。

她的眼前，似是瀰漫著一片白濛濛，但那又不是這海岸的雨季時出現的那種水氣。

她終於發覺了，那是自己的心過份跳躍，眼睫毛滴下的汗珠，把視線迷漫了。

阿玉的眼睛從那小伙子的烏黑透光的胸脯，溜到腳下的紅茄藤樹的透出海面的氣根。

「……」

她聽到法狄瑪跟阿菩交談著。他們的聲浪並不很低沉，只是給海岸的緩緩漲起的潮聲混合了。到那浪潮從沙堵退回時，又把他們倆的聲浪帶到大海中去。

因為阿玉心中的跳盪，在一段長長的談話中，她只清楚地記起阿菩說過這一句話：

「我一定要跟胡仙那樣，自己有一艘漁船。」

「……」

這雖然不是下雨的季節，但是太陽溜下海平線後，就一陣陣涼風從海峽的對面吹過來，震盪了紅茄藤樹的葉子，絲沙、絲沙的響。

阿玉眼前的水氣變得冰涼了。在海的盡頭，飄來了一襲襲暗淡色調的晚霞，把海面和天角，都染成了一片灰暗。

阿玉那赤裸著的腳尖，有點冷意，直上升到她的心頭。她聽到潮汐的聲浪跟海風在交襲了。

一顆星，在遙遠的天空出現。

她的心頭震盪一下，她覺醒到自己是孤獨地被遺留在這沙灘上。

紅茄藤樹枝向她招手，落葉向她表示同情，海風卻奏和起她的心曲。

她的心空虛起來，她的腦筋也更多了迷惑。過去，對這漸漸昏暗的海岸，有著害怕的她，這一個黃昏，不知什麼鼓起了她的勇氣，她在迷茫的黃昏海灘上踱來踱去。

在她的半昏沉意識中，她記起過去法狄瑪向自己說過一個從爪哇來的王子，給風浪將船漂流到這兒小島來，跟一個漁夫女兒戀愛的故事。那個故事的名字叫《香水河》。

「這故事是多麼陳舊啊！」

有一次，阿玉笑著對說這故事的法狄瑪說，可是當法狄瑪不再說這愛情故事時，阿玉又千方百計的拉著法狄瑪重新說下去。

「看你這個小鬼頭，心裡就有一個王子呀！」

法狄瑪用食指大力的向阿玉那面頰戮下去，大家笑了起來，成了兩朵迎春花。

在新月緩緩的升起中，阿玉這一夜心中，似乎把那個浪漫故事主角王子的影子，寄託在一個人身上。

她在這一個熱帶的早夜，在踏上那個人的腳印走著。

經過了那祭海的一夜後。

在這個一段是紅茄藤樹芭頭，一段是嶙峋岩石盤踞的沙灘上，多了這一對年輕人的足跡。一對是闊大的，五個腳趾像朵梅花那樣印在沙磧上；一對卻是纖小的，但顯得很有勁力的印在泥濘中。

阿玉常常在黃昏時，站在那紅茄藤樹的芭頭，伸長脖子，望著海面上的點點歸帆。

這是一個難忘的黃昏，那還不是東北季候風來到的時候，不過黃昏沒有暗盡，雨點就從海峽上吹過來。

阿玉在紅茄藤樹下，禁不住雨點沾濕了頭髮、臉孔……她躲進那矮小的麻石建成的神廟來了。

這一夜，阿菩工作的那艘漁船泊岸得最遲。一泊了岸，舵手和幾個夥伴趕著雨，把捕獲的魚交到魚行去，只有阿菩這小伙子是走得最末的一個。他一把托著幾把浸透海水的划子，一把抓著網罟，任雨點從他的腦袋上滴下，依舊用那兩隻粗闊的腳印踏在混著泥濘的沙磧上。

「阿菩！」

他認得那是阿玉的聲音，從那黑越越的石廟溜露過來。他也知道，過去這間麻石建成的神廟，一入夜了，便寂靜了。這是難忘的一夜。

雨還是繼續滴個不停。

海面上，天空都混成為迷糊的一片，沒有一點火，沒有一點星光。

只是雨聲，海汐聲，跟這兩個年輕人的心的跳動聲混合在一起。

因為這海岸的雨季還沒有到來。

海峽上雖從對岸吹來一陣風雨，但雨停了後，夜空又明淨過來，推出了一輪月亮。

月亮照著那給雨點洗滌過的沙礫，顯得異常蒼白。連那倒在沙灘上的一對年輕人的影子也蒼白起來。

一個夜梟拍著翅膀從紅茄藤樹的林子飛出。

阿玉那微微聳起的胸膛，似乎在那蒼白的沙灘上因為腳步沉重，使胸膛像海波一樣，起起落落。

阿菩的腳步，還是跟往常一樣沉重，用勁地踐踏著沙磧上的松沙。

他沒有說話，可是永遠是那簡單的一句話：「我一定要有胡仙那樣的一艘新船。」印在阿菩自己和阿玉的腦海裡。

陽光照射到這漁村小島的土地來時，倒給這小島帶來了寂寞。

泊在岸邊的漁船都出海了，只落得那些棲宿在紅茄藤林的海鳥，自由自在地在空中、海岸飛翔。

沒有人能懂得他們唱什麼歌，只是吱吱哇哇的叫鳴，唱出了它們的喜悅。

這漁島因為沒有什麼大森林，太陽一露臉，就燠熱得駭人。小島上因為土著民族的住民較多，幾家疏疏落落的華族漁夫，也因為家裡沒有什麼值錢的東西，省得養狗去給它們吃閒飯，倒是貓兒可不少，大的、小的，白的、黑的或是花斑的，都愛在它們的主人出海後，閒得發慌，它們在燠熱的太陽光下，在沙灘上追逐。

一到阿菩那沉重的腳步，踩踐著沙磧走過，它們就分頭跑散。有些溜回亞答蓋著的家，有些還躲在紅茄藤樹頭，瞪著那對時時變化的瞳子去瞄，想看這個青年在做什麼。

阿菩吹著口哨，腳步就放得輕鬆了些。不過，給他那粗大的腳趾踢動的沙礫，還使芭邊的變黃的草騷動起來。

阿玉因為漁船還沒有回來，魚寮裡沒有什麼工作可做，只躲在家裡洗衣服。

聽到沙礫撥動草聲，她沒有回頭向門外張望。她知道鎮上的郵差有時會下到島上來。可是，她聽到那陣子高高低低的口哨聲，她的心兒就跳動得厲害，臉兒也泛紅了。她扔下那濕漉漉的衣服到水盆裡，趕到門外去。

「阿菩，你還沒有出海麼？」

這一天，真令她那烏黑的眼珠子睜得更大了。阿菩這一天穿上了一件白布衫，配上一條上次開齋節時，阿玉從城裡買回來送給他的新紗籠。

這倒令阿玉怔住了。她想不起今日是什麼大節日，她記起哈芝節也過去了，先知誕辰又沒有到來。

還沒有把包裹解開，阿玉就先嗅到了一陣油香，她準知道，那是一包炸香蕉。

這是幸福的一天。

當阿玉把那青年送到岸邊時，阿菩一隻腳跨上了那隻小舢舨。回過頭去，他看到海峽那一面照過來的陽光，照得阿玉的面龐特別美麗。那面頰給陽光照曬得有點發赤，配著那雙靈活的眼珠，不停地溜動。

這一天，阿玉靈活的眼珠，似乎多了一些什麼東西蒙著。她用手背去揩擦，她看出自己的手背漬著的是淚水。

雖然，阿菩那雙密密的黑眉毛，把深陷下去的雙眼壓著，平日多少有點憂鬱。這一天，他卻故意提高了嗓子，故意把嘴咧開，顯得非常輕鬆，舢舨離開了，他還高聲說：「我只要積存到一筆購買一條漁船的錢，我就馬上回來接你……」

太陽偏西了，但海岸的泡沫還噴著氣。

「……阿菩，你快回來呀……我等你！」

阿玉不知怎樣，也不知在這岸邊站了多少時候了。她只永遠記著自己重重複复說著一句話。

阿菩那隻小舢舨連影子也看不見了。

海面更加碧藍。

她記起是到魚寮工作的時候了，說不定法狄瑪已經到了她的家等候她。

阿菩離開了這出生的漁村，跟上了一條拖網船到很遠很遠的海面去捕魚。

這年輕人有一個志願：他要掙到一筆足以購置一隻小漁船的錢，然後回到島上來跟阿玉成親。這種愛情的力量，把這年輕人從灰暗的憂鬱中變成了勁力。

他雖然離開那小島很遠，但在白天、夜晚、晴天、雨天……永遠聽到阿玉那一句話：「阿菩，你快回來呀……我等你！」

在阿玉方面，從那一天起，她臉上開了花。對著什麼東西，都充滿了生氣。她記著在海面，阿菩在舢舨上向岸上的自己，提高嗓子說的一句話：「我只要積存到一筆購買一條漁船的錢，就馬上回來接你……」

在一段日子裡，阿菩有時託在海上遇見的島上的漁人，帶回給阿玉一個平安的口信。

在這段日子裡，阿玉生活在明日的希望上。

她望著月圓、月缺，她聽到海潮的漲和落。她也時常注意紅茄藤樹林那些水鳥的飛去飛來。

有一天，阿玉正在魚寮裡把那些漁夫們交來的雜魚分排著一堆一堆的時候，聽到那個胖子頭家，不停地在搖頭嘆氣：

「這海面上近來越來越不太平了。」

一個是從城裡駕羅里來買魚的頭手也沉鬱著臉，低聲地答那胖子頭家：

「不是麼？聽說上個禮拜，城裡一家大公司的一條拖網船出海後，就沒有回來了。」

「唔……是在公海呀，大家都有藉口扣留別人的船，而且海峽上的小島嶼又不時有海盜出沒。鬼知道是什麼一回事？」

「……」

阿玉的心跳動得很厲害，覺得頭有一陣陣暈眩，不停地發著抖。

跟她一同工作的法狄瑪，因為那魚寮的頭家用福建話跟羅里車夫談話，不知道他們說的是什麼。她回過頭來，望到阿玉那平時紅潤的臉，現在變得非常蒼白，兩隻手不停地發抖。她向阿玉問：

「你生病麼？」

阿玉搖了搖頭，苦笑著。法狄瑪的眼睛閃出了笑意，把嘴唇湊近阿玉的耳根，輕輕地問：

「你肚子裡有了孩子麼？」

阿玉聽她這鬼靈精的一問，自己那蒼白了的臉就泛起紅霞來，捏了那妮子的肩膊一下，笑著說：

「你放屁！哪裡有這回事？」

法狄瑪發覺自己搞錯了，她知道阿菩到大城的拖網船去工作了幾個月，阿玉又沒有跟別的男子來往。而阿玉雖然勉強的裝成笑容滿面，但她的頭腦感覺得到充滿了煙霞，前面一片白濛濛。

自從那城裡的大拖網船在公海裡失蹤以後，阿菩的消息就沒有人知道了。

阿玉近來，一天比一天消瘦了。雙頰那兩片殷紅再也看不見了。那靈活的眼珠子也不再流動，變得異常沉鬱，像半死的魚眼那樣停滯，只是久久的轉動一下。

一天，法狄瑪到阿玉的家去看她，看到她歪著頭，坐在一張椅子上，向窗外望著那高聳椰樹梢上的白雲，連進入她的家的法狄瑪也沒有發覺到。

看到過去那活潑的女孩子，現在變成這麼神色遲鈍，法狄瑪奇怪起來，向她問道：

「你是不是有那種女孩子們常見的病呀！咱們都是女人，不怕對我說呀！我媽媽就懂得用一種草藥……」

不等法狄瑪說完，阿玉就撲嗤的笑起來說：

「你這鬼靈精，每一次都是自作聰明，我那東西，四個星期來一次，都是準期不過的，沒有什麼病。不過，我近來常常晚上睡得不好，卻是真的！」

這樣，過了許久。阿玉天天望著那海面，老是看不到阿菩那艘舢舨的影子，也聽不到他的消息。

有一次，阿玉的哥哥阿生很早就回到家裡來。那時分，下午的太陽還照著阿玉家旁邊的兩株椰樹，把椰樹的影子拖在芭地上。

「媽的X，我們在海上找飯吃也越來越困難了。阿玉，我們搬到城裡去做別的工作吧！」

阿生本來是個粗獷的漁夫，現在生氣起來，從那兩個粗闊的鼻孔噴出的鼻腔毛就顯得更黑、更長。那扁闊的鼻翅一開一闔的抽動。

近來，阿生為了在小島附近的淺海區捕魚，一天比一天收穫少，生了很大的氣。阿玉也知道哥哥的心裡不好過，不敢惹他。

做哥哥的吵著要離開這個小島到大地方去打天下，阿玉不願意跟她的哥哥跑，她等著阿菩有一天會回來找她。可是，阿生的生活近來越發難過，他再也呆不下去了。

這一天，他不知在外頭受了什麼委屈，一回到家裡就把帽子向桌面一扔，躺在板床上，半天都透不出一口氣。

阿玉是知道哥哥的脾氣的。她只管自己去做自己的事，不去兜惹他。

終於，阿生憋不住氣，忽地從板床上翻起身來，把那兩隻似乎灼人的火樣眼睛瞪著阿玉一會兒，他雖是老粗，但對這個一同生活在一起十多年的妹妹總有一份感情，這份感情是冰和水那樣分不開的。

阿生噓過了長氣後，對阿玉說：

「阿玉，我知道你留在這裡。不想離開這個地方，是等著阿菩有一天回來……這個，我有什麼反對呢？可是，我要肚子吃得飽，就得走我自己的路呀！今天，城裡有個朋友下來，談起他們那裡的礦場還要用人，趁我阿生還有氣力，我就想到那兒去混混。你一時不想離開這裡，也可以搬到法狄瑪的家去暫住，等我在城裡打好了底子，再回來接你！不過，我比你大得幾歲，見識比你多些。唉，實在說起來，咱們靠山吃山，靠海吃海，誰保證得一個出海的人甚麼時候能夠回來嘍？」

「阿菩答應過我，只要積存夠買一條船的錢，他就會回來的。」

阿生從木桌上抓起那頂破帽子，歪戴在腦袋上，走出了這歪斜的板屋。

阿玉望著他的背影。

有多少個黃昏，都是這樣的。

那纖小，但是剛勁的腳步，在那蒼白的沙灘上踐踏著，阿玉就這樣坐在紅茄藤樹林子的露出水面的氣根上，睜起了那雙烏溜溜的眼，向海面望過去。

她抬起頭來，望著天空的淡淡的黃昏的星，又望著那漸漸暗下去的海平線。

有時，她的嘴角也會淡淡地現出一絲笑紋。她想起法狄瑪跟她談過多少次的那個爪哇王子和一個漁夫女兒的浪漫故事，她記起，那是叫做《香水河》的故事。

她從來沒有開口，向任何一個人問到阿菩消息的話。可有幾個好心腸的老漁夫，常常在紅茄藤樹芭頭看到那個小姑娘那對幽怨的眼，不停地向海的遠方望過去，就知道她的心坎巴望的是什麼人。他們不想引起小姑娘的悵惘，經過芭頭時腳步就急速了些。

但是，這些漁夫拐過了紅茄藤樹林子後，似乎連人間的一些溫暖也帶去了。

阿玉的心頭對著那變得暗下去的海面，就漾起了陣陣輕寒。

不過，在這寂寞的海岸的沙磧，終於有一天給海潮沖得平坦後，堆起一彎一彎的波浪痕跡外，再也看不到那對纖小的孩子的腳印了。

那間靠近海岸的斜歪木屋子，也一天一天的歪斜下去。有人說阿玉的哥哥，一天從城裡回過島上一次，把他的妹妹接到城裡去住，但沒有誰親眼見到。

又有人這麼傳說，有一個黃昏，那個可憐的女孩子因為站在海邊悵望得太久，麻木了，連潮水漲了也察覺不到，結果給一陣浪潮捲走，但也沒有人看見。

不過，慢慢的，這個小島就鬧起鬼來了。有時，夜歸的一些漁夫們，會看到那小丘上的麻石建立的神廟有閃閃爍爍的火光。

更有個漁夫在曉寒未退時，想趕早些出海捕魚時，經過那個紅茄藤樹林，就微微聽到嗚咽的喊聲，似乎有人喊著：阿菩，阿菩！

那些想趕早出海的漁夫聽到這海岸的嗚咽聲，就像一身浸在輕寒中一樣。

他沒有再望一眼什麼，反正在這雨季的海岸，到處都蒙上水氣，一片白濛濛。

起初，他還想拐過那座山神廟，到島背法狄瑪住的甘榜去打聽一下阿玉的下落。現在，他把腳步轉到回頭的海岸來，等乘第一艘經過的舢舨，離開這個小島。

這樣，傳播開來，很多人就不敢走近這個小島的紅茄藤樹林子了。

因為這種寒意，這種低沉的嗚咽聲音，那些迷信的漁村的人都把故事編織到那個失蹤的女孩身上來了。有些說阿玉的陰魂不散，常常在這海岸遊行。

這漁村從此就更加冷落了，有幾家害怕的漁人把家搬到島上的另一邊去。

但是，小丘上那座小石廟，仍舊蹲著發抖。

在另一個島嶼被押留了一段時日後，那個有著一雙濃密眉毛的青年漁夫又回到這小島上來了。

那是一個春汛的日子。在阿菩的腦海中，是不會忘記的，在一個下雨的晚上，他和阿玉在那小丘上的神廟裡過了一夜。

雖然，這一個黃昏的雨下得不十分大。但遠遠望著那小丘一角，蒙著水氣的麻石建的小神廟，已經衰老得快要塌下來的樣子。

這個在風浪裡長大的漁夫是不怕風來不怕雨的，他挺起那寬闊的胸膛，站在海岸上，任那濛濛細雨向自己的臉，向自己的胸膛襲擊，他一點也不畏縮。只是看到那座小神廟的衰老態，自己的手就輕輕摸了一下自己的腮幫那凹下去的雙頰，長著茅草似的鬍鬚。

他嘆了一口氣，覺得只離開這漁島不過幾個年頭，一切都變得異樣。

他記起，剛才從那過去密密麻麻的紅茄藤樹林經過時，那些堅硬、挺直的茄紅藤樹幹都給人砍去建屋子。留下來的，只是那些歪歪曲曲的小樹，還有在芭邊的那間小木屋似乎是空下了許久，一邊歪到椰樹頭來，不是靠了那兩株椰幹的支撐，怕不早就塌下了。

看了這荒涼的一片，這年輕、但心情異常衰老的漁夫再彎下頭去，望著自己穿著的，仍舊是過去出海時那條中國藍布縫的短褲子，只是比過去更加破舊。他不敢大大力用手去拉，怕拉脫了那一截褲管字來。

他沒有再望一眼什麼，反正在這雨季的海岸，到處都蒙上水氣，一片白濛濛。

起初，他還想拐過那座小神廟，到島背法狄瑪住的甘榜去打聽一下阿玉的下落。現在，他把腳步轉到回頭的海岸來，等乘第一艘經過的舢舨，離開這個小島。

再見北迴歸線上

「參仔，今晚得提起精神來呀！你在《八仙過海》這齣戲裡扮演呂洞賓，是個吃重的角色呀！」

王參是個中年人了，一聽到那時跟著自己那死鬼爸爸是老朋友的打鼓元喊出自己在孩子時，給人喊慣的參仔時，王參那凹下去的雙頰就灼熱起來。不過，王參回心一想，這一次從內地跟了一條貨船出來，沒有再回去，就全靠打鼓元這個老世叔，帶自己到這些遊艇來，穿起那些從舊衣店買回來的舞臺伶工穿的舊戲裝，給那些紅毛或是黑毛的日本鬼子遊客拍些紀念照片，也混得口飯吃，一時也不打算回到內地去。

「唉，你真是個傻瓜！他們鬼子懂個屁戲文？只要你那張口會一開一合，就算是過關了。」

初時，打鼓元把王參這個內地來客帶回自己的海濱木屋時，教他怎樣去跟自己到那些旅遊中心地，去扮演一些古人的故事，給那些遊客看看，增加他們對這個小島的趣味。為了他們是外國遊客，在沒有踏上這個小島的陸地以前，腦子裡就充滿了神秘感，認為這個海島，就是那個大陸國家的縮影。這些粉墨登場的伶工，就是中國的幾千年來的歷史和文化的精華再現。

「我打孩子起，就沒有唱過戲。我的聲線又沉又嘶，怎麼能夠登台唱廣東戲呀？」

王參苦著臉，漲紅了臉，不停地搖著頭，把那瞇著的沉鬱的眼，瞪著打鼓元：

「我來了這島上，差不多半個多月了，一直找不到一份合適的工作，再過幾天，還找不到工作的話，我想只好跟他們回頭船走了。」

打鼓元噗嗤的笑了起來，那個早就掉光了牙齒，留著一個黑黝黝的洞口底嘴巴一張開，噴出了一把唾沫星子，差不多射到王參的臉上來。他老人家，還從袋子裡，摸出了那條髒得有點像抹布的手帕，不停地揩抹眼睛。他老的砂眼老毛病，幾十年來都這樣，一笑了起來，就不停擠出眼淚。

王參倒木然了，有點迷惑的，坐在一隻歪了一條腿的破藤椅上。一個陰影似的，乾癟的女人，閃了進來，站在打鼓元的身邊，王參也不覺得。

打鼓元笑過了後，長長的噓了口氣。一下子，他老的滿佈皺紋的臉，又嚴肅起來，望了望身邊那女的一眼。微微把那擠出過淚水的眼簾皮合了一會兒，說：

「別的不說，你就看我們這一班的首席花旦……」

「呀！阿元叔老是這麼嘲笑人。」

聽這麼的一聲尖銳的女腔，王參的毛管就倒豎起來，他抬頭去望了望，那個一臉蒼白得有點似死人膚色的狹長臉；暗淡沒有血色的嘴唇，包不住那兩顆凸出來黃溜溜的門牙。

這個中年女人向著這個迷惑的眼光，向自己瞪望的來客微微笑了笑，就回過頭去向打鼓元問道：

「元叔，這位先生就是你說過的王先生麼？他來了，跟我們一夥，也實在給我們撐撐門面。自從阿宗害了病，躺在床上不能起來，我們這一夥就沒有一個人能扮演一個吃重的角色了。像前天晚上，有一班日本遊客，一定要點我們上演的那齣《梅花鎮戲鳳》，就找不到一個能扮演那個皇帝的人。找來找去，只好把那廚房的小伙計阿才臨時湊湊腳。可是阿才人又生得矮小，穿起龍袍，長了半尺，真笑大別人的口。好在，那些遊客拍過了照，什麼都完了。不過，阿才這小鬼見過鬼怕黑，再也不敢登場了。」

王參覺得這個蒼白臉色的中年女人，那兩顆闊板長門牙，襯著那狹長的臉型，著實難看。不過，她那雙濕漉漉的眼睛，卻含著一股熱誠。這種充滿熱誠的眼色，王參在島上，就沒有碰見過。王參就自然的，向她點點頭，表示了謝意。

打鼓元，依舊是個老江湖。他沒有那種文縐縐的，什麼介紹見面的禮節，就用自己枯瘦的手，指著女的，向王參說：

「不必舉什麼例子，就看阿珍好了。十多年前，她在工廠裡給那個鬼工頭拋棄了，一時氣憤不過，偷偷喝下半瓶紅花油去，想離開這個吃人的社會。後來，給我們這班好事的鄰居，罵了一頓，就覺悟了。我們為什麼這樣傻，看不起自己？我們還要活下去，等待明天的太陽……」

不等打鼓元說完自己的往事，那個中年女人就嘟起了一張嘴，襯得那兩顆闊板牙更黃溜溜。不過，她雖微微漲紅了臉，可是那善良的眼，還是從王參的瘦削臉看到那皺紋的打鼓元臉上去。她雖然有點幽幽，不想談起往事，但那兩顆活動的黑眼珠，似乎還是告訴王參，打鼓元這個老傢伙曾經在死水裡，把自己救起來：

「阿元叔，你這個人，什麼地方都好，就是好說話。人家王先生初來，你還沒有好好介紹一下，就說些不三不四的話，也不管王先生愛聽不愛聽。」

打鼓元和王參都哈哈的笑了起來。

一會兒，打鼓元心裡似乎想起了什麼，老想不說出來，自己的心就不好過似的。他繼續說出來：

「唔，你問阿珍好了。初來時，阿珍只是在台上穿了那幾件戲服，把那抹上口紅的嘴巴，跟著八音❶一開一合，就混過去了。現在，誰不知道她阿珍，是我們這一夥裡的當家花旦？」

阿珍瞟了打鼓元一眼，又微笑一下望著王參。王參的心盪了盪，總覺得這個中年女人，對自己有點好感。王參也只好咧了咧嘴，當做是回答。倒是那個女的，把兩條微微豎高的眉毛向額角一挺，那兩個闊鼻孔，把氣噴出來，鼻翅更脹大了。

王參本來把眼向紅毛灰❷地面瞪著，聽阿珍這樣冷冷的噴出一聲冷笑，心就挺了挺。他把沉鬱的眼向站在自己面前，正在抽著紅煙的打鼓元一眼。打鼓元似乎沒有先前那樣興奮，只垂低了頭，拼命的吸著那口紅煙。

「元叔叫我扮戲時，開始我也想到王先生的想法。可是在這骯髒的社會裡，誰不是一樣塗白了臉，塗紅了臉，或是塗黑了臉上場？誰不是一樣伸直了兩隻腳，當做一個伶工在舞臺上下場？一個扮戲的下了場後，又有哪一個人記起他曾經扮演過什麼角色呢？我們把事情看得太認真的，就永遠吃別人的虧！」

阿珍那一番話，是無形的棒子，向自己的腦袋抽動，雖然不痛楚，但卻永遠抹不去。

×　×　×

還沒有到黃昏，那艘永遠停泊在港灣內的酒樓式遊艇，給亞熱帶的斜陽，照得艇旁的水面通紅。

王參跟著阿珍幾個同伴，在那長長的沙灘上的，用木箱板和白鋅搭成的木屋裡，也著實忙了一陣，把那幾件閃閃發光的膠片貼成的戲服整理一下。

王參雖然覺得這種寄生蟲似的生活，過得無聊，可是，他一想起自己過去的那段日子，自己雖然在那個時期，幹得起勁，以為很有意義，可是事情一經過去，那些一時把自己抬上英雄寶座的人們，當自己從高處摔下來的時候，就跑得無蹤無影。

這跟自己現在站在那些遊客面前，扮演古代的英雄人物時，有什麼分別呢？他想起自己初參加打鼓元這班江湖客組成的「戲班」時，阿珍勸自己不要對事情看得太認真，卻有一些道理。

這個黃昏，阿珍也惦記起，有一艘豪華的遊船泊港。這艘環遊世界的遊船，不只帶來了美國的年老遊客，而且還載著回到東南亞一帶國家的遊客。

阿珍近來似乎對王參這個中年流浪人越來越關心。她這一個黃昏，很早地吃過晚飯，就走到打鼓元和王參同居的木屋來，幫他拿出那件王參在「鳳儀亭」裡要穿的白袍。那件白袍雖然陳舊，不過貼上無數的膠片，也還是閃閃發光的。

「王參，你穿起這件貼膠的白緞袍時，真成了古代英雄！」

阿珍向王參說笑，王參也笑了笑。可是當她把一個刷子去刷洗那膠片的污漬時，一下子把幾個膠片弄掉了。阿珍趕快回到家去，把牛皮膠煎了，好得替王參把白緞袍的膠片貼回去。

這個時候，王參聽到門外，那陣嘶啞腔的打鼓元，哼著過去的濫調，歪歪斜斜著腳步，回到家裡來。王參心裡明白，上個月因為颱風來了，遊客來得少。他們這班靠向遊客扮演戲劇人物，賺飯吃的江湖兒女，自然也跟著是收入少了。打鼓元是這班人的領頭人，就很久沒有錢去買瓶中國出產的竹葉青酒來喝。今天，他老聽到有一艘大遊船到了，晚上，遊艇上有兩場表演，心就開了。他向遊艇當家借了幾個錢，大約早就到香港仔的小酒店喝了些酒，所以回到木屋裡來時，腳步有點浮動。

「元叔，你有喝酒了麼？」

王參把白緞袍戲服輕輕放在板床上，抬頭望著打鼓元笑了笑。打鼓元也笑了，把那乾瘦的胸膛挺了挺，說道：

「喝了酒，我的手才有力，把鼓敲得起勁。」

王參把床上的戲服輕輕的移到板床的一邊去，好讓出一個地方給那老傢伙去坐。那給燈光照得反光的膠片戲服碰到了王參的眼簾。王參又回頭去望了望，打鼓元那滿面皺紋的三角臉。他輕輕噓了口氣，覺得床上那件舊戲服和打鼓元都是過了時的英雄。它和那老棚面❸都有過自己光榮的時日，但那是永遠地過去了。

現在，這個老棚面佬就這樣一天一天地，過著那些渾渾噩噩的生活。

王參想到自己，也是跟著那個老流浪去過這種糊糊混混的生活。

王參正對著床上那件舊戲服發獃。打鼓元卻是相反的，他老人家就靠了竹葉青酒，當做是一種興奮劑。他有錢喝夠了酒，腦筋就更清楚了些。他走近了王參身旁，也順著王參的視線，望到了板床上，那件還在閃光的舊戲服。

「你知道了，遊艇的經理，吩咐我們今晚有兩場表演。他還特別指定，要我們扮《鳳儀亭》的呂布和貂嬋。他們洋鬼子的腦子只記著中國古老的故事。」

「這個，阿珍早就通知我了。」

打鼓元這老頭子喝夠了酒後，就變得更精明了。他瞪著床上那件白緞袍，一下子就向王參問：

「你扮過呂布麼？」

王參搖了搖頭，有點漠然。這個中年流浪漢，似乎心中對著打鼓元這個問題有點不快。他想到，扮演這種不必唱戲文的角色，管他是皇帝、將軍、道人和什麼流浪漢，還不是一樣，有什麼分別？都是死板板的。他覺得打鼓元這個老傢伙灌多了口黃湯，就囉嗦起來。

可是，打鼓元卻越說越起勁。他不止說話，而且把他的床底的一個破皮箱拖了出來。那個破皮箱上面積滿了一層灰塵，打鼓元用一塊抹布，才輕輕把皮箱蓋子揭開，生怕一用力，那個皮箱的銅較會脫落了一樣。

打鼓元用那兩隻枯瘦的手，輕輕捧出了一副鍍金的小頭盔，拿出他袋子裡那條髒的手帕去揩了揩。跟著，他又噓出口氣在那鍍金的物品上，用手揩搓搓。最後，把那兩根斑駁的雉毛從皮箱側拿出來，插到那小金盔的旁邊去，對王參認真的說：

「這個小金盔，是專為扮演呂布用的。你戴起它來，就成了活生生的小溫侯了。」

打鼓元把那小金盔輕輕擱在王參的腦袋上，想替他把頭盔的帶子綁在下巴下面，但是一用力，兩條帶子就斷了。看打鼓元這種小心翼翼的情形，王參覺得有點難過，他打鼓元雖然把小金盔那麼小心保存，但是那帶子總因為日子久，沒有辦法再存在下去。

這個中年人看了這情形，倒替打鼓元可憐起來。這個流浪江湖的老藝人，雖然還在掙扎，但是他只靠著血管裡的酒精刺激，才有活動。

人，單就為了存在，在社會上掙扎找飯吃麼？

一想起這問題，王參就聽不到打鼓元，站在自己的面前的說話和舉動了。

王參覺得自己在這半年來，糊里糊塗的跟著打鼓元他們過這種流浪藝人生活，是矛盾得教自己發笑。

× × ×

因為等待阿珍將那件戲服的膠片貼好，費了一段長時間。在這北迴歸線的小島上，秋天的黃昏，是很快的過去。

「唉！快八點鐘了，我們就得趕到那遊艇上去了。九點鐘有一場表演呢！」

經阿珍這麼提起，王參想起打鼓元臨出門時，吩咐自己，說道：

「這一晚的遊客特別多。這些北洋來的鬼子，和南洋來的土財主，都想到這島上的港灣來吃些海鮮。你和阿珍等把戲服補好，得快點兒趕到船上去。有時，他們心爽起來，跟你合拍一張照片，還會送給你一張美鈔也說不定。」

當王參陪著阿珍拿著包好的戲服、道具趕到碼頭時，那隻電船早就載滿了遊客，開到海中心去了。幸好有一艘小艇，載了幾個美國人，正待開到遊艇停泊的地方去。阿珍招呼了那個船娘一聲，就拉了王參的肩膊一把，跳下那隻小船尾去。

阿珍望著海面上浮動紅紅紫紫的光色，聽到那滾滾的划子拍著波浪的聲音，她的眼睛就瞇皺了起來，沉醉在未來的幸福幻境裡。

相反的，王參的心潮，卻隨著夜汐一起一落。他那沉鬱的眼，透過了那萬紫千紅的海面上的燈色，看出海底的深沉一片。

自己就跟著打鼓元和阿珍他們，在黑暗中瞎摸、瞎撞。

海浪沖激著那小艇船娘的木划子，劈劈拍拍。王參，側豎著耳朵去聽。他覺得自己在戰場上，敗下陣來，那些淒厲的冷槍聲，隨著自己不放。

「這浪濤混合著划子的拍打聲，是那麼柔和、雄壯的一支交響曲啊！老王，你在內地時，有沒有參加他們的合唱團？我有一個表妹，回去讀了幾年書，回來後，連沖涼都哼著合唱團的歌聲吶！」

經阿珍這麼一問，王參在半昏沉中，醒覺了起來，瞟了阿珍一眼，苦笑地回答：

「我愛唱歌，但是自己一開口，就引人發笑，所以我從來不敢對著有人的地方唱歌。」

王參和阿珍這麼一問一答之間，那隻小艇蓬的一聲，震動了一下，一陣子浪花潑到王參的腳上來。好在王參過去在一條貨船上生活過一段日子，他能夠在搖動的船面上，把自己的重心，放在兩隻只會跟著風浪起落的腳上。王參只有把一條腿翹起，微微側著身子，將另外一隻手按了按站在自己身旁的阿珍肩膊一下。他們兩人只有順著艇的起落，就安定下來。

王參向水面望了望，看到遊艇上的霓虹燈光，給那一陣的浪花沖碎。艇上那幾個西洋紳士，很有禮貌的，把艇中的那個女客，扶上了那艘停泊在港灣裡的酒樓船艇去。

王參也幫著阿珍拿起了那包舊戲服，從一條走廊，穿過餐廳，到那酒樓艇的尾部化妝室去，預備上場。

透過了餐廳的木窗檽，王參的腳步停了停，覺得自己的腦袋一時變得異常沉重。直到他眼前那一陣子烏雲過後，似乎他的背肩給阿珍拿著的道具包袱，推了一下，腳步就順著，向前推進了幾步。

王參坐在化妝室裡的椅子上發愣。他經過那個餐廳的窗扉時，一個發光腦袋在他眼光閃閃動。那個會發光的腦袋，似乎跟他王參很熟悉。雖然，那個會發光的腦袋，正歪著半邊臉，跟一個似乎是熱帶地區的原住民遊客，在低聲說話。

想了許久，他想起了那個會發光的腦袋，是屬於過去的一個是自己的朋友，也算得是過去是自己的敵人的，那是張一非。不過，王參再埋頭沉思了一下，又覺得張一非過去很瘦削，這個有著會發光腦袋的，卻是一個胖子。看他穿著隆起來的一件西裝的背部，就像山地上一頭熊一樣。

這不可能，張一非一定沒有這樣胖。

王參正把自己掉進回憶的泥濘裡，驀地，給一隻枯瘦的手掌，向自己的肩膊拍了一下：

「喂！都什麼時候了，你還沒有上妝？」

王參擰過脖子去一看，那正是打鼓元站在自己背後。他老有這個老毛病，心裡一有事，就不停手的去抽那些便宜的捲煙。

阿珍聽打鼓元這麼一說，她就趕快把那根眉筆，停止了替自己的眉去描畫。她匆忙地，把堆在她旁邊那一個包袱，拿到王參面前來。

「唉呀！我顧了自己去化妝，忘記把老王的戲服送給你。」

這是一個熱鬧的晚上。

雖然是島上的秋天，但因為餐廳的人客多，溫度就增加了許多。

那些紳士們再也顧不了紳士風度，把外衣脫下，掛在椅背上，然後拿起照相機，跑到表演台前，站好了位置，拍拍辟辟的開著閃光燈。那些在場上，扮演《鳳儀亭》戲劇人物的王參和阿珍，正穿著閃閃發光的戲服，給遊客拍照。

突然，一具龐大的，只穿著白色衫衣，結了一條花領帶的中年胖子，把一具照相機推擱在那發光的額頭前，瞄著光圈的度數去拍照。王參的心跳動得很厲害。他趕快把那條脫毛的雉尾，用牙齒啃著，用意是把自己的臉遮掩了一半，不去給那些拍照的人，照出自己的整個臉相。

這個穿白衫衣，結花領帶的，不是那個在十年前，把自己害得遠走高飛的鬼張一非，還有誰人？王參認清了這個走近表演台前的拍照者的發光的臉面。更令他難忘，這鬼的缺少的半截左耳。

王參那閃忽不定的眼，更向前瞟到餐廳裡去。這一次，他更看到了另一個令他難忘的形象。那張一非坐著的位子空下來，但是那空位子旁邊卻坐上了一位穿著晚服的貴婦，那就是過去自己的愛人林美。她那雙頰的笑渦，還跟過去一樣的迷人，現在正歪著頭，跟同桌的那個熱帶土著的客人談話。

王參的眼前，一陣陣黑雲衝過來。他忘記了自己是那齣戲劇裡一個英雄，也看不見那個扮貂嬋的阿珍，向自己瞪著眼，似乎是怪自己這一晚表演得失神落魄。

看到了那打扮得像個貴婦的林美，王參倒忘記了那個在學校讀書時，出賣了自己，迫得自己連回馬證件也趕不及申請，匆匆忙忙，附搭了一艘開到香港去的貨客船，到了這個孤島後，又繼續向別的地方流浪，流浪……

十年，十年是一個不短的時間。

十年間，他王參在生活舞場上，扮演過無數的角色。上場，下場；下場，上場，這連接不斷的獨幕劇，就沒有終止過。

初離開那南方的小島時，王參痛恨那個向當局告密，出賣自己的張一非。他在夢中都想到，有一天會在天腳下碰到那發光腦袋的傢伙，要跟他拼命。

這股子冤氣，到這晚上看到了那傢伙後，自己爆火的眼，因為過分激動了，變成眼前一片黑霧。

當自己偶然用手摸到那兩片深陷下去的雙頰，知道自己跟十年前不同了。這十年的流浪日子，使自己的樣貌全變了。那個暴發戶張一非，也未必再認得出自己是王參。王參想到自己在那傢伙的心目中，早就死在北方了。

這樣一來，王參的跳動的心才漸漸定下來，眼前的黑霧也消逝了。他發覺到自己過去的愛人林美，已經是跟上了張一非。

王參現在明白過來了。過去，在學校裡，當自己跟林美正在讀書會裡活動的時候，張一非只算得是一個跑龍套的傢伙。雖然，張一非有幾次，藉口研究問題，向林美請教過，可是，林美從來沒有跟他談上私人的事情。

王參深深噓了口氣。他現在明白了，張一非為了暗中追求林美，不擇手段把自己告發。在情場上，跟在戰場上都把對方置諸死地，才得到勝利的。想到這裡，他倒原諒起自己的敵人來了。他卻恨起那個曾經欺騙過自己的感情的林美來了。在自己臨離開那島上的前夜，那個倔強的女性，在那靜得怕人的海堤上斟酌了一個長夜。

「參，你先走一步，我回去聯邦見媽媽一次，我就會跟著你的腳步進行。」

十年間，這幾句話，永遠繞著自己的腦海。想不到，真的再見時，她卻跟自己的敵人在一起了。王參的牙根，憤恨的磨了磨，倒把那唧著雉的嘴巴張開了。他看到那個有著發光腦袋的中年胖子，已經拍完了照，回到座位上去了。

女的，開了手提包，拿出一包香煙放在那胖子跟前。他燃著了一根煙，叼在口角上。女的，似乎是學足了那些貴婦的儀態，不時把頭回過去，湊近座側那個異族朋友，又輕抿著嘴唇，裝出半笑半嗔的樣子。那個中年胖子，則除了張開了口，噴出白煙圈外，永遠在笑。但他們幾個都沒有再把眼睛向表演台上瞟過來。

扮演貂嬋的阿珍，這一晚依照打鼓元的吩咐，很用勁的擺動了那兩隻白納連成的水袖。可是那些遊客們拍過了照後，都紛紛的散走。

阿珍在那溫度高的台上，弄出了一身臭汗，總聽不到一聲半聲掌聲，心裡一發悶，把突出的門牙拉得更長，狠狠的瞟了餐廳上的遊客一眼，又回眼去望了望那個飾呂布的王參。王參的額頭，滴出汗水更多。他又不敢用手帕去揩抹，怕上妝的油彩斑駁難看，只有痛苦地皺起眉頭，這還不打緊，王參的台步顯得有些顛倒。這更令阿珍擔心，怕他生病，低聲的問他一聲：

「你覺得不舒服麼？」

男的，苦笑一下，搖了搖頭。他那沉鬱的眼，還不時向那餐廳上望過去。林美，還是跟十年前那樣，微咧開了嘴巴，故意把那有渦兒的面頰顯露出來。不過，她似乎從來沒有向表演台上望得久一點。

王參的心，現在已經不再憤怒，而是悲哀。他，只是一個感情濃重的獵人，為了愛護森林中，那隻有藍色尾巴的狐狸的雪白牙齒，保護了它的性命，自己卻受了傷害。

他記得，自己曾經是一個英勇的獵人，為了捕獲到一隻比小狗的體格更渺小的藍狐。他愛它柔順的眼色，愛它那毛茸茸的尾巴。跟它同居了一個時期，終於，在那藍狐發出了它原有的獸性，而把那愛護它的獵人，狠狠的咬了一口，跟著自己的族類，走進了森林去。

這正是南方天腳下的仲夏夜的一個夢。

現在，王參這個獵人，雖然沒能夠忘記被傷害過的舊恨。但是，他更哀傷，自己已經成了個沒有實體的遊魂。現在，連那藍狐狸的眼也看不到自己了。

按照過去，王參在表演後，總要把戲服道具收拾好，跟著打鼓元和阿珍他們到大牌檔去吃些宵夜，才回到木屋去。

這一個晚上，阿珍在化妝室裡用肥皂水洗去臉上的脂粉和油彩後，把戲服包好，出了化妝室，碰到打鼓元正蹲在地上收拾道具。

「元叔，王參呢？」

打鼓元似乎這一夜打鼓太用勁了，現在變得有氣沒力，低著頭，望著地上的道具，沒抬頭望阿珍一眼：

「走了半個時辰了！」

阿珍的臉沉下來，悄悄的噓了口氣。她心裡知道，這一夜，王參有點失神落魄，似是有什麼心事。

到跟著打鼓元幾個同伴，在一間露天的大牌檔上吃著那碗牛肉麵時，阿珍覺得沒有過去那樣好胃口，她那對眼睛老瞪著還存著半碗麵湯發愣。

大家都吃完了。打鼓元也一咕嚕的喝完了碗底的麵湯，正在起身去結數時，望到阿珍跟前還剩下半碗麵湯：

「你還沒有吃完？」

「吃不下，算了！」

這樣，阿珍把筷子向桌面一擱，把碗子推開了些，站起身來。

打鼓元那生著倒毛的眼向阿珍一瞅。心裡想：阿珍近來似乎越發離不開參仔了。阿參仔不在場，她就那樣沒有勁兒。

阿珍跟著打鼓元沿著海邊，走了一條漫長的沙灘。沒有電燈設置，平常是黑壓壓的，只教他們跑海邊近路的人，聽到潮來潮去的聲音。

不過，這一夜有月色，阿珍還微微看到沙灘上的白浪，吞噬著那些浮沙。

她擔心起王參真的病了，所以這樣快，一下了台，就獨自個兒走了。

山邊的木屋的輪廓，在朦朧月色下，漸漸顯露，打鼓元究竟年紀大了些，只顧著拖著沉重的腳步，在沙灘上走。他那老花的眼也沒有向遠處望。倒是阿珍的心裡，不停的搭七搭八的跳盪著。

她想，王參住的木屋，沒有燈光露出來。敢情，他還沒有回家去？這麼一想，不提防給海岸上一塊岩石，絆了一忽，踰踉了踰踉。

「怎麼啦？」

「沒什麼，碰到一塊石頭！」

那個好心腸的江湖老人記起不久以前，這一個荒涼的海灘有個女人跳海。他的心頭震盪一下，抬頭望了望那漸漸給雲幕圍著的新月。

他噓了口氣，低聲說：

「近來，這帶海岸聽說……」

說到這裡，他老人家把話頭吞回肚子裡去，把眼瞪了阿珍一眼：

「走海灘得小心呀！」

拐過了一叢矮樹林，阿珍就先到自己的屋子裡。打鼓元仍舊拖著疲乏的腳步，繞過一塊岩石，然後到家。……

沒半個時辰，破碎的月色，把阿珍送到打鼓元住的木屋來。打鼓元已經把土油燈點上了。

阿珍看到這個老江湖，孤獨地，翹了一條腿，坐在木凳上抽紅煙，顯然王參是沒有回過來了。

土油燈焰雖然給秋天的夜風，吹得飄搖，但仍然照出她那眼睛的一股迷惑。不等她開口，打鼓元先把煙蒂扔了，帶著淡淡的神態說：

「連他那幾件洗水衣服都不見了，唔……阿參仔這種天性，要來就來，要走就走，誰也攔不住他，從孩子時候起，就這個樣子。」

阿珍的心像掉了下去。門沒有關，夜的風吹進來，卻把她昏沉的腦袋，吹得清醒了些。

她想起，這一晚在表演時，王參那個失神落魄的樣子。她再不出聲，仍舊踏著破碎的月影，回自己的家去。

背後，還微微吹來那江湖老人的慈祥的聲：

「經過沙灘，得小心哪！」

一九七〇年初秋完稿

❶ 八音：音樂。

❷ 紅毛灰：洋灰。

❸ 老棚面：粵劇舞臺上的音樂拍合者。

噢，那感喟橋！

九月，地中海沿岸的氣候，還是那麼悶熱的。

蕭平站在這條感喟橋橋磴上，望著那還沒有昏暗的運河流水，潺潺地從橋下流過。運河的流水也從一頭把幾艘電船衝到另一頭去。

這個東方膚色的青年人的視線偶爾又停到浮在水面上那些古舊建築物，建築物的地基給河水腐蝕得斑駁支離，半浮半沉的，像跟著這運河的潮汐起伏。

唔——

這東方青年長長嘆了口氣，瞇上了眼，靜靜地聽著流水的淙淙嘶響。

這水鄉給暮色包圍了。

「風急、落霞、暮色深，人在天涯。」

蕭平正抬頭眺望著運河出口，那連接阿德里亞海上空的簇簇晚雲，想起這跟自己熟悉的南中國海的晚霞，有什麼分別呢？

而輕輕的，帶著慨嘆的，更密切的，卻是跟自己一樣的鄉音，在這個異鄉中出現。這不能不令到悄悄地站在橫跨運河的拱橋上的青年人更長長吁了口氣，想起自己憑著的橋欄，那正是這裡有名的感喟橋。

這座感喟橋，蕭平第一次跟著一個旅遊團到這水鄉時，從那導遊口中，知道這座橋的名稱來源，原來在城邦舊政府時代，這條運河的一邊是裁判所，另外一邊則是監獄，那些被判決有罪的，就得渡過這座横橋，走進監獄去服刑，所以有時在中途站在橋上感嘆起來。這座橋的命名的由來是這樣的。

現在，輪到蕭平感慨地吁著氣了。他想到自己會不會有一天像古時候那些被裁決的罪犯那種下場呢？誰知道！

晚風吹來那點點滴滴的鄉音，而且嗓門很尖，不像是個男性。

這種錯愕，使蕭平向橋下望一望，剛才有一簇膚色不同的遊客，站在橋頭，圍著一個江湖畫家描寫這條運河的黃昏景色。說不定那叢人堆中有個中國遊客在內，這疏疏落落的幾個字音從那中國遊客口中溜出來。

但是，暮色比先前深得多，運河出口的上空的晚霞不知在什麼時候，給那畫家的混合水影顏色渲染成一片灰暗，而橋頭那枝燈早就上了亮。

那畫家不知什麼時候走了，只在剛才擺上畫架的橋墩地方流著一灘水漬，給燈光反照出亮光來。自然，那圍著看他塗抹的幾個不同膚色的遊客也散去得無蹤無影。

橋欄的那枝燈光卻遠遠的，照在火車站旁邊那座銅像。銅像是擱在一個變得暗淡的雲石座，石座旁邊有幾叢花卉，在燈光照晃下，搖搖擺擺，連花朵的顏色也跟著綠色葉子融合在一起。但花影卻不停地搖曳，是河上吹過來的輕風吧，蕭平心裡這樣盤算。

花影一搖晃，閃動出一陣白的光，使這個有著東方人膚色的青年人腦筋一晃，意味到那花影閃動的，是一個人，是一個穿著白得帶點閃光服裝的女人，走近橋墩，地上的影子縮短了。

那當兒，是黃昏過去，散落在運河和橋樑四周的遊客大多是趕回去吃晚餐，顯得這座感喟橋和運河的四周一片靜謐，只有這座銅像更顯得莊嚴，而蕭平這個青年人心情更加空虛。

「這水都真美啊！」

又是帶著尖嗓的中國南部腔子，比先前更清晰了，蕭平看得出是從那個穿白色衣服的女人的塗上橙黃色唇膏的小口發出來。

這個黃皮膚的青年向她一瞟，輕輕吹了一陣口哨。

女的那蓋著長睫毛的眼睛一笑，卻沒有開腔，只把掛在胳肢窩上的手提包撫摸一下。

男的，從橋背走了下來。

兩條長、短不同的影子，歪歪斜斜的跟花影印在水門汀地面上。

男的用英語說了一句話：「一個人？」

女的橙黃色嘴唇一裂開，露出了一排發光的小粒牙齒，沒回答對方。

「先那裡……先那里亞……」

離開蕭平他們兩人戰栗的地方不遠的埗頭地波光，閃動閃動，又流走了。但那埗頭地木柱中間卻停泊著一隻黑色的小船，船頭翹得高高，船裡一個扶著兩條槳的，有著南歐人特有的淡赤面色的舟子，把那黑色眼珠子帶著笑意的，向蕭平他們倆一瞟。

「貢多拉！啊！貢朵拉！」

女的撮著小嘴巴，睜大了眼睛瞪著那條黑色的貢朵拉，又從貢朵拉移到那個充滿了意大利青年魅力的舟子的寬闊的胸膛上去。

蕭平這青年雖說在歐洲混了幾年，但血管裡還流動著東方民族的血液。他看到那女的視線似乎給那意大利青年人的胴體吸住，有點磁石遇到了金屬品，蕭平自己就胸膈漲滿了妒念，感到臉頰有點火辣辣。不過，一下子，那悵觸著心胸的氣頭又順了下來，感覺到自己連對方叫什麼名字也不知道的陌生人，自己觸發了這股子妒念，不教人發笑麼？

但是，他蕭平回心一想，還裝作成為一個有西歐文化修養的紳士那樣，含笑地扶著身邊那個陌生女子沿石磴走上了那條貢朵拉上面去。

女的，似乎一下子錯愕，不過很快就恢復了正常，眼睛含笑意的睒了蕭平一眼，左手搭上肩膀，把手提包的長帶一按，然後放下手，再拉了衣服的下擺一下，輕輕裂開了小嘴唇，對那舟子說了一句意大利話。那舟子的濃濃眉毛向上一瞪，點了點頭，用一枝槳向埗頭地木樁一挺，貢朵拉就像泥鰍一樣，向運河中心溜出去。水，就嘩啦的響起來。

這次，卻教蕭平心頭挺了挺，他雖然在羅馬來來去去過幾次，但意大利話只懂得『水』叫『阿瓜』，『謝謝』叫做『加拉舍耶』……幾個破碎詞語，而那個妞兒卻能夠說出一口流利的意大利話，怎不教他蕭平吃驚。可是，他對『利阿多』那地方的特有名詞是記得的，在上次到威尼斯遊覽時，那個意大利籍導遊就帶他們到『利阿都』區的玻璃廠去觀光過。

×　×　×

「噢，這裡月亮多美啊！」

貢朵拉在這裡大大小小的運河巡來巡去，之後，又把他們送回火車站前的小埗頭上岸。

女的抬起頭來，望著這水鄉上空那顆晶瑩的月亮，這樣輕輕的說出一句話。她那長長的鬢髮給夜風一吹，微微拍著蕭平的臉頰，一陣幽淡的勿忘我氣息，吹進他的鼻腔，使他的腦筋清醒了許多，就隨著女的語氣回答一句：

「真的沒有錯，異國的月亮比起熱帶地區的，缺少了層雲的浮動，使人看了清爽。」

想不到自己以為討好對方的話，反而給對方冷冷的一句回駁：

「唔！……我想這歐洲海洋地帶的秋月，雖然明朗，卻缺少了一點什麼，那就說是韻味吧！我們家鄉的月夜，在青天有簇簇的櫻花影子，在秋月有紅葉的影子，跟上空的月色互相反照，那種韻味，這裡是看不到的。」

女的這麼一說，倒使蕭平怔了起來，把眼珠睜大，瞪著對方，雖然沒有開口，卻由黃澄澄的運河岸邊燈光照晃出他一臉狐疑。

女的把一隻眼尾吊得高高的左眼向蕭平一瞄，小嘴唇一歪，似笑非笑的說：

「我的爸爸是日本商人，戰後帶著在香港結婚的媽媽和我回到長崎去，我一直在日本長大的。」

這一來，蕭平自然就明白了對方是個混血兒了。這個日、支的混血兒更坦白的告訴他，自己的名字是千代子，在意大利學室內設計，難怪她說得一口流利的意大利話了。

他們到一家窗櫥裡放著一尾大龍蝦標本的標榜著出售海鮮的飯館去吃晚飯。

那喊千代子的，卻老練的吃了一客牛排後，再來一碟『披薩』，笑著對蕭平說：

「意大利真會刮龍，有家出售海鮮的小館子，到處宣傳有個客人叫了一盆來自那不勒斯的生蠔，在一個蠔殼裡發現出一顆珍珠，賣給珠寶店得回二十千里拉，發了一筆小財。這消息一傳出來，那館子的生意突然興旺起來，誰都想到那飯館吃頓飯，還來碰碰運氣，呵呵！」

蕭平也陪著呵呵地笑出聲來。

走出了飯館，月色還跟先前一樣，把破碎的銀星點子，撒到那些彎曲和狹窄的青石結成的赤道上。陪著縱橫交錯的運河流水聲，使到那女的更熱情起來，把一隻手肘串進蕭平的臂膊裡去：

「月色這麼美麗，如果一下子回到酒店去倒頭就睡，不也就辜負了這威尼斯的月亮麼？」

女的輕輕一笑，用手捏了蕭平的臂膊一下，男的沒有吭氣，只是眉心一拈，彎下頭瞪了對方一眼。

因為九月，在這南歐的海洋沿岸地區還沒有寒意，遊客吃過晚飯後，走出旅館到運河沿岸來溜達的還不少，看到這裡、那裡的不同膚色旅遊人士的漫步，卻能激發了蕭平的舊記憶起來，話匣子也就打開了。

「聽說這裡有些本地色彩的什麼『酒窟』，那兒又出名的『株巴拉蘇』老酒好喝，還有穿著這裡傳統服裝的土風舞可看，這……這或許是一種威尼斯的特有情調……」

不等蕭平把話說完，那喊千代子的就噗嗤的笑出聲來。這妞兒不像一般東洋女性那樣說起話來，用手帕掩著半邊嘴唇，裝得扭扭捏捏，而帶有雄性的豪氣：

「這些穿著什麼傳統服裝，跳土風舞的老傢伙，看到他們那副尊容就教人連宿酒也吐了出來那樣噁心……嘿嘿！」

聽女的這麼豪放的笑出聲來，蕭平的雙頰就微微發熱，似乎對方所諷刺的，是自己的土頭土腦，聽那些無聊透頂的導遊指東話西。

也許自己覺得那股子控制不住的狂笑會傷害到對方的自尊心，女的把還沒盡情的笑聲在半途截斷了，輕輕地把頭湊到蕭平的耳根去，低聲地：

「這河岸的遊人一多，就變得那麼庸俗起來了。」

蕭平的腳步也像在舞池裡那樣，聽音樂一響後，就跟著對方的步伐移動，轉到那座銅像的背後，路燈昏暗了些的地區去。

又橫過了另外一道石橋，蕭平想這大約是一個小島的平地了，行人就更疏減，連高高燈柱上的電燈也顯得有氣沒力的。

那兒有一條小巷，巷口擺著一架自動販賣香煙的機械。蕭平白天經過一次，還有點印象，是冷冷清清，跟路面舖的石子一樣。

一入夜，尤其是身邊多了一個千代子這女人，這小巷就出現了另外的面目了。

因為這條小巷的路燈昏暗，使蕭平感覺到這條小巷像是綿綿無盡，但有一陣陣混合的氣息，從朦朦朧朧的一頭隨著夜風飄進那青年人的鼻腔，這跟身邊那女人胴體發出的氣息不同。這卻教在天涯流浪了一段日子的小伙子，心裡有點忐忐忑忑的跳盪。想起過去，自己在東方那個小島殖民地混時，也跟著白相人到過尖沙咀的『暗空』觀光過。

蕭平心裡想，難道身邊這個陌生女人帶引自己到這水鄉的『暗空』去胡搞？在阿姆斯特丹時，就聽過那些老江湖告誡過自己，意大利這地方，到處是陷阱。那些異鄉人到了那裡，給那些人用軟用硬的，一邊哄騙，一邊勒索的，把你帶進什麼『暗空』的地方。結果，弄得你袋子裡的美鈔散得淨盡，一頭腦昏脹的給攆了出來……

可蕭平一想到這個，心裡就覺得好笑。自己這麼一條光棍，在江湖上打滾，難道怕身邊這個妞兒吞下肚子裡去？

× × ×

從那表演脫衣舞的場所走出時，蕭平的頭腦帶了點昏沉，過去似乎沒有過。說是那些脫衣舞孃的表現過度刺激嘛，則自己過去在倫敦唐人街一帶看過的脫衣舞，就比這裡更刺激。但自己看過後，一回家倒頭就睡著了，沒有這次看過後那樣頭腦昏沉。

又說到自己喝下那半杯意大利的先些那酒吧，則這種給人們喊做『香薯酒』，只比普通葡萄酒多了幾點子酒精的意大利酒總不會比乾的氈酒性強吧，而自己喝過了一杯半杯氈酒，卻不會是這個樣子。

「你醉了麼？」

從那表演脫衣舞場所走出那狹長的小巷，從運河上吹來的夜風，使蕭平嗆咳了起來，腳步顯得斜斜歪歪，半個肩頭斜斜靠到女的肩膀上。女的睒了他一眼，這樣輕輕用手扶了他一下，說道：

「這只是先些那酒，連女人喝了都不會醉的，你卻……」

說到這裡，卻把話吞回肚子裡去，只清脆的笑了笑。男的就故意的把腰板挺了挺，眼睛向上一瞪，也笑著說：

「誰說我會醉？」

實在說，蕭平自己就不相信，只喝這麼一點點意大利甜酒，頭腦就那麼昏沉，而且整個身子像被什麼爬蟲黏著那樣不舒服。

幸而蕭平下宿的那家旅館就在這個區裡，只渡過那座感喟橋，拐一個彎就到了。

一回到旅館，那稱為千代子的女人就熟練地替蕭平從櫃檯的管事手中接過房門鑰匙。

進入那有空氣調節配備的房間，蕭平就像喝了清涼劑那樣，頭腦清醒了許多，只覺得一身燠熱，想一下子就鑽進浴室去洗個痛痛快快的澡，但又礙著有千代子這麼一個女客陪自己回來，不好開口說出來。

蕭平正把大衣除下，掛到櫥裡，踟躕了一下的當兒，卻瞟見女的將手提包從肩上摘下來，扔到沙發椅上，把胴體挪到那另外空下來的一張床上。一隻手扭開了面前那個電視機的開關，就先播放出一段輕音樂。

蕭平看到這種情形，就放心了許多，肯定這個女的會自動的留了下來。這年輕人對女的笑笑說：

「對不住，我想先洗澡！」

女的把嘴唇一憋，要笑不笑的，用英語說出：

「隨你的便！」

這之後，就把雙手墊在枕頭上，讓自己的頭髮貼服一些，還閉上眼，只聽到電視機播放的聲音，沒有注視它的畫面。

把身體浸在浴缸中的蕭平，覺得心頭比先前涼快了許多，頭腦也清爽了起來。想起隔了一度浴室的門，那疲倦的躺在床上的妞兒，也許在剛才夜總會裡跳了半個晚上的舞，精疲力倦的瞇著眼養神，也許現在正欣賞著電視的節目……因為浴室外的電視機比先前響亮。

浴在浴缸的水中，使蕭平的腦筋清醒了許多，覺得對方真是一個謎。說她是國際女性嘛，那她無論從談話上，出手上都那麼大方，除了第一次在餐館吃晚飯時讓自己付帳外，到了那夜總會時，她就以貴婦的風度；當侍者每次把飲料送上時，就搶先把『里拉』扔在盤子裡，揮揮手，連找頭也不去撿。這樣豪放的出手，也許是日本豪門的一個怨婦，到這聲色犬馬的歐洲來度假。

他記起過去看過《羅馬假期》那齣戲的故事，說不定自己這一晚的遭遇，跟那《羅馬假期》的故事有些相似。

心一樂，他蕭平就浸在浴缸中，口裡輕輕哼著《風從哪裡來》的小調來了。

流水聲、歌聲跟浴室外的電視播映聲揉合在一起。

在用浴巾揩抹自己的胴體時，驀地想起躺在床上那女的，說不定她也要先洗個澡……

這樣，蕭平就匆忙地把浴室的門開了。

一怔，蕭平的眼光停留在那張床的枕頭上。枕頭中部凹進去，還沒有彈回復到平整。這意味著，剛才還有人把頭部擱在枕頭上一段時間，那青年人的目光發直起來。

但是千代子那女人呢？蕭平的視線向著四周溜了溜，房間是空洞洞地，不過還有消未盡的勿忘我香水氣息，一縷一縷的吹進自己的鼻腔。顯見，那女的剛離開不久。

電視機依舊在開動，但蕭平沒有再注意它了。他披著浴衣走到接近房門的地方去。看了看，門關得密密。他又把房門拉開，向外面的走廊望了望，空空洞洞。

到這當兒，蕭平的心就開始跳盪起來了。忖想那妞兒是個幽靈麼？一下子連影子也不見了。

最後，蕭平又放鬆了緊張的心情了，忖想那妞兒說不定臨時發生了婦道人家的私事，趕回自己居停的旅館去張羅也是可能的。不過，值得教人詫異的，那就是不知會自己一聲就走。

不過，一想到黃昏時，那女的在感嘆橋畔第一次跟自己碰上時，就把自己貼得緊緊，怎會一下子就走了呢？

這回輪到蕭平他自己，把裹著浴衣的身體，倒在那張空床上，填補了千代子起來後的空檔。蕭平的鼻腔嗅著那枕頭凹處發放出來的千代子留下的髮香，就使他覺得身邊躺著那妞兒一樣，心情激動了起來。

× × ×

枕頭上那股子殘餘的香氣，隨著蕭平腦海那興奮的慾念逐漸消退。

這青年人的眼睛也開始明亮起來，這房間只是自己一個人罷了，難道那女的真的是鬼魂，來得那麼突然，消逝得也那麼突然？

蕭平就一百個不相信有什麼鬼魂存在，他虎起了身，在床頭的小几上拉起了電話，請管家的替他接到那女的先前告訴自己她所下宿的旅館。

電話是接通了，但等了很久，那兒才找到一個通曉英文的人來接蕭平的電話。

那個聽電話的，聽了蕭平的問詢，歇了半晌才嘰嘰呱呱的，用破碎英文回答蕭平，說二十二號房的客人在中午就搬走了。蕭平正接下去要問二十二號房客是不是一個年輕的日本女人時，電話就被掛斷了。

蕭平立刻就變了個洩了氣的橡皮球那樣，癱瘓在床上，瞇上了眼，不再去想那個女陌生人。

兀地，蕭平一下子又想起了什麼，忽地跳起身來，向掛在櫥裡的大衣內裁一摸，摸出了那個漲トト的皮包，順手一翻，裡面還填塞著一疊鈔票。

這青年人有氣沒力的，順手把皮包一扔，長長的吁出了口氣，目光直瞪著房裡那盞半昏的燈。

但是——

當燈光射到自己放東西的衣櫥，衣櫥裡一個小抽屜的一截屁股有點歪斜，使櫥門閉得不很攏。

蕭平的心一抖動，連拖鞋也顧不得穿，三步翻作兩步的，走到衣櫥前面，把小抽屜的文件檢視一下，那裡有自己的國際護照，紋風不動的放著。

蕭平的心放下了一半，但是夾在護照下面那一本小冊子似乎有人翻動過。蕭平感覺到自己的脖子擠出了一滴滴汗水，心臟跳動得很厲害。

小冊子裡的幾張紙條雖然依舊存在，但跟蕭平自己一手疊過的有點不同。這就教蕭平在這九月的水鄉夜裡，一身燠熱，給火種灼著了那樣不好過。

蕭平再也不拖延了，一把拉了大衣披到身上去，把房門順手一拉，就衝進升降機去。除了旅館的拐彎處，那座感冒橋就顫巍巍地給夜汐衝盪著，卻沒瞪蕭平一眼。過了感冒橋不遠，是那個給自己印像很深的香煙自動售賣機，依然站在路燈下發呆。那條小巷，現在變得更狹窄、更長了，蕭平這青年人走完了這條小巷，就快喘不過氣來。

那間秘密的夜總會打烊了，雖然裡面還亮著幾支微弱的燈。樂隊的音樂停止了。

脫衣舞孃早就穿好了衣服，從後門走了。

還好，那個剛才跟那喊千代子的女人眉來眼去表現得很熟絡的管賬人還埋頭計算錢櫃裡的鈔票，到蕭平閃身進來，才錯愕的抬起頭來，怔一怔：

「先生，晚了，表演完了，明晚早點來光顧吧！」

「不，我想打聽一個人，想你不介意吧！」

這個中年意大利漢子看了蕭平那一臉張惶臉色，以及聽了他那喘著氣的說話過後，把戴在額頭的眼鏡除了下去，瞪著蕭平，慢吞吞地問：

「你是指今晚跟你來的那個妞兒麼？」

蕭平點了點頭，心情寧靜了許多。

「你說她是個日本女性？」

「她爸爸是長崎一家株式會社的總裁。」

那意大利漢子的半禿額頭擠成幾束皺紋，這一來，眼睛就瞇成了一條線，終於噗嗤的笑出聲來：

「她在這裡一帶混了幾個月，時不時帶著不同國籍，甚至不同膚色的客人到我們這裡來喝酒、跳舞。起初，有人聽她說自己是日本人，找那個在『觀光案內會社』做事的小伙子跟她用日本語交談，她卻用廣東話作答。之後，大家就不再去研究這個了……嘿嘿，後來，聽一個東方遊客說，這妞兒是從香港來的，過去她就在『蘇絲黃的世界』那灣仔地區混得很久，不知什麼時候到歐洲來。對這個女人，我所知道的，都告訴你了。」

之後，那意大利人又回過頭去算帳了。

蕭平用僅有的學到的一句意大利話說『加拉舍耶』後，就走了出來。

回旅館時，再度經過那座感喟橋時，因為上空的月亮給雲團淹沒，橋上的燈又昏黃，這座古老的石橋更顯出只是一個黑色的輪廓，但橋下的運河流水，卻越夜越潺沅。嗚咽的潮汐聲更響，使蕭平心胸微微吁出一種感嘆氣息。

雖然，這水鄉在子夜時分，運河上的電船和貢朵拉都停頓下來了，但運河的夜汐還比日間洶湧，而蕭平的心潮也跟隨著運河的夜汐一樣，一起一落。

他記起在羅馬跟機構在意大利代理人接頭時，知道來源的風聲很緊，從曼谷起飛的那班航機的貨運被迫得緊縮下來，使得到羅馬接應的蕭平有個空擋去渡一次假，其實是避避風浪。

想不到，蕭平子在威尼斯卻遇到了那自稱為千代子香港來的女人蹋了自己的底。蕭平一陣心寒，想到那女的可能是國際反毒組的一個點子，也可能是另一個反對組合對自己行動的偵查，找個機會向上頭府告密。

一想到這些，蕭平的膽子就發毛起來，把腳步放快了點，想趕回旅館去，巴望到天明，就得乘最早的一班意大利航空公司的內地班機，趕到羅馬跟上頭的人知會一聲後，就趕回阿姆斯特丹去報告，看情形自己沒辦法完成這次任務了。

橋上的流水，在靜夜裡更響，配合著蕭平的心潮起伏成為音樂隊指揮的棒下的交響曲。上空月色，依舊一片昏黃。

風過處，水無垠

一爬上那一系列的階磴，杜秋就覺得有點氣喘。這只是二十多級的階磴吧，自己就這麼累。杜秋覺得自己真的老了。

這間商業機構接待外地客商的招待所，平時空著的時間較多。雖然如此，招待所還僱請了個鐘點女工，每天固定時間到招待所來整理整理。寢室裡那面照鏡，雖還閃著眼，不過由於房門經常掩上，很難接觸到外間透進的光線，使到鏡子的眼神也暗淡了下來。

杜秋這個異鄉人面對這片暗啞了的鏡子，自己只能怪一個人年紀一大，連這些沒有靈性的東西都不看自己了。彼此相對無言。

這個陌生的異鄉人微微瞇上了那對右眼吊高、左眼歪斜的文武眼，輕微地一嘆。兀！窗外那株棕櫚樹葉子經風一飄，一隻小鳥抖飛起來，使這陌生人的心一挺，卻記憶起不久以前那位六十七歲的希臘船王還跟一個比他年輕得多的、退職的總統夫人結婚。這時代，男人五十一條龍，在西洋人社會正是冒出頭的日子呢，自己還不到這個年齡，怎好自暴自棄？

這樣一想，杜秋就把屁股歪到寢台上去，瞇著雙眼養神，免得回頭碰到阿萍時，唔……——那妞兒，管叫自己做朱蒂，面孔倒很熟，像在什麼地方見過。

那妞兒告訴自己，她會在台中找到自己。

真鬼！自己又不是什麼重要人物，怎麼一踏上這寶島，就碰到這些神秘人物，把自己的行蹤、動向……都偵查得這麼一清二楚。

這件事，杜秋想不透。其實，自己在一次到碧潭遊覽時，偶然在車廂裡透露有個老朋友在台灣居住。想不到那個導遊的小妞裝在心裡，一下子就這麼插口下去，這反而令到這個回國觀光的異鄉人怔了起來。

為了保持一個回國觀光歸僑應有的風度，杜秋沒有追問下去，只淡淡地笑了笑。杜秋把話頭岔到這碧潭四周的風景上去，稱讚碧潭的風景比自己居住地的太平湖四周景色美麗得多。

事實上，杜秋這次從南洋回到香港時，見到那個開饌牙館的李天祿。大家談起過去的事。

「嗨，不是你提起，我還忘記了告訴你一件事。」

經李天祿提起過去住在同幢屋宇三樓，跟一個守寡姑母住在一起，靠姑母在水坑口賣菜過活的，背後搖晃著兩條辮子的阿萍。這個南洋歸僑的心就跳著十五、十六個吊桶那樣忐忑不停。杜秋那兩顴突出的瘦削臉，經過長久在南洋給赤道陽光曬得灰暗的顏色，聽李天祿一提起阿萍這個跟自己有段情的賣菜女的遭遇後，杜秋的灰暗臉色變得漲紅起來。不過，自己現在的年紀大了，杜秋還噤得住氣，只裝成台下看戲的人一樣，瞇著眼，不動聲息。不過，這只是一剎那間的事吧了。

杜秋從灰暗臉色，轉成瘀紅，又出落到慘白。他那隻比左眼吊高幾分的右眼不停的睃來睃去，想找個地方躲藏一樣。

李天祿長長噓出口氣後，咽了口唾沫，繼續把故事說下去：

「賣菜的三婆在蘿蔔頭入城不久，就餓死了。幾個同伙的人趁黑夜把那條鹹魚用草墊捲起，舁到那間早就炸塌的空屋裡了事。真死得可憐。不過，更可憐的事是……。」
杜秋對這些老人家死亡的故事，聽得多，看得多，倒沒有什麼同情。他只垂下頭來，像是打瞌睡了那樣。這一來，倒使說故事的人看到了他那半禿的腦門子，知道這個回歸的浪子已經走了長久的時日了。時光老人常常在他的額頭作記號。
「那時節，蘿蔔頭到處去找花姑娘。我們同伙的人怕阿萍單身出門會遇事，躲在家裡不是跟著三婆一樣會餓死？好歹，替她找到一條門路到內地去……。」
提起阿萍人往內地去，杜秋那個半禿腦袋就顫巍巍的搖晃起來，那吊高的右眼瞪著對方那闊板臉發愣。
李天祿看出了對方的一肚子迷惑。不等對方開口，先就噓出口長氣：
「我們都知道，阿萍一向是靠守寡的姑母在街邊賣菜過日子。唐山會有什麼人可投靠？……系（是），只好見步行步，不是麼？那時只有你在內地……。」
杜秋聽到李天祿沒有正面提及自己。他才把半禿的頭顱抬起來，眼角邊的幾條青筋才慢緩地平復下去。
這情況，李天祿似乎沒有察覺出來。
他邊說邊嘆氣：
「啊！阿中，說來阿萍的命真苦。三婆一下子死了，倒一了百了。」
一提到阿萍的命苦時，這個異鄉人就毛管冒出冷汗。他老覺得自己把這個可憐的孤女推進深溝裡去。最低限度，自己是個幫兇。
儘管這個異鄉人心裡難過，李天祿都沒有正眼望自己，只不停地在嘆息：

「在上兩年，我的女人到台灣探親時。一次，在台北碰到阿萍……。」

李天祿這個好心腸的老人，說到阿萍那半生困厄的遭遇時，自己那雙老眼眼眶先就紅潤起來，頻頻的噓著氣：

「做了那個年紀比阿萍大上兩倍的東北籍老軍官當後妻。那還沒有什麼不好。不過，撤退到台灣後，那老頭子留給這個年輕的後妻一個女兒，兩腳伸直去了，你說這對寡婦孤兒又開始另一次在人海中流浪，可憐不可憐？」

這個在南洋打滾了二三十年，早就成了異鄉人的杜秋聽到老朋友說出那可憐女孩子一連串悲慘的遭遇，一句話都沒有回答，只讓自己額角的青筋，不停地抽動，像擠出了什麼東西來那麼不舒服，心不停地跳。

× × ×

到了台北，那個雙頰像切開蘋果那樣緋紅的女導遊，聽到杜秋跟遊覽車司機偶爾的交談到今後在台灣幾個遊覽點時，就像導管接通了電流一樣，閃出火花。

這個異鄉人在南洋流浪時，聽那些到台灣觀光回去的人，總提到這裡的女孩子的熱情奔放，激發了杜秋這次回國觀光的動機。

杜秋心想，那女導游本身就是一束火花。

他阿中歪著半邊屁股在寢台上，肩膊挨靠著板壁，瞇著左眼，睜開右眼，望著窗外棕櫚樹樅飛扑出來的幾隻小鳥吱吱地叫著。

——自己過去給蘿蔔頭拉去充了向太平洋南進軍的「兵補」，到處運進，就像這棕櫚樹樅的小鳥一樣，自由飛翔，到了大東亞聖戰結束，自己剝下了軍服躲到半島的山芭去，等到蘿蔔頭投降，全部俘虜被遣送回國後，自己從山芭裡鑽出來，成了在當地居留的番客。

這跟樹林裡飛出的小鳥一樣，現在又可以到處飛翔，反而感謝蘿蔔頭把自己放置到更廣闊的天地去。

阿中心想，自己一補上蘿蔔頭的軍籍，在花名冊上就變成了「杜秋」了。就算阿萍在街上碰到自己披上蘿蔔頭軍服那種怪相也認不出來。這可憐的人海孤鴻就像大海中的浮萍一樣，偶爾碰到那比自己的爸爸年紀還大的外江人肯收容自己，有碗飯吃，還有什麼可怨？誰想到又這麼命蹇？

……

這個異鄉人那對一隻高、一隻斜的文武眼雖然有時還睒了睒，不過他那斜倚著板壁的上半段肢體不知在什麼時候歪下來，跟下半段肢體一樣，躺到寢台的墊褥上去了。

哇的一聲，窗外傳過來的鳥叫聲，使他那眼睛一睜開，才發覺自己從無數個長長、短短的夢境轉身過來。

×　×　×

第一片亞熱帶殘陽，也是最後的人生殘陽透過窗櫺射進屋子來，也射進這個異鄉人的心坎，使杜秋一身焦悶。他從寢台翻起身，走到窗前，透過窗扉向外望。

是一條兩邊栽著幾株棕櫚樹的小弄。小弄盡頭卸接著路邊植著夾竹桃花的大路。風過時，把左右交錯的汽車車頭燈光線，吹得破碎支離。風一停息，汽車過後，那些殘存的餘光，凝結在柏油路上，成了陰暗的一片。

杜秋心想阿萍到火車站接見自己時，除了有人預先通知她外，她怎會想起有個散失了幾十年的朋友到這地頭來？

李天祿的女人過去在台北的西門町碰見過她一次，也沒有見她第二次，更不知她什麼時候到了這個寶島的內地市鎮來。

這真是千里姻緣一線牽。

在這招待所無聊踱方步時，一直解不開這個謎，在自己腦海中盤旋。

×　×　×

「阿中！真的是你呀！？」

一下了火車，從人叢中鑽進了那堆滿了肥肉屁股的中年女人向杜秋面前衝過來，喊出自己過去的名字。「阿中」這兩個字一時反而成了個陌生名詞。

杜秋在這幾十年來，都沒有聽到有人喊出自己過去的名字了。

會不會有人認錯了人？阿中這兩個字的稱呼跟阿福、阿強……一樣，不知千千萬萬人相同。那背著個胖大屁股的中年女人，世界上又不知有千千萬萬個有這種形象。

不過那喊出「阿中」這名字的聲音，尖銳得令自己更迷惑起來。這尖銳的聲調在自己腦海中嗡嗡地衝激起來，又低沉了下去。

——「是朱蒂？」

杜秋記起那台北的女導游來。這聲腔跟這胖婆的，像複印機印出來的一樣。那女導遊的臉型也跟……。

杜秋那對一高一低的眼瞳，對著擠動的黑壓壓的人頭晃動，想找尋那個有著紅蕩蕩臉頰的女孩子。

那剖開的蘋果臉型的形象，老沒有在人叢中出現。

「阿中，我是阿萍呀！你認不出了？」

直到對方從人叢中擠出來，一把抓住了杜秋那枯瘦的手，搖晃了搖晃，又尖銳的喊著：

「阿中，你瘦了許多呀！」

杜秋才「噢」地喊出聲來。現在這個異鄉人把右眼更瞪高了些，瞪著對方：這跟台北那個小妞雖然臉型是一個模子出來的切開兩片蘋果模樣，不過前者的臉色雖然興奮得漾起了點子潮紅，卻掩不住眼袋浮腫的一種病態；後者卻是青春勃發的一片緋紅。

「噢，阿萍，是你呀！真的是你呀，阿萍！」

阿萍那隻像火灼著的手，緊緊的捏著杜秋的手不放，把生電穿了過去一樣，令杜秋一身發抖。

杜秋那隻斜斜的左眼，老瞪在地下，像是尋找一個躲身的地方那樣。他輕輕地說：

「阿萍，這是一個夢麼？」

阿萍發覺這個散失了幾十年的人，又奇情地再見時，那一股子冷漠。自己的心卻無可奈何地沉了下去。

×　×　×

當阿萍把他安置到這招待所後，在回身走下階磴時，杜秋瞟了對方的背影一眼，對方走起路來，那一扭一捏的屁股的左右擺動，使杜秋感覺到自己靠近一個火缽一樣焦灼。

——噢，朱蒂！

自己禁不住想喊出聲來，但看到對方那個輕微躬起的厚甸甸的斜削的背脊輪廓。心一寒，也就把嘘到口邊的話，吞回肚子裡去。

——到了台中，我會找到你。

杜秋記起那台北小妞含笑地對自己說過的一句話。面對著那現實的散失後重逢的女人，心坎裡反而一片冰冷。

這個異鄉人那副愣相，使回頭過來說話的女人的那兩片剖開的蘋果臉型的興奮過後，潮紅消退，回覆了原有的那片枯黃。

她輕輕地走了，留下了一聲幽幽的嗟嘆。

這個胖嘟嘟的身影，逐漸從那異鄉人的腦海中淡出。很快地由那個台北小妞的剖開的兩片蘋果臉切入。

——到了台中，我會找到你。

兩幀不同的畫面，不停息的在杜秋那腦海中交替翻動。

× × ×

杜秋靠著窗扉，視線雖然直接的瞪視窗外的景色，那只是一片迷迷糊糊。汽車的燈光在大路上交織飄忽，大路兩旁的花樹輪廓在黃昏中成了死寂寂的幽靈。

杜秋在迷惘中，抖擻了一下，覺得肚子有點抽動。

啊啊地嘬了一聲，雙手掩蔽著那滾動的腹部，匆匆的趕到洗手間去。

杜秋忽然記起剛才跟阿萍上館子吃牛肉麵時，貪這裡的西瓜汁多無核，多吃了幾塊。這麼快就反應過來，拉肚子不成。

他急不暇待的，一衝進洗手間，把褲子一拉開，就蹲到廁盆上去拉稀。

腦門子掉下白豆大似的汗珠，配合著下部激發出來的稀糞，射著廁坑裡的積水，巴拉巴拉的。

杜秋感覺到一身舒暢，輕輕地、斷續地噓著氣。

正拉稀得痛快時，會客室的電話鈴聲嗡嗡地響了起來。

媽的，什麼人這時候通電話過來？

這異鄉人拉起褲頭，想從廁盆上站起，趕到會客室去接聽電話。可是肚子還在抽動，這迫得杜秋再把褲子褪下，仍舊蹲回廁盆上去。

——那一定是阿萍從街外打過來的電話。

杜秋記得，阿萍臨走時對自己說過，回家去做些家務。她再來這裡時，會先用電話通知自己。這次沒有人接聽電話，她還會再一次打來。

——我自己有這裡的門匙。聽到外面有什麼人敲門，不要開門讓他進來。

杜秋想到阿萍一定是管理這招待所的人。不然的話，她怎麼有這麼大權力，把自己接待到這裡來暫住。

——會不會阿萍是這房子主人的情婦？

——那台北小妞跟阿萍有什麼關係？

——怎麼阿萍會知道自己到台中來？

這一連串的問題，使這個異鄉人蹲在洗手間許久、許久，忘了是為了拉稀，抑或是胡思亂想。電話的鈴聲，不知在什麼時候停止了。

他更把外面有人把電話掛來的事，忘記得一乾二淨。

× × ×

阿萍從招待所回到家後，感覺到周身發癢，像給千千萬萬隻螞蟻爬在自己身上那麼不舒服。她一進門，就趕快衝入洗澡間去，洗個淋浴。那會使充血的皮膚神經細胞冷靜下去，自己的內部器官會跟著減少衝動。

阿萍有過這種經驗。

在淋浴當兒，挪動浴巾去揩抹乳溝的積水時，覺得自己的乳峰雖然還像兩個剖開的椰子殼鋪在那片粗糙的胸脯前面，不過已經暗淡無光，缺少了活力的跳動。這使自己覺得已經不是過去那個阿萍了。

——這不能怪阿中見到自己時就認不出來了。

阿萍一邊撫摸自己的胴體，一邊嘆氣。

——自己就已經在兵荒馬亂中，給人海狂潮衝激得變成這麼一個枯萎的肢體；阿中給蘿蔔頭拉去當炮灰，雖然沒有死，但也變得成這個，見到了自己也認不識的人。嗨！大家都變了。

——一個跟了蘿蔔頭去賣命的人，就算沒有死，但像蘿蔔頭一樣，不是到處殺人，就到處找花姑娘，成了瘋狗。見到了自己那麼冷冷落落……。

——會不會那傢伙在外邊中了什麼降頭，見到自己人都認不得？

——他們當兵的人，有不少人染上了同性戀，會不會害上了什麼愛滋病……

一想起愛滋病，阿萍記起不久前報紙登載出荷里活那英俊明星害上了愛滋病疫後，變成了一把枯骨頭。阿萍想到這個，自己的皮膚豎了起來。

阿萍一想起這些，就感覺到身上那千千萬萬豎起的毛孔，有無數微細動物鑽了進去。

——跟自己在工廠一同做工那個喊月紅的女伴就在隨身的手袋裡放著那個神秘的玩意兒。她告訴自己，這種「子宮袋」跟男人的手槍一樣，能夠保護自己的生命。

——月紅就教過自己怎樣把子宮袋放進身體內。這些小道具把進入體內的什麼菌網在一起，拔了出來扔掉，那什麼要命的愛滋病菌就不會傳染過來。

× × ×

阿萍沒有省起，這花城只是個中型市鎮，不像台北市那樣繁榮。自然，要購買一些特殊點的貨品不是容易的事。

阿萍跑了幾家性病中心，好不容易才找到適合尺度的子宮袋和殺菌膏劑，不過已經浪費過不短時間了。

回到家裡，把手提包向桌子上一扔。走了半天路，又到處找尋要購買的那些傢伙，害得阿萍的體力和情緒都很疲憊。這樣一來，就近桌子旁邊有張椅子，把自己那胖大屁股擱了下去，好得使緊張的情緒平復過來。

因為自己坐下，眼睛正對著靠桌子另一邊的壁櫥。這壁櫥是自己日常放存零日用品和什麼重要東西的地方。現在怎麼那櫥子的一邊門開了沒掩上？難道自己離家出門時，忘記關上？或是什麼人進來過，開過壁櫥？

心一挻，阿萍就在桌子上抓起自己的手提包，扭開那關鍵，把裡面的東西翻了出來。那條壁櫥的小鑰匙仍舊塞在下面。現在這壁櫥卻開了一邊，會不會是小偷進來偷東西？

這麼一想，連自己都覺得好笑。自己這間連值錢的傢俱都沒有多件的小房子，真的有小偷進來偷東西，那才是倒楣鬼。

她忘記了一身疲勞，忽地站起身來，走近壁櫥去檢視一下，看看裡面的東西有沒有遺失。

唔，心更跳動起來。

她那對漸漸老化的眼發盹，遠一點的東西就看不清楚。

她繞過桌子，靠近壁櫥地方去，掀開那另一邊還掩上的櫥門。「托」的一聲，有什麼東西掉下，碰到她的腳趾。

阿萍把腳一縮，彎頭下去，把那掉下的東西撿起來，一看。

兀，那是櫥門的匙。

她的心十五、十六地跳起來。阿女什麼時候回來過？

她記得早上才接過阿女從台北打過來的電話，說有個美國團到阿里山去看日出。遊覽車開到嘉義歇宿，讓團員乘登山纜車上山。到第二天團員下山後，才乘坐遊覽車回台北。阿女服務的那家旅遊機構的美國團到寶島的每日旅遊節目都排定了，怎麼阿女一下子就到了這內地來？

阿萍正迷惑的對著壁櫥的內屜發愣時，驀地看到自己一心想收藏的迷失的藥瓶蓋子給掀開了，掉在一邊。

阿萍怔怔的望著那掀開蓋的藥瓶，心裡想：——那小鬼怎麼知道自己把MX白丸收藏在這地方。真的給那小鬼頭吃了的話，會彷彷彿彿搞出事來呀……。

這一驚，阿萍立刻跑到鄰家借個電話，接通到招待所去。對方的電話響鈴嗡嗡地敲動很久，一直沒有人接聽。

這不是鬼麼？連阿中都沒有過來接聽。

這不得不教阿萍不害怕。

她掉頭過去，回到家裡後，一把抓起桌子上的手提包，衝出屋外去。

×　×　×

杜秋在衛生間洗過了手，聽到外面有急劇的敲門聲。接著有一陣子尖銳的喊出「杜秋」名字的歇斯底裡的噓息。

這個異鄉人心頭挺了挺，一下子又像幾十頭小鹿那樣撞向自己的心頭。心一急，想跑過去開門，卻又記得阿萍臨走時那兩句話：——有人叫門，不要去開，我自己有這裡的門匙。

敲門聲愈敲愈急。那歇斯底裡的喘息更聳動地傳過來。教這個異鄉人更加迷惑。他踟躕起來，把褲帶子束緊，從衛生間走出來，想去看個究竟。到了玄關半路，這個異鄉人卻又抖擻起來，想起阿萍臨走時吩咐過自己；聽到有人敲門，不要去開。

雖然如此，他還是走近門邊，豎起耳朵，摒著氣息就著門隙去聽。幸好，招待所的門外沒有亮燈，從那個門外看不到房子裡有沒有人。

接著門外傳來一種「哥隆、哥隆」的，像是什麼東西滚動聲。

另外遠處傳來波、波的幾聲汽車的汽笛警號，接著「蓬」的一次碰著什麼東西那樣的急促煞車聲……。

有人這麼吆喝一聲。

另外是一種驚叫，有人喊出：

「一定是個醉酒的人，這樣碰了過來……」

×××

一陣子騷動，促使杜秋走近窗扉，向外張望了張望。

外間的棕櫚樹影子給夜色凝結成一片迷糊。昏黃的路燈燈光晃照著通大路的路口。

那兒有一堆黑黝黝的東西的輪廓。

小弄盡頭，有輛汽車把車頭燈光放得很低，正在掉頭。

在昏暗的樹影下，繞過那對黑黝黝東西開到大路口。

到了大路上就踏上油門，飛快的開走。

——發生車禍！

這驚險的一幕，使杜秋忘記了個人的危險，也忘記了阿萍吩咐自己，不要開門的話。

——人命要緊嘍！

杜秋三步迸成兩步的開了門，向樓下衝過去。

×××

在微弱的路燈晃照下，那是一個女體。她的胴體，還微微的翻了翻身，燈光晃照到那個剖開蘋果的臉型。

杜秋的身體背著光，跟樹影迷成一片，女的微微把眼皮動了動，又合了下去。

「朱蒂，……是你呀！」

杜秋的心頭急激的抽動起來。但女的那剖開的蘋果臉，在黃澄澄的燈光下，開始變成慘白。這個異鄉人心慌意亂的，彎下頭去扶起她的頸子，想把她扶到招待所去。

兀。心一挺，卻感到自己的手濕膩膩——那是血漿。

杜秋的心冷了半截。自己的耳朵迷迷糊糊中，聽到有什麼人的腳步聲，從遠處傳過來。接著是一陣子激喘。不知是從那倒在路中女體發出，還是從遙遠腳步聲帶過來。

這個異鄉人雖然沒有經過正規的軍事訓練，究竟跟了南方派遣軍在南洋群島混了幾年，有一般兵隊那種機覺性。他覺得那女的雖然明顯地給一輛汽車碰倒。但是車子走了，又沒有留下痕跡，反而自己在挾扶她時，染了一手鮮血。到時有人來，自己要洗也洗清不了殺人的罪名。留下自己的血手印在女體上，等於留下罪名。

杜秋想到這一點，掉頭走去，躲在棕櫚樹幹背後的陰影裡，不使來人發覺到自己牽涉到這車禍的現場中。

跟著，趁著黑夜，來人還沒有現身時，杜秋躡手躡腳回過頭去，跨上階磴，到招待所去拿回自己那放存旅行證件的大衣，沿舊路躲回昏暗中的棕櫚叢背後，偷瞄那衝近車禍發生地方的人的輪廓。

× × ×

「……阿女！……你怎麼到這裡給搞成這個樣子……天啊……一身是血……。」

半晌，那躺在路上的女體給來人推動了一推動。

「……媽！」

在昏暗中，那女體低沉的吐出這麼一個字音，又恢復了先前的沉寂。

躲在棕櫚影背後的杜秋給這恐怖場面，嚇得腦門子滴出點點冷汗。下意識的用手去揩抹，卻感到先前沾在手掌的血漬，發出一股腥味，直衝到自己的嗅覺神經，差不多使自己的鼻腔刺激得打起噴嚏來，卻忍住了。

一下子，一條黑影在路燈燈光下一晃，杜秋認得那肩膀斜削的背影，向著招待所的階磴方向衝過去。

這個異鄉人的心一挺。心想可能那個給汽車撞翻的女體已經……說不定，這成了一宗命案。

杜秋一身長起雞皮疙瘩。

他悄悄的從棕櫚樹後溜了出來，四周張望了張望，都是一片死寂。夜色迷離。夜風吹動著安魂曲。

繞過那躺在路上，動也不動的女體，急急忙忙繞了過去，直向大路衝出去。

回頭，向招待所一瞟，招待所的大廳的燈亮了起來。

……

× × ×

嗚的救護車訊號，隨著夜風吹過來。

杜秋乘坐出租車從中山路住宿的酒店，到達松山機場，進入飛進香港班機後，那顆跳動的心沒有一時一刻安定過，老覺得自己是個殺人犯。

他的飛機座位剛好編在機窗旁邊，他不停透過機窗向外瞪視，直到飛機離開跑道，向上空升高，他那顆緊張的心才緩緩放下。

他噓出一口長氣，手仍在發抖。

在酒店吃午飯時，喝了杯黑松啤酒，腦袋有點子昏沉。進了機艙，雖然有空氣調節，因為心裡有事，總覺得有些子不舒服。只好學沙漠中的鴕鳥，遇到敵人，把頭部埋進沙堆中去，還得瞇上眼，才覺得好過。

這樣一來，不久前從空中小姐手中接過，擱在膝頭上，那副收聽音樂的耳聽機滑溜到座椅的旁邊去。一個正替乘客把座前那片案板拉下，預備放置茶點的侍應生順手將耳聽機拾起，輕輕照舊擱到乘客的膝上去。

她雖然動作緩慢，沒有聲響，卻使對方一下子抖了抖，把瞇上的眼一睜，喊出聲：

「噢，朱蒂……」

面對著的，是朦朦朧朧的女性面部輪廓，漸漸地從迷糊中凝結在一起，清晰過來。

杜秋「噢」地撮起口來，「朱蒂」兩個字還沒溜出口，倒使對方怔了怔。那女的立刻覺得自己的失態，趕忙堆出那職業性笑容：

「對不起，請問要什麼飲料？桔子汁還是咖啡？」

這意味著航班已經飛越海峽，向南面飛上高空了。杜秋伸直脖子，透過機窗向下望，雲層下，是暗灰色的海峽流水。它向浩淼的太平洋衝出去吧。這跟自己衝破噩夢一樣。

在半昏沉中，把那航班的侍應生當做為躺在路心的女伴，教這個異鄉人那半禿的額頭不停地滲出汗珠。

這個到過祖國，胡亂地，走馬看花地在寶島跑了半個圈子，總算得完了一半「觀光祖國」的心事，想不到在台中遇到了那件「無頭血案」，害得這個「回國觀光」歸僑，倉皇出走，又踏上了個「歸國」時的橋頭堡。

這個「歸僑」到了島上，在那家熟悉的新雅酒店總算睡了一夜好覺。第二天早上起來，瞪開那雙文武眼，向窗外一望。

窗下的馬路，依舊是過去那條彌敦道，不過馬路兩旁的大廈的層次多了，而且從大廈伸出的霓虹燈或鋁片製作的商業招牌……使杜秋這個異鄉人感到這條自己熟悉的馬路，比過去的狹窄得多了。

由於在寶島時遇到過的「無妄之災」，杜秋那敏感的情緒，觸發了這馬路兩旁，那高高吊出的商業機構招牌會隨時隨地掉下來，使到在下面過路的人當災，那才駭人。

杜秋輕輕伸了個懶腰，噓口長氣。

他心想，幸而寶島跟自己所居留的地方沒有邦交，自己到了香港後，多花了十五塊錢長途電話費用，通過那半官方的僑務機構，申請到「回國觀光」的入口准證。這次到寶島遇到那種「無頭血案」，自己能及時離開現場，回到香港來，免得淌了這攤渾水。杜秋總想，這是祖宗有靈。

杜秋這麼想，心一爽，回頭向衣櫥取出自己的手提包，翻出一件新買的夏威夷恤衫，披到自己身上。

他跑到離酒店不遠的那間「五月花」茶樓去喝早茶，然後……。

到了茶樓進口處，杜秋歇下腳步，把文武眼向門口的報攤瀏覽了一遍。打算揀幾份本地報紙，好得自己在喝茶時，在報章尋找晚上的消遣節目。

杜秋雖然這樣打算，在報攤前巡來巡去，一時卻把握不定，要買什麼報份。反而那隻吊得較左眼高的右眼，瞅到報販手上那札正從機場送到的一疊台灣出版的報紙。

那份報紙封面版大標題「招待所血案」八個大字吸引了這個觀光客的視線。

杜秋佔據那卡座一半的小桌子麵前，攤放著幾碟點心。

這個番客一反常態，對碟子上的食物，沒有用筷箸去動它。

他那半禿額頭下的吊高左眼，不停地對桌子一角那份台灣報紙的一則姦殺案新聞裡有個擬繪出來的人像，正跟自己一樣一隻眼高、一隻眼斜……。

這個疑凶擬像，正分發全島各地去。

——真想不到，那跟自己失散了二三十年的愛人，見面了反而成了仇敵。阿萍到警察分局報案時，一口咬定自己對女導遊因奸不遂，害死了她，棄屍到街道上去。

——不，我阿中不能背這個黑鍋。

他忽地從卡座站起身來，打算到那寶島的入案分局去自首，將那晚看到的事情供出來。

一下子衝動過後，這個番客又洩氣地仍舊坐迴座位上去。

回到下宿的酒店，就對酒店的侍應生，叫他們結帳。

那侍應生迷惑的瞪著住客：

「你不是要參加大嶼山旅遊麼？公司的車子快來接你嘍！怎麼……」

「不，下午的班機有空位，我有事要走！」

……。

杜秋截了一輛德士，直駛啟德機場去。

在車廂裡，這個回國觀光過一次的番客，車子開動時，震動自己，像一個、一個夢的開始、破滅……又一個夢的從破碎片斷中，再連綴成一個新的夢。

——還好，阿萍不知道自己在旅行證件上用的是「杜秋」這個名字。

——自己回到居留地，就跟那出事的國家沒有邦交。

——這樣也好，阿萍把這宗「無頭血案」輕輕地推給一個無名無姓的「回國觀光」的「歸僑」身上。

人海茫茫，雖然藉著畫影畫形，也只能使這宗血案得到一項懸疑的結論而已。

風過處，水無垠

廣播處播出：

「飛吉隆坡班機搭客，請從第五號閘入口登機。」

杜秋拿著航空手提包從五號閘口進去。

讓位

那間被淹沒在一堆堆垃圾浪濤中的破木屋的一角，又神秘地再出現到人們的視線裡。很久之前，那些記憶力好的人，只記得這個爛椰芭的幾株衰老、彎了腰，或是曾經給季後風雨吹捲和衝擊得歪歪斜斜的椰樹下，有過一間低矮的木屋，小得跟一個狗竇差不多。那小板屋的色彩，跟倒下的椰樹幹一樣，灰灰暗暗，很容易使經過椰芭的人忽視，認為這裡只是垃圾池，這一帶沒有什麼屋子，或是有過的屋子還是小屋子給一天堆高一天的垃圾堆積過來淹沒了。

可是最近，這破木屋又像神話故事裡的東西重新在這被成為垃圾池的爛芭露了面。

最先發現有輛汽車在椰芭出現的，是那個靠到處偷採荒芭的果子和椰果過日子的古魯三美。他覷到廢椰芭裡有棵半枯萎的老椰樹梢頭叼著零零落落的椰果還沒脫蒂掉下，倒還值幾個錢，可以換一盅半盅椰花酒喝。不過椰果還小，等長大些才去摘。

那天，袋裡的錢用光，連吃「羅地支乃」❶的幾毛錢都沒有著落，就人窮多思想起來。他記起那椰梢還有幾粒雖然乾癟，還沒脫蒂的椰子來，心就挺開了一半。

當這個採椰老人爬上椰幹中途時，驀地從遠處傳來一陣引擎發動聲。他心一動，雙腳差不多攣痙起來，只要雙手一鬆，他那枯瘦的身體就會掉下來。心想，會不會有人看到自己偷採椰子，到警局報案，勞動「馬打」❷出動來抓人呢！

呸，三美肚子差不多呸出聲來，怕個卵！這段荒芭早就已經賣給城裡一個大頭家，要將這些椰樹砍倒，好發展為建屋地段。很久都沒有人來採椰果了。自己疑神疑鬼，害怕什麼「馬打」來抓偷取椰果的賊。哼了口氣，他雙腳的腳趾用勁向樹幹一夾一夾的，很快就雙手抓住樹梢。但剛才那陣摩多聲，陰魂不散那樣繞纏在腦海裡，總教自己心悸。這念頭使三美那對烏溜溜的眼珠，不停的透過椰樹葉子的空隙，向下面梭來梭去，卻只是一片灰濛蒙，總見不到什麼。心想難道這廢芭日久，出現什麼鬼怪不成。

這件奇事，三美在一個晚上，到小鎮茶店喝茶時，偶然提起。不過，這個採椰老人想起近來，不少男男女女，到什麼亂墳野地去求真字，這個離市鎮不很遠的荒芭，出現什麼人跡，也就不算得怎樣離奇了，自己把故事吐露後，反而心安理得的，彎下頭去，管自己喝茶。

「嘿！這件事，你一提起，當成什麼鬼鬼怪怪。嗨，我麼？就親眼看到有宗怪事發生。真是，一個人不死，隨時隨地都會碰到這種自以為永不會發生的事情。」

從一個角落裡傳出那嘶啞喉音。茶室裡幾個閒嗑牙的都是熟茶客，不必抬起頭去望一望，就知道那說話的傢伙是誰了。

倒是茶店頭手橫過頭去，向那昏暗的角落張望一下，順手在櫃檯後面的燈掣拉動一下。三美在黃澄澄的吊燈下，瞪了眼角落裡坐著的那個兩個肩膀高聳，穿著變成灰色的白短袖夏威夷恤衣，瘦削臉上塗著煙漬的坑紋的人。他給突然開亮的燈光一晃，把肩膀聳動一下的，原是專收賊贓的舊五金店店主。

這個專收賊贓的傢伙，看到是那個靠偷採野果、椰果過日子的吉靈，他心裡漾起一點輕視，輕輕哼了一下鼻音。還沒把話說出來，他喉嚨就呼嚕呼嚕的扯起氣來，像有什麼東西塞住一樣，只把瞳孔眨上眨下。那兩片鼻翅不停的開開合合，淌出點點滴滴鼻液。這傢伙那彎曲的身體，更斜靠近板壁，抽搐個不停。

站在櫃後的頭手，正抽著紙菸，看到這傢伙那抽搐著的身體，心裡明白。他把沒吸完的紙菸扔下來，跑近那傢伙身邊去看了看：

「煙蛇，怎麼啦，是身子不舒服？」

那漢子只是不停地搖晃著腦袋，把眼睛眨上眨下。一下子，抓起桌上的咖啡杯，就近自己那烏黑的嘴巴，像一頭瘋狗那樣想連杯子也吞到肚子裡去。

歇了一會兒，像是回復了點生氣，搖著頭說：

「沒什麼，只是老毛病。」

看情形，頭手知道這傢伙老癮一發作，就這麼嚇人。頭手心裡冷笑一聲後，便走到後座的咖啡爐邊，在銅壺裡加勺開水，搖了搖，倒了半杯咖啡渣滓，滲進一小勺白糖，用匙羹搞了搞，捧到那傢伙跟前，一推：

「喝口熱茶吧！」

茶店頭手心知肚明，知道這傢伙的老癮一發作，只要加些白糖，不管是渠水也好，狗尿也好，灌下肚子去，就會起死回生，活靈活現。

一點不錯，煙蛇把加糖的咖啡渣滓吞下肚子半晌，喉嚨咕嚕咕嚕的扯著氣，把眼睛瞇了起來。一下子，又張開了眼皮。這個老癮客才用手背揩抹去腦袋先前留下的汗漬，微微噓過氣。

這傢伙喝完了那半杯烏黑的糖水後，雖然還是有氣沒力，但終於繼續把自己看到廢椰芭那些怪事，說了出來。

這個偷採椰果的印度人，聽煙蛇說到一天看見有輛嶄新的駿馬牌小座車繞著垃圾池行走。三美心裡就嘀咕一聲，差點沒溜出口。這煙蛇也是個不走正路的人，有時將買到的賊贓，一時出不得手，就把這廢芭裡的一些坑洞，當做為臨時儲藏庫。他三美過去爬上樹偷採椰果時就有過幾次，看到那傢伙鬼鬼祟祟的繞著垃圾堆纏來纏去，像在找尋什麼。自然，自己躲在椰梢，在上面，那傢伙在垃圾堆旁邊，是在下面。只要自己不把椰果摘跌，下面的人就不會知道有人躲在樹上。三美心想，煙蛇躲在垃圾堆旁邊看到有輛新車繞垃圾堆走過，那就沒有什麼奇怪。他三美就沉默下來，沒有開口。

倒是茶店頭手跟另外幾個熟茶客，卻抬槓慣了。有人噓出笑聲，駁了煙蛇一句：

「有輛新車在垃圾池走動，沒什麼奇怪。煙蛇，你不記得麼？這個爛椰芭還有個地主嘍！」

煙蛇給人這麼一問，一時卻怔住，噓不出聲來。這傢伙跟一般有老癮的人一樣，心頭一急，那雙肉砂眼，就不停的霎著，擠出點點滴滴的液汁。許久，才把眼睛向茶店頭手一橫：

「你們是不是指那個陳東婆？」

「不是她，還有誰？」發問的，卻是那茶店頭手。

那個發問的人，對煙蛇那句傻話似乎感不到什麼興趣，反而回過頭去，向古魯三美一望。那印度人只垂下頭去，管喝自己杯子裡的殘餘的茶。

過了一會，古魯三美卡嘟一聲，把噙著的檳榔蒟葉，用勁的咀嚼一下，將乾癟的腮幫子鼓成漲卜卜的，趕快抽身到店外那條小溝，吐出了一口血紅的檳榔汁，回到店裡。

茶店頭手抬起那老是瞇著的肉砂眼，從那收購賊贓的舊五金店店主身上，橫掃射到三美幾個茶客身上。噓口氣，清了清喉嚨，把那個從椰芭轉變成垃圾池的故事說下去。

其中一個茶客，似乎是到這鎮上居住不久的，對這段椰芭地轉變的經過有點不清楚，含含糊糊的多問一聲那頭手：

「這樣說起來，那個賣椰芭給大城裡那個房屋發展商的，不是椰芭的地主了？」

「自然嘍，賣地的只是那地主的兒子。那地主陳東婆的寶貝兒子早就拿到那筆賣椰芭的錢移民到澳洲去了，管他老媽子的死活。」

那個浮腫臉的茶店頭手，輕輕地嘆了口氣。

「難道那發展商這麼孱頭，任地主的兒子拿走了錢，甘願自己吃虧，白白讓那老傢伙死賴在那椰芭地上，不肯死，也不肯搬走。」

那個新進搬到鎮上的茶客，就不相信自己的耳朵那樣，盯著頭手，胡亂的駁了茶店頭手一句。

頭手的鼻翅一張，輕輕哼了口氣：

「做得大頭家，就不會是傻子。誰教他貪這段椰芭的賣價比別處的地價便宜，一方面看到那婆娘一把大年紀，又害上半身不遂症。自己以為這老傢伙最多一、兩年就得兩腳伸直的走了，誰知這老虔婆獻世不肯走。自己一時大意，跟賣主的兒子在律師樓立了合同，要等待賣主百年歸老，自己才能將椰芭申請為建屋地。嗨，還有什麼好說。就只好自己認命。」

另外一個鎮上的老居民，對這段椰芭主的故事，知道得比茶店頭手的還多。他等茶店頭手一歇口，就近櫃檯上的油燈，燃點另一根捲菸時，加口下去：

「真是長命、短命，閻王決定，陳東婆那老傢伙雖然半條命賴在床上，靠她一個出嫁守了寡的女兒不時回來，替她沖涼，換件衣服，餵她一點食物。這樣把她那條老命拖得更長，老是不肯讓位。氣得那個發展商五孔生煙。遇到有人問起這段椰芭什麼時候建屋時，他衝口就說，等那老虔婆一斷氣，就開工。聽的人就這樣傳開了陳東婆的死訊，其實，這只是那發展商的一時氣話。」

聽這兩個這麼一說，三美有點兒不服氣地說：

「那老傢伙沒有死，難道鑽到地底裡去？她住的那間破屋明明不見了。我三美差不多天天經過那兒。」

三美這番反駁是有理由的。不過茶店頭手的回應卻更令採椰人噤口噓不出話來。

其實，這個椰芭主人的小木屋一直都存在，不過換了個地方放置吧了。

煙蛇是這裡的老土地公，這小鎮一帶地方，有什麼風吹草動，火燒水沖，就瞞不過這煙蛇的一雙千里眼和一隻順風耳。

不過，一九七一年，上頭發大水時，小鎮及附近的芭場，有些根莖淺的樹木給大水連根沖走，上流河岸的木屋給大水沖積到下流去。陳東婆住的那間小板屋給風雨吹到，沖到椰芭旁邊的大溝下面去，只在大溝旁露出屋簷高處的一角。這椰芭附近的居民貪圖便利，又把廢物堆到這垃圾池棄置得高一點，自然容易把大溝上那陳東婆的破屋子的屋角遮掩起來。人們這樣就以為那小板屋給水沖走，或給風雨吹塌。

煙蛇這傢伙的頭腦靈敏，自以為是在斷定：

「說不定，我看到那輛新汽車在垃圾池出現，是陳東婆兒子從外國回來看看他的老媽子。」

噠的一聲，茶店頭手把噙在口腔的捲煙蒂吐到門外去，冷笑起來！

「煙蛇，你是這裡的老地主了。陳東婆那反骨仔拿到了那筆賣地的錢，遠走高飛，還會回頭看老媽子？你真是做夢，這是什麼時候了。」

這個謎終於揭曉。

這個一向給人看成為垃圾池的廢椰芭換上了新裝。

一天清晨，那些菜農用腳踏車或電單車載著自己生產的農產品從郊區遠送到市鎮發售，經過那段荒廢椰芭時，給披上新裝的廢芭嚇了一跳。原來市議會過去幾天，運用了巨型的刮泥機將堆在廢芭上的垃圾堆清理去了，使整個廢椰芭開朗了許多。有些有閒心情的過客，更停住了腳步，注視著兩條椰樹中間，懸掛著一條用黑漆塗著「請投×××神聖的一票」幾個大字的布條。

「呵，呵，又鬧什麼選舉了。」

「……。」

三美是認不得什麼唐字的。他記起不久前，鎮裡有家百貨商店，在大平賣時，就見過有人在商店門口掛起一條又長又狹的大布條，像這裡的大布條一樣。

有些人這麼噓了口氣，連正眼也不抬起來，張望了張望，就垂低頭，用勁地踐踏了車蹬一下，趕了過去。心裡想，又不是過新年時，大城裡那些舞獅隊的穿紅掛綠，擂鑼敲鼓的乘搭著開蓬羅里，開到鎮上來採青，還會引起孩子們成群結隊出來看熱鬧，那麼引人高興。

但是這小鎮茶店，雖然比平時，那些吃過夜飯的茶店聊天的茶客多了些。但這些老茶客不是談到最近廣神廟先師誕上演街戲的事，就是談到什麼地方的小寡婦給什麼非法移民強奸的花邊新聞，像小墟場一樣嘈雜。

這些茶客都是習慣使用唐山的方言交談。那個三美聽得多，也跟著使用這些茶店的方言，插嘴下去：

「談到街戲，呵呵，大約又有什麼流動遊藝場開到鎮上來表演了。」

這消息一經傳播下去，倒令茶店裡的人一陣子窒息，沉默地瞪著三美。

那個跟這採椰人極熟絡的煙蛇抬起那狐疑的眼向三美一望，打破沉默地說：

「黑貓，這消息你從什麼地方打聽來？」

好在，三美的臉色本來焦黑，給煙蛇這麼一問，不會變成漲紅，只撇了撇嘴：

「我又不是騙你。這幾天，你沒有到陳東婆那廢椰芭看過。那一堆堆的垃圾給移走了。在兩株椰樹中間，掛起了一條長佈條，塗滿了大的黑字。雖然，我認不得它，可記得廣福廟遇到什麼神誕時，不是看這樣的布條懸掛出來麼？」

這當子，煙蛇只有怔了怔，沒開腔，倒是另一張桌子旁坐的一個年輕小伙子，噗嗤的笑出聲來，說：「什麼遊藝場？那是宣傳競選運動的布條呀！」

茶店頭手回頭瞪他一眼，記起這新來的傢伙，是到這裡福記魚寮當雜工的。最近因為參加一個政治團體當跑腿，就不時到茶店來喝杯茶，趁個機會替他那出來競選什麼議員的老闆拉一、兩張選票，好得回去報功。

這傢伙雖然目前只是一家魚寮的雜工，不過他早就把自己的老闆看成了什麼大官兒，早晚自己是大官兒的下屬。現在，看到茶店裡的人對自己這麼冷落，臉色變了幾變。

店裡幾個老茶客似乎總沒有把這小伙子看在眼內，只顧談到上兩年，在神誕時，街戲上演那齣《陳三五娘》的小花旦怎樣活靈活現，怎樣的窈窕風流。

有人卻說：「現在時興歌舞團了。」

「我就歡喜上次歌舞團演唱的《新桃花江》……」

這些老茶客爭談著這些潮州戲文和歌舞團的歌劇，使到這個魚寮小雜工想找個藉口替老闆的參加競選宣傳一下都沒有機會。

總算茶店頭手知道這傢伙是個小人，自己不想跟隨著大家把他冷落。頭手就拐到那小伙子的茶桌旁邊去，跟他搭訕搭訕：

「不是我阿君逞功逞勞。椰芭陳東婆那間木屋的亞答葉破破爛爛，下雨時，成了座瓜棚，好天時，太陽照進去，成了個燒垃圾爐……。不是我們這些工作人員七手八腳替那破屋頂，換上白鋅板，雖然陳舊些，總比日曬雨淋好得多。」

媽的，這傢伙不提起他們工作人員替陳東婆的破木屋換屋頂的事還好，一提起那些舊白鋅片，他煙蛇心裡就有氣。他那雙永遠滲出眼液的肉砂眼像爆出火花來，瞟了那吹大氣的傢伙一眼。他煙蛇記起，過去自己在一個火災場地趁火搶劫到幾塊舊白鋅，一時沒有派上用場，就臨時用三輪車載到那廢椰芭的垃圾堆中掩藏起來，打算等待風聲松緩些，才運到自己的店中去出售。想不到，一回頭，這些舊白鋅片連影子都不見了，起初自己還以為有人黑吃黑，真是啞子吃黃連，有苦說不出。現在，經那傢伙自己說出來，原來他們拿了自己的東西去替那老虔婆換屋頂，還標出為民服務的好名聲，來博取人們對他們的擁護。真是假公濟私，一百個混帳。

煙蛇只有暗自生氣。那傢伙看到有人瞪著自己，心裡更得意。他把聲調提得更高的喊著：

「記緊呀，投票時就畫這個標誌！」

這傢伙一邊說，一邊拿出一張有魚寮頭家小影的競選海報，指給大家看。

煙蛇撇著一肚子氣，忽地站起身，把茶錢放到櫃檯上面，不再管那傢伙吹大氣。走了。

三美他們那幾個老茶客也似乎感到厭倦，有人打著呵欠，有人跟著煙蛇抽身走了出去。

×

×

×

鎮警察局的警察都派到各投票站去值勤。

拿著紅色身分證的古魯三美，心安理得的到那些沒了主人的芭場或椰芭去採摘果子或椰果，不必像過去那樣顧前顧後。

廢椰芭是三美的熟地頭。雖然這廢芭那些椰叢又衰老、又長久沒人照顧，早就變得半枯半活，三美卻有個想頭。就算這些老椰叢沒有幾顆椰果好採，自己爬上樹梢下，躲在那些大葉子叢中憩息一下，比起在茶店裡閒聊，還可以省幾個茶錢，反是一舉兩得。

今天是選舉日，經過這郊區進進出出小鎮的人數不多。三美這長期失業的人多在樹梢頭憩息，不怕有人發覺他偷採椰果。

三美雖然有了一把年紀，胴體瘦削，手腳還靈活，跟一頭猴子差不多。躲在椰樹梢頭，雙腳擱在幾片大葉子梗上，就跟坐在搖椅上差不多，可以回過頭來向地上望望，什麼人經過，什麼事情發生，都瞞不過他的眼。

一陣風吹過，椰樹大葉子給吹動，露出了一絲絲罅縫。地面閃爍著片片反光，衝進三美那雙烏溜溜的眼珠來。

呵呵！那是什麼光？三美對這廢椰芭一帶，一向是熟悉的。那不過是灰灰暗暗的土垛或是高低不平的垃圾堆。從高處的樹梢向下面望過去，一向就不很清晰的，怎麼一下子會有這麼閃閃爍爍的亮光出現？

會不會地面有什麼寶物出現？三美這麼一想，揩揩自己那雙眼睛變得更明亮。他更聚精會神的，在椰葉子再度拂動時，透過葉子的罅縫，凝望下面那閃動光亮的地方。看看那些究竟是什麼光。吥的一聲，這個採椰人從心裡吥出聲來。那是什麼寶貝，只是大溝渠邊，陳東婆那間破屋子，換上了白鋅屋面，反射出來的光線吧了。真是白操心。

三美心裡正在這麼的嘀咕著。驀地，椰叢下面，傳來一陣子輕微的摩多車開動聲。

三美的心滴答的，跳了一下。想到這個堆放垃圾的廢椰芭，平時都沒有幾個人經過，今天是選舉日，怎還會有人開車到來？

自己正這麼胡思亂想，再彎頭下去眺望一下。

嘿，那破木屋旁邊，什麼時候停放著一輛紅色的汽車。

這就教三美想不通了。他記得那茶店頭手對自己說過，那住在木屋裡的老婆子早就患了半身不遂的病症，許久都不能起床了。怎麼今天會有人坐著車子來訪候她。會不會那老傢伙過世了，醫生樓派出載屍的黑車來把死者運走？那又不像。紅新月標誌著的車是那麼邋邋遢遢，這一輛卻那麼光光鮮鮮，真教人想不通。

蹲在椰樹梢不停向地面瞟的採椰人，越看越糊塗。

呵，拿出來的不是那個老傢伙？

三美在這個廢椰芭進進出出的時日不淺，對那老傢伙多少有個印象。那老傢伙沒有死，今天還穿著那套黑綢縫的唐山衣服，由兩個人挾扶著，像傀儡戲台上那樣被推入了那輛光鮮的紅色汽車去。

三美心裡想，那老傢伙難不成是死了？但如果死了就得擱在舁床上，移上車去，不會由人挾扶呀。

三美正這麼胡思亂想，再掉頭去望了望，那大溝旁邊木屋的屋頂白鋅片已經換上了暗淡的色調。三美知道，剛才白鋅發出來的亮光，是斜陽照曬的反射。現在太陽西沉，自然鋅片沒有陽光可以反照出閃光來了。

那屋子旁邊的紅色汽車也不知在什麼時候開走得無影無蹤。

遙遠處，像是一簇簇灰色夕陽在河流上動盪。夕陽無限。

這情況，使三美省起母因地那間印度飯店的椰果存量快見底。母因地吩咐過自己早點將椰果送過去，省得到巴剎用高價去收購。

一想起這些，三美就顧不得去偷窺陳東婆那間破屋子和屋子旁邊的車輛。他雙腳盤緊了樹梢，一隻手肘伸直到葉子下面那一累累的果子，用勁地去挪動椰蒂，使椰果逐個的掉到地面上去。還好，這黃昏前的廢椰芭，過路的人不多。三美從從容容的，採完椰果後，沿著椰幹溜下來，收拾椰果載到鎮上去發賣。

殘陽蒸發著河岸的泥土，發出的陣陣焦灼氣味，迎面吹過來，成了一片熱風。

這當兒，他從家裡洗了個澡，一身輕飄飄的踏上自己那輛上了年紀的舊腳車，沿著河岸的紅泥路，想到鎮上那唐人飯攤吃頓有肉汁拌著的白飯。因為下午送椰果到印度飯店去後，袋裡多了幾個閒錢，這個單身漢子就老是感到有點不舒服，想到那唐人飯攤吃碟拌肉汁的飯後，還留下幾個錢，到靠渡頭一間小木板屋住的那個開暗坑的番婆家裡樂一樂，又怕不夠應付。

嗨，還是到布都那個賣椰花酒的店子喝盅椰花酒吧！倒還實在一些。

這個單身漢正這麼想得飄飄然時，給從河岸吹過來那陣熱風，迎面一撲，自己那踏著車蹬的腳一頓，使到那輛舊腳踏車，像碰到了什麼土堆那樣，一下子顛頓了顛頓，差點兒將自己的身體絆下車來。

這當兒，是三美的腳踏車正從那間洋學堂背後拐過。這洋學堂今天沒有學生上課，改成了臨時投票站。因為是太陽下山時候，到站投票的選民不多，那些政治團體的助選工作人員三三五五的站在學校外面，一條長長的塑膠布蓋成的休息處談天。

「啊！有人來投票了！」

看到三美的腳車在學校旁邊停頓一下，以為是投票人到來投票。一個年輕小伙子趕快幾步，從休息處溜出來，手中拿著一個競選人的競選手冊，伸到這把著車把手，一臉惶惑的採椰人面前，帶著急促的語氣，斷斷續續的說：

「記住，就在這個標誌旁邊劃個交X號就得。」

那小伙子瞪了瞪對方那焦黑的臉，認得在茶店裡碰過幾次面，大家喊他「黑貓」的吉靈人，大家都知道這傢伙依舊拿著紅色身分證，沒有登記為選民的外僑，「呸」的一聲，轉身跑回那休息處去。

三美起初對這一下子衝過來的傢伙，因為今天出來助選，穿上了他們政黨的制服，一時想不起是什麼神聖。到對方呸了一聲，轉身走時，才省起那小伙子是常在茶店出現的那個魚寮雜工。這傢伙那種現實行徑，看到自己不是選民，冷哼一聲，就回頭走開的舉動，真教人齒冷。

三美一時茫茫然起來，但那兩顆烏溜溜的眼瞳還是跟著那小伙子的背影，走了一程，沒收回來。

「噲，噲，朱仔！」

三美聽著有人這麼喊了那小伙子一聲，自己就故意沒有把右腿跨上車包去。他雙手把持著腳踏車的把手，當做他那輛腳車有點不靈那個樣子，豎起自己那隻右耳，好得聽聽什麼人跟那小伙子談話。

同時，他那雙特別烏溜溜的眼瞳向四面八方張望張望，想找出什麼人是跟那小伙子對話那樣，總是不成功。

助選人員的休息棚，東一朵人，西一朵人，就教人分不出哪一個在說話、哪一個在嘆氣。

這個單身漢，左顧右盼的，弄得自己糊糊塗塗。正想把右腿跨上車包，用左腳一蹬飛輪，好使腳車向前推進一步時，耳朵又聽到那同樣的人聲嗡動：

「先前你們把椰芭那個老太婆弄了出來，到投了票，就沒有車子載她回去，弄得那個老傢伙倒在大路邊，有氣進，沒氣出的，老喘個不停。」

這些嚕嚕嗦嗦的話，纏著三美這個單身漢耳根，使到他那心頭跳盪個不停，一時就連那條跨上了車包的右腿，又仍舊放回路上來。

他索性把腳踏車停放在路邊，裝成車子有什麼毛病那樣，豎高耳朵去聽，他們說的是什麼。

這一次，是那小伙子哼著鼻音回答：

「那是他們交通組的事呀！」

「……」

「哈哈，一說曹操，曹操就到。你問我們的組長好了……哈哈！」

三美看他們幾個人高高興興的談這個、談那個。一下子，那幾個人又嘻嘻哈哈大笑起來。

一輛紅色轎車開進來，放下一個乘客，又回過頭從選舉站開走。那個駕駛員把頭從駕駛座位，伸出來笑一聲：

「我們的工作是把選民接過來，就已經忙得喘不過氣了……哈哈，還談什麼廢話！」

「……」

工作人員休息站幾個小伙子，你扒我的頭，我抓你的腳，這樣吵吵鬧鬧個不停，搞在一起。

這個採椰人對這些人七嘴八舌的吵鬧，雖然聽得不十分清楚，卻也輕嘆著氣，跨上腳踏車，緩緩向市鎮走過去。

三美的腳踏車從郊區進入市鎮，過了這個當臨時投票站的洋學堂不遠處，有個大拐彎。那時，天色還沒全暗。三美從遠處，就約略看到拐彎處，聚著黑簇簇的一堆人。當三美的腳踏車接近拐彎時，就發覺到那簇人堆不知在什麼時候走散了開去。

從幾個走最後的一個人背後，三美微微聽到那個人似乎這樣說：

「看情形，那太婆像是過去了。她手中還緊緊捏著似是張選民登記證一類的東西呢！」

另外一個這麼噓著氣低沉地說：

「真是閻王一到，大命難逃，一點也不錯。」

三美漸漸行近那條坑溝，那幾個看熱鬧的人已經分散走開了。

在黃昏的微芒中，三美覺得路邊有堆什麼東西積聚起來。

三美的心跳盪一下。

不錯，先前在椰芭被兩個人挾持，從木屋出來，被推進車廂的，那個像個木傀儡的老傢伙身上穿的，就是這黑綢唐山衫褲。

天，逐漸暗下來了。

三美的背脊骨像通過一道寒流。

晚風迎面吹來。

一彎新月，從對面河岸出現。

三美邊行邊想著：真的，那老傢伙這一次真的自動讓位了。

1988年12月動筆
1990年7月完成

❶「羅地支乃」：馬來語roti canai，即是「印度煎餅」。
❷「馬打」：馬來語mata，即是「警衛」的俗稱。

邊河

一

九月的殘陽，慢慢的收斂下來，河流對岸的天空微光，變成暗淡。河岸上的幾株查李樹的葉子，沒有陽光的照晃，成了一團團黑翠色。

河岸的風，一忽吹來；這些黑翠團子絲簌地響了響，教人知道這是一叢樹、一簇樹葉。樹叢後，是一條灰色的河流。河的對岸是另外一個國家。

這些東北季候風吹來，把人們的皮肩刺激了一下，有一點微寒，是秋天的時候了。

樹梢，大約有個鳥巢，河岸陸陸續續飛回了幾隻小鳥，帶著喘息，蹲在漸昏下去的樹枝吱吱叫。

丁明和小中兩個青年人，坐在靠近河岸的咖啡攤上，無聊地望著遙遠的、變得灰暗的流水。丁明還不時歪著頭，聽聽樹上的鳥叫。小中的臉，給黃昏的微弱光線一照，看不到什麼顏色，但他那緊皺在一起的眉頭，顯出了他內心的焦灼。他看了丁明那種閒悠的神態，還歪著頭聽小鳥歌唱，心頭一陣氣憤，罵道：

「你真的書豈子，想替這小鳥哼一首詩，還是描一張風景畫？」

小中罵了幾句，像洩了心頭的忿怒，回過頭去，望著路的盡頭，嘟噥著：

「陳寧這個人真沒腰巴，去了半天還不回來。」

丁明心裡明白，小中這小伙子是心急鬼，他已到了這邊疆地區，那顆心就飛到河去了。那是夢之谷。丁明沒有答他的責罵，只是微微的笑了笑。

咖啡攤前停泊著的一連串出稅車（出租車），跟著天色暗下去，慢慢減少了。小中的心，像河流的波浪那樣，給東北季候風吹得一搖一擺。

在遠遠的渡頭上，有幾個影子，慢慢移動，向這咖啡攤走來。丁明的心是寧靜的，瞟了他們一眼，原來是三個男的和兩個女的年輕人。他們用手提著紙袋。大約河上的秋風，把他們的鬢髮吹得零亂，也把他們的臉色吹成了灰暗，沉鬱得跟小中一樣。其中一個女的，似乎還沒有成年，身材瘦小得像只剛發毛的鴨子。但她那兩片嘴唇已經塗上白唇膏，給暗下去的殘陽一照，有點吸血鬼神態。丁明看了，心裡好笑：這個年頭，連沒有長齊羽毛的鴨子也出來偷情了。那幾個男的都穿上了奇異的服裝，哼著那《山歌戀》的流行插曲。一個長著狂人樂隊髮型的高個子用手肘向身邊的女孩子肩膀一抱，做了個鬼臉，說道：

「那遠遠的一個渡頭有一條舢舨……」

女的失神地瞪了他一眼，把眉心皺起來。

跟著，兩個船夫模樣的中年人，走近了他們的身邊，低聲地細語，他們幾個人的腳步停下來，站在咖啡攤外，不走進來。

那個高個子青年人用手肘向一個女的胸脯碰一下，女的嘻嘻的笑起來，用手指去捏男的臂膀一把。

幾個人都笑了，那笑聲嚇得樹梢的小鳥也拍拍地打著翅膀。

天色，一忽一忽暗下來了，那幾個青年人跟著兩個船夫，回頭走到遠遠的渡頭去。

小中這傢伙是個草包，看了這情形，他用勁地把咖啡杯向桌上一擱，丟地響一聲，罵出口來：

「陳寧這鬼，真的一點勇氣都沒有，人家一幫一幫的過河去了，我們還在這兒呆！怕什麼卵？年輕人沒有一點冒險精神，生活有什麼意義？……」

小中搭七搭八地罵著，噴了丁明一臉唾沫星子，丁明連忙把頭歪過去。

那個正在咖啡爐前看火的泡咖啡頭手，帶著幾分關心地拐出來，先走到櫃檯後，抽了一根紙菸，就土油燈點著了，噴出一口長煙，向著小中和丁明說：

「這幾天風聲緊，聽說上頭查得嚴，倘使沒有拿出證明文件偷進去是很容易，他們舢舨夫可以把你混進去，可是到了明天回來時，就麻煩多多了，兩邊的海關員和關境警察都向你找麻煩……」

咖啡攤頭手還沒有把話說完，陳寧就氣衝衝地帶著一個瘦小的中年人閃進來。

「呀！老陳，我們等著你好苦呀！」

小中這傢伙不等陳寧開口，就像連珠炮那樣說出一大段話：

「老陳，枉費你個子高，一點勇氣都沒有，人家早就一幫幫乘舢舨過去了，我們還死呆在這裡。」

陳寧沒有應他，先叫了瓶汽水來喝，倒是那個跟陳寧一同來的瘦削的中年人開口：

「最近，因為對方發生了幾宗劫案，所以邊界的兩方面都查得緊，一遇到查你沒有旅行文件，合不合就先把你扣留起來。上個星期六，一個在外坡當校長的跟幾個人乘舢舨混進去，到他們的腳一踏上了對方的河岸，就遇到了移民局的檢查，把他們交到警察局去扣留了一夜。雖然放回來，可還沒有上堂審判，他們又不懂得他們的話，以後審問時，你想麻煩不麻煩？」

小中這傢伙是易冷易熱的，聽那個中年人這麼說，先前那股子氣忿沉了下來，臉色給剛上亮的電燈一照，有點蒼白得連口唇也有點抖。

喝下汽水後，陳寧沒有先前那麼氣衝衝了，泛白了眼珠瞪了小中一眼。他是知道小中的脾氣的，凡事衝動，一遇到了打擊就洩氣。陳寧沒有說什麼，仍舊垂低了頭喝汽水，倒是丁明用冷靜的眼去看那個新進來的中年漢子，那漢子瘦削得像一把骨頭，用一層古銅色的皮蒙著，可是他那對眼睛卻又深又黑。丁明一望過去，老覺得他不像個中國人。可是他說的卻是閩南話，說起話來，脖子的幾條青筋又起又伏。

最後，他壓低了聲音，向他們說：

「只要等到天黑了，那個移民局官員會過來，親自帶你們過去。」

那中年漢子說到這裡，陳寧已經喝完了那瓶汽水，忙著向小中倆介紹：

「這戴先生，是這兒板廠裡的頭家，我以前常常跟他一道過去。他們是原住民，是時常可以過河去的，戴先生這個人真好……」

還沒等陳寧說完，那瘦削的中年漢子就抽搐起一臉皺紋，笑著說：

「老陳也跟我說起客氣話來了。嘿嘿，以前，我隨便可以帶你們過去，最近不行了，這河的兩岸都有不同國籍的警察把守。不過，我今晚介紹的那個朋友，他兩方面都有交情，是安全的，只要你們明天早一點回來就好。因為一遲了，來往的人一多，就有點不方便。」

陳寧幾個人頻頻點頭。那個姓戴的中年人在昏暗中走了。

二

在河的對岸，陳寧幾個人早就摒著氣，坐上了幾輛三輪車，在一重煙霧，一重燈光下，走進了那個夢似的邊城了。

丁明再也沒有閒情去留心小中那焦急和赤瘀的臉色，他的眼色只給那間新開的電影院燈光迷惑了。他想看看那間戲院叫什麼名字，可是燈泡亮著的，卻是彎彎曲曲的字體，丁明一個字也認不出。不過還好，他在玻璃櫥中看到那電影的劇照，那劇照的旁邊印上，《一劍屠龍》幾個漢字。這是一齣日本片，丁明在新加坡看過的。這些電影劇照，放在這異國戲院前，在丁明眼中看來，是有點他鄉遇故友的感覺。

不管丁明的腦海胡思亂想，他們乘坐的幾輛三輪車已經在一家旅館門前停下來。

「唉唉！我一沖過涼就打火車橋過來，還比你們快一步呢！」

那個姓戴的，撥開了身邊圍繞的幾個女人，衝到門前去迎接陳寧幾個人。他身邊的幾個女人，也嘻嘻哇哇的跟著那中年人走過來，可是丁明完全聽不懂她們說什麼話。

陳寧是到過這兒幾次的，熟練地向她們笑了笑，算是打招呼。

那個姓戴的卻左手摟抱一個，右手招呼一個，又低聲跟她們說說笑笑。丁明留心去聽，一點都不懂得。丁明後來向陳寧問了問，才知道姓戴的爸爸是閩南人，過去在巴西布爹收買樹膠，跟這裡一個本地女人結婚，怪不得姓戴會這兒的話了。

她們老是圍繞著他們，瞎三話四，不停地吱笑，陳寧只曉得咧開了口，說著一句單純的：「合舟馬，合舟馬！（是感謝的意思）」引得她們開口大笑。

丁明是較為冷靜的，他沒有陳寧那麼老練，向這個女的、那個女的臉兒摸了摸，算是應酬，又沒有小中那傢伙那麼衝動，他那對噴著火的眼，向著四周去掃射，嘴巴不停翕動，又說不出一句話來。丁明只向旅館一個角落裡一瞟，那兒坐著一個年輕的，穿著一條紅沙龍的女人。她沒有跟著同伴向他們圍繞過來，只用那水汪汪的黑眼睛，向著丁明一掃，帶點幽怨。

丁明的心微微一跳，可又給陳寧他們拖到房間去洗澡，姓戴的熟練地對他們說：

「吃過飯後，我帶你們到舞廳去玩玩！那兒有的是女人，有的是「勞」（酒的意思）。在舞廳裡，你可以隨便找個對象。」

小中那小伙子過去在新加坡遊藝場裡，也跳過這兒的喃呸舞，他的腳自然地跳動起來。他的心也跳動起來。

當他們走出了那掛著「珠江菜館」招牌的飯館後，姓戴的就帶著他們上舞廳去，只有丁明在舞廳門口停下來，對他們說：

「你們進去喝酒、跳舞吧！我倒想趁這一個難得的晚上，到四周去逛逛，也不枉這一次的過境。」

姓戴的第一個噗哧地笑起來，對丁明說：

「這裡除了女人和酒，有什麼看頭呢？」

小中也湊著趣說：「酒和女人，是古老的罪惡！」

丁明尷尬地一笑，風趣地說：

「我是到了大溪地的美國大兵，不到外面去逛逛是不甘心的。」

大家都笑了，舞廳的音樂調子透過厚窗，流到街上來。

丁明等他們溜進場後，獨自個兒在冷寂的街道上，逛來逛去。他走到還亮著燈的商店門前站了站，那些女掌店的走出來招呼他。他聽不懂她們的話，只好笑一笑。走在這個半島上的「大溪地」，丁明胡亂地度過了半個夜晚，自己心裡覺得好笑，這只是一個夢的夜。

丁明拖著沉重的步伐回到下宿處時，旅館對著的戲院燈光已經暗下來，只有留著出門處的幾盞微弱燈光。丁明想：大約離第二場戲散場的時間不遠了。

旅館後座顯得一點冷清，先前那種熱烘烘的氣氛沉寂下來，卻留著一些脂粉氣息。第一個觸著丁明眼簾的，是坐在角落裡那個穿紅沙龍的女人。她垂低了頭，似乎想什麼。

旅館的茶房看見丁明一個人回去，顯出了一點惶惑的臉色，跟他到房間去，問道：

「你的朋友還沒有回來呀！」

丁明點點頭說：

「我一個人回來，他們到舞廳去。」

那個茶房看見丁明身邊沒帶女人，他不停地嘮嘮叨叨，要介紹這個、介紹那個給他。他只是搖頭，可又支不開他，最後，只好胡亂問問他：

「樓下那個女人還沒有走麼？差不多在下面呆了半夜了。」

那個茶房微微闔上眼，嘆了口氣，說道：

「今晚，樓下的幾個姑娘都有了人客，可是誰要她那哭喪臉哪？唔，說起來也怪可憐，上個月，一個流氓，從合艾把她帶到這兒來，迫她接客。看她，雖然樣子不壞，可是沒有人見她笑一笑，有什麼辦法不坐冷板凳？她接不到生意，回去就給那流氓毆打……」

為了擺脫那個茶房的絮聒，丁明迷惑地說：

「把樓下那女的叫上來吧！」

他想：還是可憐她的身世。

三

丁明靠著床，抽了一根香煙，把煙圈一縷一縷地噓出來，瀰漫了那狹小的房間。

門，推開了，閃進了那個穿紅沙龍的女人。她把眼向丁明一瞟，眉毛挺了挺，似乎有點迷惑，一下子，就把那沒有塗抹口紅的嘴唇，輕輕地咧開，裝成一點笑容，卻多少顯得一些勉強。

她說了幾句話，丁明只是笑了笑，沒有答腔。她知道他是不懂得本地的語言，也只好挨著身子，坐在丁明的床前。丁明遞給她一根香煙，她用手推回去，搖了搖頭，一笑卻把嘴角連鼻子旁的皺紋抽動了，似乎在哭著。

看這情形，丁明知道她心裡不好過。他翻起身來，望了她一眼：她年紀雖然只有十七、八歲，那神態確實超年齡的衰老了。

丁明記得在一齣荷里活攝製的影片裡看見過，一個美國水兵在大溪地上對一個士女用手表情的故事。

丁明用手指，指自己，說道：「丁先生」。

那女的似乎有點明白，水汪汪的眼一翻動，這次真的從眼珠透出一些笑意。可是她的嘴角還是沒有抽動一下。

丁明又用手去指指那女的胸脯，瞪大了眼，把眉頭皺起來，似乎在打一個問號。

「溫娜！」

這一次，那女的真的笑了，露出了一列雪白的牙齒。丁明記起上兩個月的一個夜晚，在新加坡一個朋友家裡看到曇花吐蕊的情形。

那朵曇花很快地凋謝了，那個穿紅沙龍女人的雪白牙齒再也不咧開了。

丁明合上了眼，長長地噓著氣，那女的也長長地噓了口氣。

「溫娜！」

丁明只會喊出她的名字。那個女人也只能笑一笑，可是她的笑聲有點響亮，不再是先前那種苦澀了。

那女的雖然漸漸挨近了他的身旁，可沒有一般妓女那種淫褻態度。

丁明記得過去在南中國過小兵生涯時，在東江上流峽谷間，看到那些火紅的山杜鵑，它是挺俊，拔俗的，可是一點香味都沒有。

這妮子就有山杜鵑那種性格。

因為他們兩個人都不了解對方的語言，只能用四隻眼睛互相照射。

那女的替丁明擦火柴點香煙，丁明更用勁地抽煙了，把煙蒂子掉了遍地。

她用眼睛說了半夜話。

他也用眼睛聽了半夜她的心曲。

夜了。

丁明的疲乏的眼皮掉下來，可是煙蒂的星火灼著了他的手指。他的手抖動一下，那女的就趕快替他把煙蒂扔掉。

丁明把渴睡的眼一瞪，看到她還裹著紅沙龍，躲在自己的身旁。

他笑了起來，對她說：

「看到了你的情形，教我想起意大利作家筆下的『菊子夫人』來了。」

聽他這麼一說，那女的把水汪汪的眼睛瞪得更大，也更迷惑起來。

「這一夜，我真的發了一個有氣息的夢。」

丁明一想起這個，疲乏的眼皮，又掉下來了。

四

丁明有幾次經過這莪洛河的下流，他記起過去那詩一般的山杜鵑，那夢一般的夜。

他思念著那株山杜鵑，經過了東北季候風雨的打擊，它的枝幹還挺勁麼？葉子還青翠麼？那花兒還是朵朵開麼？

可是，這成了一陣煙、一陣霧，他只聽到這宋溪莪洛不停地在嗚咽、在奔流……

一天，他在邊陲地帶的市鎮上，偶然看到一張過時的《世界日報》載著一則流氓殺死舞女的新聞，那個被殺害的舞女名字是「溫娜」。

丁明的心急激地跳動，再把新聞的內容看下去，他眼前晃起了一片黑暗。

……

此後，丁明再不想望這秋河一眼，在他的腦海中，那株挺拔的山杜鵑連幼葉也枯萎了。

縷縷輕煙

幕序

輕煙散去
盡是長空
這些晚雲，是過去的晚雲麼。
傍晚時分，到海濱遊玩的人歸去了。波濤的聲音，在沉寂中顯得更響亮：……隆隆……
沙，……隆隆……沙。
沈清溪歪著頭聽那一陣子、一陣子的浪濤聲。這浪濤聲是雄壯的近乎海涅的呼喊。
我向你致敬，你永恆的大海！
你的水向我喧勝，你是故鄉的言語，
在你洶湧的波濤世界上，
我看著水光閃爍像童年的夢幻，

舊日的回憶又向我重新述說。

……。

這當日，他忘記了自己是個憂鬱的流浪人。海峽的浪濤聲，把他帶回了失落的青春境地去。可是，這青春幻象，跟虹影一樣，來得快，消逝得也快。

舊炮壘背後的檉柳叢中，什麼時候，飛來了一簇歸鴉，吱嘹地吵起來。

沈清溪這中年人眼睛一晃，向前一眺望。海面遠處漾起了縷縷煙霞。這煙霞把自己淹沒到回憶的深淵中去。

他憂鬱地，抬頭朝樹梢一望，嘴腔輕輕地咒罵：你，這短命的烏鴉……。

真的，烏鴉一聲嘶叫，把他的漸漸織回的青春幻夢，再次吹破。

就在他拐過那巨石背後，傳來了一陣急激的呼喊聲：「財副，財副！過來看呀，這不是舊鋼盔麼？……」

噲，不是鬼子扔的，就是在這兒被處決的澳洲兵留下來的。

「……唔，說不定是那些撤退不及的義勇隊遺留下來，還有呢，是那些抗日分子……」

一陣陣噪音從岩石背後散出，傳播到沈清溪的耳畔。沈清溪的心跳了跳。他記起自己的任務來。他服務的那間會館是這個發掘冤骨善後會的成員，會館派他來監督發掘當時被殺者的屍骨。

他聽到那些在岩石旁邊，用土鏟和鶴咀鋤向沙土發掘的工作人員大聲喊叫。他撥開礙路的灌樹叢，走過去看到一個漁夫模樣的工作人員瞪著沙渚上發掘出來的幾個舊鋼盔出神，卻一句話都沒出。另外幾個工作人員把手擱在鋤頭柄上喘氣。有些放下鋤頭、畚箕等工具，走到有水的地方去洗手腳。

「掘了大半天，只看到這幾頂舊鋼盔。」

一個年輕小伙子，扔下工具，向著岩石吐了幾口唾沫。

「阿忠，你清楚記得是在這岩石邊一帶麼？」

沈清溪走近那個坐在岩石邊喘氣的一個工作人員，遞給他一根香煙，問道：

「會不會記錯地點，這一帶沙灘那麼遼闊……。」

那個漁夫模樣的工作人員抽過了一口煙，把老瞪著沙灘上那幾頂鋼盔的眼抬起來，朝會館書記那瘦削臉一望，苦笑一下，又沉默下去。

海面上的白浪逐漸變成昏暗。天穹下的晚雲，一息一息地堆積起來，而且逐漸壓到海峽中那幾個疏落的小島上。

工作人員都帶著自己的工具回去了。還沒有全暗的沙渚上印著人們的大大小小的足跡。從對開的海面飄來的晚霞，漸漸消失初來時的鮮豔色彩，變成混濁。到了海岸，成了一縷縷輕煙，使人分別不出是煙或霧。

可是，在暮色蒼茫中，先前那些工作人員在沙渚上留下的火堆卻在昏暗中飄起紅紅的火焰。一條長長的煙，向灰色的天空直衝上去。

火焰把那漁夫的臉上皺紋，刻劃得更深，顯示出這漁夫過去的艱苦過程。他那對一時憂鬱、一時忿激的眸子，跟著火舌一長一短的變化。

這海岸地區就快進入雨季。黃昏過後，海峽盡頭吹來的西風，帶點寒意，教人想起，這應該是秋天季節了。

在蒼蒼暮色中，海風把岸邊的樫柳和椰樹吹得簌簌作響。

新月在椰樹背後，漸漸升高。不十分清晰的月色，迷迷濛蒙的照著沙灘，照著岩石，照著檉柳和那兩個有著寂寞的心的人底影子。

在半昏暗中，漁夫模樣的人彎下腰兒，在身邊拾起一把枯株，扔到將滅未滅的火堆中去，使火舌增加了活力，飄得更高。晃照得那書記的削瘦的臉，顯得更蒼白，也拉得更長。

火堆噼劈啪啪地響起來，椰樹梢頭的烏鴉也吱哇吱哇地配合著風聲、浪濤聲組成了自然交響曲。

海灘上兩個枯寂的心，即使沸騰起來，但彼此都沉默著，不開口。

「財副，我還不是老懵，會認錯地方。」

阿忠那綳滿青筋的脖子，給火堆的光，反照成幾百條跳動的蚯蚓，連鼻孔也噴出黑氣。

他那黝黑的手，指向海面的另一端，喘著氣說：

「在那當兒，我那條漁船就停泊在那兒的一個小島上。我們還看到這海岸火燒起來，一片火光，還聽到噼劈啪啪的槍響……」

沈清溪只是垂低頭，抽煙，瞪著火堆出神。一會兒，他把眼睛抬起來，瞪著那像噴火器的漁夫在發氣，心裡覺得好笑。

他仍舊沉默著，在沙灘上走了幾步，轉過頭去，問道：

「既然鬼子在這裡殺了這麼多人，難道連幾副枯骨都找不到？」

阿忠漁夫微微噓出聲：

「也許屍體給海水沖走，也許給野狗拖了去做食料……。不過，實在說來，這事件過後，我怕鬼子報復，我自己倒先跟著鬼子的部隊到暹羅去築死亡鐵路……。唶，時間過得一久，什麼東西都變了。只是這塊巨石，我死了也認得出來。」

抽過了煙後，他老瞪著沙灘上的那幾頂舊鋼盔的發眊的眼抬起來，重新給怒火燃燒，像滴出血來那樣，向海面望過去。一下子，又回頭望了那個站在自己身旁發愣的會館書記一眼後，苦笑一下，又沉默下來。

夜色，越來越濃厚。

上空的月亮，反而顯得更清晰。

四條疲乏的腿，踏著沙礫，繞過岩石，到了一個有著幾塊基石的廢渡頭上停頓下來。會館書記有點感觸地說了句話。

「我記得，過去這是個小渡頭，什麼時候毀成這個樣子？」

漁夫阿忠迷惑地聳了聳肩，搖著頭答：

「我早就說過，鬼子來不久，我就離開這兒了。」

他們雖然這樣沒有什麼目的閒扯著，腳步卻朝廢渡頭附近停歇下來。會館書記下意識地用一隻腳去撥動堤邊的長草。漁夫阿忠卻長長噓了口氣，帶著傷逝的口氣，說出了一段往事。

× × ×

在兵荒馬亂的時候，鬼子的船艦大砲正從南中國海面向著這裡轟出的時候，阿忠駛著自己的漁船停泊在這海岸的小渡頭旁……。

在說到這段往事時，漁夫阿忠看到會館書記迷惑地望著自己，老不出聲。他想到會館書記認為自己說謊，就加強了語氣說：

「誰也知道，鬼子快就打到來了，自己的漁船卻停泊在這不是抓魚的地方，難道是等死？喺（是），那時，我還年輕，不知死活，一心想救人。把船停泊在這裡，等著一個跟不上大隊的救亡分子。差點兒給鬼子抓去砍頭。不是自己機警，及時溜走……唔，我今天還能站在這裡跟你閒聊麼？」

漁夫阿忠不等對方發問，卻補充地說出當日等著要幫她撇走的人卻沒有來。這件事卻給鬼子知道要抓自己，迫得自己遠走高飛……。

「財副，人家都罵女人是禍胎，這句話有道理麼？」

沈清溪正瞪著崩堤出神，想不到那漁夫這冒頭一問，一時倒怔了怔，噓不出聲。

漁夫阿忠看到沈清溪那一臉迷惑，不等他發問，繼續說出自己的故事。原來那個掉隊的救亡分子，為了等候一個女同志共同撤走，給漢奸向鬼子告發，給抓了去……唔，差不多連我這條賤命也坑上，你說可恨不可恨？

沈清溪沒吭聲，只胡亂地踏著沙礫，發出沙沙的聲音。

月亮吊得更高了。

×　×　×

如果說過去的事，是一縷輕煙。那麼，這一段故事，正是一縷長煙。

那當兒，正是這島上東海岸的雨季。

海岸對著的是南中國海。

海面上一片白濛濛。

海岸的椰樹梢頭一片白濛濛。

小鎮中心是一片白濛濛，甚至連人們的心頭都是一片白濛濛。

這綿長的海岸，小鎮正是從半島的北部到南部的交通中心。

每天從南到北，或是從北到南。這海角中心小鎮成為謠言中心。

學校早就停了課。那些外地來的教師，早就帶著家眷走了。老校長最後也帶著破皮箱上路。臨動身時，老校長對年輕教師沈清溪，憂鬱地說著：

「今日播音，說日軍已經過了暹羅邊境。這兒早晚會有事。沈先生，你有什麼打算。」

沈清溪苦笑了一下，算是作答。

看到青年人那一股子冰冷，老校長長噓了口氣，說道：

「這地區是交通中心，鬼子兵南進太平洋，正是必爭之地……唔，我看，你還是早日有個打算好。」

沈清溪依舊木著臉，瞪了老校長一眼：

「逃難？我沈某人就夠經驗的了，從中國逃到這南洋來。再逃走，那只有下印度洋去了。」

說到這裡，這年輕教師嘿嘿地笑出聲來，卻帶上苦澀味道，一時卻教老校長那滿佈皺紋的臉漲紅起來。這情形，使年輕教師的心一抛，覺得對那好心腸的老校長有點失敬，只好把話頭岔開。

「離小鎮幾英里的漁港，我有個同姓兄弟在那兒開魚寮。真的風聲一緊，我會過去避避風頭火勢。」

「這樣也好，省得到時東奔西走。」

「……嗬嗬！……」

送走了老校長之後，這年輕教師跑到圖書館將幾本世界文學名著搬到宿舍去，預備在沉悶的日子裡，自己可以靠這些文學名著消遣消遣。

有時，看書久了，頭暈眼花，就推開宿舍的窗子，向海面望過去。

是連天的風和雨，把海面淹沒了。

簷頭的燕窠給風雨毀了。幾隻小燕子，見到沈清溪開了門窗，就闖了進來，在空框框的宿舍裡飛來飛去，一下子吱吱的叫，一下子到處拉屎……，把沈清溪搬回來的書都弄髒了。

看這情形，沈清溪的心更加沉落下去。心想，給風雨弄壞了窠的燕，還有這空下來的教員宿舍可以躲避一下。自己嘛，連躲避戰火的窩子都沒有，真是人不如鳥。

這年輕教師噓過氣後，看到窗外的雨越下越大，自己就站過去把木窗關上。關窗時，自己的眼簾碰到宿舍接連的那間鄉緣會館的簷頭，自己的心就忽然想起了什麼。

不是麼？過去，自己也曾在那鄉緣會館進進出出過不少次。

這鄉緣會館曾經籌賬會藉用過。籌賬會的救亡劇團在會館的禮堂練習排戲……自己有年輕人的熱情，也在會裡替劇團寫過標語、貼過海報……。

現在，這會館的後座也冷落起來。剩下的木椅、板壁，橫七豎八的擱著。

那些熱心的演劇小伙子都散光了。

沈清溪心裡這麼一說，碰一聲把木窗關上。

呼呼，風在吼叫。

宿舍外面那幾株黃槐給風吹動，把板壁撕打得劈啪作響，更增加了沈清溪的沉寂。

在沉悶中，外面傳過長長的警報聲。

根據年輕教師過去在唐山躲警報時的經驗。風雨來時，敵機不會出現。

他正在遲疑不定時，忽然門響了。一個小鬼頭閃身進來。那是到外面去替沈清溪打聽消息的學堂雜役李良昌那個小鬼。

「沈先生，鬼子飛機正飛到這海岸來炸火油缸啦！」

這小鬼晃頭晃腦的，找到那躺在藤椅上看書的年輕老師，先就喊了一聲：

「街場的人都走光了……爸爸喊我回山芭去……。沈先生，你怎麼啦！」

「嗬嗬！打仗我是不怕的。在唐山，什麼大陣仗我都見過。良昌，你還年輕，跟爸爸回山芭去好了。我一個人留在這裡，我不怕。」

這麼一說，沈清溪又闔上了眼，仍舊靠在藤椅上假睡。

在雨聲、風聲和黃槐樹梢拍打板壁交雜聲中，他更聽到一種撼動人心的嘈雜聲。

「……快走呀！鬼子飛機的炸彈一掉，你腦袋就開花了。還這麼慢吞吞……。」

「……阿狗！跟緊哥哥呀！」

「……」

跟著是汽車引擎發動聲，腳踏車的開動聲。

本來，那時是下午時分，可是在這雨季，昏暗的天角，早就壓了下來，給人以為這已是黃昏時分。

躺在藤椅上過久，腰骨有點疼痛，沈清溪翻起了身，在樓板上踱來踱去。

屋子外的嘈雜聲，漸漸淡下來。風、雨聲還是不停地嘶喊。

在寂寞中，這個年輕教師微微哼著一首前人的歌詞：

……寂寞古豪華，烏衣日又斜。說興亡，燕入誰家。

唯有南來無數雁。和明月，宿蘆花。

這個年輕教師一邊踱著步，一邊哼著詩詞，那寂寞的心倒輕鬆過來。自己雖然是南來的雁，可是在這茫茫的雨夜裡，怎會有明月出現？這裡雖有蘆葦，比起北國那麼高的被稱為青紗帳的高粱田差多了。青紗帳還會掩蔽著敵人的槍彈射程。這裡的蘆葦會抵擋得住鬼子飛機掉下來的炸彈麼？

沈清溪正在宿舍裡踱著腳步，胡思亂想當兒，驀地一陣冷風吹過來。板門掩開，這次閃進來的，是隔壁茶店那小伙計的光禿禿頭顱，他那紅鑲邊的眼一閃一閃的，瞪了沈清溪一眼，許久才說出話來：

「沈先生，這裡的人都走光了。你還有閒心，在這裡哼哼吟吟什麼？……」

小禿子的話還沒說完，外面那轟隆轟隆的爆炸聲從遠處傳過來。那茶店伙計停了口，順手把板門掩過。

窗外，雨聲小了點；卻有陣子煙硝氣味，透過門罅閃進來。

小伙計，給煙硝嗆咳了幾聲，勸動沈清溪離開這個小鎮。

寂寂山村

跟著小禿子走完了段柏油路，進入黃泥路。因為是雨季，黃泥路成了一個窟窿、一個窟窿，豬滿了泥淖。

繞過一段竹林，讓沈清溪有點印象的，是一邊豎著「××華人義山」幾個大字的標誌，是過去送一個學校董事的殯，到過這地區。現在，暮色漸漸濃厚，墳山一帶又長滿了野草，這兩個逃難的人連路也差不多迷了。

夜風簌簌的吹著竹葉作響，過後就是一片死寂。

小禿子的心寒了起來，對自己那個在山芭裡養豬的舅父的家，過年時曾經到過幾次，這次卻在黑暗中迷了路，只好咯……咯的咳了兩聲，表示有人到來。

跟著汪、汪的有幾聲狗吠。過後，在黑暗中，傳來了人聲：「誰來呀！」

雖然周圍是一片昏黑，小禿子卻聽出舅父那沙嗄的喉音。他那緊張的心輕鬆下來，答道：

「池舅，我是超仔呀！」

噢，噢！……

對方似乎喉嚨有什麼東西哽著。狗，也給那沙嗄聲喝住。

竹梢給什麼東西碰著，掉下葉子上的積水。

一會兒，竹林裡晃出微弱的火焰。

「噢，噢，真是超仔……你呀！」

跟著，燈光圈顯現出了一個骷髏骨似的中年人臉相。

聽小禿子介紹過沈清溪後，那枯瘦漢子不停地咳出聲來，擎起油燈引帶這兩個逃難者進入亞答屋去。

「這樣好，避一避鬼子。……」

話一多，那中年漢子的喉嚨像給什麼東西哽著，呼呼地扯起氣來。這漢子用一隻手壓著自己的咽喉，不給它咳出聲，弄得臉孔紅脹起來，身體也辛苦得搖搖晃晃。

小禿子看見老舅這種情況，低聲地問他一聲：

「池舅，你的病還沒好麼？」

對方輕輕地嘆了口氣：

「這種鬼病怎麼斷根，還不是在獻世。」

沒有什麼好說，小禿子只好陪著嘆氣。

還沒進入家門，沈清溪就嗅到一陣子強烈的臭味，那像是從豬尿湖發出來的臭味。

屋子裡，更昏暗了，起了一陣騷動。小禿子以為豬圈裡的豬隻受嚇，騷動起來。他湊近那養豬漢身邊去問：

「你養了很多肉豬麼？」

養豬漢的喉嚨咕嚕了一下，等喉嚨的癢意消退了後，嘎著聲說：

「都賣了，只留下一條母豬等下小豬。」

年輕教師的腳尖在黑暗中給什麼東西絆了絆，心頭一挺，腳步停頓下來。

那養豬漢的腳步也停下來。他那手上的油燈照晃著屋角有堆軟體東西在騷動著。

這幾個新來的人都「噯」地噓出聲來。

在昏暗中，那另外一組的難民中，有個小娃子哇的喊出聲來，那個當媽媽的趕快把塊濕手帕蒙住娃娃的嘴。自己口中也不停地低聲念佛。

一連串念佛聲。

屋子很暗，沈清溪看不清那對母子的苦難臉。可一下子記起過去在北方逃避日本時，有些逃難的媽媽為了群體的安全，被逼得將啼哭的娃兒嘴巴塞著，以至將幼小的生命活活窒死。

這年輕教師不敢再想起過去那些悲慘場面。

「阿池，吹滅油燈呀！等下人們還起疑心我們是漢奸嘍。」

有誰這麼發出命令，養豬漢唔唔地虛應一下，順手拖把椅子讓年輕教師坐下。他記起這兒的燈光統制時期，晚上要熄滅一切燈光。

燈滅了，屋子裡更襯得一片沉寂。

「阿池，熄燈吧！」

阿池那咳嗽聲也勉強被撇著，不給他大聲咳出聲。那個逃難母親低聲地哄著孩子。

「噯，噯！……睡呀！你睡呀，睡呀！你再哭，連媽也給殺頭呢！」

屋子外，寂寂的天空，泛出幾點疏星。

沈清溪坐在板凳上，嗅到豬尿湖傳過來陣陣臭氣。喉嚨一陣陣作悶，想吐出來。

那哭吵的娃子漸漸靜下來，阿池卻斷斷續續的咳嗽。

呱呱……呱呱……。

芭頭有什麼東西叫出聲。回顧屋子裡的人雖沒有真的入睡，但都沒有人說話。

阿池沙嗄地說：「在這深芭地方，夜裡常常有梟叫。」

經這養豬漢一說，大家的心都貼靜下來。

遙遠的昏沉天角，驀地漾起斷斷續續的紅光。沈清溪再也捺不住，走到門外去望一望。天角那片紅光，一會兒高飄，一會兒又低沉下去。這年輕教師心裡想，天快就亮了吧！

各奔東西

風停了，雨也止了。

可是茫茫的，含著飽和水分的晨霧，把這山村、竹林、亞答屋……一重一重的包裹起來。

在這潮濕和豬尿味濃重的亞答屋避難的難民群再也捺不下去了。

有些乘著便船走到更遠的地方去。

有些惦記起自己的家園，冒險的回到小鎮去。

這樣一來，阿池這間豬寮屋顯得空洞、破碎。那陣陣的豬尿湖臭味更濃厚，使沈清溪那尖瘦鼻子不停地抽搐。

豬圈裡那頭腆著大肚子的老母豬，有點像主人阿池一樣，弓著背起來，老態龍鍾，倒到角落去喘氣。

沈清溪瞪著這頭母豬出神。他想，自己就跟這頭畜生一樣，給人家圈在圈子裡生活。

他正在沉思中，屋角閃動了一條人影。沈清溪認出那是小禿子。

這傢伙過去常常從茅廁鑽出來，在人面前一邊抽著褲子，逗人發笑。這一天卻跟往日不同。他的臉色，跟天色一樣灰沉沉。那雙紅鑲邊眼，不停地對沈清溪瞍來瞍去。

這情況，一下子使小禿子年老了十年。半晌，噓口長氣說：

「沈先生，大家都走了。我們倆像對濕毛老鼠一樣，躲在這裡也不是辦法。」

沈清溪唔了一聲，插口下去：

「這裡雖然還有甜薯可吃，日子久了……」

不等對方說完，小禿子搶著插口下去：

「不是麼？」

這對逃難分子，正在唱著對白，不提防，門外傳來了陣子咳嗽聲。

聽見這麼一聲咳嗽，沈清溪趕快把視線向門口望過來：

「池哥這麼早就到芭場工作了？」

阿池唔了一聲，又咳喘起來。

過了半盞茶時分，小禿子再也忍不住了。他那臉色沉下來，對沈清溪說：

「我想出鎮上去探測一下，倘若鬼子還沒有來，我們就得……」

沈清溪離開了豬圈，坐到木凳上去。兩手抱著自己的頭，裝得像不敢見光的鴕鳥那樣，沉默過來。

……

小禿子上小鎮去了後，這座豬寮屋更空虛了，像一個空山洞一樣，不時反射出阿池的干咳聲。

沈清溪在胡思亂想中，記起小禿子臨走時對自己說過的一段話：

「我小禿子是無名小卒一個，沒有參加過什麼抗日運動。對皇軍來說，只是一等良民……要是鎮上平靜，我會趕回來向你報信。」

這年輕教師獨自一個人發愣時，灶上那個破茶碗顯露了一點碰撞聲。那是阿池回來喝茶。

「超仔上街去了麼？」

阿池那沙嗄腔一開，接著是一連串嗆咳。

沈清溪站起身來，微微點了點頭，問道：「他會趕回來過夜麼？」

「誰知道呢！」

奇遇

雖然是在黃昏，還是雨季，這個海岸小鎮還保留一種海岸特有的亮光，可是沈清溪的腦袋卻有點昏脹。在那微茫的海岸光亮下，他看到公班衙那一列小房子，那巍峨的教堂頂塔，那路邊的疏落黃昏……這一切都鋪上死灰色。

他記起過去在上課時，教學生讀過一課《龐培城末日記》的記述文。

沈清溪心裡想，自己現時站在的，正是一個死亡市鎮。

亍道上，沒有一條人影，沒有一頭野狗。

這死寂的市鎮。

宿舍的門，似乎有人把栓幾弄開。沈清溪輕輕一推，自己就閃身進去。

自己只離開這宿舍幾天，宿舍的門一推開就噴出一股子霉氣，不奇怪麼？

宿舍內部比屋外暗了許多。這年輕教師又不敢扭開電掣上亮。在陰暗中，只看見像狗熊一樣的東西在蠕動。

這跟龐培城一樣被人遺忘的市鎮。

這年輕老師下意識地吆喝出：「誰呀？」

自己正在心慌意亂中，卻從昏暗中傳來一陣輕脆的笑聲。

「沈先生，不認得我麼？」

是女的聲音，這更令沈清溪迷惑了。

學校的幾個女教師早就回家了，怎麼現在有個女的出現？

在這情況下，他更不敢把電燈扭亮，看清楚是誰人說話。

他內心躇躕一下，記得袋裡還有一盒洋火，是在山村時預備臨時急用的。

他擦亮了洋火。靠了那微弱的火光，看到昏暗中出現一頭亂髮的女頭。

年輕教師心頭抖了抖，手也發抖，那洋火兒熄滅了。

心發抖，聲腔也發抖地低喝著：

「誰呀？宿舍沒有啥東西，闖進來幹嘛！」

沒答腔，只在黑暗中，吱吱地笑出聲來。

「你以為我是小偷？」

在黑暗中，女的吐露這幾個字，活像荷葉的水珠，溜動得飄上飄下。

男的這時卻大膽起來，裝起腔調：

「這裡是教員宿舍，女的闖進來，不怕人閒話麼？」

女的狂笑起來，又歇止了。

「學校宿舍？嘿嘿！……。」

這幾個字，帶點輕蔑態度。

年輕教師更氣惱了，使勁的噴出口氣：

「出去，再不聽命，我就到警局去報『馬打』[1]。」

「哼，馬打一來，抓去的是你，不是我！」

這片冷嘲熱諷使男的更受不了。他像一匹野馬那樣，不停地用勁拍打著地板，喉嚨卻有什麼東西哽著，不使他噓出話來。

歇了半晌，他回過頭話：

「馬打為什麼要抓我，我又沒有犯法。」

夜，越深沉，門外的草蟲聲唱得越好。

「大家都知道，反抗皇軍的，不是你。但是你沒有學生參加救亡團體的歌詠、戲劇組麼？嘿嘿！」

沒有再答腔，沈清溪噓了口氣，更沒有勇氣去把女的攆出門外。

他長長噓了口氣。

市鎮的上空，閃閃爍爍的星座中，微微露出半邊新月。

分飛鳥

強烈的夜風，把天空的星星都吹得飄飄搖搖，宿舍旁的黃槐樹更給夜風吹得沙沙作響。

樹上的鴉窠給海風掃蕩，烏鴉嚇醒，咕呱咕呱的叫起來。

咕——呱，咕——呱！……

這一陣鴉聲，打斷了宿舍那個妞兒的談話。

本來，在雨季時節，海岸地區的新月，是朦朦朧朧的。但這個晚上，卻透過窗隙，把清晰的亮光閃進宿舍來，使女的更有興趣的說出過去的事。

× × ×

我們的劇務主任在那天下午，匆忙得喘不過氣，衝到我們排戲的小劇場來。

那當兒，我們正排演一齣新戲。文生扮演哥哥，我扮演他的妹妹。在黃河沿岸放牧時，忽然遇到一隊由關外流亡到黃河沿岸的學生，用救亡的宣傳和雄壯的歌聲組織起群眾，共赴國難的故事。

這齣戲預備在一間戲院上演，籌款賑濟祖國難民。

當時，我們沒有道具，也缺少化妝，可是彩排的效果很好，連商會那個老雜役看過後，感動得淌了一臉淚水，不停地拍手，說道：

「只要你們年輕小伙子一條心去救國，我們這些老骨頭也得跟著你們背後，替你們打雜、幫工……。」

老雜役拿掉了門牙的口腔，歪左歪右，把唾沫星花噴到我們演員身上來，我們還笑著。文生那時一隻手緊緊捏著我的手肘子，激動地說：

「……娟，我們的努力沒有白費……」

文生還沒說完，楊主任已經衝到我們跟前了，急激地說：

「上頭來了壞消息，前線的印度兵已經沿鐵路幹線撤退，鐵路驛站的水泥結成的路牌都拆了下來……。我們劇團得預備跟著部隊撤退……你們還有閒情排戲？」

小劇團裡騷動起來，一個娃子哇的哭出聲。

對楊主任那種平時愛出風頭，一遇到打擊就垂頭垂氣的個性，大家都知道得清楚。在平時，文生一定會去批判他的小資產階級的劣根性。可是在那時，文生只繃紅了臉，咬緊牙齦，輕輕拉著我轉到後臺去。

我們只在心裡罵他。

「也難怪楊主任這種失敗主義的人，誰不愛惜自己的生命？大家臨來各自飛嘍。」

儘管文生有著堅守自己崗位的主張，但時勢比人強。我們見到有火的地方，總得避開它來保存自己的力量，才能繼續救國的工作。

楊主任率領了那些動搖分子先行撤退。我因為要回家去拿衣服和旅費，回到離這兒五哩的山芭去。文生答應留在這兒等我從山芭回來後，才想辦法。

文生說，他有個朋友，他爸爸有條漁船，在危急時，他會把爸爸的漁船從離港口不遠的小島開過來，把我們載到平安的地方去。

× × ×

說到這裡，透過窗扉進來的月光，似乎像幾千管花針，戮著女的眼睛。她用手掩著眉頭。

「你覺得頭疼麼？」

「不，我心裡有點疼。」

月色，又給微雲掩蓋了。透進來的樹影，變成一片迷糊。

這故事，似乎引起年輕教師有點兒同情：

「現在，怎麼你獨自個兒在這裡，你的朋友哪？」

女的把頭垂下來。一會兒，又抬起來說道：

「……我只回家了半天，拿了東西就趕回來……。」

說到這裡，沈清溪再也捺不住了。他發覺那妞兒編織出來的故事，太過離奇，而且不合情理。

他鼻孔哼了一聲，冷冷地問：

「你家只離市鎮五、六哩，難道要走三、四天路？嘿嘿，這兒，鬼子的陸戰隊在幾天前就來過了呀！」

聽沈清溪這麼一問，她那瘦小的臉龐就抽搐起來。她把頭搖晃一下，答道：

「你是教師，怪不得想得周到。可是，沈先生你知不知道，我家離港口哪一頭的四、五哩呀？」

經女的這麼一說，男的卻有點兒迷惑。

「在哪兒？」

「甘榜丁雅。離這裡雖是五哩，可是隔了一條長橋……。」

「長橋？」

「是的。那條長橋，在我走回頭路時，已經給撤退的軍隊拆毀了。」

是的，沈清溪記得，過去自己帶學生去遠足時就渡過那通甘榜丁雅的大橋。那橋樑橫過一條又深又闊的河流……。

「我怎麼能泅過那條大河回來呢？」

彼此都沉默下來。

看到沈清溪不出聲，那女的又繼續說下去：

「我知道文生一向守信。他一定會在這裡等我，不會獨自撤走的。我只好轉回家裡去胡亂住著，想辦法趕回來……。」

年輕教師點了點頭，說道：

「今兒你終於趕回來了。」

「是的，黃昏時，我央求一個好心腸的馬來人用舢舨渡過這條大河。」

「那你終於找到你的同志嘍？」

女的茫然地搖了搖頭，說道：

「不，我見到的只是你沈先生。」

這年輕教師的心，像從半空中掉了下來，臉上有點發熱。

「你怎麼知道我是姓沈的？」

「是文生告訴我。我們劇團市場想把群眾爭取過來。你們這些文化工作者，正是我們爭取的對象。……」

不等女的說完，沈清溪心頭就不停跳動。自己記起來了。過去幾個月來，他們救亡劇團有過多少次派人到學校來拉攏年輕教員去參加他們的組織，都給自己婉辭拒絕過。

「噢噢，我們誰不愛國家，就不是人。我們當教師的工作，是教育下一代。培養幼苗，跟你向成人們灌輸救國思想一樣重要……」

沈清溪扛出這幅大招牌，自然把這些年輕人塞住了口。可是，背地裡，他沈清溪給小伙子們嘲笑為「冷血動物」，他是心知肚明的。

現在，女的提起這事，他的心就重新跳動起來。

夜越深，月色越明亮。他覺得那女的瘦削的臉，襯著那隻大眼睛，是那麼熟悉的，可一時又想不起在什麼地方見過。

他那薄薄嘴唇抖動幾次，又停下來，總沒發出聲。因為在這兵荒馬亂時期，孤男寡女擠在一起。彼此間越發不出聲，內心越摩擦出火花來。

那當兒，離天亮時分還有一段時期。

……。

「……唔，你過去曾經到過我們學校麼？我似乎在什麼地方見過你。」

「你從來沒有見過我們演戲麼？」

「不常常，只看過一兩次。」

「那你看過我們的街頭戲《放下你的鞭子》麼？」

「看過！」

沉默了一會兒，月色又給浮雲掩蓋了。

「那個扮演小孫子的就是我！」

在昏暗中，沈清溪嗬嗬了一聲，心就更迷惑了。終於說出這句話：「你就是那『小鴉頭』！」

「我就是那個……。」

神山

市鎮雖然騷動過一陣，那是登陸的海軍陸戰隊，從港口開進來，一下子又匆匆開走。

市區成了真空。沈清溪獨自個兒躲在宿舍裡，跟躲在荒墳裡頭一樣。那個在晚上出現過的小妞兒，在天還沒全亮時，走了，卻在沈清溪心頭留下一把火焰。

天邊輕輕吹過一縷煙雲。

終於，在另外一個黃昏。

他走出了那座荒墳似的宿舍，打算到不遠的漁村去找那個堂兄弟，好歹在他的魚寮中躲一個時期再打算。

在魚寮隆幫❷的那段時日，沈清溪改變了生活方式。不上幾天，帶著鹹澀的陽光，把他那瘦削、微帶蒼白的臉頰曬成紫醬色。

反正現在魚寮裡沒事，他倒喜歡跟著漁船出海去捕魚。心裡想，在茫茫海洋上，接觸著波光、太陽、黃昏和日落，比在鎮上天天對著那呇來❸前面掛著那支剖開的鹹鴨蛋旗幟心情舒暢得多。

一天，也是黃昏時候。

沈清溪乘著那艘小漁船沿著海峽，向南方歸途出發。他們用勁地划船，想在天黑前趕回漁村去。海面的殘陽還沒有斂盡，鍍上銀光似的波光在海面上泛動，配合那些小鳥般的飛魚上上下下的跳動。

「唔，迎面吹來一捲黑雲，怕風雨又來了。這兒的雨季還未終嘛。」

老舵手用一隻手遮著自己的額頭，向遙遠的海面望過去。

幾個划槳的沉著氣緊皺著眉頭，一句話都噓不出來，只有使勁的運用臂力去划槳。

沈清溪這個「生手」，似乎給船上的沉悶氣氛感染著，他不再去望海。記起自己的工作，他彎腰到艙底去，拿起戽斗把艙底積水戽到船外去。

遠的天角，閃出一道電光，殘陽斂盡，灰暗逐漸掩蓋上海面。

風，逐漸把浪花激起。波濤衝擊得漁船上下漂蕩。沈清溪的頭一陣暈，眼前現出一片模糊。

暴風一過，雨就跟著來了。雨點激起浪花，使海面漾起一片白茫茫。

船飄搖得更厲害，沈清溪的頭腦也昏暈得厲害，像快要給浪濤沖走了那樣。

他那昏瞀的眼跟著漁船上下搖動。一下子，掠起來，一下子又沉下去。

但是，別的漁夫們只老繃著臉，使勁的去划船。

海，在嘶叫；這些馬來漁夫也在嘶叫。

沈清溪沒有漁夫們那種冷靜。

「那是一座小山。不，是個小島。我們把船停泊下來，等風雨過後才走，不好麼？」

看到漁船在一個四周長滿了雜樹野草的小島旁邊漂過，沈清溪喊出聲來。

老舵手沉著氣，瞪了沈清溪一眼，一句聲都不出。

船上那些馬來漁夫管自己去划船，沒有聽沈清溪說話。

船，漸漸兒離開了風雨地帶，繼續向南方的沿岸駛過去。

老舵手的緊張臉色鬆弛下來。

「戽水呀，船艙積了半船水了。」

一個馬來漁夫這麼一吆喝。沈清溪記起自己的任務，他趕快彎下頭去戽水。

半晌，沈清溪聽到身旁那個馬來漁夫嘟囔著什麼：「什麼鳥神仙，那只是個鬼島。」

馬來漁夫這麼一說，船上幾個人朝頭去張望。沈清溪也跟著別人的方向回頭去看。那只是個小島，因為遙遠，又給水氣瀰漫著，變得朦朦朧朧，教人看不清楚。

他把視線，回到老舵手身上。老舵手一聲不哼，老繃著臉，雙手緊緊抓著舵盤。

天色一刻一刻的昏暗下去。

「我們總算離開了險地。」

在蒼茫的海上，有人說了這句話，又沉寂下來。

× × ×

風，蕭蕭地吹著。

這一夜，月色清澈地照到魚寮的公司來，照得沈清溪的腦海越來越清楚，翻來翻去睡不著。他翻身起來，靠著窗扉向外望。望到隔房有著微弱的光，跟著一陣鴉片香味吹過來。他知道那個老舵手又在抽大煙了。

在公司裡，沈清溪跟老舵手還算合得來。那老舵手看他是頭家的堂兄弟，這次落難來投靠堂兄弟，老舵手可憐他，常常也向他指指點點，不把他當做外人。

這樣一來，沈清溪在老舵手抽煙時，便敢進去跟他聊天。

他知道老舵手的脾性。在他抽煙時，不要跟他說話，只能夠靜靜的坐下來，望著老舵手一咕嚕、咕嚕的抽煙。

這次，他坐下時望著老舵手吱吱的抽完了煙斗上那口鴉片後，又長長用鼻腔吸入了那鴉片的香味，然後瞪起一隻眼，望著沈清溪。

「這麼晚了，還沒睡？」

沈清溪苦笑一下，搖了搖頭，瞪著老舵手放下柄槍去喝茶。

一會，他問道：

「昌哥，我想到那小島很久了，問你一聲，又怕阻礙你。」

老舵手一咕嚕把茶喝完，長長噓口氣，說：

「……㗎（是），說來話長。」

什麼時候，那老舵手盤著腿，坐在地檯板上，用一塊絨布去揩抹那用過的煙斗。過後，他帶著一臉迷惑說：

「過去嘛，我們把那小島當做一個打尖站，遇到有風雨時，會把船駛過去歇一歇……」

鬼艇

這個年輕教師雖以「客串」身分，跟著漁船出過幾次海，究竟是書生心性，過不慣海上生活，稍微遇到風浪，就有些頭腦昏脹。

「老沈，你現在雖然落難，馬死落地行。究竟這碗海上飯吃不下去。」

他沈清溪再不裝嘴硬了。不過，他的堂兄是這魚廊主，也不在乎這碗閒飯，仍舊留他在魚廊裡閒居，等外面平靜些才離開。

這樣，沈清溪只能在魚寮裡打雜。閒著的時候，都跑去舵手阿昌那鴉片間閒聊，順便打聽一下阿昌出海回來，帶來一些戰爭消息。

「這樣說來，盟軍不是快要反攻到這兒來了？」

聽到一些廉價樂觀消息時，這個青年人就沒頭沒腦的插嘴下去。

老舵手總是冷冷的望他一眼，又垂下頭管自己去燒好那個煙泡。

沈清溪心裡焦急，見老舵手不應自己的話時，多就再切進去發問：

「既然這海岸區市場聽到槍聲，那一定是英國的什麼海軍艦隊從地中海開過來了。」

沈清溪還清楚記得，盟軍在從北馬撤退前夕，廣播電台就播送過一則消息：英國的龐大艦隊將通過蘇彝士運河東來印度洋，用來消滅南進的日本艦隊。

聽沈清溪這麼一說，阿昌苦笑起來：

「你們讀書人真的天生直腸直肚，他們的官方宣傳只是安定人心，你就當真。」

這個年輕教師越聽越糊塗，把眼珠眨上眨下，用手把亂髮抓了抓，有點不服氣的說：

「這樣說，海岸一帶怎麼時時發生槍聲？」

阿昌「托」的一聲把竹煙槍向燈盤上一擱。微微闔上眼，養神了片刻後，回眼向沈清溪面前一望：

「我不早就對你說過麼？當日在這一帶防守的印度兵撤退時，有些掉了隊的義勇軍流落這兒，後來就入了山……唔唔！」

經老舵手這麼一解釋，沈清溪再也不好意思爭辯下去。

一天黃昏，沈清溪到海邊溜達時，望到海面快暗下來，還看不到公司的漁船泊岸。

海面，一片平靜。

沈清溪卻心潮起落。他想起，幾天來這裡海峽沒有什麼鬼子兵艦經過，又沒有聽到什麼爆炸聲……怎麼阿昌們那條漁船還沒有回來？

海峽的盡頭，漸漸暗下去。

天穹下，隱約出現了疏星。

遙遠處，在暗淡下，出現了一些煙縷。煙縷背後飄閃著微茫。

是鬼子的砲艇麼？

沈清溪心裡七上八落地猜測，自己反覺得好笑。

那只是海面上的晚霞呀！

可是，海面慢慢兒全暗下來。遠處天穹下的紅光，卻漸漸強烈起來。

阿昌們的漁船還沒有回來。

沈清溪的心更掉下來。不過，一下子又記起過去，阿昌的漁船因為等流水，常常很夜才回來。

……。

什麼時分，在迷離的波光中，一條像漂流的棄舟那樣的船艘輪廓逐漸出現了。

「昌哥，是你們呀！」

漁船靠岸了。阿昌幾個人，像鬼魂一樣從沈清溪身邊掠過。

老舵手像有什麼急事，只點了點頭，就向公司衝過去。

走在最後的，扛著雙槳的小鬼陳明，努著嘴兒向老沈一瞟，說道；

「他老昌為了要繞過那座神山，走了幾個鐘頭冤枉路，正在一肚子火……。」

沒等陳明說完，沈清溪心裡明白，那老舵手的煙癮起了，要趕回公司去抽煙。

幾個漁夫拖著漁網，從沈清溪身邊掠過，嘴腔不紅不白的詛咒著：

「媽的×，他們鬼子連那荒島的一根草都不留，一把火把它燒清光。」

看情形，他們只拖著空網，知道這一次漁撈撈不成了，就不知是什麼原因。他心裡只在胡亂地猜想。

× × ×

月亮上升，海面鋪上一片銀光。

海風飄過，把椰樹影子都晃動了。

站在巨石旁邊望海的沈清溪，看到椰影背後閃出了一條人影，那是小鬼陳明，正到海岸去大便。回到岸上來，雙手還抽著褲頭。

「怎麼？今天出海，連幾斤雜魚都抓不到？」

這平時，好說好笑的小鬼的焦黑臉，這一夜在月色下顯得一片蒼白。許久，這小鬼才噓出氣：

「還好說麼？我們這幾條殘命都是從水中撈回的嘍！今天鬼子放一把火到那荒島去……」

「兀？」

沈清溪錯愕了一下，記起不久之前，望著遙遠的一片紅光的事，原來是鬼子燒山。

那小伙子不等沈清溪發問，又繼續說下去：

「今天嘛，不是我陳明眼利，通知阿昌挪過去我們常常打尖的小島那兒起火，那老舵手的眼又不靈，怕不像盲目蒼蠅那樣把船直衝過去，……唔，那時我陳明還能回來麼？」

「那兒只是個荒島，怎會惹起鬼子去燒山呢？」

沈清溪有點糊塗的瞪著陳明。

陳明把眼珠溜動了溜動，撇著嘴朝向對方，哼了哼，說：

「你很久沒有出海了，怪不得你。這幾個月來有人將那小島開闢成農場，插滿了木薯苗。給漢奸通知鬼子，鬼子就到那荒島去把木薯苗燒得一清二白，連草也不留一根。」

聽陳明這麼說，沈清溪還是不明白，再問對方：

「他們鬼子的軍宣班為了支援南進軍樣到下州府一帶島嶼去，不是常常向農民提出增產的要求？怎麼到大家把荒地開墾，種植起糧食農作物來，又去一把火燒掉呢？」

聽沈清溪這麼一反駁，那小伙子噗嗤的笑起來，答道：

「老沈，不是我陳明說你們當教書先生的，桐油瓶永遠是桐油瓶。他們軍宣班說的是一套，軍隊如山去燒山又是一套。鬼子就怕咱們有了糧食，吃飽肚子就會去反抗他們呀！」

聽陳明這麼說，沈清溪心裡覺得好笑。想那小鬼過去一定聽多了那些反日分子的宣傳，所以自己說起話來，無形中受到感染。

「那小島從遠處望過去，只是一堆海中的岩石，而其時常給野樹草叢掩蔽著。怎會引起鬼子的注意呢？」

哼了一聲，陳明繼續說下去：

「唔，怪來怪去只是怪年輕人做事魯莽。他們在這兒不時殺害那些出張所派出來的哨站，就引起鬼子的疑心，知道這附近一帶一定有抗日分子潛匿。鬼子查東查西，一時也查不出什麼門路。況且，這裡的鬼子兵又頻頻調動。一班來、一班去的，事情就一直拖了下來。不過，有一天合當有事，一個山芭裡的交通員到鎮上採購，在港口乘舢舨回到荒島時，給一個漢奸釘梢，才發覺到荒島開闢成木薯種植場……。」

死亡的歌聲

小伙子陳明冒著淡淡的月色，向樹影下淡入。

沈清溪仍舊呆在巨石旁邊，望著鍍滿銀光的海面發愣。

他記憶起上幾天合利茶室頭家對自己說過的故事。

×　×　×

那些鬼子兵被調派到這荒涼地帶，天天對著海面的白浪，望著天邊的遊雲和陪伴自己的熱帶大葉子樹木。海岸一帶的居民早就散走了。

勉強說有點熱鬧時，是黃昏時分，看到一群群歸鳥從海外飛回岸邊的樹林投宿時的騷叫。這些都惹起年輕人的思春病。

在子夜時，樹梢的宿鳥給什麼驚嚇時拍打著翅膀聲，野獸在草叢中覓食時的走動聲，都成了安慰這些孤零零當值哨兵的興奮劑。

一次，透過岸邊那野草叢，傳來了：

「……

海面上，起潮浪

浪花飛舞濤聲響

陪著風聲成合唱，

海茫茫

海燕飛翔，霎時飛進了白雲鄉。……」

鬼子們雖然聽不懂這歌詞的意義，但那娓娓的旋律，卻打動這些年輕人的心情，想到那唱歌人的性別。這歌聲透過草叢，隨著夜風吹進哨兵的耳鼓。

——這歌聲那麼美，一定是個年輕的姑娘。

歌聲像一根擦著的洋火，燃燒起那哨兵的慾念，整個胴體發起熱來。

他離開了崗位，向著發出歌聲的方向走過去。繞過了草叢，灌樹林，那歌聲更清晰了：

「……

打漁船隨著潮浪。

人人都為了打漁忙

女的撒網，海上風光畫一樣。」

一陣子，歌聲又漸漸淡下去。

「媽的，真的有鬼。」

那哨兵把腳步停下來，靠著一株椰樹幹噓了口氣。

瞪望著草叢背後，那只是灰茫茫的海面。

……

× × ×

茶店頭家把故事說到這裡，歇下來去喝茶。

聽眾都是幾個老茶客，大都是上了年紀的。看頭家歇了口自己也管喝自己杯裡的茶，都沉默下來。只是陳明是小伙子，看到茶店頭家說的故事斷斷續續，心裡不爽快，插口去問：
「故事就這樣終止了？」
頭家喝過茶後，冷冷瞟陳明一眼：
「不，那只是個開端。」
頭家這麼一說，不止使陳明的心頭一挺，連那些彎下頭去喝茶的茶客也重新抬起眼來，瞪著那胖頭家的油光臉。
半晌，胖頭家又繼續說下去：
「到接班的哨兵接崗時，發現哨崗站空著。這樣一來，自然惹起鬼子動火，調動一支隊伍去海岸一帶地方搜索了。」
聽到故事的緊張橋段，那躁急的小伙子趕著插口問：
「他們找到那失蹤哨兵麼？」
這個胖頭家似乎是個說故事老手，看大家都瞪著自己，卻賣個關子，到櫃檯去摸出一口紅煙去抽。
過後，他又跑到灶下把銅水煲去添水。陳明捺不住，又問：
「在泥濘地區只發現那哨兵留下一條常用的白毛巾，那麼人呢？」
胖頭家白了他一眼：
「你去問海好了。」
聽胖頭家和小伙子的對話，幾個聽眾笑出聲來，卻笑得很不自然。
一會，一個中年漁夫卻開口說話：

「有一天，我經過泥芭，聽到一陣陣歌聲從樹林背後吹過來，覺得那歌聲很熟悉，卻想不起什麼時候，在什麼地方聽過。四面望望又看不到有人。」

大家瞟他一眼，都不出聲。

× × ×

沈清溪吃過晚飯，經常到生利茶室坐坐，順便聽取一下外面傳來的消息。當時，天色沒全暗，生利茶室那伙計已經扛出門板，預備關店。

沈清溪心頭一挺，覺得情況有點奇怪。

向茶店內部一望，那頭家坐在櫃檯後算著進賬，沈清溪站在門外半晌，他也沒發覺。

「阿水，天還沒暗，這麼早就上門了？」

沈清溪走近小伙計身邊去問。小伙計的眼珠一溜，向老闆方面睒了睒。嘴犄兒一嘟，低聲地說：

「老傢伙打城裡回來，就吩咐上門。鬼知道有什事發生。」

海外的殘霞，把這漁村小鎮染上一層悲慘的色素，壓得人們喘不過氣。

看那小伙計把店門拴好，沈清溪只好拖著沉重的腳步回到魚寮去。

陳明正從沙灘棚架上，把曬過的漁網收回來。沈清溪把自己看到生利茶室提早上門的事告訴了他。

陳明微微點著頭，橫了他一眼說：

「你還不知道？自從那哨兵失蹤後，這海岸一帶地方被搞得天翻地覆了。」

「什麼？幾天來，都見不到有什麼鬼子兵出現呀，怎麼會天翻地覆哪？」

沈清溪一時迷惑過來。

「你很久沒有出海，老躲在公司裡孵卵，也難怪你什麼消息都聽不到了。」

給小伙子這麼一說，他沈清溪只好唔唔地胡亂應著。

陳明靠近他身邊，低聲的說：

「有人在鬼子哨兵失蹤前幾天，見過過去救亡劇團一個小妞，在港口乘著一條舢舨出現過。雖然，人們不知她叫什麼名字，可是她那對大眼珠，是認得的……。」

沈清溪腦海中湧起了那兩片瘦削的臉，配上那對骨碌碌的大眼珠，那就是在幾個月前，鬼子兵在港口登陸後，他在宿舍裡碰見過的那個「小鴉頭」。

一想起這些，心就發毛。

他不停地向四周張望。

在昏瞀中，他只見得那小伙子的口張張合合，就不知道他說些什麼。

一陣黃昏的風，從海面吹過來，把他的昏沉腦袋吹醒一些。他聽陳明繼續說：

「……幾日來，鎮上的憲兵特高科抓了不少人，聽說連那些跟劇團的人合攝影過的都給扣了……。」

沒噓出聲，沈清溪的心像沉重的鉛塊那樣掉了下來。

他記起那小妞夜闖宿舍的事。

呸，他心裡詛咒起自己來。那時，小鎮的人都走光了，有哪個鬼見到自己回宿捨去，更碰到那妞兒闖進宿舍來呢。

沈清溪雖然這樣自我安慰，但雙手卻擠出一片冷汗。

海岸的暮色，漸漸濃厚。沈清溪的腳卻變得沉重起來，很辛苦的轍回公司去。

背後，還斷斷續續的聽到陳明說：

「大家都傳，日本對這事要嚴辦，殺他們一個鬼子，要這裡十個人的命去賠。看來鬼子快就到這兒來肅清了。」

沈清溪聽得毛髮倒豎起來。

碎夢

幾天沒有出海，老舵手的心情很不好過，他那種老癮要戒一時也戒不脫。少吸幾口，那心疼老毛病又發作起來。

他躺在鴉片間，對著煙燈發愣。

煙燈的綠焰，一下子飄高，一下子又低下來，結成一朵燈花。

老舵手吐了口唾沫，用鐵鉗挑開了燈花，燈光明亮起來。他發覺到那年輕教師站在自己身邊，用雙手抱著頭發呆。

老舵手一下子記起什麼，對沈清溪說：

「你堂兄說得對，這漁村也不是絕對安全。而且，這一帶的人對你也陌生。」

沈清溪將雙手放下來，擱在自己膝頭上，睜著那沉鬱的眼，向老舵手望去，說：

「我雖然是教書先生，在唐山吃過鬼子的虧，逃到南洋來，頂怕事。社會上什麼公益事，邀我參加，都謝絕了。甘心做個順民，吃口安樂茶飯就算。況且，我又沒有得罪過誰人。」

老舵手扑哧地笑出聲來，說道：

「他們鬼子管你順民不順民，只要你認識幾個字，就把你看成反日分子。」

沈清溪噢的一聲，沉默下來，埋下頭去發呆。

這會子的冷寂，又引起老漁夫的老癮來了。他怕煙膏容易抽完，只抽吸了一半就停下來，讓自己不停地打呵欠。

「哦，哦，哦！」

老舵手用一支手去掩著口，不使煙臭熏到對方去。

風，陣陣吹來，老舵手感到有點兒寒意，把肩膀聳起。

風聲，把一陣狗吠聲卷過來，沈清溪的心頭戰慄起來，把頭探出窗外去望望。

海面只是一片灰濛蒙。

他歪著頭，小心地探聽外面的聲音，那只是海潮交雜著椰葉飄動聲。

狗吠過後，又沉默下來。

老舵手搖了搖頭，嘆口氣說：

「清溪，你還年輕，日子長咯，得好好的照顧自己。留得青山在，不怕沒柴燒。像我阿昌這條賤命，又那麼七災八難，要挨，也挨不到幾年。怕他們鬼子肅清不肅清，鬼子來了，把命豁出去就算了，何必還這麼辛苦趕夜路。」

是午夜時分，這海岸地區一片死寂。

×　×　×

老舵手帶著沈清溪從魚寮後門溜了出來。

昏暗中，老舵手靠近沈清溪身邊，低聲地說：

「別說話，腳步要輕。」

老舵手像一匹狗那樣，在沙灘上爬行。

他們連氣也不敢噓一口，悄悄地爬過了沙灘，避開那兒一個哨兵站，向遠遠的草叢閃身進去。

草叢中，沈清溪伸出頭去，望到那椰梢被驚嚇著的宿鳥拍打翅膀，正想說什麼，卻給老舵手掩住了自己的嘴巴，意思是制止他出聲。

由於自己一向是過斯文人生活，不慣趕夜路，沈清溪的小腿給刺戮出血，總不敢噓出氣來，怕給鬼子哨兵發覺，會連累老舵手吃生活。

這次自己出走，是聽了老舵手勸告，趕到大城去，以避免狗腿的告密。

他兩條腿給海潮浸了半夜，有點僵硬，又不敢歇下來。

繞過了大石後，老舵手早就約定了一條馬來人舢舨去接應沈清溪了。

笑聲淚影

讀書時，沈清溪學習過一段時日日語。在唐山時，為了對鬼子的記恨，一直不想把學過的日本語派上用場。

現在，時代不同了。他覺得在別人的國土上生活，誰是主人，自己向他服役是沒什麼分別。另外一個原因，是自己過慣了奴役生活，感觸也一日比一日麻木。到了大城後，沈清溪在一家日本人開的會社當跑腿。

由於沈清溪的臉相有點像日本人，又會說些日本語，當他把白內衣的領子翻到外衣去時，有些不敢正面看日本人的人，常常誤認他是日本人，向他打躬打揖。

沈清溪心裡明白。初時臉嫩，會泛起紅霞。慢慢慣了，也平淡下去。

有次，他到承武堂去看書時，手中拿起一本《新太陽》雜誌。那個女店員就趕快跑過來，向自己鞠躬，接過手中的雜誌，用不很流利的日本語說出價錢。

食堂裡，有幾次給下女們圍攏起來，把他當做邦人看待。

當自己瞇著眼，用那薄嘴唇啜著太陽啤酒時那種神態，連自己也錯覺是個江戶兒哪。

可是浪速食堂那幾個女侍應生早就聽出他的腔調，認出他是個支那漢子。

當自己喝酒微醺，微微闔上演，當做假寐時，那圍著自己身旁的酒女一下子就散走了。

沈清溪心裡有數。一頭綿羊即使蒙上虎皮，依舊是一頭羊呀。

他對那幾個對自己時冷時熱的酒女，心裡覺得好笑。

自己依舊半閉著上眼，享受那種悠閒。

不知在什麼時候，櫃檯一角放著那草月流派插花中的一朵月季花瓣給風吹到自己腳下。他輕漠地瞟它一眼，用鞋底去踐踩它一下。

他不停地瞪著自己的腕錶，這個錶今天特別跟自己慪氣，老是慢吞吞的，走不快。

他氣忿地把腕錶搖了搖，湊近耳畔去聽，那腕錶仍舊滴滴答答的響著。

沈清溪生氣地望著壁上的掛鐘指針正是六時四十六分，跟自己的腕錶的指針一樣慢吞吞地走著。

這漢子心裡惦記，菲菲約自己今晚到加東她的家去教她說日語。

菲菲是個地下舞女，有個大佐官階的軍官替她在加東海濱租了一座洋房居住。沈清溪從半島東海岸逃到這大城來，改變了生活方式，在孟加卡一家地下舞廳跳舞時認識了她。菲菲懂他會說日本話，纏著他到加東家裡教她學日本語。

可是這個黃昏，他知道菲菲的那個大佐從內地出來。那傢伙在菲菲家裡一呆，就呆上半天。不到七八點鐘，他那部車子還不開走。

沈清溪只好靠喝啤酒來打發時間。啤酒喝得多，腦袋就昏昏沉沉。

食堂裡的侍應生、酒女和顧客，像遊魂一樣在他身邊穿過。

他閉上眼打盹，聽到自己腕錶滴答地響，也聽到自己的心臟滴答地跳動。

驀地，一陣特殊的香水氣息吹進自己的鼻腔，使他腦袋清醒過來。眼睛睜開，一個穿洋裝的東洋漢子夾著一個女體掠過他的身邊。

因為喝了過量的酒，眸子發盹，沈清溪只覺得那女的腰肢像條水蛇，扭也扭的。臉相就迷迷濛濛，看不清楚。

男的低聲的嘟囔著。女的卻吱吱的發出笑聲。

那笑聲清脆得像簾前的風鈴，卻有點熟悉，一時又記不起在什麼地方聽過這種聲音。

幾個侍應生從四面走過來，把這對顧客簇擁到圍著綠幔的雅座去。

經香水氣息一灌輸，沈清溪那打盹頭腦清醒了許多。

望了腕錶一下，已經指著七時三十分。

他記得從孟加卡到加東去要乘車。時間過了九時，又怕菲菲會……。

他心裡漾起一股子酸溜溜。

衝出了食堂的玄關，走過那多樹叢的住宅區。

轉彎處，一株富於熱帶情調的雨樹的枝椏給路燈照成歪歪斜斜的陰影，遍灑到沈清溪身上來。

「先生，會寂寞麼？」

在龐大的樹幹後，轉出一條人影。是女的，沈清溪心頭挺了挺。

男的省起這是給國際人士當做色情交易所的地區。

……。

幸好，一部出稅車（出租車）經過，他招車子停下，鑽進去，輕輕說出：「加東」兩個字。

酒與秋情

秋風從海面吹過來，把洋房邊的白蘭花樹微微的搖撼著，又把一陣陣花香送過來，使沈清溪心頭一陣冰涼。

他斜靠著窗櫺，望著上空飄過的白雲。白雲過後，顯露出一彎新月。

這個晚上，本來是菲菲約自己前來。可是自己趕到，菲菲又出去了。

過去，有過多次這種經驗。初時，心頭有點不舒服。日子一久，也習慣了。

現在，自己斜欄欣賞那秋雲、新月，不是很賞心麼？自己正這樣自開自解時，倒是那個好心腸的女傭人阿愛，對這年輕人提醒一聲：

「沈先生，你還年輕，不比我阿愛見過那麼多世面。在這花花世界，你就不必太認真。自古說：妓女眾人妻，人客水流柴。今天跟你打得火般熱，過眼成了一縷秋雲，去的杳無蹤影。」

沈清溪裝成苦笑的去回答：

「這個我明白。不過，在這兵荒馬亂時候，到什麼地方打發時間呢？只好常常到這兒來走動，而且菲菲又想多學日本文……」

說到這裡，喉嚨像有什麼東西哽住，再說不下去。他肚知心明，菲菲只把自己當做一件消遣品。明明約了自己，可一下子，她自己反而出門去。有時，冷落自己，只管跟姐妹打十三張……。

沈清溪正望著上空的月亮出神。驀地遠處傳來斷斷續續的歌聲：

……

沉香飄戶外，

……

明月照高台，

今宵離別後，

何日君再來？

……

這斷斷續續的歌聲，有點像破裂的銀鈴，使沈清溪的心情一時憂鬱，一時興奮。月亮又給雲圍圍住了。白蘭花香還沒有散。

人生難得幾回醉，

不歡更何待？……

……。

接著是一連串的笑聲。這些笑聲緊緊抓著沈清溪的心靈。沈清溪溜下了樓，跑到洋房的後花園去。後花園擱著一段籬笆，便是鄰家。

鄰家的庭院，種著一行列一行列的胡姬，雖沒有香味，卻艷麗誘人。

歌聲就從這有胡姬庭院的洋房傳出來。

……

重擎白玉杯。

……

牢牢摵君懷。

今宵離別後，

何日君再來？……

笑聲雜著碰杯聲，混在一起傳到沈清溪的耳畔。

沈清溪正呆呆的抬起頭望到那發出歌聲的窗櫺時，那窗櫺的布幔驀地給一陣風捲起，顯出了半片人面，還有的是那對大眼眸，向靠著籬笆發呆的沈清溪一瞟。

沈清溪的心跳蕩起來。

他惦記上幾天的事。在首都戲院放映《蘇州之夜》那一晚，散場時，見過這妮子一次。那時，她鬢上插上一朵藍天鵝絨製成的胡姬花。

這妮子很面善。

想了許久，才記起，那是過去在宿舍跟自己在一起的「小鴉頭」。

……

過去那小鴉頭是一頭「清湯掛麵」式短髮，現在卻成熟成了這個樣子。一條毛蟲變成了花蝴蝶。

心一挺，再抬頭一望。那窗幔什麼時候又垂放下來。在迷惘中，沈清溪聽到阿愛從樓上吊高嗓子喊自己：

「沈先生，你在哪兒啦？茶快冷了！」

沈清溪記起這個女傭人一向對自己好感。主人不在時，說好話安慰自己，有時泡茶給自己喝。回到客廳，看到阿愛捧出那杯噴香的黑咖啡來。她撮起嘴唇：

「這些巴東咖啡，我藏了許久，一直不捨得喝。」

那年輕人微微一笑，點點頭說：

「……阿愛……」

才喊出她的名字，又覺得說不出口。沈清溪有點尷尬的攢著雙眉，苦笑一下。

阿愛瞪起那迷惑的眼，瞟了對方一眼，沒吭聲。

沈清溪的喉嚨像給什麼東西哽著，臉漲紅起來。幸好燈蒙上防空罩，燈光不很亮，阿愛沒有發覺他那麼尷尬。

喝過咖啡，心情鬆弛下來，問道：

「你認識隔鄰洋房的主人麼？」

阿愛鼻孔哼了聲，不屑地：

「你說那個爛貨麼？這些殘花敗柳，多跑個碼頭多個名，誰知道她喊阿娟，還是阿珍。不過日本人都喊她『多美子』。她的女工阿芳倒不時過來跟我聊天。」

沈清溪也笑了。

一會兒，阿愛又說：

「你剛才不聽到一陣陣歌聲麼？唔，唔，我不會聽這種時代曲。聽菲菲說，她唱這支曲是什麼《何日君再來》。她每唱一次，就送走一個去死的客人。這客人永不會回來。噢，我記起了，上個月，她陪一個長劍監❹到下州府去。送別時，唱了這支曲。聽說那長劍監乘搭的船一出海，就給飛機炸沉了。所以大家喊她作『劏豬凳』❺。」

沈清溪苦笑一下，沉默下來。

殘花逐水流

路旁那幾株非洲鬱金香樹，給夜風吹得搖搖擺擺。那些橢圓形葉子，撒下地面來。

這一個黃昏，沈清溪到菲菲的加東住家去，又遇到菲菲外出。這個年輕人只好懷著淡淡的惆悵走到路口的巴士站，等候巴士回市區來。

站旁的路燈燈光把樹影拉長，也把沈清溪的身影拉長，像幽靈一樣倒在柏油路上。

這個年輕人一向來走路時老把視線瞪著地面。

在花影、樹影中，驀地閃過一條人影，掠過自己身邊時，留下了一種淡淡的、勿忘我的香水氣息。

他的鼻腔受到香氣的刺激，把頭抬起來向上一望。只見到扭動水蛇腰肢似的女體繞過鬱金香叢，消失到黑暗中去。

× × ×

「噢，沈先生！你回來得正好，有個女客在房裡等你。」

那上了年紀的二房東太太開門給沈清溪進來後，又小心的將樓門上了鎖。說了這句話，就轉身回到灶下去。

沈清溪的心跳動著，他猜不出是哪一位來客。自從州府搬出來這兩年，就沒有誰來找過自己，而且來客又是個女的。……

他的腳步沉重起來。

輕輕拉動房間的布簾。

背著玄關，是一張高背的座椅。椅背上冒起一縷縷白煙。

沈清溪的心挺了挺，腳步放慢下來。

椅背上的一縷輕煙散後，現出一頭捲髮。

沈清溪在錯愕中，那顆捲髮的頭顱卻回過來。

男的心，沉了下去，眼前一片迷茫。

女的輕輕一笑，清脆地說出聲：

「想不到是我吧，沈先生！」

到沈清溪眼前那股子輕煙散盡。他認清對著的那對大眼睛，她那鬢邊仍舊插著一朵藍胡姬。

「阿娟！」

女的笑了，把手中的煙蒂扔到窗外去。

「還是叫我『小鴉頭』好了。這名字永遠嵌在人們的心頭。其它名字，多得連我自己都忘記。」

男的眉心緊皺著，似乎想起了什麼。許久，都噓不出聲。

一會，他吞了口唾沫，定了定神，問道：

「想不到，在這裡又見到你。」

女的瞟他一眼，那雙大眼睛似乎含著笑意，但那塗著銀色唇膏的嘴唇仍舊呶起來，說：

「上幾天，在首都戲院我就見到你了。」

沈清溪『唔』了一聲，垂下頭，不敢正眼望對方，胡亂地問：

「你怎麼混到這裡來？」

女的沒答腔，倒先笑了，反問：

「你自己呢？」

「還不是為了生活？」

「我小鴉頭也跟你一樣，也是為了生活呀！」

一陣帶鹹味的海風吹過來，把銀鈴似的笑聲帶走。

房子留下的，是一片沉鬱。

沈清溪抽過煙後，心情比初進來時鎮定多了。瞪著對方一會，覺得她跟過去在宿舍時一模一樣，尤其是那雙大眼睛，只是成熟得多了。

沈清溪想起在海岸小鎮時，聽到不少謠言，說小鴉頭參加過地下組織去暗殺鬼子的故事。

一想起這些，自己皮膚就栗了起來，想說的話也不敢說，只不停地抽煙，好去壓止心情的激動。燈光似乎變得昏暗了些。女的瞟了他一眼，覺得對方的神色有異。

她輕咬了一下那銀色的嘴唇，又拿出一根煙，抽了，噓出一縷縷輕煙。

這兩口子噴出的煙圈塞滿了房間，卻更令沈清溪的心情沉落。

沉默了一會，沈清溪終於先開了口：

「你怎會知道我住在這裡？」

女的把煙蒂從嘴唇拉開，輕輕一笑，似乎早知道對方想問什麼。

笑聲停後，她站起身，向窗外一望，回頭說：

「我早知道你常常到菲菲家去了。……唔唔，我雖然很少跟鄰舍來往，不過我的阿嬸常常到菲菲的家去跟她的工人談天，她從阿愛口中查出你在這裡居住……。」

沈清溪聽得睜大了眼去望她，一句話也不出。

女的又笑了，把煙蒂扔出窗外去。

「我還是把你看作過去的沈先生。雖然，現在你替他們日本人的會社做工。但我想你雖然有著犯罪的心，卻缺少犯罪的勇氣，是不是？」

那妞兒的咄咄逼人的語氣，使得沈清溪的面色一陣紅、一陣青。許久都不能恢復過來。

看到那男的臉相尷尬，女的便把輕薄的笑收斂過來。過後，那雙眸子就顯得更圓更大，緊緊地盯著對方。

漸漸兒，她那對長長黑黑的睫毛闔攏在一起，把那雙圓圓的黑眸子的光芒掩蓋了。

她那面色沉鬱起來，連修長的胴體都成了化石一樣，靠著窗扉不動。

一會，她輕輕噓了口氣：

「我知道，在這些年來，許多人背地裡罵我，說我的閒話。想你已經從我的鄰居聽到有關我的不少閒話了。我不否認，他們所說的有一半是真實的，可是有一半是他們對我的不了解。……總之，我只有對你坦白的說：我要報復。」

沈清溪睜大了眼望她，那妞兒卻不迴轉頭來，只望著窗外的朦朧月色。

等到沈清溪沒有開口，她又笑了起來：

「過去的，讓它過去好了。」

在微黃的燈光下，沈清溪覺得眼前那女的像個化石，更像一幽靈。

夜風吹得她的鬢髮和藍胡姬微微抖動。

他忘記了她的神秘，她的長長的睫毛和那對大眼睛，那塗上銀色的薄嘴唇，那塗上勿忘我香水的體味，那斜卸的肩膊，那高聳的臀圍……引起了自己的熊熊慾火。

幾年來，雖然有像菲菲那樣的女人圍繞在自己的身邊，可是面對著今夜這個幽靈似的女人，他的心靈又開始另一種抖動，卻不是初見時那股子驚恐。

看到對方那逐漸發赤的眼色，那抖動的嘴唇，雖然沒有出聲，但總會有慾念在抖動。女的把眼角向房外一溜，似乎有什麼舉動要進行。

沈清溪回頭過去，把門窗拉了下來：

「這裡沒有別人，房東太太耳朵又聾，有什麼話即管說好了。」

在沈清溪方面，以為今晚女的到自己房間來，有點意圖幽會的意味。他瞇著那雙充血的眼，瞪著女的背影，把自己的肩膀輕輕捱過去。

女的沒有反應，回過頭來，幽幽的望他一眼。

沈清溪看到這情形，心裡冷了半截，微微把自己的身體從女的背脊拉遠一點。女的把脖子伸出窗外去，深深吸了口冷氣，臉色也跟著冷下來，卻向沈清溪瞟著懇求的眼色：

「沈先生，今晚到來，只想求你替我做一件事……。」

沈清溪那帶著情慾的血紅眼睛，給夜風一吹，漸漸吹得昏迷。女的卻遞給他一支櫻牌香煙。吸過煙過，頭腦清醒了些，聽到女的說：

「我麼，是逐浪的殘花，連自己都不知道明兒又漂到那兒去，只是放不下小文那孩子。……」

「小文，誰的孩子？」

「是我的，也是文生的。」

提起文生，沈清溪就記起過去在海岸時，那個雙顴微高，臉色蒼白的青年人。他不想什麼，只是不停地抽煙，他想給煙圈掩埋了自己。

「我快要離開這孤島。我吩咐過阿芳，在需要時來找你，請你幫她把小文送回海岸我媽媽的家去。」

說到這裡，她瞪著雙眼望著沈清溪，似乎要逼著他回答：

「只有你知道我的家。」

沈清溪迷惘地抽著煙，煙圈一重一重的包圍著自己，也一圈一圈的把自己跟女的分開。

當窗外吹來的夜風將煙縷吹散時，那個幽靈似的女人不知在什麼時候溜走了。

隨風而逝

只是短短的幾個月，沈清溪似乎度過了半個世紀那麼悠久。

他覺得自己衰老了許多。當他爬上木椅，把紙條貼在窗櫺上，作防空設備時，心脈就跳動得很厲害。

作過住戶防空，沈清溪憑欄向窗外眺望，見到遠處路旁幾株夾竹桃，還跟過去那樣，燦爛地開著一樹紅花，可是更遠處就湧來了黑雲。

這簇簇黑雲向沈清溪心頭壓下來。

沈清溪心想，今天雲這樣多，盟軍的B29型轟炸機不會來吧！

他心裡正那麼猜想，卻聽到房東太太在外面跟自己講話：

「沈先生，有人找你。」

他走到房門口，拉起門簾向外一望。在階磴進門處，站了一個穿白衣黑褲的中年婦女。

那女的不等他開口，先就問：

「你是沈先生吧？我的女主人時時提到你。」

沈清溪的心沉了下來，眉頭皺著，緊緊咬著嘴唇，一時沒有出聲。為了對付女客，自己總得有禮貌的顯露一絲笑容。

他心裡躊躇，想著她的女主人是哪一個。

看情形，那女的知道對方有點迷惑，自己只好直截的說：

「我的女主人說沈先生是她在內地時一個老朋友。你知道她媽媽的家在什麼地方。她吩咐過我，說在困難時找你幫忙。」

經過那婦人一番解釋。沈清溪知道她說的是阿娟，那個小鴉頭了。

沈清溪哦了一聲，笑著說：

「我記起了。阿娟曾經在我面前提起你，你叫阿芳姐吧！」

他把女客接進房間坐。

阿芳看見沈清溪為門窗貼好防空紙條，她臉上的笑意沉下來，帶點緊張的說：

「沈先生，外面謠傳得厲害，說美國飛機就來轟炸這裡了。所以我今天到這裡麻煩你……。」

從阿芳口中，知道阿娟跟著日本人走了。留下她那小兒子給阿芳看顧，教阿芳在事急時把孩子送回半島她媽媽的家。

「……阿娟臨走時，對我說過幾句話，我永遠記著。」

「什麼話呢？」

沈清溪下意識地問。

「阿娟說過，她一生只見過兩個男人……。」

「兩個男人？」

沈清溪聽了更糊塗起來，笑著說。

阿芳卻一臉莊嚴的：

「她說第一個是她的愛人——文生，第二個就是你沈先生。……」

沒等阿芳把話說完，沈清溪漲紅了臉，呃的噓出一聲：是我？

「阿娟說你是她的一個忠心朋友。」

為了解除沈清溪的迷惑，她繼續說：

「你沒有看到她在鬢邊插的那朵藍花麼？那就是永遠紀念她第一個愛人的表示。」

「阿娟差不多兩個多月都沒有信來。現在這裡的情形又這麼緊急。上個禮拜，我只好帶文仔到碧山亭一個姐妹家去暫住，躲一天得一天……。」

現在卻輪到沈清溪緊張了：

「我們組合的日本人也說過，美國的戰艦就開到這兒來了。我自己不是泥菩薩過海，一樣危急？」

阿芳臨走時，不等對方答應不答應，就對沈清溪說：

「我要趕回碧山亭看文仔。真的事情急時，我來找你，好把文仔送回他外婆的家去。阿娟說只有你知道她媽媽住在哪裡。」

阿芳把姐妹在碧山亭居住的地址留給沈先生，就匆匆走了。

讓黑暗消滅黑暗

沈清溪雖然只離開這孤島很短時期，可是覺得離開了很久。

在盟軍飛機轟炸這孤島後不久，沈清溪就離開了孤島到昭南新村去住了一段時日，直到看到時局沒有什麼變動，在山芭日久又住得悶，才又回到孤島來。

房東太太只當他入埠了幾天，沒有向他囉嗦什麼。

他把貼上紙條的玻璃窗向外推開，遠望路邊那些夾竹桃還是跟過去一樣，花紅葉綠。

白雲仍舊在空中浮游。

沈清溪把隔別了一段時日的床鋪和桌椅拂掃過一遍，看看沒有什麼東西短少，可是心頭老覺得缺少了一些什麼。

他的心空虛起來，望了望書架上的書，望了望床上的被褥……一切依舊。

哦哦！……

他想起了什麼，趕快穿上衣服，走下樓梯去。

他很困難的按照阿芳留下那碧山亭地址，找到了阿芳姐妹住的地址。

那間木屋只住著一個老女人，卻見不到阿芳。

當沈清溪說出來意時，那老女人才瞪大了老花眼，張開沒有牙齒的嘴巴說：

「唉，你大約是阿芳說的那個沈先生吧！」

沈清溪胡亂地點著頭，急迫著問：

「阿芳呢，還有那個孩子……」

那老女人不停用手指擦她那對老花眼，張開那掉完了牙齒的嘴巴，唔唔地說出，上個禮拜阿芳在美國飛機飛到丹戎巴葛海面下彈時，趕到坡底去找你，你的房東太太說你入了埠。阿芳急得一團螞蟻那樣團團轉，第二天就帶孩子走了，說去找孩子的外婆。

沈清溪聽了那老婦人的話，心就沉了下來，額頭擠滿了汗珠，用手去揩。

他雙腳踏著山芭的黃泥路，一高一低的蹭蹬著，他的心也一高一低的跳盪。

沈清溪內心咀咒著自己，辜負了阿娟的付託。

在歸途中，他偶然抬頭望著天空，暮色已經漸深了。他心裡想，黑暗會消滅一切，總比眼睜睜的看到死亡好。

---

❶「馬打」：馬來語mata，即是「警衛」的俗稱。
❷隆幫：馬來語tumpang，即是「順搭」的意思。
❸峇來：馬來語balai，即是「警局」的俗稱。
❹長劍監：佐官階級的軍官，監是罵人語。
❺「劏豬凳」：跟她發生性關係後，男的就死亡的意思。

今朝酒醒何處

翹起那條二郎腿，雙眼瞪著祖師院高高掛在板壁上那幀七根法師頰下一把長髯的放大照片。照片下面，用白漆漆上「七根法師八十六歲時照像」幾個大字。

龍飛氣功師那歪斜眼透露出一絲冷笑，微微哼了一聲。心想那照相師傅的造型藝術手法真的到家。那傢伙不知什麼戲班借到這副老生的髯口，掛到自己的臉頰上，加上巧妙的化妝工夫，粘粘貼貼的，還替自己披上那件不時發出霉味的褪了色的僧袍。照相機的鏡頭對準了自己的趺坐相。那傢伙把他那灰白了的頭髮鑽到黑布套後面去。不知是畫符或是念經。一下子，又把灰白長頭髮，從黑布套後伸出來，跑到自己面前晃照著打燈光線調了調整，向自己喊出：

「不要咧開嘴，裝成嚴肅點！」

照相師把自己裝成舞臺上的小丑一會兒。

咔嚓一聲，閃動一次照相機的鏡頭。這使自己擠出了一身大汗。不過卻產生了目前那幀祖師爺巨像，一把長髯配上的面容嚴肅的祖師爺照像。

現在自己看起祖師爺的臉相原來就是我阿龍這個流氓的扮相。自己心裡覺得好笑。不過到他那歪斜的眼從祖師爺照像掠到旁邊那一副寫著「佛在心中住，酒肉穿腸過」的不倫不類紅紙對聯時，才恢復起自己的真正本性，向陰暗的灶下，吊高那嘶嗄的腔調，喊著：

「阿玉，阿玉！」

喊了幾聲，灶下依舊一片黑壓壓，沒有回聲。猜想這婊子說不定又跟了小伙子到卡拉ＯＫ去混了。氣功師傅那喉嚨喊得嘶啞了，脖子繃起了青筋，想從椅子上跳起身來衝進灶下去抓那婊子出來，操她一頓。

可是酒色掏壞了身子的傢伙一動起氣來，那肢體就更不靈動，只有那雙斜斜的眼珠在繃滿血絲的眼白上眨上眨下、四周溜動，打算碰到什麼東西就把它燃起火來一樣。

這個氣功師傅嘶喊了幾聲，就像洩了氣的皮球那樣，把脖子擱在椅背上喘氣。

這樣歇了半個時辰，才看到祖師爺的板門咦的一聲移動，跟著是一陣香風吹過來，使到那氣功師的昏迷頭腦清醒過來。

他微微睜開那繃滿血絲的眼珠，一條瘦削的腰肢掛著個胖大屁股的身影，閃進了法師的眼瞳裡，逐漸放大，讓他噓不出氣來。

半晌，這傢伙的氣頭消逝了，才輕輕的噓出聲，帶點怨懟的瞅著對方。

「喊了你半天，都沒回聲。阿玉，你躲到那兒去啦？」

這妞兒把手中那塑料袋向這傢伙的斜乜眼一晃，呶起小嘴。

「你怕我跟人走了麼？不是替你到藥店買這些……」

這氣功師對著女的手中那袋藥材愣了愣，想起明天，那幾個到來練氣功的徒子在練功過後，自己總是請他們喝培元養氣仙湯，就是女的手中拿著的一半煮肉骨茶的藥料……。

氣功師傅把那雙斜乜的眼瞇了瞇，又睜開了，似乎想起了什麼，瞟著女的加上一句話：

「你有到吉靈人藥房買那種西藥麼？」

女的噗嗤笑出聲來，輕輕用手掌撲了男的面頰一下，媚笑一聲。

「你以為我傻！沒有買那種紅毛藥丸放進去，這些肉骨茶湯料有個屁用。你的寶貝徒弟把你看成生神仙，哈哈……」

這笑聲，一直跟著她那笑聲，向著祖師院後部的灶下淡入。

阿玉那一條花蛇樣子背影雖然沒入黑暗中，卻沒有從氣功師傅的腦海裡抹掉。老使到這傢伙心癢癢。

為了好使自己那跳動的心有一下子寧靜，氣功師傅故意把那雙斜乜的眼瞳向板壁上掛著的祖師爺像瞟過去。

祖師爺那對斜乜的眼，跟自己一樣，不過照像的祖師爺比自己多了一把花白鬍子，就襯得那雙斜乜的眼，變成仙佛那種慈愛和莊嚴。

照像的祖師爺七根法師永遠雲遊去了。自己繼承了這祖師爺衣缽，靠打坐、練氣……幾度法門，又不必要什麼文化去唸經、劃符，就使到不少信徒把自己當做神仙來參拜。

想到這點，他阿龍省起那個天天到師爺院跟自己學習氣功的小伙子昨天送兩瓶名貴的「龍虎三鞭酒」充作祖師爺壽誕禮物。他又吊高嗓子向灶下喊：

「阿玉，阿玉！」

噓多了幾口氣，這個氣功師傅又氣喘起來，把脖子垂下來扯氣。

歇了一會兒，阿玉才漲紅著臉，扭扭捏捏的從灶下走出來，望到氣功師傅那淤黑得像爛南瓜的臉色，襯上那雙眨上眨下的死羊眼，靠著椅背扯氣，心裡覺得這個一天教別人練氣功的師傅，自己反而是這麼窩囊，真教自己笑不出口。

噓氣了一會兒，氣功師傅想起了什麼似的，又提到昨天那個在紅毛土庫吃頭路的，每天晚上到來練氣功的青年小伙子來。

阿玉聽到氣功師傅提起那個天天晚上到師爺院練功的青年小伙子時，自己的臉頰像給煮肉骨茶時的炭火烘著那麼焦熱。心兒砰砰地跳動，不停地用水漉漉的一雙眼瞪著對方，卻不敢說出什麼話頭，怕透露出尾巴來。她只是沉默著。

「他不是送了兩瓶『龍虎三鞭酒』作祖師爺的壽誕禮物麼？」

聽男的只提起那「龍虎三鞭酒」的事，女的那沉重的心才放了下來，「噢」的噓出口氣。

「你這個人老記著這個，什麼『三鞭』，『五鞭』，看做是你的命根子。」

氣功師傅也咧開了那烏黑的嘴唇，把那早就皺縮的額頭搐動起來，笑著說：

「不是我教導他們練氣功，獲得到好處，他們會把我看成為生神仙麼？祖師爺誕，就送了這麼寶貴的壽禮。」

他心癢起來，吩咐阿玉倒些三鞭酒給自己嚐嚐，會不會真的使自己變得生龍活虎。

阿玉轉過身到寢室去時，氣功師傅伸了個懶腰，把半個身子歪到坐椅旁邊的沙發上去，他就不時教徒弟們用這個方法去「坐禪」。這也是另一種練功的方法。

阿龍沒有跟往常教導學徒練功那樣盤起雙腿，端坐在蒲團上，眼珠朝著自己的鼻尖凝望著，把舌尖卷高，頂著上顎，作上丹的準備動作，開始用鼻腔深深地將空氣吸進丹田，使吸進的空氣打通血脈，然後……

這次，氣功師傅只是隨隨意意的歪在沙發上，雙眼微微闔上，就很快的入定了。不過，從寢室裡傳來疏疏落落的幾聲乳砵的敲磨聲，那是意味著阿玉開始將買來的什麼雄性荷爾蒙藥丸磨成粉末，好得第二天一小撮、一小撮的放進給練功的人們的培元養氣仙湯裡去。

咯、咯……咯……咯……的乳砵聲，漸漸淡化了。

阿龍不知入定了多少久，給酒香混合著阿玉的體香刺激起他的鼻腔，把眼皮一瞪開，已經上了亮的燈光把阿玉手中拿著的龍虎三鞭酒搖晃得飄飄蕩盪，跟氣功師傅自己的心潮晃動一樣……。

「師傅，師傅，怎麼院門開了，沒有人呀？」

那個每逢初一、十五和祖師爺誕辰到來給師爺院的氣功師傅作幫工的老信徒，這一天早晨經過師爺院回家時，看到院門沒有關上，以為院裡的教氣功師傅，早起身到茶店喝茶，忘記了關門。這個關心師傅的老信徒拐過去，想替師傅把門關上，一踏進門檻，給一陣酒臭嗆得打起噴嚏來。

那個氣功師傅半個身子躺在沙發上，兩條腿擱在地上。沙發旁邊有個酒瓶，酒灑了滿地，一個玻璃杯，遠遠的掉離沙發，已經破碎了。

這個老信徒心頭一跳，敢情師傅過去了？不過那傢伙一臉通紅，又不像是具死屍。

「師傅，你怎麼啦？要睡覺不回房間去！」

老門徒把這傢伙的身體移動一下，還動呢。氣功師傅把那通紅的眼一睜，喊出聲來！

「喲！我怎麼醉成這個樣子？天亮了麼？」

他這麼一嚇，反而有勁的翻起身來，衝到寢室去，口裡喊出：「阿玉」，「阿玉」的名字。

第二天，報章的廣告欄刊登出一段尋找阿玉的小廣告。

日安，庫斯科

那年的元月，正是南半球秋季的開始。

沒有秋風，在那安地山區的印加王朝的舊都庫斯科。我們這些來自這地區背後另一個風下之國的過客，在這個古印加王宮改建的賓館喝下那滾熱的印加華茶後，雖然對驟變的低氣壓仍舊不很適應，不過動蕩的心脈多多少少貼伏下來，不像領隊先生先前所說的低氣壓會使初到這環境的人嘔吐或昏沉那樣駭人。

到這印加王朝舊都的第二天，這舊王宮雖說配備了現代化設備——螢光的壁燈和浴室裡的衛生設備，但厚簾幕低垂的寢室四壁灰暗，依舊陰沉得教人心胸吊著鉛塊那樣不舒服。自己心想，大家昨天乘坐了半天的旅遊車，到這氣壓驟降的山城，倒頭睏（睡）了一夜，雖然賓館寢室垂著窗簾，但還偶爾有陽光偷溜進來，也未必能激動起他們的睡覺神經。

我趁著同房的旅伴還埋頭熟睡當兒，悄悄地虛掩著房門，從賓館後門溜出外去，是一條鋪上圓石的，只能供旅遊車行走的單行路，想看一看過去那些中世紀的印加王公、貴婦、將軍、僕從踏踐過的遺跡。

這舊王宮外的石子路是狹窄的，即使前面沒有車輛駛進來，單是兩個人並排行走時，迎面又有兩個人並排走過來的話，就得其中一邊的兩個人將身體一歪，讓對方先行才通過。我心裡想，過去設計這些石子路的人，一定是滿懷禮讓意旨的印加王國的臣民了。

當我們乘坐登山纜車到山坳去考察過印加王國的古堡、青石築成的梯田、官室、牢獄……回來，再讀過印加王朝的文獻後，就證實了過去那建立印加王朝的印第安或其他的土著民族是愛好和平，且又有高度智慧的人。從十一世紀以來，印加王國的版圖，遍及秘魯、智利、玻里維亞、以至阿根廷的一部分。到了十五世紀西班牙的法蘭斯士高等歐洲殖民主義者把西方文明帶來，才迫使印加王朝的愛好和平的印第安等民族一步一步向山地退縮，到了今天，只留下庫斯科這一帶的印加王朝舊跡，讓後人憑弔。

在這狹窄的古都小石路溜達溜達，心裡回想到這印加古王朝全盛期，這靜謐的山城舊都也一定是繁盛時呢。

自己這麼冥想。驀地眼前飄起一片昏暗，再凝神一望，卻是幾個婦人肩膊披著重重，用多種顏色織品編織成的披角、外衣一類的東西向我眼前晃來晃去，意圖向我兜售她們的手工織品。

由於自己不懂西班牙話，也不懂她們的方言，只好搖了搖頭，閃著身體讓她們走過去。

到了這小石路盡頭，一拐彎，便迎面擁來了旁邊豎著兩座尖塔的天主教堂。

那白色教堂背後閃出了兩條影子。一下子，兩條影子中，一條高大些的，像是個男性的人影，在教堂的另一個角落閃動一下，隨著陽光融化了。

自己正在愣了愣，心想這個印加王國的舊都難道大白天都有鬼魂出現，時隱時現不成？

在恍恍惚惚中，驀地飄過一種奇異的氣息，令自己陷入半昏迷中。

跟著，在自己眼前一閃，是一具花蛇那樣的女體，在石子路面上滾動著。

自己真的墜入了「時光隧道」中。

不是麼，自己正在那印加舊王宮中出來，那花蛇樣似的女體，不就是舊王宮出來的女奴嗎？那應該是中世紀的時代了。

正這麼冥想，卻有陣子微風拂著柳絲那股輕音：

「日安，先生，你想我替你做些什麼事情？」

對方說的是斷斷續續的英文。

這一下子，倒使我正在趑趄的腳步停了下來，眼睛也睜大了些，瞪著對方。

山城清晨的陽光，射到對方的臉孔上，一雙充滿性感的眼瞳，含著笑意的向自己睃來睃去。

這是一具卡門式的臉部造型，只少了一塊頭巾，膚色卻多了一層色素……。

我正這麼向對方傻了眼時，卻聽到有人喊出自己的名字的聲音，從背後傳來。

回來一看，正是我那個房伴，氣喘喘的吊著高嗓，喊：

「車子早就到了，等我們一起吃過早餐後就載我們到登山的纜車車站去嘍，領隊到處找你……。」

我還沒回答，把頭回過來時，那花蛇腰肢似的女人，早就連影子也不見了。

我的腦袋更昏沉了。兩條腿，像駝著一塊鉛片一樣，老拖不動。

「阿×，你著鬼迷了麼，老是失神落魄。」

經走到我身邊的旅伴這麼冒頭一喝，方才一聲不響地跟著他回到那度宿的賓館去。

但那種奇異的氣味卻永久纏繞著我。只要我一呼吸，那種氣味就從鼻腔衝出來，直到我離開這個印加王國的舊都為止。

換季

布都正把制服從身上脫下，扔到床角去用腳一踢，外面砰地一陣響聲，像有陣風把廳門括打那樣。他瞪了那早就靠著床邊的女的一眼，問道：

「廳門沒上閂麼？有鬼？」

女的面色一沉，趕緊撥好自己的亂髮，一陣風那樣衝出房外去，拉開廳門，伸長脖子望著升降機旁的樓梯進出口，沒有人，下面卻傳來一陣低沉的人聲。女的心砰砰的跳著。

當樓梯進口泛湧出一叢花白的亂髮時，女的臉頰泛起一陣紅潮，火灼著一樣熱辣辣。

「三婆，這麼早就打巴剎❶回來了？」

對方那老傢伙有氣沒力的，爬上了兩級階梯，還在扯氣。翻著那迷迷朦朦的砂眼，瞪著面對著的人影，唔了半晌，才噓出氣。她不像是回答對方的問話，只是自語的咒著升降機：

「這是發瘟的升降機，不時的碰著鬼，又死火！」

三婆噓出怨氣，半晌才把手背揩抹自己的肉砂眼幾下，認得對話的是誰，去回答對方：

「……噢，噢，是強嫂。剛才你先生回來拿東西匆匆忙忙趕下樓梯，差點兒把我撞倒樓下去。幸好我一隻左手死抓著樓梯的把手，才不至於掉下。」

老傢伙一提起自己的男人，強嫂的心就急激的跳動，覺得自己的臉頰比先前更灼熱。她胡亂的應酬著三婆：

「……你說阿強？」

經女的一反問，三婆那雙肉砂眼的眼瞳在強嫂那張漲紅的臉上眨上眨下。一下子，大家沉默下來。女的驀地像記起什麼，抖了抖，嘘出了一陣子的嗽聲。

有一陣風，從強嫂背後閃出。強嫂歪過頭來，向傍著梯口的升降機柵門一瞟，那兒掛出了一個「在修理中」的紙皮製的牌子很顯眼。

這陣風也使到那靠著樓梯進口處發愣的三婆怔了起來。她把頭一晃，肉砂眼一瞇。一個灰色影子在自己身邊閃過。她那弓著的背脊像給人抽了一鞭那樣，抖擻起來。她回頭向強嫂一望，問道：

「什麼人衝到樓下去？是不是有壞人白闖上來？」

強嫂的心定了下來，笑著回答：

「三婆，你沒有看到升降機閘柵口掛著個紙牌麼？那正是修理升降機的機工啊！不是有壞人。」

三婆也咧開了口，露出那掉了門齒的黑黝黝口腔。

「噢噢！真是人老了，不中用了，連升降機口掛著個牌子也認不出，真是個開眼的瞎子。」

三婆把揩擦眼睛的手拉下來，敲了自己的腦袋一下後，又帶點狐疑眼色，望著強嫂：

「……不過，剛才從我身邊閃過的，是一團灰白色，我還以為自己眼花，遇見了鬼。過去那些修理升降機的機工，都穿著藍色工作服。這次，這個卻穿一身灰灰白白，是不是自己的年紀大了，把顏色都看錯了？」

強嫂陪著笑，說：

「三婆，你沒有老，眼睛也沒有瞎。是他們今天開始了換季呀！」

三婆也笑了。

❶ 巴剎：馬來語pasar，即是「菜市場」的意思。

出土文物

由於我懂得這多元民族國家的多種族媒介語言，公司組成東南亞旅遊團多次由我作領隊。到了一個旅遊點的國家後，就找到該地區的專業導遊，將整團的旅遊、觀光、考察、購買紀念品的全部責任交給他。我這個領隊人反而退到旅遊團組員的背後去，成了個受薪的冗員。因此，自己常常因為到過這些地區多次，對那些旅遊點的風景、文物、民族風情、歷史典故，都知道不少，自然對當地的導游向團員們的講解，不很關心，有時反而在離團員聚集聽講地方之不遠處，找個地方坐下歇腳，等那導遊講解完後，腳步移動時，自己才跟著團員們追隨當地導游上旅遊車到另一處的旅遊點去，成了自己的例行工作。

為了自己過去的有段時期，在這亞熱帶地區生活過，自然認識一些當地人朋友。每逢帶旅遊團到這亞熱帶風情地區旅遊時，一有閒空，就在帶領團員回到下宿的酒店，交代過第二天的觀光節目後，自己就溜到外面去，找過去那些當地的朋友聊天，高興時就到卡拉ＯＫ場所去喝酒、跳舞，混得昏頭昏腦。第二天當地導遊帶領旅遊團員去觀光時，自己就胡亂地跟著上車、下車、集合……自己成了一具遊魂一樣，讓那導遊推動、拉走。

就這麼一次，自己在朦朦朧朧中，有人碰了自己一下，把渴睡的眼一睜，才發覺到自己是跟著那隊旅遊隊隊員在一條用水泥砌成堤岸的淤淺的小河岸邊。聽到那當地導遊一邊用手帕揩擦腦袋擠出來的汗珠，一手指著那淺得連河床的沙石也顯露出來的流水，吊著高嗓說：「我們過去的英雄把敵人的戰艦擊沉的擊沉，從河口退到大海的退去……。」

噢！我那時才從半昏沉中清醒過來，知道那個導遊是個很賣力的舞臺角色。

這小小的河流雖然還有流水聲，但給那站在河岸的旅遊隊員的呵呵讚歎聲蓋過了，變成靜悄悄的淌流，缺少了過去那種英雄的咆哮腔調。

導遊看到那些旅遊隊員的惘惘神色，打算引起這些遊客的興趣，故意將說故事的嗓門轉換一下，低沉地說：「本地人喊河流叫作『宋溪』。」

這倒惹起那些觀光客對這小河的興趣，向它望多一眼，嘴腔也跟著哼出「宋溪」兩個字音。這時，導遊先生終於覺得自己預備的台詞說盡，自己的舞臺動作表演也到了落幕的階段，只好抬起雙手，向天空揮動一下，跟著向大家說：

「現在我們就預備到停車廣場去上車。」

這隊像散兵游勇似的旅遊團團員，有些意氣風發的，有些卻左右張望。有幾個年紀大的在經過交通島時，慢吞吞的看到指揮交通的綠燈一滅，亮起了紅燈。他們眼巴巴的瞪著前面的組員早就過了馬路的拐彎處了。

那導遊回頭看到有幾個人掉了隊，他只好獨自個兒放慢腳步停下，等這些人在轉到綠燈時趕過來。

隊員中那個一頭白髮的洋老太婆，拐過馬路轉彎處後，望著一堵只留著幾個窗戶的單幅牆壁，外面則用塗上白堊的板壁圍著出神。

導遊關心前頭那些隊員走遠了，目前這個洋老太婆還停著腳步，瞪著這堵危牆出神，像那堵危牆有什麼異跡出現那樣逗起她的興趣。他也回步到她的身邊，放沉聲音向她解釋這堵危牆的歷史古蹟。

導遊看到我跟在那洋老太婆背後，不管那洋老太婆張開了嘴要說什麼，就急促地移動腳步，想是追趕到前面已經隔了一段距離的團員。

洋老太婆望著那導遊的背影，回過頭對我說：

「單看這麼長的一段古頹的門壁，想得到這座古神廟是多麼大了。幾百年前這裡的人就能建立起這麼龐大的神廟，真是天才呀！」

聽著那洋老太婆的讚嘆聲，嘴裡忍著不發出笑聲，只輕輕說了這麼一句：

「天才的，只是這位導遊先生。」

眼看前面的旅遊組員走得更遠了，我輕輕傍著那位洋老太太加緊了腳步。但心裡老不會忘記，在上一次自己帶一個從香港出發的東南亞觀光團到這裡旅遊時，正看到幾個工匠揮動著工具把這一系列陳舊的建築物拆除，想不到只過了一段短短時日，在那個導遊的魔棒下，成了「出土文物」。

流霞

一

花妮每每在這黃昏時分，心頭就漾起了一陣憂鬱。

這是一個秋日的黃昏。在這亞熱帶的島國，秋天和春天都沒有很大的分野，除了下雨天，白天一律都是灼熱，一到了黃昏時分，太陽下山了，海風從遙遠的印度洋吹過來，就給人們帶來了微涼。

花妮初從南溫帶地區到這兒來，覺得自己的心頭很開朗。不是麼？這裡的天氣比香港好得多了，冬天不太冷，夏天不太熱，沒有北溫帶春天那種潮濕，也沒有北國秋季那種蕭條。但是，這兒的黃昏似乎比別的地區黃昏長久，尤其在黃昏時，海面的霞彩，從遙遠的海角，一息一息的移過來，漸漸壓住了花妮的心頭，教她喘不過氣。

窗外那幾株高聳的棕櫚，給黃昏的風吹動，在暮色中成了晃動的幽靈。

這黃昏的海風，這亞熱帶特有的、早降的落霞，在長久的歲月中，把花妮的心情浸潤得麻木了。這一個黃昏，那早降的落霞，似乎跟一陣硝煙那樣，繞過了棕櫚叢，繞過了窗櫺，進入了花妮的房子裡，害得她輕輕的嗆咳起來。啊，她想起來了，上一周是這兒九王爺誕，坡底的斗母宮正是熱鬧了幾日，除了在廟前搭起彩棚唱了一臺福建班外，還有過火炕的耍子。花妮跟那個女傭人到斗母宮上香過，她記得，是這島國的深秋時候了，怪不得這個黃昏的霞霧特別來得早，也特別降得濃。可是，漸漸兒，花妮嗅出那些時濃時淡的煙霧中有些焦灼的氣息。她有點奇異的感覺，心裡想：晚霞怎麼會有氣息？她離開了房子，走過那幾叢大葉子的棕櫚，她看出那股子白濛濛的煙霞，正從花圃一角的土堆發出，原來那個花匠老王又在堆土和焚燒落葉了。

花妮正想回頭，忽然給老王手中那把大花剪刀牽著視線。老王正在把一株白玫瑰剪下，丟進火燼中去堆火。

「老王，這株玫瑰正開得燦爛，怎麼你把它剪下來去堆火呢？」

老王大約給火堆的白煙迷漫了眼睛，看不到女主人的到來。聽見了她的聲音，卻令他嚇了一嚇，半晌兒，才用手背揩了揩眼睛的睫毛上黏著的灰屑，答道：

「這幾叢白玫瑰已經開了有幾天了，雖然表面上沒有凋萎，可是花蒂已經枯乾，再等幾天，花瓣就一片一片凋零。你早些日子將這些將落未落的花朵剪去，不使它再去爭奪土裡的肥料，那麼新的花蕊以後開得更美麗。」

這一番養花的理論，把花妮怔住了。她站在火堆旁邊，看到一朵朵鮮豔的花朵，雜著綠葉，給一條條火舌吞噬了，變成一縷縷白煙，混合著天空掉下來的雲霞，成了一片灰暗，向遙遠處飄去。

二

晚風從海面吹過來，帶著蕭瑟的涼意。花妮把客廳的電視開關閉上了，心裡想，電視上映的戲劇，都是十多年前的舊片，看了教人反胃。近來，她的心情一天比一天壞，凡是過去的東西，都會惹起她的反感。

回到自己的寢室裡，更冷寂了。她斜歪到沙發上去，半閉著眼，覺得四周是一片黑寂。近來，她越是躲到黑暗中就越覺得安心。可是，這一夜，她的心緒更凌亂了。在黑暗中，那朵朵白玫瑰，閃著火光出現。她用勁地把眼皮闔攏得更緊，但那些半凋的白玫瑰閃動的光更亮、更亮。

嗨！花妮長長的嘆著氣，回心一想，那個花匠老王的滿綳皺紋的臉，代替了那閃光的朵朵白玫瑰，在自己的腦海中泛現。

「你早些日子將這些將落未落的花朵剪去，不使它爭奪土裡的肥料，那麼新的花蕊以後開得更美麗了。」

老王這沙嘎的聲音，像一群蚊子那樣，繞著她的耳朵，嗡嗡地唱個不停。

這是現實嘛，自己又何必一定閉上眼睛，故意不去望它呢？

這個結在花妮的心頭解開了。也許是生理的影響。她的眼睫皮因為用勁去闔攏起來，現在眼睛神經線有些兒疲乏，不得不張開來。

房子裡的燈色雖然不十分明亮，可是放在妝檯側的自己的半身照片卻一下子溜進了她的眼簾。

這是誰？花妮的心頭跳盪一下。那照片是自己的麼？可是她有那樣豐腴的雙頰，配上一對滴出水來的眼珠子。她自己用手去摸了摸自己的臉頰，卻凹陷下去。她不服氣，嫌床頭的燈色不夠亮，把房間中的吊燈開亮了。她要跟那照片的樣子比一比。

啊！她向著台上的鏡子望一望，鏡子反映出是一個眼尾低垂、眼皮微腫和雙頰低陷的頭像，跟那鑲在鏡框的照片頭像相差得遠了。

那鏡框裡的照片是誰？花妮滿腔妒念地把手一撥，把鏡框掃落地去，幸而房子鋪厚厚的阿刺伯地毯子，那個鏡框的玻璃，沒有跌得粉碎，那個照片裡的人仍舊咧開了嘴巴向自己微笑。

像一般歇斯底裡的精神病患者那樣，一陣激動的情緒發洩過後，她又有氣沒力的躺在沙發上，半閉著眼睛，微微噓著氣，她又望一望地毯上的照片。照片的人像，仍舊含笑望著自己。

花妮的腦海，盪過一個回浪，又來了一個別一個回浪。

她記憶起十年前的事了。攝這幀照片時，也是十年前的事情了。

十年並不是一段很長遠的時期，但在她的人生旅途上，卻經過無數次的暴風雨、無數的巨浪。她給一個巨浪捲到海心去，又給另一個巨浪沖回原來的沙灘上來。

花妮用惆悵的眼光，再望那地毯上，自己過去的相片。那個時候，自己像正含苞待放的白玫瑰，她回望妝檯的鏡子上自己的反照，那已經是半凋的玫瑰了。千千萬萬個像老王那樣，只看現實的花匠，把這些半凋的玫瑰，一枝一枝的從枝頭上剪下來，給丟進火爐中去。

三

是一個暴風雨侵襲的那個南中國邊緣的島國上的晚上。一個在島上背後的漁村上，那個時候，大大小小的漁船正在從港外匆匆忙忙將船駛回漁村上來。

一間給風雨腐蝕得搖搖擺擺的木屋，給陣陣風吹撼得像隻大木船。可是，那木屋的周圍被黑暗包裹住了，屋子裡也沒有一絲光亮，教人想到這只是一間空房子，可是木屋外突然響起了敲門聲。風聲、雨聲，混合著敲門聲，成了一片交響曲。這樣嘈雜了很久，那木屋裡完全沒有人回答一聲。現在，這個漁村的破木屋，又成了荒野上的，被人遺棄的古堡。

「姨母，姨母！」

許久，才在風雨交襲聲中有著回答的聲音：

「誰呀？這麼風大雨大，誰在敲門啊？」

「是阿霞呀，姨母，是我呀！」

那間木屋的門隙上露出了一絲燈光。門呀的一聲開了，一個窮苦打扮的中年婦人開門出來了：

「啊，阿霞，是你啊！這麼風大雨大，你趕過來，有什麼要事啊？莫不是阿康……」

沒有等那中年婦女說完那句話，一個穿著花色雨衣的年輕婦人，側著身子閃進門去，把包裹在頭上的樹膠頭巾拉下了。將頭巾的積水灑在地上。

那年輕女人似乎很熟悉這間木屋的情形，進門後，把脫下的雨衣向一條板凳子一丟，又將桌子上的煤油燈較起了燈蕊。燈光旺了一些，照出她那個微長的臉，配上那對水漉漉的眼珠子，向四面睃了睃。這樣子，一會兒沒有開口，更教那個中年婦人惶惑了。她急激地發問：

「是不是阿康的病有了三長兩短？你這個時候來，總是有個原因喏！」

又沉默了許久，那年輕的女客終於連噓帶嘆的說出了心坎中的話來：

「根據醫院的看護姑娘說，阿康已經病得很深了，要好嗎？醫生都搖頭。不過要他很快過去嗎，也不是三頭幾個月的事。醫院的主任正想迫著他除了牌，回到家裡去修養，我又要到夜總會去演唱，你教我怎麼辦？」

說到這裡，那女客的一雙水漉漉的美麗眼睛，真的滴下淚水來了。那中年婦人只好嘆口氣去安慰她：

「咳，這真是你阿霞的命苦，前世燒錯了斷頭香，阿康患上這種富貴病，一個家由你來擔，唔，唔！」

那婦人也哭起來，嗚嗚咽咽的說下去：

「你這樣年輕，阿女年紀又小！」

門外的風聲、雨聲，門內是一片泣泥聲，混在一起。半晌兒，那年輕的女客把眼淚揩乾，變得堅強起來：

「姨母，我今夜，趕著風雨，過海來就想求你一件事！」

那中年婦人聽她這麼一說，倒怔起來了。她自己自從當家的漁船遇事之後，幾年來沒有消息，只好在這漁村裡蓋間木屋來棲身，替那些單身的漁夫們縫縫補補和洗洗燙燙，勉強過些日子，現在卻由她的甥女開口求她，不令她的心裡起了狐疑麼？可又說不出口，一會兒，那年輕的女人看出了這個姨母的猜疑了，她坦白的說：

「我過兩天，就要走了，我不在的時候，請你常常替我去看阿女！」

「走？你走到什麼地方去？內地又兵荒馬亂，你又這麼年輕，沒有見過世面！」

那喊阿霞的苦笑一下說：

「有人包我到南洋一家夜總會去登台。」

聽這甥女明白說出，那中年婦人的沉重的心放下來，把頭轉到門外去，望著那慢慢停下來的雨點。

四

阿霞由一個娛樂機構安排到這亞熱帶地域來登台了。她用「花妮」作新的藝名。

花妮雖然在南中生長，又在香港的夜總會賣唱，但因為年小時跟爸媽到過一次上海，到了這亞熱帶地域，自然用「上海小姐」作名堂來號召了，倒也很賣座。這樣一來，她就從大碼頭到小碼頭去登台，旅行證件的有效日期到了，到移民廳去申請延期了幾次。在香港的姨母，卻也常常收到她匯回的錢，按時到阿霞的舊家去看她的阿女。

終於有這麼一天，花妮在一個半島的小碼頭演唱時，接到姨母寄給她的一封急信，知道她的丈夫在一家公立醫院去世了。

花妮卻長長的嘘了口氣，把信撕掉，丟到痰盂裡去。從那一天起，她像一隻被解脫束縛的猴子，回復到天空海闊的原野去跳躍、嘶叫。

花妮開始了她的新生活。她把一筆積蓄寄給姨母，托她照顧自己的小女兒後，就到處向人求教，作為長久居留在這亞熱帶地域的打算。

有這麼一個黃昏。

花妮正從坡底回到居留的住宿，看到一封留下的信。她看過後，知道是一家夜總會的經理留言，說在六時至七時間，將再來找她。

花妮漸漸也過慣這地區的生活了。每天出門回來後，總得洗一回澡。洗澡過後，她披著一件雪白的法蘭絨浴衣，走出露台去坐在椅子上，凝望著遙遠的升旗山。那座升旗山，雖然只有二千多尺高，不過在這薄暮時候，這兒的晚霞，很快地變成一條淺淺的霧紗，一絲絲的繞著山腰了。

花妮心裡想，這兒的黃昏似乎比北國的黃昏過渡得快。它不等候你噓口氣長，早就悄悄的溜走了。

這妞兒對著遙遠的山嵐嘆息，連露台的燈都忘記了開擊。直到一條長長的影子向她的身旁一閃，她才醒覺起來，喊出聲，順手就扭開了露台的燈火。

「啊啊！劉經理，你來了！」

劉經理是個中年男人了，但微笑起來，還有一股年輕人的氣味。他瞇皺了狹長的眼，沒有開口，就已經使微寒的露台帶出了點暖意。

「我悄悄的站在你的背後，看到你那微亂的鬢髮披在白法蘭絨的浴衣上，活像一朵白玫瑰的幾點花蕊，教人沉醉極了。我不想把這浴在晚霞中的花兒驚醒，一朵花兒醒了，就缺少了不少媚態，啊啊！」

花妮帶點輕怨的瞟了他一眼。她很懂得這些在歡場中打滾的男人心理。他們口中說出的話，跟他們心坎中的話是截然不同的。這姓劉的，嘴邊的話雖然圓滑，不過做人還熱情，她就把他當做一個知己朋友看待了。

她請劉經理到餐廳去喝一杯下午茶，笑著說：

「這兒的黃昏過渡得太匆忙了，教人連喝杯下午茶的時間都沒有。」

劉經理也笑著把調咖啡的湯匙向杯中調了調，順手把銀匙放在杯碟的旁邊，向著花妮那水淥淥的眼睛一望：

「我就不時做著這樣的一個夢，在什麼時候，我們能夠坐在容龍別墅的長青樹下，一邊喝著檸檬茶，一邊望著青山海面的薄暮，多麼富於詩意啊！」

絲絲地響了，是女的笑聲，還是露台外那幾株檳榔樹給晚風搖撼出的聲音呢？誰也不去注意。

五

「花小姐，今晚你這麼早就回來了？」

「不早了，今晚不是周末，舞廳早就打烊了！」

問的是那個管理這酒店的女管事，大家喊她銀姐的，已經是個遲暮的婦人。這女管事雖然有個老毛病，愛說話，不過卻有一幅好心腸。她時常替花妮辦些閒事，諸如替她寄信，匯款回到香港去，倒有個交待。有時深夜，花妮的肚子餓了，她替她的房客趕到坡底去買碗雲吞面或是炒包粿條回來。這樣一來，花妮倒減少了幾分旅途上的寂寞。

「你在坡底宵過夜了麼？」

「還沒有！不過我不餓，今晚不想吃宵夜了。」

花妮這麼回答了阿銀姐一聲，臉兒有點發熱，似乎覺得自己洩漏了秘密；因為一個走紅的歌女，歌台打烊後沒有人客邀請去吃宵夜，是一件丟臉的事。阿銀這個女管事似乎是個走慣江湖的兒女，早懂得了對方的心底秘密，她一臉正經的說：

「花小姐，我不怕丟臉說起我自己的過去。我阿銀也是個江湖兒女，戰前，我也是跟廣府班從這個州府，走到別的州府，一年到頭，都是東走西奔。後來戲班衰落了，我才流落到這裡來，在這裡的旅館當起管事來罷了。」

經銀姐這麼一說，花妮的心頭挺了挺，苦笑一下，望著對面的歷盡滄桑的中年婦人。

四隻眼睛互相交望了半晌，花妮問道：

「你也是從唐山來的麼？」

阿銀卻搖了搖頭，把眉頭緊緊皺束起來：

「我是在南洋出世的，我們一家人都是吃開口飯。我的爸爸是唱武生戲的，幾十年前廣府班的紅船弟子誰不尊敬他是良叔。可是年紀一大，失了聲，就只好再在戲班當拉扯去混口飯吃了。」

對那女管事的過去，花妮顯然是感到乏味；不過那個女管事卻以為花妮對她同情，就越說越興奮，繼續下去：

「我在戲班時，也有走紅過的時期，這個送金牌，那個請宵夜，真是接應不暇，可是到自己走下坡時，過去捧你的客人連影子都看不見了。這種情形我見得多了，慢慢兒告訴你。」

那個女管事雖然說的是她自己過去的事；可是每一句話都像一枝針一樣，刺著她花妮的心。花妮不想阿銀說下去，只好對她說：

「你今晚下班了沒有？」

「早就下班了，明天，我是上早班的。」

花妮笑了笑，把剛才脫了一半的衣服，重新扣過鈕扣。她一把抓了銀姐的手肘兒一下：

「銀姐，今晚，我阿妮做東，請你下坡去宵夜！」

六

天穹上的圓圓月亮，清澈地照耀著椰林、花叢和那又長又直的海濱大道。

「今晚的月亮真圓！」

花妮那顆帶著幽香的圓圓的頭顱靠在那個劉經理的中年人肩上，微微抬起那雙晶瑩的眼，對著椰梢上的月亮發呆。一會兒，又就著那男的耳邊低聲說：

「我就怕花不常好，月不常圓！」

男的把頭微微彎下來，就著她的嘴唇吻了吻，永遠帶著那惹人好感的微笑，答道：

「你這麼快就忘記了今晚唱的那支《四月愛情》的歌詞麼？一曲難忘，何必引起不快呢？」

月亮又匆匆鑽進云團去。夜風更猛烈的，從山背的海洋吹過來了。男的把有力的臂膊緊緊地擁抱著她，問道：

「冷麼？我們趕快回去吧！說不定驟雨會來呢！這裡的天氣不比北方，一下子天色晴朗，又一下子變成黑霾呀！」

女的，在他的肩膊下狂笑了起來：

「你說的是這兒的人情呀！有時把你愛護得像一個天使，有時卻惡毒得像個魔鬼……」

女的吱吱地笑著。因為月亮在雲團中闖來闖去，老是鑽不出頭來，弄得大地一片灰暗，所以看不出那男的尷尬臉色，不過他的脈搏急激跳動，女的也微微從他那發抖的手感覺到。

大地沉默了，這一雙男女也沉默了。他倆的腳步也隨著浮湧的雲團而加速了些。這一夜，是劉經理在舞廳打烊後約她到這海濱吃宵夜的。為了留戀那海濱的月色，他倆卻在椰林道上走了一段路。現在看到天色變了，風雨快來了，所以他倆趕快回到停車場去。

在車廂中，為了那男的要駛車，女的只好靜悄悄地坐在他的身旁，帶點茫然的聲調說：

「我都想個透徹了。為了要在這裡取得永久居留，只有你說的一個辦法，在這兒找到一個公民，跟他結婚。」

車廂裡是一片幽暗，只有聽到男的微微感喟聲，跟著汽車的引擎抽動聲繞在一起。

車廂外的月色越來越朦朧，車廂裡的氣氛越來越沉悶。這樣子，汽車走了一段路程後，在一所酒店前停了下來了。因為是夜深了，連那個印度人司閽都蜷縮在鐵門後打盹起來。

女的下車後，男的仍舊一隻手挾著舵盤，沒有下車。女的瞟了他一眼，帶點冷意的笑：

「這麼夜深，你還要趕回家？」

「路程很近嘛！」

男的，沒搭腔，依舊是那樣惹人好感地笑了笑，用嘴唇撮起口哨來，把車開走了。

唔！

女的長長的噓了口氣，覺得進到酒店去那條走廊，因為在夜深時越發深入，越發冷靜。

七

事情總算解決了。花妮跟當地一個有地位的商人在婚姻註冊局登記成為正式夫婦了。那個商人是五十開外的人了。據說他的妻子因病而去世。剛好花妮當時到他居住的地方登台，有了那個夜總會經理的拉縴，花妮就成了那個商人的合法妻室。條件卻也簡單，由那個商人給她一筆款項，花妮再也不登台唱歌。這就算了。

可是日子一久，那個商人對花妮似乎有點厭倦了，他常常三幾天不回家，有時回家一次，休息三幾個鐘頭，又開車子走了。空留著那一間空洞洞的房子給花妮住，使她一天比一天憂鬱下去。這所空洞的洋房倒變成一所監獄，永遠捆著那活躍的心。

起初，花妮心悶起來時，打個電話給夜總會的經理，約他出來聊天，散一下心悶。日子一久，那中年經理也漸漸推掉她的約會。花妮明白經理的難處，大約經理在商場上有很多地方是要依靠她丈夫的。

這樣一來，一苦悶起來，就上電影院看電影，上館子去吃喝。可是看電影、上館子、逛百貨公司……這一切的玩意兒，總有膩胃的一天呀！

「唔，白雲，你會向天外飄遊！小鳥啊，你也會向高空翱翔啊！」

花妮記起有一首歌似乎有這幾句詞，她在一個黃昏時，斜靠著窗柩，望著從天際飄過的白雲的若隱若現的流霞出神，連那個女工人拿著咖啡進來都看不見。

那女工人啊笑了一會兒，想把咖啡放下來，走回廚房去，但想起女主人的仿仿彿彿，心裡有點放不下。而且阿笑是見慣市面的婦人，她知道一個漸漸被男人遺棄的女人底痛苦。自己的女主人幾年來都沒有把自己當做下人來看待，阿笑自然很感激這個女主人。況且，這幾年來，花妮又時時在苦悶時，向阿笑流露出自己可憐的身世。所以，阿笑也常常在女主人寂寞的時候安慰她。

「少奶奶，咖啡冷了。你看什麼東西這樣出神呀？」

花妮回過頭來，向阿笑笑一下，說道：

「我正望著天邊的白雲和飛鳥，它們是那麼自由自在啊！」

阿笑把咖啡放在小几上，帶著苦澀的情緒，向花妮瞟了一眼，說道：

「近來我看出少奶奶的臉色很不自在。咳，其實，我們做女人的，又何必看得那麼認真？哪個男人不一樣？他們有了錢，就偷雞摸狗，把我們女人看得連銅板都不值得了。他們把我們女人看成一朵花，千方百計把你弄上手，日子一久，就把你看成殘花、病鳥，一手把你扔掉了方安心。」

聽到阿笑說到殘花，花妮的心跳蕩起來。她下意識的用手摸了摸自己的臉頰。真的，自己的臉頰凹陷下去了。她回頭向梳妝檯上的鏡子一看，自己的眼神模糊了，眼睫皮也浮腫起來，使到眼的尾巴斜斜垂下了。

「阿笑，你覺得我比過去老了很多嗎？」

阿笑憋著嘴兒，說道：

「我看是跟過去差不多。不過，在男人的眼中看來，你跟他們混久一些，他們就會起了膩意……」

說到這裡，那女工人憶起，自己正把一尾魚放在油鍋上煎著哪！她匆匆的趕回廚房去。

八

阿笑回到廚房去後，花妮再走近妝檯。對著鏡子看了一會兒，覺得自己還有一股少婦的韻味。她心裡想，阿笑沒有欺騙自己，不過自己的丈夫見慣了自己的樣子，引起了膩意罷了。

可是，阿笑說的花朵和金絲鳥，自己真的是花朵和金絲鳥麼？自己真的要給男人們玩到凋殘，玩弄到疲乏，才肯放手麼？

這些雜念一天一天地在花妮的腦海中堆積起來，跟沖積期的化石那樣，不易磨滅。當她看到花匠老王將那些將殘未殘的白玫瑰剪掉，丟到火堆裡去焚燒後，她的歇斯底裡症狀更尖銳化了。她整天坐在妝檯前，望著鏡子，一看到阿笑，就開口問：

「阿笑，你不要騙我！說實在話，我有沒有比過去蒼老？」

「少奶奶，你正是三十左右的人，怎麼會說老？你看香港的電影明星。嘿，他們有些是五十出頭的人了，只要到東京去美容一次，回來了，不仍舊上演少女戲麼？」

噢，真的不錯，阿笑說的那個女明星，花妮在香港的夜總會演出時，也見過幾次面。她真是長春花。

經過阿笑這麼一提起，花妮的心又活躍起來。她像給阿笑注射了一次荷爾蒙一樣，自己覺得年輕了幾年。她想那個女明星可以到東京美容院去施手術，自己也一樣可以到東京去求施手術咯。

可是回心一想自己的那個大塊頭丈夫，心裡就冷了一半。自己自從跟他到註冊局註冊了幾年，現在雖然給他一天比一天冷落，但是他還是有一股子妒念，阿笑就是替他做眼目，看顧自己。這件事，阿笑在無意中也透露過。有次，在閒聊的時候說過下列的話：

「頭家這個人的脾氣，我摸得透徹。表面上看起來，一團和氣，可是你一到他的手中，即使他吃飽了、玩厭了，他也不放過你，要你不生不死這樣下去。」

偶然說起頭家的前妻時，據阿笑說是一個有錢人家的棄妾，戰前帶了十多二十萬塊錢來跟他。他利用這筆意外錢財，在商場發跡了。後來，不知道什麼緣故，厭惡起來，又不放她出外，結果是……

這些話，是花妮漸漸跟阿笑交了好感時候，阿笑透露了一點一滴，到花妮再詳細的詢問時，阿笑也苦笑著搖了搖頭，回答道：

「那個時候，我還沒有到他張的家來做工，是那個老王花匠有時偷偷說了幾句罷了，少奶奶，你不好透露給頭家知道呀！他知道了，我們做了下人的都不得了哪！」

聽阿笑的一番話，花妮的心急激的跳動起來，不過表面上，仍舊淡淡的微笑：

「十個男人，九個是這樣，有什麼可怪？」

不過，這一夜，她花妮在床上翻來覆去，怎麼樣都不能入睡。她記起過去在電影上看過一出法國出品的電影片，叫做《藍鬍子》。這樣一來，頭家那光油油的圓臉，永遠在她的眼前晃動，連在睡夢中也有他的出現。

九

「嘿嘿，嘿！阿妮，你也相信那些江湖人的話嗎？西洋有人靠走江湖混飯吃，在東洋也有靠走江湖討飯吃。什麼美容手術，改變面容，還不是那些江湖人的騙局麼？你也常常去看電影，你剛才說到那個東京施手術的明星，你有沒有注意過，她咧開嘴笑的時候，那個哭笑難分的樣子麼？」

唔，花妮的心跳動了一下。真的，她的頭家丈夫的話，是一點也不錯。花妮記得上幾天到戲院去看女明星的一套新戲《遊龍戲風》，她扮演的李鳳姐的酒女，驟然看起來，教人想她很年輕，可是看到她那笑起來的樣子時，眼睫皮因為割去了一塊有皺紋的鬆弛的皮膚，把嘴角拉緊了，變成哭笑難分，真比一個老老實實的中年婦人的樸素面孔難看得多了。

這一晚，花妮的丈夫大約在外頭應酬，喝多了一點酒，回到花妮的房間時興致很好，而且比過去逗留的時間久。花妮看到他的特殊情況，就乘勢要求替她辦護照，好得到東京施一次美容手術。

「你不想我永遠跟過去一樣那麼年輕麼？」

花妮看著他的興致好，更從酒櫥裡拿了一瓶廊酒來，替他倒一杯，送到他笨厚的嘴唇去。那胖子的微小的眼，給酒精熏得更狹小了，笑著用手去把女的腰肢一抱，向她的臉親了親嘴，噴出了一陣酒臭。花妮怕他的興致冷落下去，裝成小貓那樣蜷伏到他的懷抱裡。

啊啊，啊啊啊！那男的叫聲逐漸低下來，跟著是斷斷續續的鼻鼾聲嘶響去。花妮冷冷的瞟了這胖子一眼，替他蓋了被，任他酣睡下去。

看他今晚的情形，似乎他還愛著自己。說不定花匠老王告訴阿笑的故事，不一定全部可靠。而且，自己幾年來上街、戲院、上館子都是自己一個人，從來沒有人跟蹤過。

可是，花妮心裡一想，自己不是這個地方的人，跟他的前妻不同。他的前妻在這裡有許多親戚朋友，而自己卻是個單身女人，他怕自己飛到什麼地方去。

花妮正在胡思亂想的當兒，那胖子卻在夢中哈哈大笑出聲來，一隻胖大的手搭到她的肩膊上來。

「啊，啊噢……！」

跟著，又噴出一陣陣強烈的宿酒氣味，花妮在心裡發悶，想嘔吐出來，把他胖大的肩膊移開。那傢伙一下子，又繼續發出鼻鼾聲了。

這胖子的睡相，也實在惹起花妮的發厭；可有時在給冷落了時，自己又千方百計的想辦法去維持他對自己的愛意，這真是矛盾。

這麼的想著，花妮也在沉悶中睡著了。

十

或許是那胖子過後，有點懊惱；也許是那些酒精帶著他的記憶一同消逝。自從那一個晚上，為了酒醉的花妮的房間宿了一宵後，很久沒有再到花妮的家來過宿。就算那胖子來了，也只有呆幾個鐘頭就走了。

花妮這情形也看慣了。不過，花妮惦記著到東京去作改容手術的事，老是放不下心來。她雖然起初時，想等那胖子主動提出，可是那胖子老沒有再提。花妮是知道他的心理的，倘若在他不爽心時，你向他提出，即使是絲毫的小事，他也會加快地離開你。有時，他更會隔一週、兩週都不到你的家來。

想到這一點，她又覺得阿笑過去告訴自己，說是花匠老王告訴她的，關於那胖子怎樣冷落他的前妻的故事，是真實的。

花妮是一個有著高傲性格的女生，她心裡冷笑著，自己為什麼這樣傻去尋死？橫豎，自己跟他是在政府機關註冊過的，他要拋棄自己，也要付出代價。而且，現在，那姓張的在社會有了地位，總得顧點面子。

這樣複雜、矛盾的思想，在她的腦海中，像十五個吊桶那樣，七上八落，抽動個不停。

花妮的心情更憂鬱了。她把這座在棕櫚樹圍繞著的洋房，看成了那個神話《藍鬍子》囚禁他妻子的巨室。

「阿笑，阿笑！」

有時，在午夜夢迴時，她驚駭地走到工人室去把阿笑喊醒，問道：

「阿笑，你真是睡得像一隻肉豬。你聽到花園中的腳步聲麼？你起來，看看誰來呀？」

睡態朦朧中，阿笑爬起身來，把燈光開了，朝大門望瞭望，那鐵門沉重地在打瞌睡。

「這麼深夜，怎會有人來呀？頭家要來，都是要八九點鐘，怎會在這深夜時候到來呢？」

阿笑把窗門打開了，向院子望過去，只見那幾叢棕櫚樹的大葉子，在冰冷的月光下搖曳。

「少奶，你回去安睡罷！這樣夜深了，你睡得不好，明天又得找醫生了，何苦呢？你近來瘦了許多呀！」

阿笑還以為這個女主人惦念男主人這麼久沒有回家，引起了愁緒呢！花妮卻是給那個藍鬍子的幽靈，深刻地印在心頭上。她哭笑著說道：

「啊，大約我是聽錯了，那是夜風吹颼著棕櫚樹的葉子罷了。啊！」

那女主人苦笑著，拖著疲乏的腳步回到自己的寢室去。

十一

「阿笑，怎麼觀音娘娘前的花，老是沒有換呀？」

花妮近來的神經衰落症越來越嚴重了。她清早起來，望到廳前那一座白衣觀音，她的心情就鬆弛下來。她把這座觀音瓷像當做是一個可以安慰自己的偶像。

可是再望一下觀音座前的那一瓶鮮花，卻憂鬱地垂下頭來，這就惹起自己憂鬱的火焰。

「這些鮮花，剛向老王那兒拿來的呀！你看，花瓣兒還滴著露水呢！」

阿笑總算同情這個憂鬱的女主人的個性。她雖然對女主人的沒有理性的指責，心裡感到不快，可總是和顏悅色去勸勸花妮：

「少奶，你今天的精神好點哪！昨天吃過羅醫生的藥水，好睡吧？」

現在，只有這個好心腸的女工人關心自己了。花妮想伏在她的肩膊上，痛痛快快的哭一場。但是，自己想到是在女主人的地位上，也不想降低自己的身分。花妮只有苦澀的點了點頭：

「昨晚睡得還好，沒有什麼惡夢。」

可是，為了花妮歇斯底裡症日重一日，她跟那個胖子丈夫的距離就更遠了。過去，隔三幾天，那胖子總會回到家裡溫存一天半天，現在有十天、八天沒有回到花妮住的地方來了。他似乎把花妮看作一個贅瘤。

阿笑有時候看不過眼，也悄悄的安慰女主人幾句。

「近來，不只他對我心冷，我也很怕看到他。他不回我這個家來也好，省得眼前清靜。」女主人雖然裝得很淡薄，可是她那對本來水漉漉的眼是充滿了淚光的。

但是，一天下午，那個姓張的卻意外的回到花妮的家來了。那時，花妮正默默地站在觀音像前面出神。

「阿妮，你過去不是想過到東京去整容麼？下個月，有一家日本廠家約我們公司到東京簽約，我就帶你一同去罷！」

聽那胖子的說話，夾著那種未說先笑的商人本色，令她掉進歡愉的深淵裡一樣。

「真的嗎？」

女的給意外的歡悅激動得滴下淚珠，望了望對著她的白衣觀音，真的對自己微笑呢。

那胖子催促花妮趕快更換衣服，趁他這個下午有空暇，帶她到一家旅行社去，替她辦理旅行文件。

因為事情來得太突然，倒令她的心臟強烈的跳動，手心微微的擠出汗水來。她怕那是一個夢，一個好夢。她把那個好夢捏得緊緊，不放開手。

十二

花妮跟那個姓張的乘搭泰國航空公司的飛機到了香港。那胖子對花妮說，他在香港還有一些商務要處理，大約要逗留幾天才搭飛機到東京去。花妮心裡想，自己也很久沒有回到自己的老家了，趁這個機會回姨母家看看自己的女兒，也好完了自己一個心願。

那姓張的在東京、香港、台北和南洋都有商業上的聯繫，常常飛機來、飛機去，在香港自然不算得陌生。他為了這次帶花妮過港，不想招惹朋友們的應酬，就選擇在青山的一家大酒店去居留。

那一天，飛機到達啟德機場時，已經入夜了。太平山下的萬家燈火雖然對花妮不算陌生，但老是像千千萬萬的老朋友的眼睛那樣瞪著自己，不能不叫花妮繚亂起來，這邊望望，那邊看看，直到酒店的汽車夫來跟他們拿行李的時候才把她的跳動的心鎮定下來。

為了在飛機上幾個鐘頭的旅程，那胖子感到一身疲倦，到了那別墅式的酒店，連到露台去望一下景色的空閒都沒有。

這胖子到達酒店之後，第一件事就是洗澡。那時雖然是仲春時節，在這亞熱帶的島國天氣，還帶點餘寒。但是，胖子是害怕熱慣了的，總是要沖個涼比較舒服。

因為在飛機上用過了晚餐，花妮披著那件晨褸，走出露台去。

外面是一列列的青山，在朦朦朧朧的月色下，似對著這個久別的歸客含笑。微涼的仲春空氣，把遙遠的疏疏落落的別墅燈光吹動得忽明忽滅。

遙遠的山坳上，花妮記得，那兒有一座禪院，可是給山崗上的松樹遮蔽了，連燈光也沒有露出來。花妮心裡想，大約和尚們都作過了晚課，安安穩穩的睡覺。啊！他們出家人心無雜念，不比自己像流霞似的家世，被晚風從東吹到西，從南吹到北……

想到這裡，花妮覺得自己的眼睛似乎蒙著水分，是夜霧麼？還是自己的淚點？她用手帕揩去了眼睫毛上的水分，覺得眼前明亮了些。前面山坳上的松樹給海風吹得搖晃起來，微微露出梵宇的一角。

月色更明亮了，照著山坳起伏的崗巒。花妮心裡想，這嫵媚的青山，真使人愛戀，怪不得過去有個女明星在自殺前，就看中這裡的崗巒，向朋友建議，想在青山一角在她死後當做埋骨之地了。花妮正在這山色、夜色、月色的混合中沉醉的當兒，給海風吹來一陣冷風，令她打了個寒噤。把眼回向海面望去。海面正給月光鍍成一片片銀色，伸開了手臂，似乎向著她招手。

花妮回頭望了望胖子。他已經沖過了涼，不知在什麼時候，倒在床上熟睡了。

十三

第二天，早上起來時，花妮因為昨晚夜睡，起來時，那胖子已經吃過早點，預備渡海到市區去。他看到花妮醒來，卻怔了怔，不過很快的換了一副笑容，說道：

「我想你睡得遲，怕吵醒你，所以我自己起來，吃過早點，預備早些過海去辦事，你就再躺一會兒罷！這地方風涼水冷，多麼好呀！」

花妮瞇著一雙眼望他，心裡卻想著別的事。那胖子挾著公事包走到門檻邊，又折回來，向花妮：

「我今天有應酬，說不定會很晚回來，你不必等候我吃晚飯。你歡喜吃海鮮的話，就吩咐這裡的侍役到海鮮艇買些新鮮的魚蝦回來，交待廚子，什麼花樣都會替你弄出來哪，嘿嘿！」

這傢伙對什麼人都擺出那個商人本色，沒有說話之前咧開了口。說話過後，又跟著一段悠久的笑聲。

花妮心裡盤算著藉口去買東西，找個機會到觀塘徒置區去看看姨母，順道去看看自己那個久別的女兒。現在，那胖子自己說有事過海，就更加愜心了。花妮心坎裡笑著，帶點嫵媚的瞟了他一眼，故意鼓著腮幫子，裝得很生氣地說：

「你們男子老裝得什麼公事忙，總愛撇開自己的女人，單獨行動……」

花妮裝腔作勢到這裡，又怕他真的停下來，跟著自己，那反為不便。她只好乘風駛船的，用手擺了擺，啜著小口兒說道：

「去你的罷！橫豎這九龍地方對我不陌生，我要吃什麼，我也會走到紅酒樓家去吃。」

嘿嘿，嘿！那姓張的又笑了幾聲，挾著那個跟自己身材一樣臃腫的公事包，輕鬆的走出房門外。

花妮望了望腕錶，只是十一點多罷了。她想，橫豎那胖子不回來吃晚飯，那麼下午還有半天時間。她慢條斯理地起來，洗了個澡，才去吃些東西。

「喲，這兒的春天真美麗！」

梳妝過後，她站在窗口望了望。青的山崗到處長著青綠的樹，點綴著紅紅紫紫的野花，上空是一碧青空，閒悠悠地有零星的白雲飄過。

唔，我正是糟蹋自己的青春，在那悶熱的南方，度過了悠久的歲月。

花妮正在對著那美麗的郊外風景，自怨自艾起來。可是一下子想起，還要到市區去買些禮物，好得送給姨母和自己的女兒。她只好匆匆的乘一輛出租車到市區去。

在車廂裡，她不時用手撫摸著自己的臉頰。自己比過去蒼老多了麼？阿女會不會認得自己呢？她就愛這樣時時胡思亂想的。

十四

姨母居住的那座大廈不難找到，可是花妮望了望那高聳的建築物，心裡就怔了怔。她要找升降機，到處找不到。最後問到那在大廈底層開雜貨店的老闆，才指點她那登上四樓的階磴。到她爬上四樓時，已經是喘著氣了。她好不容易才找到姨母住的那一組。

「噢噢，阿霞麼？喲，這麼久都沒有給我們一封信，教我這個老姨母掛心死啦！」

到了姨母住的房間，雖然在春天潮濕的時分，牆壁的灰味有點黴臭，但比過去住的海濱木屋清潔多了。

現在，花妮的姨母已經是一臉皺紋，帶起老花眼鏡來。她正在縫補衣服，聽到有人敲門聲，她脫下老花眼鏡，從門內的小洞看了許久，看見一個女人在門外，她老又發著抖，不敢把鐵門立刻開去。近日壞人多啦，誰敢保證一個穿的光光鮮鮮的人不會做壞事？她心裡想，那個人不是阿女阿！阿女這個時候還在學校上課吶。她正在遲遲疑疑的時候，門外的來客似乎等得不耐煩，提高嗓門喊著：

「姨母，是阿霞，我是阿霞哪！」

那老女人聽出是那個過早了很久的甥女的聲音，才抖顫著把鐵門開了，喊道：「噢噢，是阿霞，是阿霞哪！」

這個穿戴得花枝一樣的中年婦人進來後，她老人家又重新把老花眼鏡帶起來，向花妮的上上下下，周身瀏覽了瀏覽，大聲喊出來，歡喜得流下淚：

「上幾年，我收到你匯來的一筆款後，把阿女帶在身邊。為了阿女要到學堂讀書，搬到油麻地住過一段時期。後來那座舊樓要拆建了，兩年前搬到這來居住。啊，阿霞，我常常託人寫信給你，有時接到你匯回一些銀兩，總沒有收到你的信。你幾年來過的好嗎？身體平安嗎？……」

這老人家一見面就羅羅嗦嗦，問這個，問那個，弄得花妮不知道怎麼答复，只有苦笑地點著頭，說道：

「我阿霞不會變，還不是過去那個老樣子？」

花妮是個歌女，她懂得在歌臺上怎樣去賣弄她苗條的身材，聽姨母這麼一問，她自然而然地，把鞋跟貼在地上，身體卻轉動一下，笑問著：

「姨母，你看我有沒有變？」

那老婦人像個半瞎的人那樣把眼睛戴上，又一下子脫下來，把皺紋的臉孔湊近花妮的粉臉去，然後再戴起眼鏡，詳細的瞪著。許久，才噓出聲來：

「唔，初初看到你，覺得你跟你那個短命的媽媽是一模一樣，可是細細的看一下，你的眼尾卻多了許多皺紋了。阿霞，你今年只有三十開外吧了，怎麼這麼快起了皺紋呀？你在外邊生養多了嗎？唔，做女人真命苦，要這個，要那個，單單生養，唔，唔……阿女也長大了，讀五年級了。」

那老婦人的囉囉嗦嗦，真叫花妮心煩意亂。她苦笑的搖著頭。幸好，那老姨母要留著外甥女吃晚飯，要下樓去買小菜，說道：

「快四點了，阿女要放學了。你坐一會兒呀，我下樓去買菜。」

十五

老姨母爬回四樓的家時，已經上氣不接下氣。她把菜籃放在樓梯口，扶著那樓梯扶手喘氣。一陣陣哭泣聲，從她那個家的大門透出來。她的心挺了挺，誰在啜泣呢？

她的心，一陣絮亂，想趕回去門口用鑰匙開門，可是她那雙腳卻沉重得拖不起步。她跟著聽出一陣子嘩啦、嘩啦地，摔東西的聲音。

「我不要你的臭東西！……」

嘩啦地又響起來。那老婦人認得出是阿女的聲音，尖銳的在嘶叫。

啊啊，她記起來了，現在是阿女放學回家的時候了。她幾年來，不敢跟阿女提起她那個出走的媽媽的故事，怕她聽到了生氣。

老姨母趕快用沉重的腳步，拿起地上的菜籃，就趕著回自己的家的大門去。

她用鑰匙開了門，看到一地是破碎的玩具，她的外甥女阿霞，用手帕掩著臉，坐在桌子旁邊哭泣。

阿女呢？那姨母四面去找阿女，終於發覺那女孩躲在房子裡，拉她也不出來。

「阿女，這是你的親生媽媽呀！她正從南洋回來看我們吶，怎麼你跟她生氣起來？」

那鼓起腮幫的女孩子，經老姨婆這麼一說，倒哇哇的大哭起來，踱著腳喊著：

「我沒有媽媽！我沒有媽媽。爸爸臨死時，告訴我，我的媽媽早死了，她是野女人，我不要叫她做媽媽，我沒有媽媽，我的媽媽早死了……」

阿女那女孩子真硬性，老是嚎叫著，跺著腳，不肯走出客廳來。

那老婦人沒有法子，也只好回頭走出客廳來，算是安慰自己的甥女，苦澀著聲音說道：

「阿女的脾氣，跟你做女孩子時一樣暴躁呀！」

花妮現在只有嗚嗚咽咽地哭著：

「姨母，總是我阿霞的命苦，千里迢迢回到這裡來，連自己的親生女兒也不認我，我還有什麼意思去做人？」

聽外甥女這麼聲音哀苦，那老婦人手忙腳亂起來。因為她老人家一團亂，就說錯了話下去：

「這也難怪阿女的脾氣硬，你也不應該在阿康，你那個死鬼丈夫病重的時候，忍心離開了她兩父女……」

現在連那個老姨母也責怪自己起來，花妮更哭得大聲了，嚎叫著：

「你們都責怪我，是我阿霞對你們不住呀……我到南洋去賣身，還不是為了你們的生活……唉唉……」

她氣憤起來，一把來開了鐵門，一下子走出去，喊道：

「任我去死了罷！我再也不回來了！」

……

那老姨母氣喘地追出來，喊道：

「阿霞，阿霞……」
可是花妮早就溜下樓梯了。

十六

是薄暮時分了。這島國的仲春黃昏，很快就降下晚霞，幕住了青山，幕住了海碧。一切，一切，連在花妮跟前那一張銀行憑票支現的票據和那姓張的一封留言都給淡淡的晚霞幕住，像蓋上了一張薄紗一樣。

現在，什麼事在花妮看來，都朦朦朧朧。她再也不激動了。在她的腦海裡，那劉經理、阿康、那胖子、阿女、姨母、甚至花匠老王、阿笑……都是仿彷彿佛一群幽靈，這個頭部，連接著別一個幽靈的肢體，成了朦朧、模糊的一片。

「張先生在你走不久，就回來結了賬，說是有要緊事先走了。這封信是留給你的。」

那管房的侍役在花妮面前說了什麼，她都聽不到，也看不見。在她的眼前，只有白茫茫的晚霞。

鐺、鐺、鐺……倒是露台遙對著，那松樹崗後的寺院的晚鐘聲響了，把花妮的混亂的腦筋敲得清醒了起來。

她對著窗外，望一望另一方，那黃昏的海，在捲起了一片片微波，向自己招手。

她沒有經心地把那胖子的留言，丟在地上，用自己的腳踏過去。

她一下子又記起來了。阿笑過去對自己說過的閒話。她倒苦笑了一下，心裡想：那姓張的還算有點良心，沒有把自己困在那間種滿棕櫚樹的洋房裡折磨到死，卻把自己送回自己的故鄉來。雖然，那胖子帶走了自己的旅行證件，使自己沒有法子再回去纏著他，但還留給自己一萬塊養老費，不還算有良心麼？可是，花妮的心一下子又變成冰涼，她彷彿看到那胖子的笑臉，露出白色牙齒，滴出一點點鮮血。

她給晚霞包裹著，像一具沒有意識的木偶一樣，在那綿長的海岸走著。背後的寺院的鐘聲，越來越淡薄，倒是眼前那大海的浪潮聲卻越來越響。

她的背後，無數的幽靈追趕她一樣。可是她四頭望望，只是一片黑寂寂……

她的腳步進得更急了，面前的海對著她微笑。她覺得心胸裡一陣溫暖。花妮心裡想：自己總算找到一個沒有人纏糾自己的歸宿。

馬華文學獎大系06　PG0765

風過處，水無垠
──韋暈小說選集

作　　者	韋　暈
主　　編	潘碧華、楊宗翰
責任編輯	孫偉迪
圖文排版	姚宜婷
封面設計	陳佩蓉

出版策劃	釀出版
製作發行	秀威資訊科技股份有限公司 114 台北市內湖區瑞光路76巷65號1樓 電話：+886-2-2796-3638　傳真：+886-2-2796-1377 服務信箱：service@showwe.com.tw http://www.showwe.com.tw
郵政劃撥	19563868　戶名：秀威資訊科技股份有限公司
展售門市	國家書店【松江門市】 104 台北市中山區松江路209號1樓 電話：+886-2-2518-0207　傳真：+886-2-2518-0778
網路訂購	秀威網路書店：http://www.bodbooks.com.tw 國家網路書店：http://www.govbooks.com.tw
法律顧問	毛國樑　律師
總 經 銷	聯合發行股份有限公司 231新北市新店區寶橋路235巷6弄6號4F 電話：+886-2-2917-8022　傳真：+886-2-2915-6275

出版日期	2012年8月　BOD一版
定　　價	450元

Printed in Taiwan

國家圖書館出版品預行編目

風過處, 水無垠：韋暈小說選集 / 韋暈著. -- 一版. -- 臺北市：釀出版, 2012.08
面； 公分
BOD版
ISBN 978-986-5976-25-5 (平裝)

868.757 101007162

讀者回函卡

感謝您購買本書，為提升服務品質，請填妥以下資料，將讀者回函卡直接寄回或傳真本公司，收到您的寶貴意見後，我們會收藏記錄及檢討，謝謝！如您需要了解本公司最新出版書目、購書優惠或企劃活動，歡迎您上網查詢或下載相關資料：http:// www.showwe.com.tw

您購買的書名：________________________________

出生日期：________年________月________日

學歷：□高中（含）以下　□大專　□研究所（含）以上

職業：□製造業　□金融業　□資訊業　□軍警　□傳播業　□自由業
　　　□服務業　□公務員　□教職　□學生　□家管　□其它_____

購書地點：□網路書店　□實體書店　□書展　□郵購　□贈閱　□其他

您從何得知本書的消息？

□網路書店　□實體書店　□網路搜尋　□電子報　□書訊　□雜誌
□傳播媒體　□親友推薦　□網站推薦　□部落格　□其他__________

您對本書的評價：（請填代號　1.非常滿意　2.滿意　3.尚可　4.再改進）

封面設計____　版面編排____　內容____　文／譯筆____　價格____

讀完書後您覺得：

□很有收穫　□有收穫　□收穫不多　□沒收穫

對我們的建議：________________________________

____

____

____

請貼
郵票

11466
台北市內湖區瑞光路 76 巷 65 號 1 樓
秀威資訊科技股份有限公司 收
BOD 數位出版事業部

（請沿線對折寄回，謝謝！）

姓　　名：＿＿＿＿＿＿＿＿　年齡：＿＿＿＿　性別：□女　□男

郵遞區號：□□□□□

地　　址：＿＿＿＿＿＿＿＿＿＿＿＿＿＿＿＿

聯絡電話：(日)＿＿＿＿＿＿＿＿ (夜)＿＿＿＿＿＿＿＿

E-mail：＿＿＿＿＿＿＿＿＿＿＿＿＿＿＿＿